譯註 三國演義

삼국
연의

8

나관중 지음 / 박을수 역주

〈제106회 ~ 제120회〉

보고사

길잡이

1) 나관중의 삼국지는 [삼국지통속연의](三國志通俗演義)이고, 모종강 본은 [회도삼국연의](繪圖三國演義)가 원제이다. 여기서는 [삼국연의](三國演義)를 책명으로 하였다.

2) **이 책은 중국고전소설신간 [삼국연의](三國演義: 120回·臺北市 聯經出版事業公司印行)을 저본(底本)으로 하고, 여러 이본(異本)들을 참고한 완역(完譯)이다.** 다만 모종강(毛宗崗) 본에 있는 '삼국지연의서'(三國志演義序·人瑞 金聖嘆氏 題)·'삼국지연의서'(三國志演義序·毛宗崗)·'독삼국지법'(讀三國志法·毛宗崗) 등과 매회 앞에 있는 '서시씨 평'(序始氏 評)과 본문 중간 중간의 ( ) 속에 있는 보충설명(이를 '夾評'·'間評'이라고도 함) 등은 번역하지 않았다. 그 이유는 이 부분이 독자들에게는 꼭 필요하지 않을 것이라고 생각했기 때문이다.

3) 지금까지 나온 [삼국지](三國志)는 김구용·박기봉의 번역본에서부터 이문열의 평역본에 이르기까지 여러 종이 있고, 또 책마다 특장(特長)을 지니고 있다. 그러나 삼국지의 원래의 뜻을 충분히 이해하는 데는 한계가 있는 것 같아서 이를 보완하는 데 심혈을 기울였다. 그것은 각주(脚註)만도 중복되는 것이 있기는 하지만, 2천 6백여 항에 달하고 있음을 보면 이해가 될 것이다.

4) 인명(人名)·지명(地名)·관직(官職) 등은 특별한 경우가 아니면 주석하지 않았다.

5) 주석은 각주로 쉽게 하였으며 참고하기 편하도록 매 권의 끝에 '찾아보기'를 붙였다. 또 연구자들을 위해서 출전(出典)·용례(用例)·전거(典據) 등을 밝히고, 모아서 별책(別冊)으로 간행하였다.

6) 인물(人物)·지도(地圖) 김구용의 [삼국지](三國志)에서 빌려 썼다.

차 례

삼국연의

나관중 지음 / 박을수 역주

〈강유〉

제106회

공손연은 싸우다가 패해 양평에서 죽고
사마의는 병을 핑계 대고 조상을 속이다.
公孫淵兵敗死襄平
司馬懿詐病賺曹爽.

한편, 공손연은 요동의 공손도(公孫度)의 손자이고 공손강(公孫康)의
아들이다. 건안 12년 조조가 원상(袁尙)을 추격해서 요동에 이르기 전
에 공손강이 원상의 머리를 베어 조조에게 바치자, 조조는 공손강을
봉하여 양평후를 삼았다. 그 후 공손강이 죽고, 두 아들이 있었는데
큰 아들은 황(晃)이고 둘째는 연(淵)이었다. 둘 다 어려서 공손강의 동
생 공손공이 그 작위를 계승하였다.

조비 때에 공손공을 봉하여 거기정군 양평후를 삼았다. 태화 2년
공손연이 장성하고 문무를 함께 갖추었다. 성품이 강하고 싸움을 좋
아하여 그의 숙부 공손공의 지위를 빼앗았다. 조예는 공손연을 봉해
양열장군 요동태수를 삼았다. 후에 손권은 장미(張彌)와 허안(許晏)에
게 금보와 진옥을 가지고 가서 그를 봉해 연왕이 되게 하였다.

그러나 공손연은 중원[魏]을 두려워하여 장미와 허연 두 사람을 죽
이고 그 수급을 조예에게 보냈다. 조예는 공손연을 봉해 대사마 낙랑
공으로 삼았다. 공손연은 마음속에 만족하지 않고, 여러 신하들과 의
논하여 스스로 연왕이라 부르면서 연호를 고쳐 소한(紹漢) 원년이라

하였다.

부장 가범(賈範)이 간하기를,

"중원은 주공을 상공의 벼슬로 대접하였으니 지위가 낮은 것이 아니옵니다. 이제 만약에 배반을 한다면 순종하지 않는 것이 될 것입니다. 더구나 사마의는 용병에 능한 인물이어서 서촉의 제갈무후도 저를 이기지 못하였는데, 하물며 주공께서 사마의와 겨룰 자신이 있습니까?"

하거늘 공손연이 크게 노하여, 좌우에게 가범을 결박해서 참하려 하였다.

장군 윤직(倫直)이 간하기를,

"가범의 말이 옳습니다. 성인이 이르시기를 '나라가 망하려면 반드시 요악한 귀신의 재앙이 있다.'1) 하였는데, 이제 나라 안에 여러 가지 괴이한 일이 나타나고 있습니다.

근래에는 개가 두건을 쓰고 몸에 붉은 옷을 입고 지붕 위에 올라가 사람처럼 행동하는 일도 있었고, 또 성의 남쪽 마을에서는 밥을 짓는데 밥솥에 한 어린아이가 쪄 죽어 있더랍니다. 또 양평의 북쪽 저자에서는 땅이 갑자기 꺼지고 큰 구멍에서 고깃덩이가 하나가 솟구쳐 나오는데, 그 둘레만도 몇 자나 되며 머리·얼굴·이목구비는 다 있었지만 수족이 없었고, 칼이나 화살이 전혀 들어가지 않아 도대체 어떤 물건인지 알 수 없었다 합니다."

점쟁이에게 점을 쳐보니, 말하기를

---

1) 나라가 망하려면 반드시 요악한 귀신의 재앙이 있다[國家將亡 必有妖孽] : 나라가 망하려 하면 반드시 요사스러운 귀신의 재앙 징후가 있음. [中庸 第二十四章]「至誠之道 可以前知 國家將興 必有禎祥 國家將亡 必有妖孽 見乎蓍龜 動乎四體 禍福將至 善必先知之 不善必先知之 故至誠如神」.

"형체가 있어도 완전하지 않고 입이 있어도 소리하지 못하니, 나라가 망하려고 이 모습이 나타나는 것일 겝니다.' 하며, 이 세 가지는 다 상서롭지 못한 징조입니다. 주공께서는 흉한 일은 피하고 길한 일은 맞아들이도록2) 하시는 뜻에서 경거망동을3) 해서는 안 됩니다."

하거늘, 공손연이 크게 화를 내면서 무사들에게 윤직과 가범을 묶어 저자에서 참하라 하였다. 그리고 대장군 비연(卑衍)을 원수로 삼고 양조(楊祚)를 선봉에 삼아, 요병(遼兵) 15만을 일으켜 중원으로 짓쳐 나왔다.

변방 관리의 보고를 받고서야 조예는 크게 놀라서, 이에 사마의를 입조하게 해서 계책을 의논하였다.

사마의가 말하기를,

"신의 밑에 마보 관군 4만이 있사온데 이들만으로써도 족히 적을 깨트릴 수 있나이다."

하거늘, 조예가 말하기를

"경의 군사들은 그 수가 적고 길은 먼 데 수복하기 어려울까 걱정되오."

하였다.

사마의가 대답하기를,

"병법에서는 군사의 수가 많음에 있지 않고4) 장수가 기병을 쓰고

---

2) 흉한 일은 피하고 길한 일은 맞아들이도록[避凶就吉] : 「피흉추길」(避凶趨吉)은 나쁜 일을 피하고 좋은 일에 나아감.

3) 경거망동(輕擧妄動) : 진중하지 못하고 경망된 행동. [韓非子 難四]「明君不懸怒 懸怒則臣懼罪 輕擧以行計 則人主危」.「망동」. [戰國策 燕策]「今大王事秦 秦王必喜 而趙不敢忘動矣」.

4) 병법에서는 군사의 수가 많음에 있지 않고[兵不在多] : 싸움에 이기고 짐은 병사들의 많고 적음에 있지 않음. 원문에는 '兵不在多 在人之調遣耳'로 되어 있음. [孫子兵法 行軍篇 第九]「兵非益多也 惟無武進 足以併力 料敵 取人而已」.「조견」(調遣)은 '군대를 파견하다'의 뜻임. [宋史 理宗記]「安豐濠州各五百人 赴京聽調遣」. [明律 兵律 軍政 縱軍擄掠]「凡守邊帥 非奉調遣」.

지략을 씀에 있을 뿐이옵나이다. 신은 폐하의 홍복에5) 힘 입어, 반드시 공손연을 사로잡아 폐하께 바치겠사옵니다."

하거늘, 조예가 묻기를,

"경은 공손연이 어찌하리라 생각하고 있소?"

하매, 사마의가 대답한다.

"공손연이 만약에 성을 버리고 멀리 달아난다면 이는 상계이옵고, 요동성을 지키면서 대군으로써 저항한다면 이는 중계가 될 것입니다. 만약에 앉아서 양평을 지키고만 있으면 이는 하계일 것이니 반드시 신은 저를 생금해 오겠나이다."

하자, 조예가 또 묻기를

"이번 길은 가고 오는데 얼마나 걸리겠소?"

하였다.

사마의가 아뢰기를,

"4천 리 길이니 가는데 백일 공격하는데 백일 또 돌아오는 데 백일, 게다가 60일은 쉬어야 하니 대략 1년은 족히 걸릴 것입니다."

한다.

조예가 걱정하며 말하기를,

"혹시라도 오와 촉이 침략해 오면 어찌하오?"

하거늘, 사마의가 대답하기를

"신이 이미 방어지책을 정해 두었사오니, 폐하께서는 염려 마시옵소서."

하거늘, 조예가 크게 기뻐하며 곧 사마의에게 군사를 일으켜서 공손

---

5) 홍복(洪福) : 큰 복. [金史 顯宗后徒單氏傳]「皇后陰德至厚 而有今日 社稷之洪福也」.「홍복제천」(洪福齊天). [通俗編 祝誦]「洪福齊天」. [元曲選]「抱粧盒 劇有此語……洪福與齊天」.

연을 정벌하라 하였다.

　사마의는 하직 인사를 드리고 성을 나섰다. 호준(胡遵)을 선봉으로 삼아 전부병을 이끌고 먼저 요동에 가 하채하라 하였다. 초마들이 이를 공손연에게 보고하였다. 공손연은 비연과 양조에게 8만씩을 나누어 주고 요수(遼隧)에 주둔하고 20여 리에 걸쳐 해자를 둘러 파고, 또 녹각을 둘러 쳐서 방비를 아주 엄중하게 하였다. 호준은 사람을 시켜 이를 사마의에게 알렸다.

　사마의는 웃으면서 말하기를,

　"적들이 나와 싸우려 하지 않는구려. 우리 군사들을 피로하고 해이하게 하려는 것일 뿐이다. 내 생각에 적들 태반이 여기에 있을 것이니 저들의 소굴은 비어 있을 것이오. 만약에 이곳을 버리고 곧장 양평으로 가면 적들은 반드시 가서 구할 것이오. 이에 중도에서 저들을 치면 반드시 공을 온전히 할 것이외다."

하였다. 이에 군사들을 소로로 해서 양평을 바라고 진발하게 하였다.

　한편, 비연과 양조는 상의하기를,

　"만약에 위병들이 공격해 온다면 싸우지 맙시다. 저들은 천 리나 되는 길을 왔으니 양초가 끊어졌을 것이며 오래가지 못할 것이오. 그러니 양곡이 떨어지면 물러갈 터이니 저들이 퇴각할 때까지 기다립시다. 그런 연후에 기병을 내어서 공격한다면, 사마의를 사로잡을 수 있을 것이외다. 전에 사마의가 촉병과 싸울 때에 위남을 굳게 지키기만 하자, 공명은 결국 군중에서 죽었소. 오늘이 마침 그때와 꼭 같습니다."

하며 두 사람이 의논하고 있는데, 홀연 보고가 들어오기를

　"위병들이 남쪽으로 가버렸습니다."

하거늘, 비연이 크게 놀라며 말하기를

"저들이 우리의 양평군이 적은 것을 알고 본영을 엄습하러 간 듯하오. 만약에 양평을 잃게 된다면, 우리들은 이곳을 지켜야 소용이 없소이다."

하고는, 마침내 영채를 뽑아 뒤따라갔다. 탐마가 이 일을 급히 사마의에게 보고하였다.

사마의는 웃으며 말하기를,

"저들이 내 계책에 들었구나!"

하고, 이에 하후패와 하우위에게 각각 일군을 이끌고 양수(梁水) 가에 매복하고 있다가,

"요병들이 이르거든 양쪽에서 일제히 나와 치게."

하니, 두 사람이 계책을 받고 떠났다.

바라보니, 비연과 양조가 군사들을 이끌고 오는 것이 보였다. 포향소리가 들리고 북소리와 함께 깃발을 흔들면서, 왼쪽에서는 하후패가 오른쪽에선 하우위가 일제히 군사들을 이끌고 짓쳐 나왔다. 비연과 양조는 두 사람은 싸울 마음이 없는지라 길을 찾아 달아났다. 달아나다가 수산(首山)에 이르러서, 공손연의 병사들과 만나서 함께 말을 돌려 위병과 싸웠다.

비연이 말을 타고 나와 꾸짖기를,

"적장은 위계를 쓰지 말라! 네 감히 나와서 싸우겠느냐?"

하거늘, 하후패가 말을 몰아 칼을 휘두르며 나와 맞는다.

싸움이 불과 몇 합 못 되어 하후패의 한 칼에 비연의 목이 말에서 떨어지자 요병들은 큰 혼란에 빠졌다. 하후패는 군사들을 몰아 엄살해 왔다. 공손연은 패병들을 이끌고 양평으로 들어가서, 문을 굳게 닫고 지키며 나오지 않았다. 위병들이 사면을 포위하였다.

그때, 마침 가을비가 계속해 내렸다. 한 달 내내 내려 평지의 물이

석 자나 되었다. 군량을 운반하는 배가 요하의 어귀에서 직접 양평성 아래에 이르게 되었다. 위병들은 다 수중에 있게 되어 앉으나 서나 불안하였다.6)

좌도독 배경(裵景)이 들어와 고하기를,

"비가 그치지 않고 병영이 온통 진흙에 잠겨 군사들이 있을 수조차 없습니다. 청컨대 앞에 보이는 산 위로 옮겼으면 합니다."

하니, 사마의가 노하여 말하기를

"공손연을 곧 잡게 되었는데 어찌 지금 영채를 옮긴단 말이오. 다시 그 같은 청을 한다면 참하겠소!"

하니, 배경이 예예하며 물러갔다.

조금 있자 도독 구연(仇連)도 와서 고하기를,

"군사들이 물 때문에 괴로워하고 있습니다. 태위께서는 영채를 높은 곳으로 옮기게 하여 주시옵소서."

하거늘, 사마의가 크게 노하며

"나는 이미 군령을 내렸는데, 자네가 감히 이를 어기려고 하는가!"

하고, 곧 끌어내서 참하라 하고 그 목을 원문 밖에 달아 놓았다.

이에 군사들의 마음이 흉흉해졌다. 사마의는 두 영채의 인마들을 20여 리 물리고, 성내의 군민들로 하여금 출성하여 나무를 하고 우마를 놓아서 풀을 먹일 수 있도록 하였다.

사마 진군이 묻기를,

"전에 태위께서 상용을 공격할 때에는 그 군사들을 8로에 나누어 8일 만에 성 아래에 이르러서, 결국 맹달을 사로잡아 큰 공을 세우셨습

---

6) 앉으나 서나 불안하였다[行生不安] : 앉으나 서나 불안함. '늘 걱정이 있음'의 비유임. [禮記 問喪]「口不甘味 身**不安**美也」. [論語 陽貨篇]「食旨不甘 聞樂不樂 居處**不安** 故不爲也」.

니다. 이제는 4만의 군사들을 데리고 수천 리까지 오셨는데도, 성지를 공격하라는 군령이 없으시고 오랫동안 진흙탕 속에 있으시면서도 또 적들에게 목양(牧羊)을 하게 하시니, 저는 실로 태위께서 어찌하시려는지 모르겠습니다."

하거늘, 사마의가 웃으며 말하기를

"공이 병법을 모르시오이까? 옛날 맹달은 군량은 많고 군사들이 적었고, 나는 군량이 적고 군사들이 많소이다. 그런 까닭에 어쩔 수 없이 속전속결하였소. 출기불의로[7] 갑자기 저를 공격해서 승리를 거두었소이다. 그러나 지금은 요군은 많고 우리의 병사들은 적으며 적들은 주리고 있고, 우리는 군량이 넉넉하니 뭣하러 굳이 공격하겠소이까? 저절로 저들이 달아나면 그때 틈을 타서 치려는 것이오.

내가 지금 저들에게 한 곳의 길을 터주어, 나무를 하고 목초를 하는 것을 막지 않음은 저들이 스스로 달아나게 하려 함이외다."

하니, 진군이 배복하였다.

이에 사마의는 사람을 낙양에 보내 군량을 재촉하였다.

위주 조예가 조회를 열자 신하들이 아뢰기를,

"최근에 가을비가 계속되어 한 달을 그치지 않고 있사옵나이다. 그래서 인마가 모두 지쳐 있사오니, 사마의를 불러들이셔서 일시 군사들을 파하게 하시옵소서."

하거늘, 조예가 묻기를

"사마태위는 용병에 뛰어난 사람이니, 위태로울 때에 변화를 줄 수 있는 계책이 많을 것이오. 공손연을 잡아올 날을 기다립시다. 경들은 무엇을 걱정하시오?"

---

7) 출기불의(出其不意) : 상대편에서 준비되어 있지 않을 때에 공격함. [孫子兵法 計篇 第一]「攻其不備 出其不意 此兵家之勝 不可先傳也」.

하고, 마침내 군신들의 간하는 말을 듣지 않고, 사람을 시켜 군량을 운반해서 사마의의 군전에 가져가게 하였다. 사마의는 영채에서 며칠을 지내고 있는데 비가 그치고 날이 개었다. 이날 밤에 사마의는 장막에서 나가 우러러 천문을 보니, 홀연 한 별이 크기가 북두칠성만하고 별빛이 수 길이나 되었는데, 수산의 동북으로부터 양평의 동남에 떨어진다. 그것을 보고 각 영채의 군사들이 놀라지 않는 자가 없었다.

사마의가 그 광경을 보고 기뻐하며, 여러 장수들에게 이르기를

"닷새 후에 별이 떨어진 곳에서 반드시 공손연을 참하겠다. 내일부터 힘을 다해 성을 공격하여라."

하였다.

장수들은 명을 받들어 이튿날 새벽에 공격하였다.

군사들을 이끌고 가 사방을 에워싸고 토산을 쌓고 땅굴을 파며, 포가를8) 걸어놓고 운제를9) 꾸미는 등 밤낮으로 공격하며 쉬지 않았다. 화살을 소나기 오 듯 성으로 쏘아대며 쳐들어갔다. 공손연은 성중에 양곡이 다하자 우마를 잡아먹었다. 성중 백성들마다 한을 품으며 모두가 성을 지킬 마음이 없어졌다. 공손연의 머리를 베어 성을 바치고 투항할 생각만 하였다.

공손연이 듣고 심히 놀라며 걱정하였다. 당황하여 상국 왕건(王建)과 어사대부 유보(柳甫)에게 위의 영채에 가서 항복을 청하게 하였다.

두 사람이 성에서 내려와 사마의에게 고하기를,

---

8) 포가(礮架) : 포의 몸통을 괴는 받침틀. [避戎夜話]「金人砲架四旁 竝用濕榆小琢密簇定」.

9) 운제(雲梯) : 구름사다리. 높은 산 위의 돌계단이나 잔도(棧道)를 이르기도 함. [事物紀原 墨子 公輸篇]「公輸般爲雲梯之械 左傳曰 楚子使解楊登樓車 文王之雅曰(詩經 大雅篇 皇矣) 臨衝閑閑 注云 臨車卽左氏所謂樓車也 蓋雲梯矣」. [六韜 虎韜 兵略篇]「視城中 則有雲梯飛樓」.

"태위께서 20여 리만 군사를 물려주시면, 저희 임금께서 스스로 투항하러 오겠습니다."

하니, 사마의가 크게 노하며

"공손연은 어찌 직접 오지 않았느냐? 무례하구나!"

하고, 무사들에게 끌어내어 참하라 하고, 저들의 수급을 종인에게 주라 하였다. 종인들이 돌아가서 보고하니 공손연이 크게 놀랐다. 또 시중 위연(衛演)을 위의 영채로 가게 하였다. 사마의는 장막에 올라서, 여러 장수들을 양편에 벌여 서게 하였다.

위연이 무릎걸음으로 나와서 장막 아래 주저앉아, 고하기를

"원컨대 태위께서 큰 노여움을 푸시옵소서. 날을 정해서 먼저 세자 공손수(公孫修)를 인질로 잡으시면, 그 다음에 저의 임금께서 스스로 포박하고 투항하러 오겠나이다."

하거늘, 사마의가 대답하기를

"군사의 대요는 다섯 가지이다. 싸울 능력이 있으면 마땅히 싸울 것이고 싸울 능력이 못 되면 지키기만 할 것이며, 지킬 능력이 없으면 달아날 것이고 달아날 수조차 없으면 항복해야 한다. 그리고 항복하지 않으려면 마땅히 죽는 것이지 아들을 인질로 보내다니?"

하며, 위연을 꾸짖어 공손연에게 돌려보냈다. 위연은 머리를 감싸 쥐고 쥐새끼처럼 돌아가10) 이 일을 공손연에게 고하였다.

공손연이 크게 놀라서 아들 공손수와의 은밀히 의논하고는, 군사 1천여 명을 뽑아 그날 밤 2경 시분에 남문을 열고 동남쪽으로 달아났

---

10) 머리를 감싸 쥐고 쥐새끼처럼 돌아가[抱頭鼠竄] : 머리를 감싸쥐고 쥐구멍으로 숨어든다는 뜻으로, '두려워 숨을 죽이고 꼼짝도 못함'을 형용하는 말임. [漢書 蒯通傳]「常山王 奉頭鼠竄 以歸漢王」. [遼史 韓匡傳]「棄我師旅 挺身鼠竄」. [中文辭典]「急逃之意」.

다. 공손연은 막는 사람이 없는 것을 보고 아들과 같이 10여 리를 못 갔는데, 홀연 산 위에서 포향 소리가 들리고 고각소리가 일제히 일어나더니, 한 떼의 군사들이 나서며 길을 막았다.

중앙에는 사마의가 서고 왼편에는 사마사, 오른편에는 사마소 두 장수가 크게 외치기를

"반적은 도망하지 말라!"

하였다. 공손연이 크게 놀라 급히 말을 돌려 도망갈 길을 찾았다.

또 호준의 군사들이 들이 닥치고 왼편에는 하후패와 하후위, 오른편에서는 장호·악침 등이 사방을 마치 철통과 같이 에워쌌다. 공손연 부자는 다만 말에서 내려 항복할 뿐이었다.

사마의가 말 위에서 여러 장수들을 돌아보며, 말하기를

"내 지난 밤 병인 일에 큰 별이 이곳에서 떨어졌는데, 오늘 밤 임신일에 바로 맞혔소이다."

하매, 제장들이 모두 경하하며

"태위께서는 진정 신인이십니다!"

하였다. 사마의는 저들을 참하라 하였다.

공손연 부자는 마주 앉아서 죽임을 당했다. 사마의는 드디어 병사들을 데리고 양평을 취하러 갔다. 성 아래 이르기도 전에, 호준이 벌써 군사들을 이끌고 입성하고 있었다. 성안의 백성들이 분향하고 절하며 맞는 속에 위병들이 다 입성하였다.

사마의는 아문(衙門)에, 올라 공손연의 종족들과 함께 저항한 관료 등을 모두 다 죽이니 70여 명이나 되었다. 방을 써 붙여 백성들을 안돈시켰다.

한 사람이 들어와 고하기를,

"가범과 윤직 등이 공손연에게 모반을 해서는 안 된다고 극구 간하

였는데, 모두 죽임을 당했나이다."

하거늘, 사마의는 저들의 묘에 봉분을 하고 그 자손들을 영귀하게 해주었다. 그리고는 창고 안에 있던 재물을 내어서, 삼군을 공로에 따라 상을 주고 군사를 돌려 낙양으로 왔다.

한편, 위주는 궁에 있는데 밤이 삼경에 이르자 홀연 한 줄기 음풍이 일고 등불이 꺼졌다. 그때, 모황후가 수십 명 궁인을 이끌고 울며 앞으로 나와서 목숨을 내놓으라고 했다. 조예는 이로 인해 병이 나서 점점 깊어졌다. 시중 광록대부 유방(劉放)과 손자(孫資)에게 추밀원의 일체의 일을 맡겼다.

또 문제의 아들 연왕 조우(曹宇)를 대장군으로 삼아, 태자 조방(曹芳)을 도와 섭정을11) 하게 하였다. 조우는 사람됨이 공손하고 검소하며 온화한 성품이어서, 이런 큰일을 맡기에는 적당하지 않아서 굳이 사양하고 받지 않았다.

조예가 유방과 손자를 불러 묻기를,

"가족 중에선 누가 이 임무를 맡을 만하오?"

하니, 두 사람이 한참 있다가 오랫동안 조진의 은혜를 입은 터라,

"오직 조자단(曹子丹)의 아들 조상(曹爽)이 맡을 만합니다."

하였다. 조예가 저들의 말에 따랐다.

두 사람이 또 아뢰기를,

"조상을 쓰시고자 하시면 마땅히 연왕은 자기 나라로 귀국시켜야 합니다."

---

11) 섭정(攝政) : 임금을 대리하여 맡아 통치권을 행하는 일. [史記 五帝紀]「舜得 擧用事二十年 而堯遂使攝政」.「섭정」. [書經 金縢傳]「武王死 周公攝政」. [詩經 豳風 狼跋序]「周公攝政」.

하거늘, 조예가 그리하라 하였다.

두 사람이 조예의 조서를 받아가지고 연왕에게 가서,

"천자께서 손수 쓰신 조서입니다. '연왕은 귀국하여 오늘 즉시 떠나라. 만약에 들어오라는 조서가 없으면 다시는 입조할 수 없다.'"
하니, 연왕이 울며 떠나갔다.

이리하여 조상을 봉하여 대장군을 삼고 조정의 일은 모두 섭정하게 하였다. 조예는 병이 점점 더해서, 급히 명하여 사신에게 절을 가지고 가서 사마의를 조정으로 돌아오라 하였다. 사마의는 명을 받들고 곧 허창에 이르러 들어가 위주를 뵈었다.

조예가 말하기를,

"짐은 오직 경을 보지 못할까 걱정했소이다. 오늘 그대를 보니 이제 죽어도 한이 없소."
하거늘, 사마의가 머리를 조아리며 아뢰기를

"신은 도중에서 폐하께서 성체가 불안하시단 말씀을 듣고, 양 겨드랑이에 날개가 없어 대궐로 날아오지 못함을 한하였나이다. 오늘에서야 용안을12) 뵈오니 신은 천만다행으로 생각하옵니다."
하였다.

조예는 태자 조방과 대장군 조상·시중 유방과 손자 등을 모두 어탑에13) 부르셨다.

조예는 사마의의 손을 잡고 말하기를,

---

12) **용안(龍顔)**: 임금의 얼굴. [荀子]「伏羲日角 黃帝**龍顔**」. [李白 上雲樂]「拜**龍顔** 獻聖壽」.

13) **어탑[御榻之前]**: 임금의 자리 앞. 「탑전정탈」(榻前定奪)은 임금이 그 자리에서 결정함의 뜻으로, 곧 '임금의 재결'을 이름. [長生殿 埋玉]「待我奏過聖上 自有**定奪**」. [福惠全書 刑名部 問擬]「定擬上請**定奪** 俟批允發落」.

"옛날 현덕이 백제성에서 병증이 위독했을 때, 어린 아들 유선을 공명에게 부탁함으로써, 공명은 이로 인해 충의를 다해 죽음에 이르기까지 그치지 않았소이다. 작은 나라가 이렇거든 장차 하물며 대국이겠소이까? 짐의 어린 자식 조방이 겨우 여덟 살이니, 감히 나라의 일을 감당하지 못할 것이외다. 다행히도 태위와 종형, 그리고 원훈대신들이 힘을 다해 도와주어, 짐의 마음을 저버리지 않게 해 주시구려!"

하였다.

또 조방을 불러 말하기를,

"중달은 나와 한 몸이나 다름이 없다. 네 마땅히 저를 예로써 공경해야 한다."

하고, 마침내 사마의에게 조방을 데리고 가까이 오게 하니, 조방이 사마의의 목을 껴안고 놓지 않았다.

조예가 말하기를,

"태위께서는 어린아이가 오늘 좋아하는 정을 잊지 마시오!"

하며, 말을 마치고는 눈물을 흘렸다. 사마의도 머리를 조아리며 눈물을 흘렸다. 위주는 정신이 혼미해져 더 말도 못하고, 손으로 태자를 가리키며 잠시 후에 죽었다. 재위 13년 향년 36세였다. 때는 위 경초(景初) 3년 봄 정월 하순이었다.

그 자리에서 사마의와 조상이 함께, 태자 조방을 도와 즉위하여 황제가 되게 하였다. 조방은 자를 난경(蘭卿)이라 했다. 조예가 양자로 기른 아들로 몰래 궁중에 있게 하였으므로 사람들은 그의 내력에 관해 알지 못했다. 이에 조방은 조예의 시호를 명제(明帝)로 내리고 고평릉에 장사를 지냈다. 곽황후를 높여 황태후로 삼고 연호를 고쳐 정시(正始) 원년이라 하였다. 사마의와 조상은 함께 정사를 도왔다.

조상은 사마의를 매우 존경하여 일체의 큰 일들은 반드시 먼저 그에게 알렸다. 조상의 자는 소백(昭伯)이라 하였는데, 어려서부터 궁중에 출입하였다. 명제는 조상이 근신하는 것을 보시고 몹시 사랑하고 공경하였다. 조상의 문하에는 5백여 인이나 있었는데, 그 중 다섯 사람은 부화하여14) 서로 숭상하였다. 그 중 한 사람은 하안(何晏)이었는데, 그는 자는 평숙(平叔)이라 하였다.

또 한 사람은 등양(鄧颺)이었는데 자는 현무(玄茂)를 썼으며 등우(鄧禹)의 후손이었다. 또 한사람은 이승(李勝)으로 자는 공소(公昭)라 하였고, 한 사람은 정밀(丁謐)이었는데 자는 언정(彦靜)이며 나머지 한 사람은 필궤(畢軌)인데 자를 소선(昭先)이라 했다. 또 한 사람을 대사농 환범(桓範)으로 자를 원칙(元則)이라 했는데 자못 지모가 있었다. 그래서 사람들은 그를 '슬기주머니'라15) 했다. 조상은 이들을 신임하였다.

하루는 하안이 조상에게 말하기를,

"주공께서 대권을 다른 사람에게 위탁하시면 안 됩니다. 후에 후환이 생길까 걱정됩니다."

하거늘, 조상이 묻기를

"사마공은 나와 같이 선제의 탁고의 명을16) 받았는데, 어찌 차마 저를 배반할 수 있는가?"

하였다.

---

14) 부화(浮華): 실속은 없이 겉만 화려함. [漢書 司馬相如傳]「但有浮華之辭」. [顔氏家訓 名實]「浮華之虛構」.

15) 슬기주머니[智囊]: '지모가 많은 사람'을 일컬음. [史記 樗里子傳]「樗里子名疾 秦惠王之弟 滑稽多智 秦人號曰 智囊」. [大唐新語]「王德儉 許敬宗之甥也 慶而多智 時人號曰 智囊」.

16) 탁고의 명[託孤之命]: 선제(劉備)가 제갈량에게 후주(劉禪)를 부탁하신 명령. 「탁고지중(託孤之重)」. [三國志 蜀志 先主紀]「先主病篤 託孤於丞相亮」. [文選 袁宏 三國名臣序贊]「把臂託孤 惟賢與親」.

하안이 말하기를,

"옛날 선공(先公)께서 중달과 같이 촉병을 깨뜨릴 때에, 이 사람의 화를 여러 차례 받아서 죽으시게 되었습니다. 주공께서는 어찌 이를 살피시지 않습니까?"

하거늘, 조상이 크게 깨닫고 마침내 여러 관료들과 의논하고 궐내에 들어가 조방에게 아뢰기를,

"사마의는 공이 많고 덕이 있어서 태부를 삼으심이 어떠십니까?"

하니, 조방이 그대로 따르니 이로부터 병권이 다 조상에게 돌아갔다.

조상은 동생 조희(曹羲)를 중령군을 삼고, 조훈(曹訓)을 무위장군·조언(曹彦)을 산기상시를17) 삼아, 각각 3천 어림군을 이끌고 마음대로 궁중의 출입을 맡겼다. 또 하안·등양·정밀 등을 상서로 삼고, 필범을 사예교위·이승을 하남윤을 삼았다. 이 다섯 사람들은 주야로 조상과 더불어 일을 의논하였다. 이에 조상은 문하에 빈객이 전보다 더 번창하였다.

사마의는 병을 핑계 대고 나가지 않고, 두 아들 또한 다 퇴직하고 한가한 생활을 하고 있었다. 조상은 매일 하안 등과 더불어 술을 마시며 즐겼다. 무릇 의복과 그릇들이 조정과 다름이 없었다.

각처에서 바치는 좋은 물건들과 진기한 물건들 가운데, 먼저 좋은 것을 취한 뒤에 궁중에 들였다. 가인과 미녀들을 부원(府院)에 가득하게 채웠다. 내시 장당(張當)이 조상에게 아첨하여, 사사로이 선제의 시첩 7, 8인을 뽑아서 조상의 부중(府中)으로 들여보냈다.

조상은 또 가무를 잘하는 양가의 자녀 3, 40여 명을 뽑아서 집안의 악대(家樂)에 보충하였다. 또 높은 누각과 단청한 그림같은 집을 지었

---

17) 산기상시(散騎常侍) : 천자를 모시며 잘못을 간하던 제도. [中文辭典]「官名 秦置散騎與中常侍散騎竝乘與 專獻可替否」.

다. 그리고 장인 수백 인으로 하여금 밤낮으로 금은 그릇 등을 만들게
하였다.

한편, 하안은 평원의 관로(管輅)가 술수에18) 밝다는 말을 듣고, 청하
여 역술에 관해서 이야기했다.

그때, 등양이 그 자리에 있다가 관노에게 묻기를,

"자네가 역술에 관해 잘 안다고 하면서 역술 중에서도 사의(詞義)에
관해서는 언급이 없으니 무슨 까닭인가?"

하니, 관로가 말하기를,

"무릇 역술에 관해 잘 아는 자는 역술에 관해 말을 하지 않습니다."

하거늘, 하안이 웃고 그를 칭찬하며

"가히 요언(要言)이라 번다한 설명이 필요없다 하겠소이다."

하며, 관로에게 묻기를

"나를 위해 점을 한 괘 쳐 주게. 삼공을19) 할 수 있을지 봐주지 않
겠는가?"

하며, 또 묻기를

"똥파리[靑蠅] 수십 마리가 계속 콧등에 모여드니 이 무슨 징조일까?"

하니, 관로가 대답한다.

"팔원팔개가20) 임금을 보좌할 때에 주군이 주나라를 다스리고 있

---

18) 술수(術數) : 음양·복서 따위에 관한 지식. 사람의 길흉화복을 점치는 법.
  [韓非子 姦劫弑臣]「人主非有**術數**以御之 非參驗以審之也」. [文選 陸機 辨亡論]「**術
  數**則吳範趙達 以禨祥協德」.

19) 삼공(三公) : 주(周)나라 때의 관직명. 삼보(三輔). [書經 周書篇 周官]「立太
  師 太傅 太保 玆惟**三公** 論道經邦 燮理陰陽」. [老子 六十二]「故立天子 置**三公**」.

20) 팔원팔개(八元八愷) : 중국의 전설에 나오는 말로, 제곡(帝嚳) 고신씨(高辛
  氏)에게 재자(才子)가 여덟이 있었는데 이를 '팔원', 전욱(顓頊) 고양씨(高陽

었는데, 두 사람이 다 온화하고 겸손하여 많은 복을 누렸답니다. 이제 군후께서 벼슬이 높고 세력이 높으시나 덕을 품은 자가 적고 그 권위를 두려워하는 자는 많으니, 이는 조심하며 복을 구하는 길이 아닙니다. 또 코는 산입니다. 산이 높으나 위험하지 않아야, 그것이 오래 귀함을 지킬 수 있는 까닭입니다.

똥파리는 냄새나는 곳에 꼬이는 것이니 지위가 높은 사람은 엎어질 것이옵니다. 그러니 두려워하지 않아서야 되겠습니까? 원컨대 군후께서도 많은 의견을 들어서 부족한 것을 채우고 예가 아닌 길을 가지마셔야21) 합니다. 그런 연후에야 삼공의 자리에 이를 것입니다. 똥파리들을 쫓아내야 합니다."

하니, 등양이 노해서 말하기를

"이는 노생의 상담이로구나!"22)

하였다.

氏)에게도 재자 여덟이 있었으니 이를 '팔개'라 하였는데, 이들은 모두 순(舜)에 의해 중용되었는데 순임금을 보좌하여 정사를 잘 다스렸다 함.

　'원'은 선량하다는 뜻이고 '개'는 화애롭다는 뜻임. '여덟 명의 얌전한 사람과 선량한 사람의 뜻'으로 쓰임. [史記 五帝紀]「昔高陽氏有才子八人 世得其利 謂之八愷 高辛氏有才子八人 世謂之八元 此十六族者 世濟其美 不隕其名」. [左氏 文十八]「昔高陽氏 有才子八人……高辛氏有才子八人 伯奮 仲堪 叔獻 季仲 伯虎 仲熊 叔豹 季貍 忠肅共懿 宣慈惠和 天下之民 謂之八元 (注) 愷和也 元善也」.

21) 부족한 것을 채우고 예가 아닌 길을 가지 마셔야 : 원문에는 '願君候裒多益寡 非禮勿履'로 되어 있음. 「부다익과」는 주역 64괘의 하나로 '땅과 산은 겸임'(地山謙)을 상징함. [易經 地山謙]「象曰 地中有山謙 君子以 裒多益寡 稱物平施 [注] 多者用謙以爲裒 少者用謙以爲益」. [論語 顏淵篇]「子曰 非禮勿視 非禮勿聽 非禮勿言 非禮勿動 顏淵曰 四雖不敏 諸事斯語矣」.

22) 이는 노생의 상담이로구나[老生之常談] : 늙은이들이 상투적으로 하는 말. 노졸(老拙). [中文辭典]「故稱 習聞之語曰 老生常譚」. [三國志 魏志 管輅傳]「颺曰 此老生之常譚 輅答曰 夫老生者見不生 常譚者見不譚」.

관로가 대답하기를,

"늙은이가 살지 못한 것을 보았고 말을 잘하는 자가 말하지 못하는 것을 보았소이까?"

하고는, 이내 소매를 떨치고 가버렸다.

두 사람이 크게 웃으며,

"정말 미친 선비구려!"

하였다.

관로가 집에 가서 외숙에 이 이야기를 하니, 외숙이 크게 놀라며 말하기를

"하안과 등양 두 사람은 그 권위가 아주 높은데, 네 어찌 저들을 범하였느냐?"

하거늘, 관로가 말하기를

"내가 죽은 사람들과 말을 하였는데 뭐가 두렵습니까?"

하거늘, 외숙이 그 까닭을 물었다.

"등양의 걸음걸이는 힘줄이 뼈에 묶이지 못하고 맥이 살을 제어하지 못하여, 서지만 한쪽으로 기울고 있습니다. 만약에 수족이 없다면 이는 '귀신이 뛰는[鬼躁] 상(相)'입니다. 하안의 상을 보면 혼이 집을 지키지 못해서 피가 화색이 없고 정신이 연기처럼 떠 있으며 마치 마른 나무와 같으니, 이를 일러 '귀신이 갇힌 상'입니다. 이들 두 사람은 조만간에게 반드시 죽을 화를 당할 것인데 뭐가 두렵겠습니까?"

하거늘, 그의 외숙이 관로를 크게 꾸짖으며 미친 자식이로구나 하고 가버렸다.

한편, 조상은 일찍이 하안과 등양과 함께 사냥을 하였다.

그의 아우 조희가 말하기를,

"형님은 위세와 권세가 아주 높은데 밖에 나가 사냥하며 노는 것을 즐기시니, 사람들이 일을 꾸민다면 후회해도 미치시지 못할 것입니다."23)

하니, 조상이 꾸짖으며 묻기를

"병권이 내 수중에 있는데 무엇이 두려우냐?"

하거늘, 대사농 환범이 또한 간하였으나 듣지 않았다.

그때, 위주 조방은 정시(正始) 10년을 고쳐서 가평(嘉平) 원년이라 하였다. 조상이 전권을 휘두르며 지내는 동안 중달이 어찌 지내는지 모르고 있었다. 마침 위주가 이승을 형주자사를 제수함을 계기로, 조상이 이승에게 중달을 찾아가 하직 인사를 하고 소식을 알아보라 하였다. 이승은 곧 태부의 부중에 이르러 먼저 문리에 고하였다.

사마의는 두 아들에게 말하기를,

"이는 조상이 시켜서 내 병세를 탐지하려는 것이다."

하고는, 관을 벗어버리고 머리를 풀어 흩트리고 책상에 올라가 이불을 두르고 웅크리고 앉았다. 또 두 시비에게 부축을 받으며 바야흐로 이승을 청해 부중에 들이게 하였다.

이승이 침상 앞에 나와 절하며 묻기를,

"그동안 태부를 뵙지 못하였는데, 누가 이같이 병이 깊으신 줄 상상이나 했겠습니까? 이제 천자께서 저에게 명하시어 형주자사를 삼으시니, 특히 인사를 드리러 왔습니다."

하거늘, 사마의가 거짓으로,

"병주(幷州)는 북방에 가까우니 방비를 잘하시게."

---

23) 후회해도 미치시지 못할 것입니다[悔之無及] : 후회해도 소용없음. 「후회」(後悔). [漢書]「官成名立 如此不去 懼有**後悔**」. [詩經 召南篇 江有汜]「不我以 其**後**也 **悔**」. [史記 張儀傳]「懷手**後悔** 赦張儀 厚禮之如故」.

하였다.

　이승이 말하기를,

"형주자사이지 병주가 아닙니다."

하거늘, 사마의가 웃으면서

"자네가 마침 병주에서 왔어?"

하였다.

　이승이 또 말하기를,

"한상(漢上)의 형주입니다."

하니, 사마의가 크게 웃으며 말하기를

"저 애가 형주에서 왔어!"

하였다.

　이승이 다시 말하기를,

"태부께서 무슨 병이 이처럼 심하신고?"

하거늘, 좌우가 대답하기를

"태부께서는 귀가 들리지 않으십니다."

하니, 이승이 말하기를

"지필묵을 주게나."

하였다. 좌우가 지필을 이승에게 가져다 주었다. 이승이 글씨로 써서
드렸다.

　사마의가 보고 웃으며,

"내가 이롱증(耳聾症)이 심하네. 가거든 몸조심하시게."

하며 말을 마치고 손으로 입을 가리킨다. 시비가 더운 물을 드리니,
사마의가 마시려 하다가 더운 물을 옷에 쏟았다.

　사마의는 떨리는 목소리로 말하기를,

"내가 이제 노쇠하고 병이 깊어 조만간에 죽을 걸세. 두 아들 놈이

못났으니24) 자네가 좀 가르쳐 주시게나. 자네가 만약에 대장군을 보

거든 내 자식들을 잘 보아 주십사 말씀을 드려 주시게."

하고 말을 마치자, 와상 위에 쓰러져 기침을 하였다. 이승은 중달에게

인사를 하고 돌아와 조상을 보고, 그 일을 자세히 이야기하였다.

조상도 크게 기뻐하며 말하기를,

"이 노인이 죽기만 한다면 나는 걱정거리가 없네!"

하였다.

사마의는 이승이 가자 마침내 몸을 일으키며 두 아들에게,

"이승이 이제 가서 소식을 알리겠지. 그러면 조상은 더 이상 나를

꺼려하지 않을 게다. 단지 저가 성을 나와 사냥할 때를 기다려 도모할

수 있을 것이다."

하였다.

하루가 못 되어, 조상은 위주 조방에게 고평릉에 가서 선제의 제사를

드리라고 주청하였다. 대소 관료들이 다 어가를 따라 출성하였다. 조상

은 세 동생과 함께 심복 하인들과 어림군으로 어가를 호위하고 따르게

하였다.

그러나 대사농 환범이 말고삐를 잡고 울면서 간하기를,25)

"주공께서 금병(禁兵)을 총독하고 계신 터에, 형제들이 다 나가시는

---

24) 두 아들 놈이 못났으니[不肖] : 어버이의 덕망이나 일을 이을 만한 재질이

없는 사람. [中庸 第四章]「子曰 道之不明也 我之紙矣 賢者過之 **不肖**者不及也」.

[史記 五帝紀]「堯知子丹朱之**不肖**」.

25) 말고삐를 잡고 울면서 간하기를[叩馬諫] : 주의 무왕(武王)이 벌주(伐紂)를

하러 갈 때에 백이(伯夷)·숙제(叔齊) 형제가 말고삐를 잡고 간한 일.「백이

숙제」. [史記 伯夷傳]「武王伐紂 **伯夷叔齊** 叩馬而諫曰 父死不葬 爰及干戈 可謂孝

乎 以臣弒君 可謂仁乎 左右欲兵之 太公曰 此義人也 扶而去之 武王已平殷亂 天

下宗周 而**伯夷叔齊**恥之 義不食周粟 隱於首陽山 采薇而食之 遂餓死於首陽山」.

[論語 述而篇]「入曰 **伯夷叔齊**何人也 曰古之賢人也」.

것은 아니 됩니다. 성중에 변이라도 생기면 어찌하시렵니까?"

하거늘, 조상이 채찍으로 가리키며 꾸짖기를

"누가 감히 변을 일으키겠느냐? 다시는 그 따위 말을 하지 말거라!"

하였다.

그날 사마의는 조상 등이 출성한 것을 보고 내심 기뻐하면서, 곧 지난 날 수하들과 가장(家將) 수십 명, 그리고 두 아들을 데리고 말에 올라 곧 조상을 모살하러[26] 나섰다.

이에,

> 방문을 닫자 홀연 병색이 싹 가시고
> 병사들을 이끌고 나가니 위풍이 빛나누나.
>> 閉戶忽然有起色
>> 驅兵自此逞雄風.

조상의 생명이 어찌 되었는지는 알 수가 없다. 하회를 보라.

---

26) 모살(謀殺) : 미리 모략을 꾸미어 사람을 죽임. [唐律 賊盜篇 謀殺人]「諸**謀殺**人者徒三年 已傷者絞 已殺者斬 而加功者絞」. [六部成語 刑部 謀殺 注解]「二三人相**謨**而**殺**人也」.

제107회

위주의 정사권은 사마씨에게로 돌아가고
강유의 군사는 우두산에서 패하다.
　魏主政歸司馬氏
　　姜維兵敗牛頭山.

　　한편, 사마의는 조상이 형제 조희·조훈·조언 등과 심복 하안·등
양·정밀·필궤·이승 등과 어림군이 위주 조방을 따라 성을 나가 명
제의 능을 배알하고서 사냥을 한다는 소식을 들었다. 사마의는 즉시
성에 이르러 사도 고유(高柔)에게 명하여 거짓 절월은 가지고 대장군
의 일을 하게 하여, 먼저 조상의 진영을 점거하였다. 또 태복 왕관에
게 중령군사를 대행하게 하여 조희의 진영을 점거하게 하였다.
　　그리고 사마의 자신은 옛 관료들을 이끌고 후궁에 들어가 곽태후께
조상이 선제의 탁고지은을[1] 배반하고 간사한 일로 나라를 어지럽히
고 있어서, 그 죄를 헤아림이 마땅하다고 아뢰었다.
　　곽태후가 크게 놀라며 묻기를,
　　"천자께서 밖에 나가 계시니 이를 어찌할꼬?"
하시거늘, 사마의가 아뢰기를
　　"신이 천자께 표문을 드리고 간신들의 계책을 주살하겠사오니, 태

----

1) 탁고지은(託孤之恩) : 자식을 부탁한 은혜. [三國志 蜀志 先主紀]「先主病篤
託孤於丞相亮」. [文選 袁宏 三國名臣序贊]「把臂託孤 惟賢與親」.

후께서는 염려 마시옵소서.”

하니, 태후께서 심히 두려웠으나 그를 좇지 않을 수 없었다.

사마의는 급히 태위 장제(蔣濟)와 상서령 사마부(司馬孚)에게 명하여 두 사람이 상의하여 표문을 쓰게 하였다. 그리고 황문에게 성을 나가 있는 천자에게 알리게 하였다. 사마의는 직접 대군을 이끌고 무기고를 점거하였다. 일찍이 어떤 사람이 이 일을 탐청하여 조상의 집에 보고하였다.

조상의 처 유씨는 급히 전청(前廳)에 나가 수부관(守府官)에게 묻기를,

“지금 주인이 밖에 나가셨는데, 중달이 무슨 뜻으로 기병하였는가?”

하니, 수문장 반거(潘擧)가 말하기를

“부인께서는 놀라지 마십시오. 제가 가서 알아 오겠습니다.”

하고, 궁수 수십 명을 데리고 문루에 올라가 바라보니, 사마의가 마침 군사들을 데리고 부(府)의 앞을 지나는 것이 보였다. 반거는 사람들을 시켜 마구 활을 쏘게 하니 사마의가 지나갈 수가 없었다.

편장2) 손겸(孫謙)이 뒤에 있다가,

“태부께서 국가의 큰 일을 위해 하시는 일이니 활을 쏘지 말라.”

하며, 세 번이나 제지하자 반거는 바야흐로 쏘는 것을 그쳤다. 사마소가 아버지 사마의를 호위하고 지나서, 군사들을 이끌고 출성하여 낙하(洛河)에 주둔시킨 후 부교를 지키게 하였다.

이때, 조상의 수하 사마인 노지(魯芝)는 성중에 일이 생긴 것을 보고 와서 참군 신창(辛敞)과 상의하며,

“이제 중달이 이같이 변란을 일으키니 장차 이를 어찌하면 좋겠소?”

하니, 신창이 말하기를

---

2) **편장(偏將)**: 편비(偏裨). [史記 衛將軍 驃騎傳]「覇曰 自大將軍出 未嘗斬**裨將**」. [稱謂錄 兵頭 裨將]「李光弼專任之將曰**裨將** 又曰**偏將**」.

"본부병을 이끌고 출성하여 천자를 뵙시다."

하자 노지(魯芝)는 그 말이 옳다고 여기고, 신창은 급히 후당으로 들어갔다.

그의 누이 신헌영(辛憲英)이 보고, 묻기를

"너에게 무슨 일이 있기에 이렇게 황급히 오느냐?"

하거늘 신창이 말하기를,

"천자께서 밖에 나가셨는데 태부가 성문을 닫았어요. 필시 역모가 있을 것입니다."

하였다.

헌영이 대답하기를,

"사마공이 역모를 하려는 것이 아니라 조장군을 죽이려는 것일 뿐이다."

하니, 신창이 더욱 놀라서,

"조장군께서 어떻게 될지 알 수 없지 않습니까?"

고 물으니, 헌영이 대답하기를

"조장군께서는 사마공의 적수가 아니니 반드시 패할 것이다."

하거늘, 신창이 또 묻기를

"사마가 나에게 같이 가자 하였는데 가는 것이 좋을까요?"

하니, 헌영이 대답하기를

"직분을 지키는 것이 사람의 대의이다. 무릇 사람이 어려움에 처하면 불쌍히 여겨 구해 주어야 하거늘, 오히려 그것을 털어버리기 위해 채찍을 잡으니 상서롭지 못함이 매우 큰 것이다."

하였다.

신창이 그 말에 따라 노지와 수십 기를 이끌고, 관을 지키는 이를 죽이고 성문을 나갔다. 이것이 사마의에게 보고되었다. 사마의는 환범 또한 달아날까 두려워서 급히 사람을 시켜 저를 불렀다.

환범이 아들과 의논하니, 아들이 말하기를

"천자[車賀]께서 밖에 계신 터이니 남쪽으로 가는 것이 좋겠습니다."

하거늘, 환범이 그 말에 따라 말에 올라 평창문(平昌門)에 이르니 성문이 벌써 닫혀 있었다.

수문장은 지난 날 환범의 밑에서 아전 노릇을 하던 사번(司蕃)이었다. 환범이 소매 속에서 한 개의 죽판을3) 내어 보이며

"태후께서 조서를 내리시어 나가려는 것이니, 빨리 문을 열게."

하니, 사번이 말하기를

"어디 그 조서란 걸 보여주시오."

하였다.

환범이 꾸짖는다.

"네 놈은 내 옛 아전인데4) 어찌 감히 이럴 수 있느냐?"

하니, 사번은 어쩔 수 없어 문을 열고 나가게 하였다.

환범이 성 밖에 나가서 사번을 부르며,

"태부가 반란을 일으켰으니 너도 빨리 나를 따르거라."

하거늘, 사번이 크게 놀라서 추격하였으나 잡을 수가 없었다. 사람들이 이를 사마의에게 보고하였다.

사마의는 또한 놀라서,

"슬기의 주머니[智囊]가 샜구나! 이를 어찌하누?"

하니, 장제가 말하기를

---

3) 죽판(竹板) : 대를 깎아서 만든 판. 중국 고대에는 여기에 글씨를 썼음.

4) 옛 아전[故吏] : 이전에 일을 보던 아전(衙前). [後漢書 袁紹傳]「袁氏樹恩四世 門生故吏遍於天下」. [隨園隨筆 卷十一]「門生見漢書韋賢傳 顔師古注 門生者 猶云門下生也」.

"노마는 외양간의 콩만을 그리워하는 것이니, 반드시 그를 쓰지 않을 것입니다."5)

하거늘, 사마의는 이에 허윤(許允)과 진태(陳泰)를 불러서

"네가 가서 조상을 보고 '태부는 별 일이 있어서가 아니라, 그대네 형제들의 병권을 뺏으려는 것뿐'이라고 말하라."

하니, 허윤과 진태 두 사람이 떠났다.

또 전중교위 윤대목(尹大目)을 부르니 그가 왔다. 장제에게 글을 쓰게 하여 윤대목에게 주며, 가지고 가서 조상에게 보이라 했다.

사마의가 분부하기를,

"너와 조상은 신의가 두텁기에 이 일을 맡기는 것이다. 네가 조상을 보고 '나와 장제가 낙수(落水)를 두고 맹세하다니, 다만 병권의 일일 뿐 다른 일은 없다'고 말하여라."

윤대목이 명에 따라 나갔다.

한편, 조상은 마침 매를 날리고 개를 달리게 하며 사냥을 하고 있는데, 홀연 알려오기를 성에서 변이 생겨서 태부께서 표문을 올렸다 한다. 조상이 크게 놀라서 거의 말에서 떨어질 뻔하였다. 황문관(黃門官)이 표문을 받들고 천자 앞에 꿇어앉았다.

조상이 표문을 열어서 근신에게 읽게 하니, 그 내용은 대강 아래와 같다.

---

5) 노마는 외양간의 콩만을 그리워하는 것이니, 반드시 그를 쓰지 않을 것입니다 [駑馬戀棧豆 必不能用也]: 늙은 말이 콩을 그리워한다는 뜻이나, '토인(土人) 이 옛 주인의 집을 그리워하는 마음'의 비유임. [三國志 魏志 曹爽傳注]「引于 寶晉書云 蔣濟言桓範知矣 駑馬戀棧豆 爽必不能用也」. [韓非子 說林 下]「伯樂敎 其所憎者 相千里之馬 敎其所愛者 相駑馬」.

정서대도독 태부 사마의는 진실로 황공하옵고 두려운 마음으로 머리를 조아려[6] 표문을 올리나이다.

신이 예전에 요동에서 돌아오자 선제께서는 폐하·진왕(秦王)과 신 등에게 조서를 내리시어 어상(御牀)에 오르시게 하고, 신의 어깨를 잡으시고 '뒷일이 심히 걱정된다' 하셨습니다. 이제 대장군 조상이 고명을[7] 저버리고 나라의 기틀을 어지럽히고 있습니다. 안으로는 참람한 행동을 하고 밖으로는 위세와 권력으로 전횡하고 있어서, 내시 장당을 도감으로 삼아 같이 오가며, 지존을[8] 감찰하며 신기를[9] 엿보고 이궁을[10] 이간하며 골육을[11] 서로 죽이게 하고 있습니다. 그래서 나라가 흉흉하고 백성들이 위험과 두려움을 품고 있사옵나이다. 이는 선제께서 폐하에게 조서를 내리시고 신에게 부탁하신 뜻이 아니옵나이다.

---

6) 머리를 조아려[頓首] : 머리를 조아림. 「돈수재배」(頓首再拜). [周禮 注]「稽首 拜頭至地也 頓首 拜頭叩地也」. [疏]「稽首頓首 俱頭至地 但稽首至地多時 頓首至地卽擧 故以叩地言之 謂若以首叩物然」.

7) 고명(顧命) : 임금의 유언으로 나라의 뒷일을 부탁하는 말. 유조(遺詔). [書經 顧命序]「奉諸侯相康王作顧命 (傳) 臨終之命曰 顧命」. [禮記 緇衣]「葉公之顧命曰 毋以小謀敗大作」.

8) 지존(至尊) : 더 없이 존귀하다는 뜻으로 '임금'을 공경하여 일컫는 말임. [賈誼 過秦論]「履至尊而制六合」. [通典]「凡夷夏之通稱, 天子曰皇帝 臣下內外兼稱曰 至尊」.

9) 신기(神器) : 임금의 자리. 천자(天子)의 위(位). 「천위지척」(天位咫尺)은 하늘이 멀지 않은 곳에서 감찰(鑑察)하여, 그 위엄이 면전에 있으니 공구하여 근신하라는 말. [禮記 禮運]「祭帝於郊 所以定天位也」. [漢書 師丹傳]「臣聞 天威不違顔咫尺 願陛下 深思先帝所以建立陛下之意」.

10) 이궁(二宮) : 천자와 곽태후를 가리켜 하는 말임. [顔氏家訓 風操]「朝見二宮」. [沈約 齊故安陸昭王碑文]「二宮軫慟 邂逅同哀」.

11) 골육(骨肉) : 모자의 정. 「골육지친」(骨肉之親). [呂氏春秋]「父母之於也子 子之於父母也 謂骨肉之情」. [禮記 文王世子篇]「骨肉之情 無絕也」.

신이 비록 노쇠하였지마는12) 감히 지난 날 말씀을 잊겠습니까? 태위 장제와 상서 사마부 등이 임금님을 업신여기는 마음을 가지고 있습니다. 저의 형제에게 병권을 맡겨 숙위(宿衛)하게 함이 마땅하지 않으리라 하여 영녕궁(永寧宮)의 황태후께 아뢰었더니, 신에게 칙지를 내려 표주하온 바와 같이 시행하라 하셨사옵나이다.

신은 곧 주관하는 자와 황문령에 명령을 내려 조상과 조희·조훈의 병권을 파하여 집으로 돌려보내시되, 어가를 두류한다면13) 곧 군법으로써 이 일을 다스리겠나이다. 신은 병을 무릅쓰고 군사를 거느려 낙수 부교에 군사들을 주둔시키고 상황을 살피려 하옵나이다.

이에 삼가 이 사실을 아뢰며, 엎드려 성청(聖聽)을 바라나이다.

위주 조방이 다 듣고 나서, 이내 조상을 불러 말하기를
"태부의 말이 이와 같으니 경은 어찌 처신하겠소?"
하자, 조상이 어찌할 바를 모르고 머리를 돌려 둘째 아우에게 이르기를
"어찌하랴?"
하거늘, 조희가 말하기를
"이 못난 동생이 일찍이 형님에게 간하였건만, 형님이 미혹에 잡히고 듣지 않아서 오늘에 이르렀습니다. 사마의는 거짓 계책[譎詐]을 쓰는데 있어 비교할 사람이 없는 인물로, 공명도 오히려 그를 이기지 못하였거늘 항차 우리 형제이겠습니까? 저희 스스로 몸을 묶어 저를 봐서 죽음을 면케 해달라고 할 수밖에요."

---

12) **노쇠하였지마는[朽邁]** : 늙었음. 노쇠함. [三國志 魏志 曹爽傳]「臣雖**朽邁** 敢忘往言」. [魏書 于烈傳]「臣雖**朽邁** 心力猶可」.

13) **두류(逗留)** : 머물러 있고 떠나지 아니함. [漢書 匈奴傳]「祈連知虜在前 **逗留**不進」. [後漢書 光武紀]「不拘以**逗留法**」.

하거늘 말이 끝나기도 전에, 참군 신창과 사마 노지가 이르렀다.

조상이 저에게 물으니, 두 사람이 고하기를

"성중을 철통같이 지키고 있으며 태부가 이끄는 병사들이 낙수 부교에 주둔하고 있는데, 그 기세가 다시는 돌아가지 않을 듯합니다. 빨리 대계를 정함이 마땅할 듯합니다."

하였다.

그러고 있는 중에 사농 환범이 말을 몰아 이르러, 조상에게

"태부가 벌써 변을 일으켰습니다. 장군께서는 어이하여 천자께 허도로 가서 외병들은 조정하여, 사마의를 토벌하지 않으십니까?"

하거늘, 조상이 묻기를

"우리 집 가솔들이 다 성중에 있는데, 어찌 다른 곳에 가서 구원을 청하겠느냐?"

하였다.

환범이 묻기를,

"필부라도 난을 당하면 오히려 살고자 하는 것입니다! 지금 주군께서는 천자를 따라 천하를 호령하고 계신 터에, 누가 감히 응하지 않겠나이까? 어찌 스스로를 사지에 몸을 던지려 하십니까?"

하였다. 조상이 그 말을 듣고 결단을 내리지 못하며, 오직 눈물만 흘리고 있을 따름이었다.

환범이 말하기를,

"이제 허도로 가신다면 불과 반나절 거리입니다.[14] 성중에는 양초가 수 년을 견딜 수 있을 만큼 풍족합니다. 주공의 별영(別營) 군마가 가까운 성 남쪽에 있으니 부르기만 하신다면 곧 올 것입니다. 또 대사

---

14) 반나절 거리입니다[中宿] : 반나절의 '아주 가까운 거리'를 이름. [左氏 僖 二十四]「命女三宿 女中宿至」. [會箋]「中宿 開一宿夜 卽二日一夜」.

마의 인을 제가 가지고 있습니다. 주공께서 급히 가셔야지 늦으면 헛일입니다.”

하거늘 조상이 관리들을 돌아보며,

“여러 관리들은 너무 재촉지 마시구려. 내 좀 생각을 해야겠소이다.”

하였다. 얼마 아니 되어서 시중 허윤과 상서령 진태가 당도하였다.

두 사람이 재촉한다.

“태부께서는 장군의 권력이 너무 중하다 하시며 병권을 내놓게 하실 뿐, 다른 의도는 없으시오니 속히 성으로 돌아가시지요.”

하거늘, 조상이 묵연히 말이 없었다. 또 전중 군위 윤대목이 이르렀다.

윤대목이 말하기를,

“태부께서는 낙수를 가리키며 다른 뜻은 없다고 맹세하셨습니다. 장태위의 글이 여기 있습니다. 장군께서는 병권을 버리시고 속히 상부(相府)로 돌아오시오.”

하였다.

조상이 그것은 옳은 말이라 믿는다 하거늘, 환범이 또 고하기를

“일이 급합니다. 다른 말은 듣지 마시고 죽을 땅으로 나가지 마시옵소서!”

하였다.

이날 밤 조상은 뜻을 결정하지 못하고 이내 칼을 빼어 손에 들고 깊이 한탄하며 생각하였다. 황혼녘부터 새벽까지 눈물만 흘리며 끝내 새벽까지도 뜻을 정하지 못하였다.

환범이 장막에 들어와서 재촉하기를,

“주공께서는 밤에 생각하셨으면서도 어찌 결단을 내리지 못하십니까?”

하거늘, 조상이 칼을 던지며 한탄하되

"내가 기병을 하지 않고 모든 관직을 버리겠다. 부가옹으로15) 늙을 수만 있으면 족하다!"

하거늘, 환범이 크게 울면서 장막에서 나가며 말하기를

"조자단은 지모가 있다고 늘 자신하더니 형제 세 사람 모두가 돼지 새끼들이다!"

하며 통곡해 마지않았다.

허윤과 진태 등이 먼저 대장군의 인수를 사마의에게 보내라 하자, 조상은 대장인을 보냈다.

주부 양종(楊綜)은 인수를 붙잡고 울며,

"주공께서 오늘 병권을 버리시고 스스로 묶어 항복하시면, 동쪽 저자에서16) 죽게 되실 것입니다."

하거늘 조상이 말하기를,

"태부께서는 반드시 나에 대한 신의를 버리지 않을 것이다."

하고, 이에 조상은 대장인을 허윤과 진태에게 주어 먼저 사마의에게 보냈다. 여러 군사들은 장인(將印)이 없어지자 뿔뿔이 사방으로 흩어졌다. 조상은 수하에 몇 기의 말을 타고 있는 관료들만 있었다. 조상이 부교에 이르렀을 때에, 사마의는 영을 전해 조상 세 형제는 집으로 돌아가 있고 나머지 다 감옥에 수감시키고 칙지를 기다리게 했다. 조상 등이 입성할 때에는 한 사람의 시종도 없었다.

---

15) 부가옹(富家翁) : 부옹(富翁). 부잣집 늙은이. '안락만을 추구하는 평범한 사람'의 뜻. [史記 留侯世家 意慾留居之(注)]「徐廣曰 一體 噲諫曰 沛公欲有天下耶 將欲爲富家翁耶 沛公曰 吾欲有天下」. [論衡 初禀]「富家之翁 貲累千金 生有富骨 至生積貨 至於年老 遂成富家」.

16) 동쪽 저자에서[東市] : 장안의 동쪽 저잣거리이나, 한나라 때 이곳에서 죄인의 목을 베어 죽였기 때문에 '사형집행장'의 뜻을 갖게 되었음. [漢書 鼂錯傳]「錯衣朝衣 斬東市」.

환범이 부교 변에 이르자, 사마의는 말 위에서 채찍을 들어 그를 가리키면서,

"환대부(桓大夫)는 어찌해 이렇게 되었소?"

하거늘, 환범은 머리를 떨어뜨리고 말없이 입성해 버렸다.

이에 사마의는 어가를 맞아 낙양으로 들어갔다. 조상 3형제는 집에 돌아온 후에 사마의는 큰 열쇠로 대문을 잠그고, 동네 백성 8백 명으로 집 주위를 지키게 하였다. 조상은 근심 걱정으로 지냈다.

아우 조희가 조상에게 묻기를,

"지금 집에 양식이 떨어졌으니, 형님이 태부에게 양식을 꾸어 달라고 편지를 해보세요. 기꺼이 써 식량을 꾸어 준다면 반드시 우리를 해할 생각이 없는 것 아니겠습니까?"

하거늘, 조상이 이에 편지를 써서 가지고 가게 하였다.

사마의는 편지를 보고, 마침내 사람을 보내 식량 1백 곡을 조상의 부중으로 보냈다.

조상이 크게 기뻐하며,

"사마공이 본래부터 나를 해칠 마음은 없었구나!"

하고는, 마침내 걱정하지 않았다. 원래 사마의는 황문 장당을 먼저 하옥시키고 죄를 물었다.

장당이 말하기를,

"나 혼자가 아니라, 하안·등양·이승·필궤·정밀 등 다섯 사람들이 함께 찬역 모의를 했습니다."

하거늘, 사마의는 장당을 공초[供詞]하고 하안 등을 잡아다가 엄히 문초하니, 다 같이 3개월 안에 모반을 한다 하였다. 사마의는 저들에게 큰 칼을17) 씌워 가두게 하였다. 성문 수문장 사번은 환범이 조서를 빙자하여 출성하면서 태부께서 모반하였다고 말했다.

사마의가 말하기를,

"남이 모반한다고 모함하였으니 이는 반좌율에[18] 저촉된다."

하고 환범 등을 모두 하옥시켰다. 그런 뒤에 조상 삼 형제와 범인 일당은 모두 다 저자에서 참하고 삼족을 멸하였다. 그들의 가산과 재물은 다 국고에 들이게 하였다.

그때, 조상의 종제 문숙(文叔)의 처가 있었는데, 그녀는 하후령의 딸이었다. 일찍 과부가 되었고 자식이 없었으며 그 아비가 저를 개가시키고자 하였으나, 그녀는 귀를 잘라 스스로 맹세하였다. 조상이 죽자 그 아비가 다시 개가시키고자 하니, 이번에는 코를 잘라 버렸다.

그 집안이 놀라고 당황하여, 저에게 이르기를

"인간이 세상에 사는 것이 가벼운 티끌이 약한 풀끝에 있는 것 같은데,[19] 어찌해서 스스로 고통스러움을 이같이 참느냐? 남편의 집 또한 사마씨에게 다 죽었거들 이렇게 수절하려 함은 누구를 위한 것이냐?"

하니, 그녀가 울면서 말한다.

"제가 들으니 '인자(仁者)는 성쇠에 따라 절개를 고치지 않으며, 의자(義者)는 존망 간에 마음을 바꾸지 않는다.'[20]했습니다. 조씨가 번

---

17) 큰 칼[長枷釘] : 중죄인의 목에 씌우는 형틀. 「가쇄」(枷鎖)는 죄인의 목에 거는 자물쇠. [北史 流求國傳]「獄無枷鎖 惟用繩縛」.

18) 반좌율(半坐律) : 남을 무고한 사람에게는 그 무고한 죄와 같게 처벌하는 법. [唐律 鬪訟]「諸誣告人者 反坐」. [福惠全書 刑名部 人命 上 疑獄]「但以死罪誣人 律當反坐」.

19) 가벼운 티끌이 약한 풀끝에 있는 것 같은데……[人生世間 如輕塵棲弱草] : 가벼운 티끌이 약한 풀잎에 앉는 것과 같다는 뜻으로, '인생의 나약함'의 비유임. [新列女傳 魏]「人生在世間 如輕塵棲弱草耳」. [漢書 蘇武傳]「人生如朝露 何久自若此」. [潘岳 內顧詩]「獨悲安所慕 人生若朝露」.

20) 인자(仁者)는 성쇠에 따라 절개를 고치지 않으며, 의자(義者)는 존망 간에 마음을 바꾸지 않는다 : 원문에는 '仁者不以盛衰改節 義者不以存亡易心'으로 되

성할 때에는 끝까지 보존하려 하였는데, 하물며 멸망한 지금에야 어찌 저를 버리겠나이까? 이는 금수의 행동이니 내 어찌하겠나이까!" 하였다. 사마의가 듣고 저를 현명하다 여겨, 양자를 들여서 조씨의 후손을 잇게 하였다.

후세 사람의 시가 남아 있다.

'풀끝의 미진'이란 달관한 말이로되
하후씨의 딸 그 의로움 태산과 같네.
弱草微塵盡達觀
夏侯有女義如山.

장부도 미치지 못할 여인의 그 절개
스스로 수염을 만져보나 얼굴엔 땀만 흐르네.
丈夫不及裙釵節
自顧鬚眉亦汗顔.

한편, 사마의가 조상을 참하고 나자, 태위 장제는
"노지와 신창이 관문을 깨뜨리고 나갔고, 양종은 인을 빼앗아 내놓지 않는 등 다 따르지 않고 남아 있는데, 그냥 두어서는 아니 되오이다."
하니, 사마의가 말하기를
"저들은 각기 그 주인에게는 의인이오."
하고 마침내 각기 구직에 복직시켰다.

신창이 말하기를,

어 있음. [列女傳]「仁者不以盛衰改節 義者不以存亡易心」.

"내 만약 누님께 묻지 않았더라면 대의를 잃을 뻔했구나!"
하였다.

후세 사람이 신헌영을 예찬한 시가 전한다.

남의 신하된 자 그 녹을 먹었으니
주인이 위태로울 때 충성을 다해야 하리.
爲臣食祿當思報
事主臨危合盡忠.

신헌영 그녀가 일찍이 동생에게 권한 일
천 년이 지난 지금도 높이 칭송하도다.
辛氏憲英曾勸弟
古今千載頌高風.

사마의는 신창 등을 용서해 주고 이에 방을 붙여 효유하였다.[21]
단 조상의 문하에 있던 사람들을 다 살려주고, 관료들은 옛 자리에
복직시켜 준다 하였다. 군민들은 각기 가업을 지키게 하니 내외가 안
돈 되었다. 하안과 등양 두 사람은 비명에 죽었으니 인과응보라,[22]
관로가 말한 그대로였다.

후세 사람이 관로를 예찬한 시가 남아 전한다.

21) **효유(曉諭)** : 효유(曉喩). 알아듣게 타이름. [漢書 刑法志]「律令煩多 百有餘
萬言 明習者不知所由 歌以**曉諭**衆庶 不亦難乎」. [文選 司馬相如 喩巴蜀檄]「遺信
徒 **曉喩**百姓」.

22) **인과응보(因果應報)** : 「인과보은」(因果報恩)은 사람은 과거에 지은 인업의
선악에 따라서 과보가 있다는 뜻. [法華經 方便品]「如是**因** 如是**緣** 如是**果** 如是
報」. [慈恩傳 七]「唯談玄論道 **因果應報**」.

성현의 못한 비결은 모두 얻었으니
평원 관로의 상법 귀신과 통했네.

傳得聖賢眞妙訣

平原管輅相通神.

하안과 등양을 '귀유'·'귀조'라 분별하더니
죽기 전에 이들이 죽을 줄을 알고 있었네.

「鬼幽」「鬼躁」分何鄧

未喪先知是死人.

한편, 위주 조방은 사마의를 봉해 승상을 삼고 구석을23) 더하였으
나 사마의는 고사하며 받지 않았다.

그러나 조방은 윤허하지 않고 부자 세 사람이 함께 국사를 맡아 보
게 하였다. 사마의는 홀연히 한 가지 일이 생각났다.

"조상의 전 가솔이 비록 죽었으나 아직도 하후패가 옹주 등을 수비
하고 있어서, 조상과 관계된 인척들이 갑자기 모여서 난을 일으키면
어떻게 방비하느냐? 마땅히 처치를 해야겠다."

하고, 사신을 옹주에 보내서 정서장군 하후패를 낙양으로 올라오게
하였다. 화후패가 이를 알고 크게 놀라서 곧 본부의 3천 군사들을 이
끌고 반란을 일으켰다. 옹주자사 곽회는 하후패가 반란을 일으켰음을

---

23) 구석(九錫) : 공로가 있는 신하에게 임금이 내리던 거마·의복 등 아홉 가지
물건. [漢書 武帝紀]「元朔元年 有司奏古者諸侯貢十二 一適謂之好德 再適謂之
賢賢 三適謂之有功 乃加九錫 (注) 九錫 一曰車馬 二曰衣服 三曰樂器 四曰朱戶
五曰納陛 六曰虎賁百人 七曰鈇鉞 八曰弓矢 九曰秬鬯」. [潘勖 冊魏公九錫之]「今
又加君九錫」.

알리고, 곧 본부병을 거느리고 하후패와 싸우러 나갔다.

곽회는 말을 타고 나가서 그케 꾸짖기를,

"네가 대위의 황족이 되었고 천자께서 일찍이 너를 홀대하지 않았거늘, 무슨 연고로 배반하느냐?"

하니, 하후패가 또한 꾸짖으며 말하기를,

"나의 조부께서는 나라를 위해 많은 공을 세우셨거늘, 지금 사마의는 어떤 놈이냐! 우리 조씨 종족을 죽이고 또 나까지 없애려 하니, 머지 않아서는 왕위를 찬탈할 생각이렷다. 내 의에 따라서 적을 토벌하려는데, 어찌 이를 반역이라 하느냐?"

하였다.

하후패가 칼을 휘두르며 말을 몰아 와서 맞는다. 싸움은 10합이 못되어서 곽회가 패주하자 하후패가 급히 뒤를 추격한다. 문득 후군에서 함성이 들리거늘, 하후패가 급히 말을 돌리려 할 때에 진태가 병사들을 이끌고 짓쳐 왔다. 곽회는 다시 돌아서서 양쪽에서 협공을 하자, 하후패가 병력의 태반을 잃고 대패하여 달아났다. 깊이 생각해 보았으나 뾰족한 계책이 없자, 드디어 한중으로 다시 와서 후주에게 투항하였다.

어떤 사람이 강유에게 보고하였으나, 강유는 믿지 않고 사람을 시켜 득실을 자세히 알아오게[24] 하고나서야 입성하게 하였다. 하후패는 절하고 보고나서 울면서 전에 있었던 일들을 자세히 고하였다.

강유가 말하기를,

"옛날에 미자는[25] 주나라에 가서 만고에 이름을 얻었소이다. 공은

---

24) 득실을 자세히 알아오게[體訪得失] : 득과 실을 자세히 알아봄. 「득실」(得失). [詩經 大序]「國史明乎得失之迹 傷人倫之廢 哀刑政之苛」. [戰國策 齊策]「非得失之策與」.

이제 한실을 돕게 되었으니 옛사람에게 부끄러워 할 게 없게 되었소
이다."

하고, 드디어 술자리를 베풀어 환영하였다.

강유가 술자리에서 묻기를,

"지금 사마의 부자가 모든 권력을 장악하고 있으니, 우리나라를 넘
보고 있겠지요?"

하니, 하후패가 말하기를

"노적이 바야흐로 역모를 꾀할 것인데 밖에 신경을 쓰겠습니까? 다만
위국에는 새로운 사람이 있습니다. 마침 묘령(妙齡)인 때라 만약에 이들
이 병마를 거느린다면, 실제로 오와 촉은 큰 화를 겪을 것이외다."

한다.

강유가 또 묻는다.

"그 사람이 누구입니까?"

하니, 하후패가 대답하기를

"한 사람은 비서랑을 하고 있으며 영천의 장사(長社) 사람인데, 성은
종(鍾), 이름은 회(會)이고 자는 사계(士季)이며, 태부 종요의 아들입니
다. 어려부터 담력과 지혜가 있어 두 아들을 데리고 문제(文帝)를 뵈었
습니다. 그때 나이가 일곱 살이었고 그의 형 육(毓)은 여덟 살 때였습
니다.

어려서 임금님을 뵈오니 황송하고 두려워서 얼굴에 온통 땀이 흘렀
는데, 문제가 육에게 묻기를

---

25) **미자(微子)**: 은 주왕(紂王)의 서형(庶兄). 주왕의 황음을 여러 번 간했으나
듣지 않자 떠났는데, 주의 무왕이 송(宋)에 봉해 주어 은족(殷族)을 다스리며
조선(祖先)을 받들었음. [中國人名]「商 紂同母庶兄 本名開……爲紂卿士 紂淫亂
數諫不聽 作誥父師少師 遂去之 周公誅武庚 命**微子**代殷後 國於宋 作**微子**之命」.

"자네는 어째서 땀을 흘리는가?"

하니, 육이 대답하기를

"전전황황하여26) 땀이 비 오듯 하옵나이다."

하였다.

　문제가 또 회에게 묻기를,

"자네는 어찌해서 땀이 나지 않는가?"

하니, 회가 대답하기를

"전전율률하여27) 땀이 나지 않습니다."

하였답니다.

　그때, 문제께서 유독 기특하게 여기셨는데 점점 자라면서 병서 읽기를 좋아하고 도략에28) 아주 밝아서, 사마의가 장제와 함께 그 재주를 일컬었답니다.

　또 한 사람은 연리로29) 있는데 의양 사람입니다. 성은 등(鄧), 명은 애(艾), 자는 사재(士載)라 하는데, 어려서 아비를 잃었으나 평소부터 큰 뜻을 가지고 있었습니다. 높은 산과 큰 못을 보면 지형을 살펴보고 그림으로 그려서, 어느 곳에 둔병이 가능한지 군량을 쌓아 둘 것인지

---

26) **전전황황**(戰戰惶惶) : 몹시 두려워서 떪. 「전전긍긍」(戰戰兢兢)은 두려워서 매우 조심함. [詩經 小雅篇 惶小旻]「**戰戰兢兢** 如臨深淵 加履薄氷」. [國語 楚語下]「其誰敢不**戰戰兢兢**以事百神」.

27) **전전율률**(戰戰慄慄) : 두렵거나 무서워 벌벌 떪. 전율(戰慄). [淮南子 人間訓]「**戰戰慄慄** 日愼一日 人莫躓於山 躓於垤」. [史記 律書]「誤居正位 常**戰戰慄慄** 恐事之不終」.

28) **도략**(韜略) : 「육도삼략」(六韜三略). '육도'는 태공망이 지었다는 문도·무도·용도·호도·표도·견도 등 60편이고, '삼략'은 상·중·하 3권으로 되어 있다 함. [耶律楚材 送王君王西征詩]「五車書史豈勞力 **六韜三略** 無不通」.

29) **연리**(掾吏) : 아전(衙前). [史記 張湯傳]「必引正監 **掾吏**賢者」. [漢書 丙吉傳]「官屬**掾吏**」.

매복하기 좋은 곳인지 등을 말하니 사람들이 그를 비웃었습니다. 오직 사마의가 그의 재주를 기이하게 생각해, 마침내 참찬 군기를 삼았습니다. 애는 말을 더듬거려서 늘 임금께 아뢸 때마다 '애……애' 하였습니다.

사마의가 농담으로 말하기를,

"경은 애……애하니 모두 애가 몇이나 되오?"

하자, 등애가 대답하기를

"봉황이여 봉황이여 하면 봉황은 한 마리 아닌가요?"

하였는데, 그는 천성이 민첩하기가 대저 이와 같으니 두 사람이 두렵다 할 것이외다. 하니 강유가 웃으며 묻기를

"그 같은 어린애들이야 어찌 족히 얘깃거리가 되겠소이까!"

하였다.

이에, 강유는 하후패를 데리고 성도에가 유주를 뵈었다.

강유가 아뢰기를,

"사마의가 조상을 죽이고 또 하후패를 잡으려 하므로, 이로 인해 투항해 왔사옵나이다. 지금 사마의 부자가 전권을 가지고 있으며, 조방은 유약하여 위나라가 장차 위험하게 될 것입니다.

신이 한중에 여러 해 있었는데, 병사들이 정예하고 군량이 넉넉합니다. 신이 군사들을 거느리고 곧 하후패를 길잡이로 삼아, 중원으로 진취하여 한실을 중흥하고자 합니다. 그래서 폐하의 은혜에 보답하고 승상의 뜻을 마무리 하려 하옵나이다."

하였다.

상서령 비위가 간하기를

"근자에 장완과 동윤 등이 다 죽어 나라를 다스릴 사람이 없으니, 백약은 마땅히 때를 기다려야 할 것이며 가벼이 움직여서는 안 됩니다."

하거늘, 강유가 묻기를

"그렇지 않소이다. 인생이란 백 년이라야 꿈결 같은데,30) 이렇게 시일만 끌다가는 어느 날에 중원을 회복하겠나이까?"

하였다.

비위가 또 묻기를,

"손자가 이르기를 '적을 알고 나를 알면 백 번 싸워도 다 이길 수 있다.'31) 하였는데, 우리들은 다 승상께 멀리 미치지 못하고 있으며, 승상께서도 일찍이 중원을 회복하지 못하셨소이다. 하물며 저희들이겠소?"

한다.

강유가 말하기를,

"내 옛적에 농서에서 오래 살았기 때문에 강인(羌人)들의 마음을 깊히 알고 있어요. 지금 만약에 강인들과 결연하여 도움을 받을 수만 있다면, 중원을 회복하지 못한다 해도 농서의 서쪽은 끊어 얻을 수가 있소이다."

하거늘, 후주께서 말하기를

"경이 이미 위나라를 정벌하려 했다면, 힘을 다해서32) 군사들의 예

---

30) 인생이란 백 년이라야 꿈결 같은데[人生如白駒過隙] : 인생은 흰망아지가 빨리 달리는 것을 문 틈으로 보는 것과 같이 눈 깜짝할 사이라는 뜻으로, '인생이나 세월이 덧없이 짧음'을 이르는 말임. 「구극」(駒隙). [漢書 張陳王 周傳]「張良 迺學道欲輕擧 高帝崩呂后德良 迺彊食之日 人生一世間 如白駒之過隙 何自若如此 良不得已彊聽食後六歲薨」. [漢書 魏豹傳]「人生一世閒 如白駒過隙」. [莊子 知北遊]「人生天地之間 若白駒之過郤 忽然而已」.

31) 적을 알고 나를 알면, 백 번 싸워도 다 이길 수 있다[知彼知己 百戰百勝] : '전쟁을 할 때에는 피아의 정세를 잘 알아야 함'을 이름. [孫子·兵法 謀攻篇 第三]「故曰 知彼知己 百戰不殆 不知彼而知己 一勝一負 不知彼不知己 每戰必殆」. [漢書 韓信傳]「成安君 有百戰百勝之計 一日而失之」.

기를 떨어뜨리지 마시오. 그래서 짐의 명을 저버리지 마시게."
하였다.

이에 강유는 칙령을 거느리고 조정을 떠나, 하후패와 함께 곧장 한중에 이르러 동병할 일을 의논하였다.

강유가 권유하기를,

"먼저 사신을 강인들이 있는 곳에 보내어 동맹을 맺게 하고, 그 후에 서평(西平)을 나서 옹주로 가까이 가십시다. 먼저 국산(麴山) 아래에다가 성 둘을 쌓고, 군사들에게 이를 지키게 하여 기각지세를33) 삼아, 양초를 다 천구(川口)에 갖다 놓고 승상의 옛 제도를 따라서 차례로 진병하도록 하십시다."

하고, 그 해 가을 8월에 먼저 촉장 구안(句安)과 이흠(李歆)에게 군사 1만 5천을 이끌고 가서 국산 앞에 성 둘을 쌓아, 구안은 동쪽 성을 이흠은 서쪽 성을 지키게 하였다.

어느 틈에 세작들이 이 일을 옹주자사 곽회에게 보고하였다. 곽회는 이 일을 낙양에 보고하는 한편, 부장 진태에게 5만 명을 이끌고 가서 촉병들과 싸우게 조치하였다. 구안과 이흠은 각기 군사들을 이끌고 나가 싸웠다. 그러나 군사들이 적어 적을 막아내지 못하고 성으로 밀려 들어왔다.

진태는 영을 내려 성을 포위 공격하고, 또 병사들을 시켜 한중에서 오는 양도를 끊게 하였다. 구안과 이흠 등은 양곡이 떨어지기에 이르

---

32) **힘을 다해서[盡忠竭力]** : 충성을 다하고 있는 힘을 다함. 「진충보국」(盡忠報國)·「갈력보상」(竭力輔相). [禮記 燕義]「臣下**竭力能盡** 以立功於國」. [劉氏鴻書 岳飛 下]「飛裂裳以背示鑄 有**盡忠報國**四大字」.

33) **기각지세(掎角之勢)** : 앞 뒤에서 적을 몰아칠 수 있는 태세. '기각'은 '앞 뒤에서 서로 응하여 적을 견제함'. [左傳 襄公十四年]「譬如捕鹿 晋人**角**之 諸戎**掎**之」. [北史 爾朱榮傳]「曾啓北人 爲河內諸州欲爲**掎角勢**」.

렀다. 곽회는 직접 군사들을 거느리고 이르러 지세를 보고 기뻐하며 영채로 돌아왔다.

그리고 진태와 의논하기를,

"이 성은 산세가 높으니 필연 성을 나가 물을 길어올 것이오. 만약에 그 상류를 끊는다면 촉병들은 다 목말라 죽을 것이외다."

하고, 즉시 군사들에게 땅을 파다 상류에 둑을 쌓아 막으라 하였다. 과연 성중의 물이 떨어지고 이흠이 물을 구하러 성을 나오자, 옹주의 병사들이 포위를 단단히 했다. 이흠은 죽기로써 싸웠으나 나갈 수 없자, 다시 성 안으로 물러갔다. 구안의 성중에도 물이 떨어져 이흠을 만나 병사들을 이끌고 군사들을 한 곳에 모아 오랫동안 싸웠으나, 또 패하여 성으로 쫓겨 들어왔다. 군사들은 목이 말라 죽을 지경이었다.

구안과 이흠이 말하기를

"강도독의 병사들이 지금도 도착하지 않고 있으니, 그 이유를 모르겠나이다."

하였다.

이흠이 묻기를,

"내 목숨은 버리더라도 짓쳐 나가서 구원을 청하겠소."

하고는, 마침내 수십 기만을 이끌고 성문을 열고 짓쳐 나가 구원하러 갔다. 옹주병들이 사방을 에워싸고 있는 속에, 이흠이 힘을 써서 충돌하여 겨우 탈로를 열었다.

그러나 자기 혼자인데다가 몸에 여러 군데 상처를 입었고, 나머지 군사들은 다 싸우다가 죽었다. 이날 밤에는 북풍이 크게 불고 음산한 구름이 모여들더니 큰 눈이 내렸다. 이로 인해 성 안에 있던 촉병은 양식을 나누어 눈으로 밥을 지어 먹었다.

한편, 이흠이 포위망을 뚫고 나가 서산의 소로를 따라 거의 이틀이 되어서야 강유의 군사들을 만났다.

이흠이 말에서 내려 땅에 엎드려 말하기를,

"국산의 두 성이 다 위병에게 포위되어 있으며 물길이 끊겼습니다. 다행히도 눈이 내려서 이로 인해 눈으로 밥을 지어 먹으며 지내고 있습니다. 아주 위급한 상태입니다."

하니, 강유가 변명한다.

"내가 구원이 지체된 것이 아니고 강병들을 모으느라고 늦었소이다."

하고, 마침내 명을 내려 이흠을 서천에 들어가 양병을 하게 하였다.

강유가 하후패에게 묻기를,

"강병은 오지 않고 있고 위병들이 국산을 포위하여 아주 급하게 되었소. 장군의 생각은 어떻습니까?"

하니, 하후패가 대답하기를

"만약에 강병들이 국산에 이르기를 기다렸다가는 두 성을 다 잃게 될 것입니다. 내 생각에 옹주병들은 필시 다 와서 국산을 칠 것입니다. 그래서 옹주성은 비어 있을 것입니다. 장군께서 군사들을 이끌고 우두산(牛頭山)으로 가서서 옹주성의 배후를 치십시오. 곽회와 진태는 반드시 옹주성을 구하기 위해서 돌아갈 터인 즉, 국산의 포위망은 저절로 풀릴 것입니다."

하거늘, 강유가 크게 기뻐하며 말하기를

"아주 좋은 계획이외다."

하고, 이내 강유도 병사들을 이끌고 우두산을 바라고 갔다.

한편, 진태는 이흠이 성을 짓쳐 나가는 것을 보고, 곽회에게

"이흠이 만약에 강유에게 급히 알린다면 강유는 우리의 대병들이 다 국산에 있으니, 필시 우두산에서 우리의 배후를 급습할 것이오. 장군께서는 군사들을 이끌고 조수(洮水)를 취하고, 촉병들의 양도를 끊

으십시오. 나는 군사의 반을 이끌고 지름길로 우두산으로 가서 저들을 공격하겠소. 저들이 만에 하나 양도가 이미 끊긴 것을 안다면, 필시 스스로 달아날 것이외다."

하거늘, 곽회는 그의 말에 따라 일군을 이끌고 은밀하게 조수를 취하였다. 진태는 일군을 이끌고 우두산으로 갔다.

한편, 강유가 우두산에 이르렀는데 홀연 앞에서 함성이 들리더니, 위병들이 길을 막고 있다는 보고가 들어왔다. 강유는 황급하여 직접 앞에 가서 보았다.

진태가 큰 소리로 말하기를,

"네가 나의 옹주를 범하려 하느냐! 내 이미 기다린 지 오래다!"

하였다. 강유가 크게 노하여 창을 꼬나들고 말을 몰아 곧장 진태를 취하려 하였다. 진태 역시 칼을 휘두르며 나와 맞는다. 싸움이 3합이 다 못 되어서 진태가 패해 달아나고, 강유가 병사들을 몰아 엄습하였다. 옹주의 군사들이 패퇴하여 돌아가 산꼭대기를 점거하고 머물렀다. 강유는 군사들을 수습해서 우두산 아래에 하채하였다. 강유가 매일 나가 싸움을 돋우었으나 승부가 나지 않았다.

하후패가 강유에게 권유하기를,

"이곳은 오래 머물 만한 곳이 못 됩니다. 매일 싸워도 승부가 갈리지 않으니, 이는 저들이 우리를 유인하려는 계책인 듯싶습니다. 필시 다른 계책이 있는 것입니다. 잠시 물러났다가 다시 좋은 계책을 쓰십시다."

하고 말하고 있는 사이에, 문득 곽회가 일군을 이끌고 조수를 취하고 양도를 끊었다는 보고가 들어왔다.

강유는 크게 놀라서 하후패에게 퇴각하게 하고 강유 자신은 뒤를 끊었다. 진태가 군사들을 5로로 나누어 급히 쫓아왔다. 강유는 5로의 총구를 막아 위병과 싸웠다. 진태가 병사를 재촉해 산 위로 오르게 하니, 산 위에서 화살과 돌멩이들이 비 오듯 퍼부었다.

강유가 급히 조수로 퇴각하고 있을 때 곽회가 군사들을 이끌고 짓쳐왔다. 강유의 병사들이 오가며 충돌하였으나 위병들의 막음이 촘촘해서 마치 철통과도 같았다. 강유가 죽기를 다해 짓쳐 나왔으나 병사들을 태반이나 잃고, 나는 듯이 달아나 양평관에 이르렀다. 그런데 앞에서 또 일군이 짓쳐 왔다. 앞선 장수가 말을 몰아 칼을 빗기 들고 나오는데, 그는 얼굴 생김새가 둥글고 귀가 크며 입은 네모지고 입술은 붉었다. 왼쪽 눈 아래에 검은 혹이 있고 혹 위에 검은 털이 수십 개 나 있었다. 사마의의 큰 아들 표기장군 사마사였다.

강유가 크게 노하면서 말하기를,

"어린 놈이 감히 내 길을 막고 나서느냐!"

하며, 말을 박차며 창을 꼬나들고 곧장 사마사를 찔렀다. 사마사가 칼을 휘두르며 맞아 싸웠으나 단지 3합 만에 패주하거늘, 강유는 몸을 빼어 곧장 양평관으로 달려갔다. 성 위에 사람이 문을 열고 강유를 성내로 들였다.

사마사는 또 관을 뺏으려고 왔거늘, 양쪽에 매복해 있던 궁노수들이 일제히 활을 쏘아댔다. 한 궁노에게서 '열 개의 화살이 날아가는데, 이는 무후가 임종할 때에 남겨둔 '연노'의 방법이었다.[34]

이에,

---

34) **연노의 방법[連弩之法]**: 연노를 쏘는 방법. '연노'는 '쇠뇌'. '쇠뇌'는 여러 개의 화살을 잇달아 쏘게 만든 활임. [漢書 李陵傳]「發**連弩** 射單于 (注) 服虔曰 三十弩共一弦也」.

이날 삼군이 모두 패해 어려운 속에서도
당년에 전수 받은 '연노법'이 그를 살렸네.

難支此日三軍敗
獨賴當年十矢傳.

사마사의 목숨이 어찌 되었는지는 모른다. 하회를 보라.

제108회

정봉은 눈 속에서 단도를 뽑아 들고
손준은 술자리에서 밀계를 시행하다.
　丁奉雪中奮短兵
　孫峻席間施密計.

　한편, 강유가 달아나는데 사마사가 군사들을 이끌고 길을 막고 있
는 것과 맞닥뜨렸다. 원래 강유가 옹주를 취하려 했을 때, 곽회가 조
정에 나는 듯이 알리니 위주는 사마의와 함께 의논하였다. 사마의는
큰 아들 사마사에게 5만 명을 이끌고, 먼저 가서 옹주를 돕게 했던
것이다.

　사마사는 곽회가 촉병을 쳐서 물리쳤다는 것을 알고, 촉병의 세력
이 약하려니 하고 중간에 와서 저들을 쳤던 것이다. 사마사는 곧 추격
해 양평관에 이르렀다. 뜻밖에도 강유는 무후에게서 전수받은 '연노
법'을 써서 양편에서 몰래 연노1) 1백여 대를 배치하고, 한 노에서 열
발씩 발사하였는데 화살마다 다 독화살[藥箭]이었다.

　양편에서 연노의 화살이 일제히 날아와 앞섰던 군사들과 군마들이
맞아서 죽는 자가 부지기수였다. 사마사는 혼란에 빠진 군사들 속에

---

1) **연노(連弩)**: 연달아 쏠 수 있게 만든 불화살. '연노'는 '쇠뇌'. '쇠뇌'는 여러
　개의 화살을 잇달아 쏘게 만든 활임. [漢書 李陵傳]「發**連弩** 射單于 (注) 服虔曰
　三十弩共一弦也」.

서 도망하여 겨우 살아났다.

한편, 국산성의 촉장 구안은 구원병이 이르지 않자, 성문을 열고 위에 투항하였다. 강유는 이 싸움에서 수만의 병사들을 잃고, 패병을 거느리고 한중으로 돌아가 군사들을 주둔시켰다. 사마사도 낙양으로 돌아갔다. 가평 3년 가을 8월. 사마의는 병에 걸려 병세가 심해졌다.

이에 두 아들을 침상 앞에 불러서,

"내 일은 곧 위나라의 역사이다. 나라에서 태부의 벼슬을 받았으니 이는 신하로서는 가장 높은 자리에 오른 것이다. 사람들이 다 나에게 딴 마음이 있으려니 하고 의심하고 있으나, 나는 일찍이 항상 두려운 마음을 품고 살았다. 내가 죽은 뒤에 너희 두 사람은 국정을 잘 다스리되, 부디 삼가고 또 삼가야 한다!"

라는, 말을 마치고 죽었다. 큰 아들 사마사와 둘째 사마소 두 사람은 위주 조방에게 아버지의 죽음을 아뢰었다.

조방은 예를 다해서 사마의의 장사를 지내게 하였다. 그에게 시호를 내리고 사마사를 봉해 대장군을 삼아 상서기밀대사를 총령하게 하고, 사마소를 표기상장군으로 삼았다.

한편, 오주 손권에게는 일찍이 태자 손등(孫登)이 있었는데, 서부인(徐夫人)이 낳은 아들로 적오(赤吳) 4년에 죽었다. 그 후 낭야 왕부인(王夫人) 소생의 둘째 손화(孫和)를 태자로 삼았다.

그러나 손화는 전공주(全公主)와 불화하여 공주의 참소를 입어 권력의 자리에서 폐위되었는데, 손화는 이 때문에 한을 품고 죽었다. 그리하여 셋째 손량(孫亮)을 태자로 삼았는데 이는 반부인(潘夫人)의 소생이었다. 이때, 육손과 제갈근 등이 다 죽고 대소사를 제갈각이 맡아서 처리하였다.

태원(太元) 원년 가을 8월 초하루. 홀연 큰 바람이 일고 강과 바다에서는 사나운 파도가 일며 평지에선 물의 깊이가 8자나 되었다. 선릉(先陵)에 심은 소나무와 잣나무 등이 다 뽑혀, 곧장 건업성 남문 밖 길 위에 날아와 거꾸로 꽂혔다. 손권은 이로 인해 놀라 병이 들었는데 다음해 4월에 병세가 더욱 심해져, 태부 제갈각과 대사마 여대(呂岱)를 불러서 후사를 당부하였다. 부탁이 끝나고 죽으니 재위 24년에 향년 71세였다. 그때가 촉한 연희(延熙) 15년이었다.

후세 사람이 남긴 시가 전한다.

붉은 수염 푸른 눈의 손권 영웅이여
신료들을 어루만져 진충보국하게 하였네.
　紫髯碧眼號英雄
　能使臣僚肯盡忠.

재위 24년간을 대업을 일으켜서
용처럼 서리고 맹호처럼 도사린 채 강동에 있도다.
　二十四年興大業
　龍盤虎踞在江東.

손권이 죽고 나자, 제갈각은 손량을 세워 왕을 삼고 천하에 대사령을 내리고 연호를 건흥(建興) 원년이라 고쳤다. 그리고 손권에게 시호를 바쳐서 대황제(大皇帝)라 하고 장릉(蔣陵)에 장사 지냈다. 일찍이 세작들이 이 일을 탐지하여 낙양에 보고가 들어갔다. 사마사는 손권이 죽었다는 소식을 듣고, 드디어 군마들을 일으켜서 오를 정벌할 일을 의논하였다.

그때 상서 부하(傅暇)가 말하기를,

"오나라는 장강이란 험준한 지형을 끼고 있어서, 선제께서도 여러 차례 정벌을 시도하셨으나 매번 뜻대로 되지 않았습니다. 각기 변경을 굳게 지키는 것이 상책이 될 것입니다."

하거늘, 사마사가 대답하기를

"천도(天道)는 30년에 한 번씩 변화는 것이온대, 어찌 늘상 버티고만 있겠소? 내가 오를 정벌하고자 하오이다."

하였다. 사마소가 말한다.

"지금 손권이 죽고 손량은 어리고 나약하니 그 틈을 타서 공격해야만 합니다."

하였다. 드디어 정남대장군 왕창(王昶)에게 10만 군사들을 이끌고 남군을 공격하라 하고, 정동장군 호준(胡遵)에게도 10만 병을 이끌고 동흥(東興)을 공격하라 하였으며, 진남도독 관구검에게는 10만 군사를 이끌고 가서 무창(武昌)을 공격하게 하는 등 3로를 진발하였다. 또 아우 사마소를 보내어 대도독을 삼아, 3로의 군사들을 모두 총괄하게 하였다.

그해 겨울 12월, 사마소의 병사들은 동오의 경계에 이르러 주둔시키고, 왕찬과 호준·관구검을 불러서 장막에서 의논을 하며

"동오에서 가장 요처는 오직 동흥군뿐이외다. 지금 저들은 큰 제방을 쌓고 있으며 좌우에 또 두 개의 성을 쌓고 있소이다. 그래서 소호의 후면 공격에 대비하고 있으니, 제공들은 모름지기 자세히 살펴야 하리다."

하였다.

마침내 호준과 관구검이 각각 1만의 군사들을 이끌고 좌우에 벌여 서게 하되,

"아직 진발하지는 말고 동흥군을 취할 때까지 기다렸다가, 그때 일제히 진발합시다."

하니, 왕창과 관구검 두 사람이 명을 받고 떠났다.

사마소는 또 호준에게 선봉을 서게 하고 3로의 병사들을 이끌고 먼저 가게 하였다.

그리고는 말하기를,

"먼저 부교를[2] 세우고 동흥의 큰 제방을 취하시오. 만약에 좌우가 있는 두 개 성만 빼앗는다면, 곧 대공이라 하겠소."

하거늘, 호준이 병사들을 거느리고 부교를 세우러 갔다.

한편, 오의 태부 제갈각은 위병들이 3로로 온다는 소식을 듣고, 여러 관료들을 모아 의논하였다.

그때 평북장군 정봉(丁奉)이 말하기를,

"동흥군은 동오에서 가장 중요한 곳이니, 만약 이를 빼앗긴다면 곧 남군과 무창도 위험에 빠질 것이외다."

하거늘, 제갈각이 대답하기를

"그 생각은 아주 옳은 생각이외다. 공은 3천의 수병을 이끌고 강으로 나가면, 나는 그 뒤로 여거(呂據)·당자(唐咨)·유찬(劉纂) 등에게 각기 1만의 보병을 이끌고 3로로 나누어서 접응하게 하겠소. 연주포 소리가 나가든 일제히 진병하구려. 나는 직접 대병을 이끌고 그 뒤를 따르리다."

---

2) **부교(浮橋)**: 배다리. 부항(浮航). 배나 뗏목들을 잇대어 잡아매고 널빤지를 깔아서 만들거나, 교각 없이 임시로 강 위로 놓은 다리. [事物紀原]「春秋後傳日 周赧王五十八年 秦始作浮橋於河上 按詩大明云 造舟爲梁 孫炎日 造舟 比舟爲梁也 比舟於水 加板於上 今浮橋也 故杜預云 造舟爲梁 則浮橋之謂矣 鄭康成以爲周制 後傳以爲秦始 疑周有事 則造舟 而秦乃擊之也」.

하니 정봉이 명을 듣고, 곧 3천의 수병들을 30척의 배에 나누어 태우고 동흥을 바라고 갔다.

한편, 호준은 부교를 건너서 군사들을 제방 위에 주둔시키고, 환가(桓嘉)·한종(韓綜)에게 두 성을 공격하게 하였다. 왼편의 성중에는 오나라 장수 전단(全端)이 지키고 있었으며, 오른편 성은 유약(留略)이 지키고 있었다.

이 두 성은 높고 견고해서 급히 쳤으나 무너뜨리기가 어려웠다. 전단과 유약 두 장수들은 위병의 세가 큰 것을 보고, 감히 나가 싸우지 못하고 성지를 지키고만 있었다. 호준은 서당(徐塘)에 하채했다.

그때는 마침 엄동인데다가 하늘에서 큰 눈이 내리자, 호준은 여러 장수들과 같이 술자리를 하였다. 홀연 강 위에 30여 척의 전선이 오고 있다고 보고해 왔다. 호준이 영채에서 나가 보니 막 배를 강 안에 대려 하고 있었다. 한 배에 약 백여 명씩 타고 있는 듯했다.

마침내 장막으로 돌아와, 제장들에게 이르기를

"적들은 불과 3천여에 이르지 않소이다. 뭬 두려울 게 있겠소이까!"

하고는, 부장에게 나가 초탐하라 하고 전과 같이 술을 마시고 있었다.

정봉은 물 위에 배를 일자형으로 배치하게 하고, 부장에게

"대장부가 공명을 세워 부귀를 얻는 것이 바로 오늘이다!"3)

하고, 드디어 여러 군사들에게 갑옷과 투구를 벗고, 장창과 대극은 쓰지 말고 단도만을 가지게 하였다. 위병들은 저들을 보고 웃으며 크게

---

3) 대장부가 공명을 세워 부귀를 얻는 것이 바로 오늘이다[大丈夫立功名取富貴] : 대장부로서 공명을 세움. [孟子 滕文公篇 下]「富貴不能淫 貧賤不能移 威武不能屈 此之謂大丈夫」. [老子 第三十八]「是以大丈夫處其厚 不處其薄」. 「입신행도」(立身行道). 세상에 나아가 고도(古道)를 행함을 이름. [孝經 開宗明誼章]「立身行道 揚名於後世 以顯父母 孝之終也」. [安氏家訓 序致]「立身揚名 亦已備矣」.

준비를 하지 않았다.

홀연 연주포가 세 번을 울리니 정봉이 칼을 잡고 앞장서서 연안으로 뛰어들었다. 여러 군사들이 다 단도를 빼어 들고 정봉을 따라 언덕에 올라, 위군의 영채로 뛰어들었다. 위병들이 손을 쓸 새가 없었다.[4]

한종은 급히 장막 앞에서 대극(大戟)을 들고 저들을 맞았으나 어느새 정봉이 품속으로 뛰어 들어와서 칼이 한 번 번쩍하자, 한종의 목이 떨어졌다. 환가가 왼편에서 나오며 황급히 정봉을 찌르려 하는데, 정봉에게 창자루를 잡혔다. 환가가 창을 버리고 달아나자 정봉이 칼을 날려 환가의 왼편 어깨를 맞혔다. 환가가 뒤로 넘어지자 정봉은 급히 달려가서 창으로 찔렀다. 3천의 오병들이 위병의 영채 안에서 좌충우돌[5]하였다. 호준이 급히 말에 올라 길을 열어 달아났다.

위병들은 모두 부교 위로 달려갔는데, 부교가 이미 끊겨 있어 태반이 물에 떨어져 죽었다. 눈 속에서 땅에 쓰러진 자들은 부지기수였다. 수레·마필·군기들은 다 오나라 병사들의 수확이었다. 사마소·왕창·관구검 등은 동흥의 병사들이 패배했다는 소식을 듣고, 또한 병사들을 물려 퇴각하였다.

한편, 제갈각은 병사들을 이끌고 동흥에 이르러 병사들을 거두어 공로에 따른 상을 주고 난 후, 제장들을 모아 놓고

"사마소가 패하여 북쪽으로 돌아갔으니, 승세를 타서 중원을 깨뜨릴 절호의 기회외다."

---

4) 손을 쓸 새가 없었다[措手不及] : 손을 쓸 나위가 없음. [論語 子路篇]「禮樂
不與 則刑罰不中 刑罰不中 則民無所**措手足**」. 「조수」(措手)는 「착수하다」의 뜻
임. [中文辭典]「謂**着手**布置也」.
5) 좌충우돌(左衝右突) : 동충서돌(東衝西突). 이리저리 닥치는 대로 마구 찌르고
치고받고 함. [桃花扇 修札]「隨機應辯的口頭 **左衝右撞的**膂力」.

하고, 마침내 촉나라에 편지를 보내 강유가 진병에서 북쪽을 공격해 준다면, 공격해 천하를 반분하겠다고 하였다.

또 한편으로는 병사 20만을 일으켜서 중원 정벌에 나섰다. 군사들이 진병하기에 이르렀을 때, 홀연 한줄기 흰 기운이 땅에서 일어나니 3군이 얼굴을 서로 볼 수 없을 정도였다.

장연(蔣延)이 말하기를,

"이는 흰 무지개라,6) 반드시 군사를 잃을 조짐을 예시하고 있는 것이옵입니다. 대부께서는 오직 조정으로 돌아가실 뿐이지 위를 범하는 것은 불가합니다."

하거늘, 제갈각이 크게 웃으며 말하기를,

"자네가 어찌 감히 나서서 불리한 말을 해서 군심을 흔들어 놓는가!"

하고 무사들을 시켜 저를 목 베게 하려 하였다가, 여러 장수들의 만류로 겨우 살아났다. 제갈각은 장연을 내쳐 서인을 삼고 병사들을 채근하여 전진하였다.

정봉이 말하기를,

"위군은 신성(新城)을 가장 중요한 곳으로 여기고 있사옵니다. 만약에 먼저 이 성을 빼앗기만 한다면 사마소는 필시 간담이 찢어질 것입니다."

하니 제갈각이 크게 기뻐하며, 곧 병사들을 채근하여 신성에 이르렀다. 성을 지키고 있던 아문장군 장특(張特)은 오병이 대거 이른 것을 보고, 성문을 닫고 굳게 지키기만 하였다. 제갈각은 사면에서 성을 에

---

6) 흰 무지개[白虹] : 백홍관일(白虹貫日). 흰 무지개가 해를 뚫는다는 뜻인데, 이는 '나라에 난리가 날 징조'라 함. [戰國策 魏策]「唐雎志曰 專諸之刺王僚也 彗星襲月 聶政之刺魏傀也 白虹貫日」. [後漢書 靈帝紀]「中平六年 二月乙未 白虹貫日」.

워싸게 하였다. 그때 유성마가 낙양에 들어가 이 일을 보고하였다.

주부 우송(虞松)이 사마사에게 권유하기를,

"지금 제갈각이 신성을 에워싸고 있으나 싸워서는 아니 됩니다. 오병은 멀리서 왔고 병사들은 많고 군량은 적으니, 군량이 떨어지면 저절로 물러날 것입니다. 저들이 달아날 때를 기다렸다가 공격하면 될 것이며, 그리되면 전승할 수 있습니다. 다만 촉병들이 국경을 넘을까 걱정되오니, 이에 대해 방비를 해야 할 것입니다."

하거늘, 사마사가 그의 말을 옳다고 여겨 마침내 사마소에게 명하여, 일군을 이끌고 가서 곽회를 도와 강유를 막도록 하고, 관구검과 호준에게는 오병을 막게 하였다.

한편, 제갈각은 한 달 내내 신성을 공격하였으나 깨뜨리지 못하자, 장수들에 명을 내리기를

"힘을 합쳐 성을 공격하는데 태만히 하는 자는 참하리라."

하였다.

또 제장들은 힘을 합쳐서 공격해 성의 동북모서리가 무너지려 하였다. 장특이 성에서 있으면서 한 가지 계책을 내었다.

이에 말을 잘하는 사람에게 고을의 문부를7) 가지고 제갈각의 영채에 보내서, 고하기를

"위나라의 법에는 만약에 적들이 성을 포위하면 성을 굳게 지켜 1백 일을 버텼는데도 구원병이 이르지 않으면, 그 후에 성을 나가 항복하여도 가족에게 죄를 묻지 않는다 했습니다. 지금 장군께서 성을 포위한 지가 90여 일이 되었습니다. 바라건대 며칠 동안만 지나면, 저희 주장께서 군민들을 거느리고 나가 투항할 것입니다. 이에 먼저 문부를

---

7) 고을의 문부[册籍] : 문부(文簿). 호적. [故事成語考 制作]「唐太宗 造册籍編里 甲 以稅田糧」.

가져와서 바치옵나이다."

하거늘, 제갈각이 그 내용을 믿고 군마를 수습하고, 마침내 성을 공격하지 않았다.

원래 장특은 완병지계를[8] 써서 오병들을 물러가게 한 다음, 마침내 성중의 집을 뜯어 성이 무너진 곳을 보수하여 완비하고는, 성 위에 올라서 크게 꾸짖기를

"내 성 안에 아직도 반 년쯤 버틸 식량이 있으니, 어찌 오나라의 개들에게 항복하겠느냐? 얼마든지 싸워도 좋다."

하며, 성 위에서 화살을 어지럽게 쏘아댔다.

제갈각이 크게 노하며 병사들을 독려하여 성을 공격하게 하였다. 성 위에서는 화살을 어지럽게 쏘아댔다. 제갈각이 위에서 쏜 화살에 이마를 정통으로 맞아 몸을 뒤채며 말에서 떨어졌다.

제장들이 구해 일으켜 영채로 돌아와서 보니 금창이 심했다. 군사들은 더 싸울 마음이 없어졌고, 게다가 날씨마저 찌는 듯한 무더위여서 병에 걸린 군사들 또한 많았다. 제갈각은 금창이 점점 나아지자, 다시 군사들을 독려하여 성을 공격하려 하였다.

그때, 영리(營吏)가 고하기를,

"병사들마다 병에 걸려 있는데 어찌 싸울 수 있겠습니까?"

하거늘, 제갈각이 크게 노하여 말하기를

"다시 병에 걸린 자에 관해 이야기하면 참하겠다!"

하였다. 군사들이 이 소식을 듣고 도망가는 자가 수없이 많았다.

홀연 도독 채림(蔡林)이 본부 군사들을 데리고 위군에 투항해 가버렸다는 보고가 들어왔다. 제갈각이 놀라 직접 말을 타고 각 진영을

---

8) 완병지계(緩兵之計) : 군사들을 천천히 퇴각시키려는 계책. [中文辭典]「喻暫時說法使事態**和緩之術也**」.

두루 살펴보니, 과연 군사들의 눈빛이 누렇고 부어서 병색이 짙었다. 드디어 병사들을 돌려 오나라로 돌아갔다. 세작들이 이를 관구검에게 보고하자, 그는 대병을 일으켜 제갈각을 따라가며 엄살하였다. 오병은 대패하고 달아났다. 제갈각은 심히 부끄러워 병을 핑계하여 조정에 나가지 않았다.

오주 손량은 직접 찾아가 문안하니 문무 관료들도 다 와서 뵈었다. 제갈각은 사람들의 공론이 두려워 먼저 여러 관료들의 과실을 수탐하게 해서, 가벼운 자는 변방으로 보내고 무거운 자는 목을 베어 백성들이 보게 하였다. 이로 인해 내외 관리들은 두려워하지 않는 자가 없었다. 또 한편, 심복 장약(張約)과 주은(朱恩)에게 어림군을 관리하게 하여 주요한 인물로9) 삼았다.

이때, 손준(孫峻)이란 자가 있었으니 자를 자원(子遠)이라 했는데, 손견의 아우 손정의 증손이며 손공의 아들이었다. 손권이 살아 있었을 때, 그를 심히 아껴서 어림 군마들을 장악하게 하였다. 제갈각이 장약과 주은 두 사람에게 어림군을 맡게 했다는 소식을 듣고, 자신의 권력을 빼앗기자 마음속으로 크게 노여워했다.

태상경 등윤(滕胤)은 평소부터 제갈각과 틈새가 있었는데, 이 기회를 타서 손준에게

"제갈각이 전권을 자행하며 공경들도 살해하고 있으니, 장차 찬역의 뜻을 가지고 있는 듯합니다. 공은 종신이면서 어찌해서 저를 일찍 도모하지 않고 있습니까?"

---

9) **조아(爪牙)**: 자기에게 아주 요긴한 사람이나 물건의 비유. 「조아지사」(爪牙之士)는 국가를 보필하는 신하에 비유. [詩經 小雅篇 祈父]「祈父 予王之**爪牙**」. [國語]「謀臣與**爪牙之士** 不可不養而擇」. [漢書 李廣傳]「將軍者 **國之爪牙**也」.

하거늘, 손준이 말하기를

"내 이런 마음을 갖고 있은 지는 이미 오래되었소. 지금 곧 천자께 주달하여 저를 주살하라 하겠습니다."

하였다. 이내 손준과 등윤은 들어가 오주 손량을 뵙고, 은밀하게 그 일을 아뢰었다.

손량이 권유하기를,

"짐이 보기에도 이 사람 또한 심히 두려워하고 있어서, 늘 저를 제거하려 하였소이다. 이제 경들이 과연 충의가 있다면 은밀히 저를 도모하시오."

하고 말하자, 등윤이 말하기를

"폐하께서 술자리를 마련하시고 제갈각을 초청해 주시면, 무사들을 벽장 옷장 속에 매복시켜 놓았다가 술잔을 던지는 것을 신호로 삼아 자리에 나가 저를 죽여 버리면, 후환을 막을 수 있사옵나이다."

하거늘, 손량이 저들의 말대로 하기로 하였다.

한편, 제갈각은 싸움에서 패하고 조정에 돌아와서부터 병을 얻게 되어, 집에 있었는데 늘 심신이 황황하였다. 하루는 우연히 중당(中堂)에 나왔다가, 문득 여러 사람이 삼으로 된 상복을 입고 들어오는 것을 보았다. 제갈각이 그에게 꾸짖으며 물으니, 그 사람이 크게 놀라 어쩔 줄을 몰라 하였다.

제갈각이 묶어 놓고 고문을 하니,

"제가 부친의 상을 당해서 성내에 들어와 스님을 청해 명복을 빌려 하였습니다. 처음 여기가 사원인 줄 알고 들어왔는데, 여기가 태부의 부중인 줄을 몰랐습니다. 어떻게 이곳에 왔는지 알 수가 없습니다."

하였다.

제갈각이 크게 노하여 수문군사들을 불러 물었다.

군사들이 대답하기를,

"저희 수십 명이 다 무기를 들고 성문을 지키고 있었고, 잠시도 자리를 뜬 적이 없으며 한 사람도 들어오는 것을 몰랐습니다."

한다. 제갈각이 크게 노하여 그들을 모두 참하였다. 이날 밤에 제갈각은 눈을 감고 자리에 누웠어도 잠이 오지 않았다.

홀연 바로 정당(正堂) 쪽에서 벼락 치는 소리가 들리거늘 제갈각이 나가보니, 대들보가 부러져 두 동강이 나 있었다. 제갈각이 놀라 침실로 돌아오니, 홀연 한 줄기 음풍이 이는 곳에서 상복을 입고 죽임을 당한 사람들이, 수문군사 수십 명과 같이 각각 머리를 든 채 목숨을 빌고 있었다. 제갈각이 놀라서 땅에 넘어졌다가 한참 만에 깨었다.

다음 날 아침 세수를 하는데 물에서 심한 피 냄새가 났다. 제갈각이 시비를 꾸짖고 수십 차례 바꾸었으나, 냄새는 그대로였다. 제갈각이 놀라고 의아해 하고 있는데, 홀연 천자가 보낸 사신이 와서 전하기를 태부를 위해 연회를 베풀었으니 참석해 달라는 것이었다. 제갈각은 명을 받고 수레를 타고서 막 부문을 나서려고 하는데, 누렁이가 옷을 물고 앙앙 짓는데 꼭 곡하는 소리 같았다.

제갈각이 노하며 말하기를,

"이 개가 나를 놀리구나?"

하고, 좌우를 꾸짖어 개를 쫓게 하고는 마침내 수레를 타고 부중을 나섰다. 몇 발짝 못 가서 수레 앞에 한 줄기 흰 무지개가 땅에서 일어, 마치 흰 비단 폭을 늘인 것처럼 하늘로 오르는 듯 뻗쳐 올라갔다. 제갈각은 놀라고 괴이하게 생각하였다.

심복 장약이 수레 앞에 와서 은밀히 말하기를,

"오늘 궁중에서 베푸는 연회는 좋지 않을 듯하오니, 주공께서는 가벼이 들어가지 마시옵소서."

하니, 제갈각이 듣고 나서 수레를 돌렸다.

　몇 걸음 못 갔을 때 손준과 등윤이 말을 타고 수레 앞에 와,

"태부께서는 어찌하여 돌아가십니까?"

하거늘, 제갈각이 말하기를

"내 갑자기 배가 아파서 천자를 뵈러 갈 수가 없네."

하거늘, 등윤이 권유하기를

"조정에서 태부께서 군사를 데리고 돌아오신 후로 일찍이 얼굴을
뵙지 못하셔서,10) 특히 연회를 베풀고 부르셔 나라의 일을 의논하시
려는 것입니다. 태부께서는 몸이 불편하시더라도 가시는 것이 좋을
듯합니다."

하였다.

　제갈각이 그 말에 따라 마침내 손준·등윤과 같이 입성하였다. 장약
이 따라 들어왔다. 제갈각은 오주 손량을 뵙고 예가 끝나자 자리에
앉았다. 손량이 술잔을 드리라 명한다.

　제갈각은 마음에 의혹이 생겨 사양하며 말하기를,

"병이 들어 술을 못합니다."

하니, 손준이 말하기를

"태부께서 부중에서 늘 약주를 드신다던데 그 술을 가져다 드시지요?"

하거늘, 제갈각이 동의하며

"좋소이다."

하였다.

　마침내 종인에게 명하여 부중으로 가서 직접 만든 약주를 가져오게
하였다. 제갈각은 그제서야 겨우 마음 놓고 술을 마셨다. 술이 여러

---

10) 일찍이 얼굴을 뵙지 못하셔서[不曾面敍] : 오래 만나지 못함. 「부증」=「몰유」
　　(沒有)로 '아직 ~않다'의 뜻임.

순배 돌자, 오주 손량이 일을 부탁하고 먼저 일어났다. 손준이 전각에서 내려와 조복을 벗고 짧은 옷으로 갈아입는데, 안에 갑옷을 입고 손에 날카로운 칼을 들고 전각에 오르며 큰 소리로,

"천자께서 역적을 죽이라는 조서를 내리셨소이다!"

하거늘, 제갈각이 크게 놀라 술잔을 땅에 던지며 칼을 빼어 막으려 하였으나 그의 목이 벌써 땅에 떨어졌다. 장약은 손준이 제갈각을 참하는 것을 보고 칼을 휘두르며 나와 맞았다. 손준은 급히 몸을 피했으나 칼은 그의 왼손가락을 베었다. 손준은 몸을 돌려 한 칼에 장약의 오른쪽 팔을 찔렀다.

이때, 숨어 있던 병사들이 일제히 나와 에워싸서 장약을 쳐 땅에 쓰러뜨리고, 그의 몸을 찍어 육장을[11] 만들어 버렸다. 손준은 한편으로 무사들을 시켜 제갈각의 가솔들을[12] 수습해 오게 하고, 또 한편으로는 장약과 제갈각의 시신을 갓자리에 싸서 작은 수레로 성의 남문 밖 석자강의 난총[13] 구덩이에 버리게 하였다.

한편, 제갈각의 처는 마침 방안에 있었는데, 심신이 황홀해지고 거동이 불편해졌다.

그때, 문득 한 시녀가 방에 들어오거늘, 제갈각의 처가 묻기를

"너의 온몸에서 어찌해 피비린내가 나느냐?"

하니, 그 시녀가 홀연 눈을 부릅뜨고 이를 갈며[14] 몸을 날려 머리를

---

11) 육장[肉泥] : 다진 쇠고기. [水滸傳 第四十六回] 「把儞剁**肉泥**」.

12) 가솔들을[家眷] : 가족·가솔. 남에게 대하여 자기의 아내를 겸손하게 일컫는 말이기도 함. [北夢瑣言] 「**家眷**取泣」.

13) 석자강의 난총[石子岡亂塚] : 석자강의 공동묘지. 석자강은 지명(長陵)임. [三國志 吳志 諸葛恪傳] 「建業南有長陵 名曰**石子岡**」. [明一統志] 「**石子岡** 在江寧府南一十五里 吳志 建業南有長陵 名曰**石子岡**」.

14) 눈을 부릅뜨고 이를 갈며[反目切齒] : 미워서 이를 갊. 「반목」(反目)은 싸울

들보에 찧으면서, 입으로 큰 소리로 말하기를

"나는 제갈각이다! 간적 손준에게 모살당했다!"

하거늘, 제갈각의 노유가 다 놀라고 황겁하여 소리내며 운다. 얼마 안
되어 군마가 와서 부중을 둘러싸고, 제갈각 전가족의 노유들을 다 묶
어 저자에 내어다 참하였다.

때는 오나라 건흥 21년 겨울 10월이었다.

옛날 제갈근이 살아있을 때에, 제갈각의 총명함이 모두 밖으로 드러남
을 보고

"이 아들은 집안을 보전할 재목이 아니로다!"

하였고, 또 위의 광록대부 장집(張緝)이 일찍이 사마사에게,

"제갈각은 오래 살지 못할 것이외다."

하매, 사마사가 물으니 장집이 대답하기를,

"위엄이 임금보다 떨치니 어찌 오래 살겠소이까?"

하였다. 이에 이르매 과연 그 말들이 다 맞는 말이었다.

손준이 제갈각을 죽이자, 오주 손량은 손준을 봉하여 승상대장군 부
춘후로 삼고 중외의 모든 일을 총독하게 하였다. 이로부터 모든 권력
이[15] 다 그에게 돌아갔다.

한편, 강유는 성도에 있으면서 제갈각의 편지를 받고 서로 협력해서

때 눈을 부릅뜨고 흘겨보는 것을 이름. [易經 小畜卦]「九三 輿說輻 夫妻**反目**
象曰 夫妻**反目** 不能正室也」. [書言故事 夫婦類]「夫妻不和曰 反目」. 「절치부심」
(切齒腐心). [史記 刺客 荊軻傳]「樊於期偏袒 搤椀而進曰 此臣之日夜**切齒腐心**
(注) **切齒** 齒相磨切也」. [戰國策 燕策]「荊軻私見樊於期曰 願得將軍之首 以獻秦
王 秦王必喜而召見臣 臣左手把其袖 右手揕其胸 則將軍之仇報 而燕國見陵之恥除
矣 樊於期曰 此臣之日夜**切齒扼腕** 乃今得聞敎 遂自刎」.

15) 권력[權柄] : 권력을 가지고 제 마음대로 사람을 좌지우지할 수 있는 힘.
'권'은 저울의 추, '병'은 도끼자루임. [左氏 襄公 二十三]「旣有利**權** 又執民**柄**
將何懼焉」. [漢書 劉向傳]「夫大臣操**權柄**持國政 未有不爲害者也」.

위를 치고자 하여, 마침내 조정에 들어가 후주에게 주달하고, 다시 기병하여 중원의 북벌에 나섰다.

이에,

한 차례 기병하여 뜻을 이룰 수 있으랴
다시 한 번 역적을 쳐서 성공을 거두려 하네.
　一度興師未奏績
　兩番討賊欲成功.

그 승부가 어찌 되었는지는 알 수가 없다. 하회를 보라.

제109회

사마소는 한장의 기모로 곤경에 처하고
조방은 위가의 응보로 폐함을 당하다.
　困司馬漢將奇謀
　廢曹芳魏家果報.

촉한 연희(延熙) 16년 가을.

장군 강유는 20만의 병사들을 일으켜 요화와 장익을 좌우의 선봉을 삼고, 하후패를 참모·장의를 운량사로 삼아 양평관을 나와 위의 정벌에 나섰다.

강유가 하후패에게 의논하기를,

"전에 우리가 옹주를 취하려 하다가 이기지 못하고 돌아왔소이다. 지금 정벌에 나서서 다시 나가면 반드시, 저들의 준비가 있을 것이오. 공은 어떤 생각을 가지고 계시오?"

하니, 하후패가 대답하기를

"농상의 여러 군들 중에 오직 남안(南安)이 전량이 많으니, 만약에 먼저 그곳을 취하면 특히 근본을 삼을 수 있을 것이오. 전에 우리가 이기지 못하고 돌아온 것은 강병들이 오지 않았기 때문이외다. 이제 먼저 농서에 있는 강인들에게 사람을 보내시고, 그 후에 진병하여 석영(石營)으로 나가 동정(董亭)을 따라 곧장 남안을 취해야 합니다."

한다.

강유는 크게 기뻐하며,

"공의 말이 아주 묘안이외다."

하고, 마침내 극정(郤正)을 사신으로 삼아 금과 보패를 가지고 강의 땅으로 가게 하여, 강왕과 좋은 관계를 맺게 하였다. 강왕 미당(迷當)은 예물을 받고서 곧 5만의 병사들을 기병하여, 장군 아하소과(俄何燒戈)를 대선봉으로 삼아 병사들을 이끌고 남안으로 가게 하였다.

위의 좌장군 곽회는 이 소식을 듣고, 나는 듯이 낙양에 알렸다.

사마사가 제장들에게 말하기를,

"누가 감히 나가서 촉병을 대적할까?"

하니, 보국장군 서질(徐質)이 앞으로 나서며

"제가 가겠습니다."

하거늘, 사마사가 전부터 서질의 영용이 남보다 뛰어남을 알고 있던 터여서 마음속으로 크게 기뻐하며 선봉을 삼고, 사마소를 대도독으로 삼아 군사들을 거느리고 농서를 바라고 진발하게 하였다. 위군이 동정에 이르러 마침 강유의 병사들과 마주쳐 양군이 전세를 벌였다. 서질은 개산대부를1) 들고 말을 몰고 나오며 싸움을 돋구었다. 촉진 중에서는 요화가 나가서 맞았다. 싸움이 몇 합이 못 되어 칼을 끌고 패하여 돌아오거늘, 장익이 말을 몰아 창을 꼬나들고 나가 맞았다.

그러나 불과 몇 합이 못 되어 또한 패하여 진으로 돌아왔다. 서질은 병사들을 거느려 엄살해 오고, 촉병들은 대패하여 30여 리나 퇴각하였다. 사마소는 또한 병사를 거두고 돌아가 각기 영채를 세웠다.

강유는 하후패와 의논하기를,

---

1) 개산대부(開山大斧): 산림(山林)을 개척할 때 쓰는 큰 도끼. [書經 周書篇 顧命]「一免執劉 (疏) 劉蓋今鑱斧 鉞大斧」. [晉書 石季龍載記]「大斧施一丈柯 攻戰若神」.

"서질이 매우 용감하니 저를 어떤 계책을 써서 사로잡을 수 있을까요?"

하니, 하후패가 말하기를

"내일 싸우다가 거짓 패해서 매복계를 쓰면 이길 수 있을 것이외다."

하거늘, 강유가 묻기를

"사마소는 사마중달의 아들인데, 어찌 병법을 모르겠소이까? 만약에 지세가 복잡한 것을 보면[2] 필시 쫓아오지 않을 것이외다. 내 보기에는 위병들이 여러 번 우리의 양도를 끊었으니 이번에 오히려 이 계책을 써서 저들을 끌어들입시다. 그렇게 하면 서질을 죽일 수 있을 것이외다."

하고, 드디어 요화를 불러 분부하기를 이리이리 하라 하고, 또 장익을 불러서 분부하며 이리이리 하라 하였다. 두 사람들은 병사들을 이끌고 떠났다.

한편으로는 군사들에게 마름쇠를[3] 깔아 놓게 하고, 영채 밖에다가 녹각을 둘러 쳐 장구한 계획을 세우고 있는 듯이 보이게 하였다. 서질은 매일 병사들을 이끌고 와서 싸움을 돋우었으나, 촉병은 나가지 않았다.

초마가 사마소에게 보고하기를,

"촉병들이 철롱산(鐵籠山) 뒤에 있는데 목우와 유마를 이용해서 양초

---

2) **지세가 복잡한 것을 보면[地勢掩映]** : 지세가 막아 그늘이 지게 함. '지형의 복잡함'을 이르는 말임. [易經 坤卦]「象曰 **地勢**坤 君子以厚德載物」. [漢書 高帝紀]「秦 形勝之國也 **地勢**便利」.

3) **마름쇠[鐵疾藜]** : 「철질여골타」(鐵疾藜骨朶). 네 발을 날카로운 송곳의 끝과 같이한 마름모 꼴의 무쇠붙이. [六韜 虎韜 軍用]「狹路微徑 張**鐵蒺藜** 芒高四寸 廣八尺 長六尺以上 千二百具」. [武備志]「**鐵蒺藜**竝以置賊來要路 使人馬不得騁 古所謂渠答也」.

를 운반하고 있는 등 오래 있을 계획을 세우고 있으며, 강병이 응해 주기만을 기다리고 있습니다."

한다.

사마소가 서질을 불러서,

"지난 날 촉병들의 승리를 거둔 것은 저들의 양도를 끊은 그 때문이오. 지금 촉병들이 철롱산 뒤에서 양곡을 운반하고 있다 하니, 자네가 밤에 군사 5천을 이끌고 가서 그 양도를 끊는다면 촉병들은 제풀에 물러갈 것이외다."

하니, 서질이 명을 받들고 초경 시분에 병사들을 이끌고 철롱산을 바라고 갔다. 과연 촉병 2백여 명이 백여 두의 목마와 유마들을 몰고 양초를 가득 싣고 가고 있었다.

위병들이 일제히 함성을 지르고 서질이 앞장서서 길을 막았다. 촉병들은 양초를 다 버리고 달아났다. 서질은 군사들을 반으로 나누어 양초를 압송하여 영채로 보내고, 직접 반을 거느리고 추격해 갔다. 10여 리를 못 가니 앞에서 수레가 가는 길을 가로막고 있었다.

서질의 군사들은 말에서 내려 수레들을 치우기 시작하였는데, 양쪽에서 불길이 치솟는 것이 보였다. 서질은 급히 말머리를 돌려 달아나고 있는데, 후면 산골짜기 좁은 곳에 또 수레가 길을 막고 있었고 불길이 함께 일어났다. 서질들은 연기를 무릅쓰고 불길을 뚫고 말을 몰아 나갔다. 방포소리가 들리더니 길 양쪽에서 군사들이 짓쳐 왔다.

왼쪽에는 요화 오른쪽에는 장익이 크게 일진을 몰아쳐 와서 위병들은 대패하였다. 서질은 죽기로 싸워 단신으로 달아났는데 인마가 모두 지쳐 있었다. 그가 한참 달아나고 있을 때, 앞에서 일지병들이 짓쳐 오는 바로 강유였다.

서질이 크게 놀라며 손을 쓸 새도 없이, 강유의 한 창에 말이 찔려 말에서 떨어졌다. 서질이 말에서 떨어지자 여러 군사들이 달려들어 어지러이 찔러 죽였다. 서질의 군사들 중 양곡을 운반하는 군사들을 압령해 가고 군사들 또한, 하후패에게 사로잡히자 모두 항복하였다. 하후패는 위병들의 갑옷을 모두 촉병들에게 입게 하였다. 위병들이 타던 말에 촉병들을 태우고 위군의 깃발[旗號]을 꽂고, 소로를 따라 곧장 위병의 영채로 달려왔다. 위군은 본부병이 돌아옴을 보고 문을 열어 들어오게 하니, 준비가 없는 촉병들이 영채로 돌입했다.

사마소가 크게 놀라서 황망히 말에 올라 달아날 때에, 앞에서 요화가 짓쳐 왔다. 사마소는 앞으로 갈 수가 없어 급히 물러나려 할 때에, 강유가 군사들을 이끌고 소로를 따라 짓쳐 왔다. 사마소는 사방 길이 없자, 병사들을 철롱산으로 이끌고 올라가서 지켰다.

원래 이 산에는 길이 오직 하나 있었는데, 사방이 다 험준해서 오르기 어려웠다. 그 위에 샘이 하나 있어 1백여 명이 먹을 수 있었는데, 이때, 사마소 수하의 장병들이 6천이나 되었다. 게다가 강유가 그 길 입구를 막고 있고 산 위의 샘물로는 모두가 먹을 수 없어서, 인마가 갈증에 시달렸다.

사마소는 하늘을 우러러 깊게 탄식하며,

"내가 예서 죽게 되었구나."

하였다.

후세 사람의 시가 전한다.

강유의 묘한 계책 등한히 못보리라
위군의 곤란함이 철롱산에 갇히었네.
　妙算姜維不等閒
　魏師受困鐵籠間.

방연이 마릉도에4) 갇히듯이

항우가 처음 구리산에5) 갇히듯이.

龐涓始入馬陵道

項羽初圍九里山.

주부 왕도(王韜)가 말하기를,

"옛적 경공(耿恭)이 포위를 당했을 때 우물에 절을 해서 물을 얻었다 하옵니다.6) 장군께서는 왜 그 일을 본받지 않으십니까?"

하거늘, 사마소가 그 말을 따라 마침내 산에 올라 샘 주변에서 두 번 절하며 빌기를,

"사마소는 천자의 조서를 받고 촉병을 물리치러 왔사옵나이다. 만약에 제가 죽는 것이 합당하다면 이 샘물을 마르게 하소서. 그러면 저는 당장 목을 찔러 죽고 수하 군사들 모두에게 항복하라 하겠나이

---

4) 방연·마릉도[龐涓馬陵道] : 방연이 마릉에서 손빈과 싸운 일. 원래 방연과 마릉은 동문수학했던 사이였는데, 손빈이 후에 조(趙)와 함께 한(韓)을 공격하였다. 방연이 듣고 한에 돌아가 마릉도에서 손빈과 싸웠음. [中國人名]「與孫矉同學兵法……而以法刑斷其兩足 矉遂入齊後 魏與趙攻韓……涓聞之 去韓而歸 與孫矉戰於馬陵道 矉使人斫大樹……涓戰敗 自刭」. [中國地名]「惠王三十年 與齊人戰 敗於馬陵 齊虜魏太子申 殺將龐涓」.

5) 항우·구리산(項羽九里山) : 항우가 구리산을 포위했던 일. 구리산은 산동의 역성현(歷城縣) 동북쪽에 있는데, 한신(韓信)이 여기서 제(齊)를 파했음. [中國地名]「在山東歷城 縣東北九里 相傳韓信破齊歷下 當駐軍於此」.

6) 우물에 절을 해서 물을 얻었다 하옵니다[耿恭受困] : 경공이 식수 때문에 어려움에 처했던 일. 경공(敬恭)은 흉노들이 물을 끊는 바람에 성중에 우물을 팠으나 물이 나오지 않았다. 그래서 옷을 정제하고 우물에 빌어서 물을 얻었던 일을 말함. [中國人名]「漢 國從子 字伯宗 慷慨多大略……匈奴擁絶澗水 恭於城中穿井十五丈 不得水 乃整衣向井再拜 有頃 水泉奔出……恭食盡窮困 煮弩鎧 食其筋革 與士卒同生死 故皆無二心」.

다. 저의 수명이 끝나지 않았거든, 원컨대 창천은 빨리 샘물을 주셔서 우리 군사들을 살려 주시옵소서!"

하고 빌기를 마치자, 샘물이 용출해서 갈증을 해소할 수 있었다. 이로 인해 인마가 모두 살 수 있었다.

이때, 강유는 산 아래에서 위병들을 에워싸고, 여러 장수들에게

"전날 승상께서 상방곡에서 일찍이 사마의를 잡으시려다가 못하셨는데, 이 일은 내게 깊은 한이 되었소. 오늘 사마소는 필시 내 손에 사로잡힐 것이오."

하였다.

한편, 곽회는 사마소가 청룡산 위에 포위되어 있다는 소식을 듣고, 군사들을 동원해 구하려 하였다.

진태가 말하기를,

"강유는 강병과 합세하여 먼저 남안을 취하려 하고 있습니다. 지금 강병들이 이미 와 있는데 장군께서 만약에 군사들을 데리고 구하러 가신다면, 강병들은 반드시 허를 틈타서 우리의 후미를 공격할 것입니다. 먼저 사람을 시켜서 강인들에게 거짓 항복하게 해 놓고, 그 사이에 일을 도모하시지요. 만약에 이들을 물리치기만 한다면 그때 가서, 철롱산의 포위를 풀게 할 수 있을 것입니다."

하거늘, 곽회가 그 말에 따라서 마침내, 진태에게 병사 5천을 이끌고 지름길로 강왕의 영채에 갑옷을 풀고 들어가 울며,

"곽회가 망령되이 잘난 체하면서 늘 저를 죽일 마음을 품고 있어서 투항해 왔습니다. 곽회의 허실을 제가 다 알고 있사오니 오늘 밤 일군을 이끌고 가서 영채를 겁략하소서. 그리하면 반드시 성공할 것입니다. 만일 군사들이 위의 영채에 이르면, 저희들이 내응할 준비가 되어 있습니다."

하거늘, 강왕 미당이 크게 기뻐하며, 마침내 아하소과에게 진태와 같이 가서 위의 영채를 겁략하라 하였다. 아하소과는 진태의 병사들을 뒤에 있으라 하고, 진태에게 강병을 이끌고 전부가 되라 하였다.

이날 밤 2경, 마침내 위의 영채에 이르니 영채의 문이 활짝 열려 있었다. 진태는 혼자서 말을 타고 먼저 들어갔다. 아하소과가 말을 몰아 창을 꼬나들고 영채로 들어가려 할 때에, 외마디 소리를 지르고 인마가 다 갱 속으로 떨어졌다.

진태가 뒤편에서 엄살해 오고 곽회가 왼쪽에서 짓쳐왔다. 강병들은 큰 혼란에 빠져 저희들끼리 밟고 밟혀 죽는 자가 무수하였고, 산자들은 모두 투항하였다. 아하소과는 스스로 목을 찔러 죽었다.[7]

곽회와 진태 등은 병사들을 이끌고 곧장 강인의 영채로 짓쳐 들어가니, 미당 대왕은 급히 장막에서 나가 말에 오르려 하다가 위병들에게 생포되어 곽회를 만나게 되었다.

곽회가 황급히 말에서 내려 직접 결박을 풀어주고, 좋은 말로 위무하기를

"조정에서는 평소부터 공이 충의가 있음을 알고 있는데, 오늘 무엇 때문에 촉나라를 돕고 있습니까?"

하니, 미당이 부끄러워 하며 땅에 엎드려 죄를 빌었다.

곽회가 이에 미당을 위로하며 말하기를,

"공이 이제 전부가 되어 가서 철롱산의 포위망을 풀고 촉병들을 물러가게 하면, 내 천자께 주청하여 후히 상을 내리리다."

---

7) 스스로 목을 찔러 죽었다[自刎而死]: 「자경이사」(自剄而死). 스스로 목을 찔러 죽음. [戰國策 魏策]「樊於期 偏袒阨腕而進曰 此臣日夜 切齒拊心也 乃今得聞敎 遂自刎」. [戰國策 燕策]「欲自殺以激 荊軻曰 願足下急過太子 言光已死 明不言也 自剄而死」.

하자, 미당이 그 말을 따라 마침내 강병을 이끌고 앞장서고, 위병들은 뒤에 서서 곧장 철롱산으로 달려갔다.

그때가 막 3경이었는데 먼저 사람들을 보내 자신들이 왔음을 강유에게 보고하였다. 강유가 크게 기뻐하며 만나 보려고 청해 들이라 일렀다. 그 속에는 반쯤 위병들이 섞여서 촉군의 영채 앞에 이르렀다.

강유는 대병들을 다 영채 밖에 주찰하게 하니, 미당은 백여 명만 이끌고 중군의 장막 앞에 이르렀다. 강유와 하후패 두 사람이 나가 맞았다. 위장은 미당이 말하는 것을 기다리지 않고 뒤에서부터 짓쳐 왔다. 강유가 크게 놀라 급히 말에 올라 달아났다. 강병과 위병들이 영채 안으로 일제히 짓쳐 들어왔다. 촉병들은 사분오열하여8) 각자 살기 위해 도망갔다.

강유는 손에 무기도 없었고9) 단지 허리에 한 개의 활만 있었는데, 황급히 달아나느라고 화살을 모두 떨어뜨려서 빈 전통뿐이었다. 강유는 산중을 바라고 달아나는데, 뒤에선 곽회가 군사들을 이끌고 급히 쫓아왔다. 강유가 손에 무기를 갖지 않은 것을 보고, 이에 말을 몰아 창을 꼬나들고 저를 추격하였다. 점점 가까이에 이르자 강유는 거짓 활의 시위를 당겨 계속 10여 차례나 쏘았다.

곽회는 연달아 피했으나 화살이 보지 않자 강유에게 화살이 없는 것을 알고, 이내 안장에 창을 꽂고 활에 화살을 먹여 쏘았다. 강유가

---

8) **사분오열하여[四分五落]** : 「사분오열」(四分五裂). 여러 갈래로 나뉨. [六韜 龍韜 奇兵篇]「**四分五裂**者 所以擊圓破方也」. [戰國策 魏策]「不合於韓 則韓攻其西 不親於楚 則楚攻其南 此所謂**四分五裂**之道也」.

9) **손에 무기도 없었고[手無寸鐵]** : 손에 무기라곤 없음. 「촌철살인」(寸鐵殺人). [鶴林玉露 地 殺人手段]「宗杲論禪云 譬如人載一車兵器 弄了一件 又取出一件來 弄 便不是殺人手段 我則只有**寸鐵** 便可**殺人** 朱文公亦喜其說……曾子之守約 **寸鐵殺人**者也」.

급히 피하면서 손으로 화살을 잡아 활의 시위에 먹여, 곽회가 더 가까이 올 때까지 기다렸다가 저의 얼굴을10) 향해 쏘았다. 곽회가 화살을 맞고 말에서 떨어졌다. 강유는 말을 돌려서 곽회를 쫓으니 위군들이 몰려들었다.

　강유는 손을 쓰지 못하고11) 곽회의 창을 뺏어 달아났다. 위병들은 감히 더 이상 추격하지 못하고 급히 곽회를 구출해 영채로 돌아가 화살을 뽑았으나, 피가 흘러 그치지 않아 죽고 말았다.

　사마소는 하산하여 군사들을 이끌고 급히 추격해 가다가 중간에서 돌아왔다. 하후패도 뒤를 따라와서 도망쳐 강유와 같이 달아났다. 강유는 수많은 인마를 잃고 주찰하지도 못하고, 길을 따라 달려서 한중으로 돌아갔다. 그러나 싸움에는 졌으나 곽회를 쏘아 죽이고 서질도 죽여서, 위나라 위세를 꺾어 놓았기 때문에 공을 들어 죄를 대신했다.

　한편, 사마소는 강병들의 노고를 호궤하고 나서 본국으로 돌려보냈다. 그리고 나서 군사들은 돌려 낙양으로 돌아와서 형 사마사와 함께, 조정의 전권을12) 마음대로 휘둘렀으나 모든 군신들이 감히 거역하지 못하였다. 위주 조방은 매일 사마사가 입조해 올 때마다 전율할 뿐이었다. 마치 바늘로 등을 찌르는 것 같았다.13) 하루는 조방이 조회를

---

10) 얼굴[面門] : 얼굴. 본래는 입을 가리킴. [楞嚴經]「從面門放種種光」. (疏)「從口放光也」.

11) 손을 쓰지 못하고[下手不及] : 손을 쓰려 했으나 미치지 못함. 「하수」(下手)는 손을 댐·일을 착수함의 뜻임. [傳燈錄]「慧藏對馬祖曰 若敎某甲自射 直是無下手處 又僧問 天地還可雕琢也 無 靈黙曰 汝試下手看」. [唐律 鬪訟]「諸同謀共毆傷人者 各以下手重者爲重罪」.

12) 전권[專制] : 전행(專行)·천행(擅行). 마음대로 결단하고 행함. [三國志 魏志 司馬芝傳]「敕縣老 竟擅行刑戮」. [呂氏春秋 貴生]「耳目鼻口 不得擅行」.

13) 마치 바늘로 등을 찌르는 것 같았다[如針刺背] : 바늘로 등을 찌르는 것 같

열었는데, 사마사가 칼을 차고 전상에 오르는 것을 보고 황급히 탑전에서 맞았다.

사마소가 웃으면서 말하기를,

"어찌 임금이 신하를 맞는 예가 있습니까? 청컨대 폐하께서는 마음을 편히 하소서."

하였다.

얼마 있다가 군신들이 여러 일을 상주하거늘, 사마사는 모두를 자신이 결단하고 위주에게 고하지도 않았다. 조금 있다가 사마사가 물러가는데 고개를 들고 전에서 내려 수레를 타고 궐내를 나가니, 앞에서 길을 치우고 뒤에서 옹위하는 인마들이 수천이었다.

조방이 물러나 후전으로 들어갈 때, 돌아보니 좌우에 세 사람이 있을 뿐이었다. 이들은 태상 하후현(夏侯玄)·중서령 이풍(李豐)·광록대부 장집(張緝) 등이었다. 장집은 장황후의 아버지요 조방의 장인이었다. 조방이 근시들을 물러가게 한 후, 세 사람이 밀실에서 의논하였다.

조방이 장집의 손을 잡고 말하기를,

"사마사가 짐을 어린 아이같이 보고 백관들도 초개같이 보고 있으니, 사직이 조만간 저에게 돌아갈 것이외다."

라고, 말을 마치고는 크게 운다.

이풍이 아뢰기를,

"폐하, 근심 마시옵소서. 신이 비록 재주는 없사오나, 원컨대 폐하의 명조(明詔)를 받들어 사방에서 영웅들을 모아서 이 도적을 초멸하

음. '매우 고통스러움'의 비유임. 「자침」(刺針)은 바늘로 찌름의 뜻. [淮南子 說山訓]「寧百刺以針 無一刺以刀」. [中文辭典 霍光]「여좌침석」(如坐針席)은 '바늘방석에 앉은 것 같이 마음이 몹시 불안함'의 뜻. 「宣帝親政 收霍氏兵權……光從驂乘 帝嚴憚之 若芒刺在背 及光死而宗族竟誅」.

겠나이다."

하거늘, 하후현이 아뢴다.

"신의 형 하후패가 촉나라에 투항한 것은 사마 형제의 모해를 두려워해서일 뿐입니다. 이제 만약에 이 도적을 초제(剿除)한다면 신의 형도 반드시 함께 할 것입니다. 신은 이에 국가의 옛 인척으로서 어찌 감히 간적과 난신들을 앉아서만 보겠나이까? 함께 조서를 받들어 저를 토벌하겠나이다."

하였다.

조방이 말하기를,

"다만 할 수 없으니 두려울 뿐이오."

하거늘, 세 사람이 울며 아뢰기를

"신들은 맹세코 합심하여 적을 토벌해서 폐하의 은혜를 갚겠나이다!"

하니, 조방이 용봉한삼을[14] 벗어 손끝을 깨물어 혈서를 써 장집에게 주며 부탁하기를,

"짐의 조부 무황제께서 동승을 죽인 것은 다 비밀을 지키지 못한 때문이니, 경들은 모름지기 삼가고 조심하여 밖에 누설하지 마시오."

한다.

이풍이 아뢰기를,

"폐하 어찌 이토록 불길한 말씀을 하시나이까? 신들은 동승의 무리가 아니오며 사마사를 어찌 무황제께 비하십니까? 폐하께서는 의심치 마옵소서."

하고, 세 사람이 인사를 하고 나가 동화문 좌측에 이르렀는데 칼을

---

14) **용봉한삼(龍鳳汗衫)** : 용과 봉황을 수놓은 땀옷. 곧 '임금이 용포 속에 입은 옷'임. [南史 王僧虔傳] 「王家門中 優者龍鳳 劣猶虎豹」. 한삼은 '속적삼'의 궁중 말임. [通雅 衣服] 「漢高與項羽戰 汗透中單 改名汗衫矣」.

차고 오는 사마사와 마주쳤다. 그를 따르는 사람들이 수백 인이고 다 병기를 가지고 있었다.

세 사람이 그들 곁에 서 있으니, 사마사가 묻기를

"자네 세 사람은 어찌 이리 늦게 나가시오?"

하거늘, 이풍이 말하기를

"성상께서 내정에서 글을 보시기에 우리 세 사람이 시독하다가[15] 늦었소이다."

하니, 사마사가 다시 묻기를

"무슨 글을 읽으시던가요?"

하매, 이풍이 대답한다.

"하·상·주 삼대의 책이었소이다."

하니, 사마사가 말하기를,

"천자께서 이 책을 보시고 무엇을 묻습디까?"

하였다.

이풍이 대답하기를,

"천자께서 물으신 것은 이윤이 상을 돕고[16] 주공이 섭정하시던[17]

---

15) **시독(侍讀)** : 남송 때의 관직명. 시독박사(侍讀博士). [唐書 百官志]「東宮官 **侍讀**無常員 掌講導經學」. [山堂肆考]「唐徐岱充 皇太子及舒王**侍讀** 承兩宮恩顧 時無與比」.

16) **이윤이 상을 돕고[伊尹扶商]** : 현상(賢相) 이윤이 상나라를 붙들어 세움. 「이 윤」(伊尹). 신야에서 농사를 짓고 살던 이윤. [中國人名]「一名**摯** 耕於薪野 湯以 幣三聘之 遂幡然而起 相湯伐桀救民 以天下爲己任……湯崩 其孫太甲無道 伊尹放 之於桐三年 太甲悔過 復歸於亳」.

17) **주공이 섭정하시던[周公攝政]** : 「주공보성왕」(周公輔成王). 주나라 무왕이 죽 고 성왕이 아직 연소하였기 때문에 주공이 그를 보좌한 일. [越絕書 越絕吳內 傳]「**武王**封**周公** 使傳相成王……當是之時 賞賜不加於無功 刑罰不加於無罪 天下 家給人足 禾來茂美 使人以時 說之以禮 上順天地 澤及夷狄」. 「섭정」. [書經 金縢

일이었는데, 저희들이 아뢰기를 지금 사마대장군이 곧 이윤이며 주공입니다 하였소이다."

하니, 사마사가 냉소하며 말하기를

"당신들은 어찌 나를 이윤과 주공에 비유하시오? 그 마음은 실제로 나를 왕망과 동탁으로 지목하고[18] 있으면서!"

하였다.

　세 사람이 다 말하기를,

"우리들이 다 장군 문하의 사람들인데 어찌 감히 그렇겠소이까?"

하니, 사마사가 노하며 묻기를

"너희들은 아첨꾼들이지![19] 아까[20] 천자의 밀실에서 울었음은 무엇 때문이었소?"

하거늘, 세 사람이 아뢰기를

"실상 그렇지 않소이다."

하니, 사마사가 꾸짖으며 말하기를

"너희 세 사람이 울어서 눈이 벌건데 어찌 변명을 해!"

하였다.

傳」「武王死 周公攝政」. [詩經 豳風 狼跋序]「周公攝政」.

18) 왕망과 동탁으로 지목하고[王莽·董卓] : 왕망과 동탁이 찬역을 꾀했던 일. 동탁은 이리입니다 서울에 들어오면……. 동탁(董卓)을 살려 두면 반드시 후환이 있을 것이라는 말임. 원문에는 '董卓乃豺狼也 引入京城 必食人矣'로 되어 있음. [左氏閔 元]「戎狄豺狼 不可厭也」. [文選 班固 西都賦]「豺狼攝鼠」. 「동탁」. [中國人名]「漢 臨洮人 字仲穎 性麤猛有謀……屢有戰功 靈帝時拜前將軍 帝崩將兵入朝 廢小帝 立獻帝 弑何太后 袁召等起兵討卓……尸於市 卓素充肥 守尸吏然火 置卓月臍中 光明積日」.

19) 아첨꾼들[口諛之人] : 아미(阿媚)·영미(佞楣). 아첨장이.

20) 아까[適間] : 조금 전에. [古書虛字集釋 九]「適猶纔也」. [漢書 賈誼傳]「陛下之臣 雖有悍如馮敬者 適啓其口 匕首已陷其胸矣」.

하후현은 일이 이미 누설된 것을 알고, 이에 목소리를 가다듬어 크게 꾸짖기를

"우리들이 운 것은 네가 주군을 능멸하고, 장차 찬역을 도모하고 있기 때문이다."

하니, 사마사가 크게 노해서 무사들에게 하후현을 붙잡게 하였다.

하후현은 주먹을 휘둘러 사마사를 치려 하였으나, 곧 무사들에게 잡히고 말았다. 사마사가 각 사람들을 수검하게 하니, 장집의 몸에서 용봉한삼을 찾아내었는데 그 위에 혈서가 써 있었다. 좌우가 이를 사마사에게 바치니 밀서였다.

그 내용은 대략 다음과 같다.

사마사 형제가 같이 권력을 잡고 장차 찬역을[21] 꾀하려 한다. 그러므로 조서의 제령(制令)은 모두 짐의 뜻이 아니다. 각부의 관병과 장수 등이 함께 충의에 따라 적신을 토벌하여, 잘못된 것을 바로잡아 사직을 붙들지어다. 성공하는 날에 벼슬과 상을 더할 것이다.

사마사는 보고 나서, 크게 화를 내며

"원래 너희 놈들은 우리 형제들을 모해했었구나! 정황으로 보아 용납할 수 없다."

하고, 마침내 세 사람을 저자에서 요참하고 그 삼족을 멸하였다. 세 사람은 계속 꾸짖음을 멈추지 않았다. 동시에 나가는 중에도 맞아서 이가 부러져 각자가 알아들을 수 없는 말로 꾸짖으며 죽었다. 사마사는 곧장 후궁으로 들어갔다. 위주 조방은 마침 장황후와 이 일을 의논

---

21) **찬역(簒逆)** : 왕위를 찬탈함. 「모반」(謀反). 군주에 대한 반역을 꾀함을 이름. [史記 高祖紀]「楚王信**簒逆**」. [後漢書 王充傳]「禍毒力深 **簒逆**已兆」.

하고 있었다.

　장황후가 말하기를,

　"궁중 안에도 귀와 눈이 많이 있습니다. 이 일이 누설되면 반드시 첩에게 누가 미칠 것입니다."

하며 말하고 있는 중에, 홀연 사마사가 들어와 뵙기를 청하자 황후가 크게 놀랐다.

　사마사는 칼자루를 쥐고 조방에게 말하기를,

　"신의 아비께서 폐하를 왕위에 오르게 했는데, 그 공적이 주공만 못하지 않은 것입니다. 또한 신이 폐하를 섬김이 이윤과 다르오니까? 이제 도리어 은혜를 원수로 삼으며, 두세 신하들과 신 형제를 모해하려 하시니 무엇 때문이오니까?"

하거늘, 조방이 말하기를

　"짐은 그런 마음이 없소이다."

하니, 사마사가 소맷자락에서 한삼을 꺼내서 땅에 던지며

　"이것은 누가 쓴 것입니까?"

하였다.

　조방은 마치 혼이 하늘 저편으로 빠져나가듯22) 무서워하며

　"이는 다 다른 사람들이 협박했기 때문이오. 짐이 어찌 감히 이런 마음을 품었겠소?"

하거늘, 사마사가 묻기를

---

22) 마치 혼이 하늘 저편으로 빠져나가듯[魂飛天外 魄散九霄] : 「구소」(九霄)는
　　하늘. [孫綽 原憲贊]「志逸九霄 身安陋術」. [沈約 遊沈道士館詩]「託慕九霄中」.
　　「혼비백산」(魂飛魄散).「혼소백산」(魂銷魄散)・「혼불부체」(魂不附體). [紅樓夢
　　第三十二回]「襲人聽了這話 唬得魂銷魄散」. [驚世通言 第三十三卷]「二婦人見洪
　　三已招 驚得魂不附體」. [禮記 郊特牲篇]「魂氣歸于天 形魄歸于地」.

"망령되게 대신이 모반한다고 무고하는 것은 어떤 죄에 해당하나이까?"

하니, 조방이 무릎을 꿇고 말하기를

"짐이 죄가 있으니 대장군의 용서를 바라오!"

하거늘, 사마사가 대답한다.

"폐하께서는 일어나시옵소서. 그러나 국법을 폐할 수 없습니다."

하고, 이에 장황후를 가리키며

"이는 장집의 딸이오니 마땅히 없애버리겠습니다."

하거늘, 조방이 큰 소리로 울며 목숨은 구해 달라고 애원하였으나, 사마사는 듣지 않고 좌우에게 장황후를 잡아내어 동화문 안에서 흰 깁을 써서 목졸라 죽였다.

후세 사람의 시가 남아 전한다.

> 그 옛날 복황후가 궁문 밖으로 끌려갈 제
> 발 벗고 애원하며 천자와 헤어졌네.
> 當年伏后出宮門
> 跣足哀號別至尊.

> 사마사가 오늘에 그 전례를 따랐으니
> 하늘의 응보함이 자손에게 있었구나.
> 司馬今朝依此例
> 天教還報在兒孫.

다음 날, 사마사는 군신들을 모두 모아 놓고

"지금 주상께서는 황음무도하여23) 창우를 가까이 하고,24) 또 참언을 듣고 현로(賢路)를 막았소. 그의 죄는 한의 창읍(昌邑)보다 더해25) 천하의 주장인이 될 수 없게 되었소. 내 삼가 이윤과 곽광의 법에 따라26) 새로운 임금을 세워 사직을 보존하여, 천하를 안돈하고자 하니 어떻소이까?"

하니, 여러 관료들이 다 응답하기를

"대장군께서 이윤과 곽광의 일을 하심은 이른바 응천순인하는27)

---

23) 황음무도(荒淫無道) : 술과 계집에 빠져 사람의 마땅한 도리를 돌아보지 아니함. [詩經 齊風篇 鷄鳴序]「哀公荒淫怠慢」. [文選 司馬相如 上林賦]「欲以奢侈相勝 荒淫相越」.

24) 창우를 가까이 하고[藝近娼優] : 창우를 가까이 하는 등 외설을 즐김. 「창우」는 '광대'(廣大·禾尺)임. [中文辭典]「樂也 女樂日倡 南伶日優」. [漢書 元后傳]「舞鄭女 作娼優」.

25) 그의 죄는 한의 창읍보다 더해 : 한소제(漢昭帝) 유능(劉陵)이 죽었으나 후사가 없기 때문에, 대장군 곽광(霍光)의 주장에 따라 소제의 조카 창읍왕 유하(劉賀)를 옹립하였다. 그런데 얼마 안 가 음란하고 무도하여 결국 재위 27일 만에 폐위시키고, 조카 유순(劉詢)을 제위에 오르게 하였는데 이가 곧 한선제(漢宣帝)임. 원문에는 '其罪甚於漢之昌邑 不能主天下'로 되어 있음. [史記 高祖本紀]「沛公引兵西 遇彭越昌邑」.

26) 이윤과 곽광의 법에 따라[伊尹·霍光] : 은의 탕왕(湯王) 때의 이윤과 전한(前漢) 때의 곽광. 두 사람이 암군(暗君)을 폐하고 어진 임금을 세우기 위해 힘썼음. 「이윤」. 신야에서 농사를 짓고 살던 이윤. [中國人名]「一名摯 耕於薪野 湯以幣三聘之 遂幡然而起 相湯伐桀救民 以天下爲己任……湯崩 其孫太甲無道 伊尹放之於桐三年 太甲悔過 復歸於亳」.

「곽광」. 전한의 정치가로 무제 사후 소제를 보필하며 정사를 집행했다. 소제의 형인 연왕 단의 반란을 기회로 상관걸 등 정적을 타도하고 실권을 장악하였으며, 소제 사후 창읍왕의 제위를 박탈하고 선제를 즉위하게 하였음. [中國人名]「漢 去病異母弟 字子孟……受遺詔 輔幼主……昭帝崩 立昌邑王賀 多淫行 廢之 復迎立宣帝……宣帝親政 收霍氏兵權……及光死而宗族竟誅 故俗傳之曰 霍氏之禍」.

27) 응천순인(應天順人) : 하늘의 뜻을 따르고 사람 일에 순응함. [易經 革卦]「彖曰 革水火相息……天地革而四時成 湯武革命 順乎天而應乎人 革之時 大矣哉」.

것인데, 누가 감히 명을 어기겠습니까."

하였다. 사마사는 드디어 여러 관료들과 같이 영녕궁으로 들어가 태후께 아뢰었다.

태후께서 말하기를,

"대장군은 누구를 옹립하려 하시오?"

하거늘, 사마사가 대답하기를

"신이 보건대 팽성왕 조거(曹據)가 총명하고 인후하여, 천하의 주인이 될 수 있다고 생각합니다."

하였다.

태후께서 대답하기를,

"팽성왕은 나의 숙부인데, 그를 천자로 옹립하면 내 어찌 그를 대우하겠소이까? 이제 고귀향공 조모(曹髦)가 있으니 이는 문황제의 손자입니다. 이 사람을 온공극양하니[28] 저를 세우시지요. 경등 대신들은 의논들 해보시구려."

한다.

그때, 한 사람이 앞으로 나서며 아뢰기를,

"태후의 말씀이 옳습니다. 곧 저를 옹립하십시다."

하거늘, 여러 사람들이 저를 보니 이에 사마사의 종숙 사마부(司馬孚)였다.

사마사는 마침내 사신을 보내 원성(元城)에 가서 고귀향공을 불러 태후의 태극전에 오르게 하고는, 조방을 불러 꾸짖으며

[漢書 敍傳]「革命創制 三帝是紀 **應天順民** 五星同晷]」.

28) 온공극양(溫恭克讓): 온화하고 공손하며 자신을 누르고 사양함. 「온공」.
[詩經 小雅篇 小宛]「人之齊聖 飲酒**溫克**」. [朱傳]「言齊聖之人雖醉 猶**溫恭**自持以勝 所謂不爲酒困也」.

"네가 황음무도하고 창우를 가까이 하였으니, 천하를 계승할 수 없노라. 당장 옥새를 반납하고 제왕(齊王)의 자리로 돌아가라. 곧 떠나되 전하의 부르심이 없으면 다시는 입조하지 말아라."
하니, 조방이 울며 태후께 절을 올렸다. 그리고는 국보를 드리고 왕거를 타고 대곡하며 떠나니, 몇몇 충신이 있어서 눈물로 전송하였다.
후세 사람들의 시가 전한다.

그 옛날 조아만이 한나라 승상일 때에
과부와 고아들을 능멸하고 죽이더니.
昔日曹瞞相漢時
欺他寡婦與孤兒.

누군가 알았으랴! 40여 년 후 오늘날에도
황후와 천자가 속임 당할 줄은.
誰知四十餘年後
寡婦孤兒亦被欺.

한편, 고귀향공 조모는 자를 언사(彦土)를 했는데 문제의 손자이고 동해정왕 조림(曹霖)의 아들이었다. 그날 사마사는 태후의 명으로써 문무 관료들과 난가를29) 갖추어 서액문(西掖門) 밖에 준비하고 있다가 절하며 맞았다. 조모가 황망히 답례를 하였다.
태위 왕숙이 말하기를,
"주상께서는 답례를 하지 않는 것이옵나이다."

---

29) 난가(鑾駕) : 연여(輦輿). 임금이 타는 수레. [班固 西都賦]「乘輦輿備法駕」. [王建 宮詞]「步步金堦 上輦輿」. [陳鴻 東城老父傳]「白羅繡衫 隨輦輿」.

하거늘, 조모가 묻기를

"나 또한 인신(人臣)이니 어찌 답례를 않겠습니까?"

하였다. 문무 관료들이 조모를 연에 태워 입궁하려 하자, 조모가 사양하며

"태후께서 소명이 계셨으나 무엇 때문인지 알지 못하고 있는데, 내가 어찌 감히 연을 타고 들어가겠습니까?"

하고는, 드디어 걸어서 태극전 동당(東堂)에 이르렀다.

사마사가 맞으매 조모가 먼저 절을 하거늘 사마사가 급히 부축해 세웠다. 문후가 끝나자 태후께서 불러 보셨다.

태후께서 말하기를,

"내 너를 어려서 보았을 때부터 제왕의 상이 있었는데, 너는 이제 천하의 주인이 되었으니 부디 공손하고 검박하라.30) 덕용을 펴고 인을 베풀어 선제를 욕되게 말거라."

하시거늘, 조모가 재삼 검사하였다.

사마사가 문무 관료들에게 명하여 조모를 태극전에 나오라 청하고, 이날 새 황제로 옹립하였다.

가평 6년을 고쳐서 정원(正元) 원년으로 하고 천하에 대사령을 내렸다. 대장군 사마사에게 황월을 주고31) 조정에 출입할 때에는 빨리 걷지 않아도 되며 일을 아뢸 때에는 이름을 말하지 말고, 칼을 찬 채 전상에 오르게 하였다. 문무 백관들에게는 각각 벼슬을 봉했다.

정원 2년 봄 정월. 세작에게서 급보가 들어왔다. 진동장군 관구검

---

30) 공손하고 검박하라[恭儉節用] : 매사에 공손하고 아껴쓰라. 「공검」(恭儉). [論語 學而篇]「夫子溫良恭儉讓以得之」. 「절용」(節用). [論語 學而篇]「**節用**而愛人 使民以時」.

31) 황월을 주고[黃鉞] : 황금으로 도금한 도끼. 이는 천자의 의장으로 쓰였음. [書經 牧誓篇]「王左杖**黃鉞** 右秉**白旄**以麾曰 逖矣 西土之人」. [事物紀原]「興服志曰 **黃鉞**黃帝置 內傳曰 帝將伐蚩尤 玄女授帝**金鉞**以主煞 此其始也」.

과 양주자사 문흠(文欽) 등이 폐주한 것을 명분 삼아 기병하여 온다 하였다.

사마사는 크게 놀랐다.

이에,

한나라 신하 일찍이 근왕의 뜻32) 가지더니
위장이 토적(討賊)할 군사를 일으켜 오는구나.
　漢臣曾有勤王志
　魏將還興討賊師.

사마사가 어찌 적을 맞는지는 알 수가 없다. 하회를 보라.

---

32) 근왕의 뜻[勤王] : 임금의 일을 위해 진력함. [周禮 春官 大宗伯]「秋見曰 **勤**
[注] **勤**之言勤也 欲其**勤王**之事」. [晋書 謝安傳]「夏禹**勤王** 手足胼胝」.

제110회

문앙을 단기로 많은 군사들을 물리치고
강유는 배수진을 쳐서 대적을 깨뜨리다.
　文鴦單騎退雄兵
　姜維背水破大敵.

　한편, 위나라 정한 2년 정월.

　양주자사 진동장군 영회남군마 관구검의 자는 중문(中聞)으로 하동 문희(聞喜)사람이다. 사마사가 제멋대로 조방을 폐위시킨 일을 듣고 심중에 분노하였다.

　큰 아들 관구전(毋丘甸)이 말하기를,

　"아버님께서는 한 방면을[1] 맡으신 분입니다. 사마사가 국권을 모두 틀어쥐고 임금까지 폐위시킨 것은 나라가 아주 위험한 지경에 이른 것인데,[2] 어찌해서 가만히만 계시오이까?"

하거늘, 관구검이 말하기를

---

1) 방면(方面) : 한 지역. 한 지역의 군정(軍政)을 통괄하는 권한. [後漢書 : 馬融篇]「方面重寄」. [李白 明堂賦]「九夷八狄 順方面而來奔」. [留靑日札]「方者面也 一方之面也 故今之方伯 曰方面官」.

2) 아주 위험한 지경에 이른 것인데[累卵之危] : 아주 위태로운 지경. '누란'은 '쌓아 놓은 알'이란 뜻으로 '몹시 위태로운 형편'을 비유하는 말임. [可馬相如 喻巴蜀檄]「去累卵之危 就永安之計 豈不美與」. [三國志 魏志 黃權傳]「若客有泰山之安 則主有累卵之危」.

"내 아들의 말이 옳구나."

하고, 마침내 자사 문흠과 의논하였다. 문흠은 이에 조상 문하의 사람이 있는데, 이날 관구검이 의논하기를 청하자 곧 와서 배알하였다.

관구검이 문흠을 청해 후당으로 들여 인사가 끝나고 말하는 중에, 관구검의 눈에서는 눈물이 그칠 새 없이 흘러내렸다. 문흠이 그 까닭을 물었다.

관구검이 묻기를,

"사마사가 권력을 제멋대로 하더니 결국 임금을 폐위시키고 천지가 뒤바뀌었으니, 어찌 상심하지 않겠소이까?"

하거늘, 문흠이 대답한다.

"도독께서는 이 지역을 수비하고 계신데, 만약에 의를 위해 적을 토벌하시겠다면 저 또한 목숨을 버리더라도 돕겠습니다. 저의 둘째 문숙(文淑)은 어릴 적 이름이 아앙(阿鴦)인데, 아주 용기가 있어서 늘 사마사 형제를 죽여 조상의 원수를 갚고자 하고 있습니다. 그 애를 선봉에 세우시지요."

하거늘, 관구검이 크게 기뻐하며 즉시 술을 땅에 붓고 맹세하였다. 두 사람은 거짓으로 태후의 밀지가 있다며, 회남의 대소 관료와 장병들에게 다 수춘성으로 오게 하였다.

성의 서쪽에 단을 쌓고 백마의 피를 뿌려 맹세하게 한 다음,3) 사마사의 대역무도한 일을4) 말하고 이제부터 태후마마의 밀지를 받들어

---

3) **백마의 피를 뿌려 맹세하게 한 다음[歃血爲盟]** : 입술에 피를 바르며 맹세함. 「삽혈지맹」(歃血之盟). 옛날 서약을 지키겠다고 신에게 맹세하던 일. 서로가 맹세할 때에 희생(犧牲 : 소나 말)을 잡아 그 피를 나누어 마셨던 일을 이름. 「삽혈지맹」(歃血之盟). [戰國策 魏策]「今趙不救魏 魏歃盟於秦 是趙與强秦爲界也」. [三國遺事 卷一 太宗春秋公]「刑白馬而盟 先祀天神及山川之靈 然後歃血爲文而盟曰 往者百濟先王 迷於逆順 云云」.

회남의 군마를 다 동원하여 의에 따라 토적을 하겠다 하니, 무리들이 다 기꺼이 따르겠다 하였다.

관구검은 6만의 군사를 동원하여 항성(項城)에 주둔하고, 문흠은 2만 명을 이끌고 밖에 있으면서 유병이5) 되어 오가며 접응하기로 하였다. 관구검은 여러 군에 격문을 붙여 각기 기병하여 도울 것을 호소하였다.

한편, 사마사는 왼쪽 눈 아래에 있는 혹이6) 때도 없이 아프고 가려워서, 의원에게 째게 하고 약심지를 넣고 꿰매고 연일 부중에서 병을 치료하고 있었다. 홀연 회남에서 온 급보를 듣고 태위 왕숙(王肅)을 청하여 의논하였다.

왕숙이 말하기를,

"옛날 관운장이 화하(華夏)에서 위세를 떨칠 때에 손권이 여몽에게 명하여 형주를 엄습해서 취하게 하고, 장수들의 가솔들은 잘 타일러서 관공 군사들의 세력을 와해시킨 일이 있습니다. 이제 회남 군사들의 가솔들이 다 중원에 있사오니 급히 저들을 위무하시고, 곧 병사들을 시켜 그 퇴로를 끊으면 반드시 군사들의 기세를 꺾을 수 있을 것입니다."

하거늘, 사마사가 동의하며 묻기를

---

4) 대역무도한 일을[大逆不道] : 「대역무도」(大逆無道). [漢書 楊惲傳]「不竭忠愛 盡臣子議……大逆不道 請逮捕治」[漢書 游俠 郭解傳]「御史大夫 公孫弘議曰 解 布衣 爲任俠行權 以睚眦殺人 當大逆無道 遂族解」.

5) 유병(遊兵) : 유군(遊軍). 유격대에 딸린 병사. 「유격병」(遊擊兵)은 '적지를 기습하는 것을 특별히 훈련받은 병사'로, 작은 집단을 이루어 신속히 공격하고 철수함. [三國志 魏志 荀攸傳]「建安三年 從征張繡 攸言太祖曰 繡與劉表 相持爲彊 然繡以遊軍仰食於表 表不能供也 勢必離 不如緩軍以待之 可誘而致也」.

6) 왼쪽 눈 아래에 있는 혹이[肉瘤] : 육혹·육영(肉癭). 살로만 된 혹. [南史 候景傳]「景左足上有肉瘤 狀似龜」.

"공의 말이 맞소이다. 다만 내가 혹을 째서 직접 가지는 못하겠는데, 만약에 다른 사람을 시킨다면 또 마음이 놓이지 않고 어찌할까요."

하고 있으니, 때마침 중서서랑 종회(鍾會)가 곁에 있다가 나서며,

"회초(淮楚) 지방은 병사들이 강하고 그 형세가 정예하오니, 만약에 다른 사람에게 병사들을 이끌고 가서 물리치라 한다면 이는 아주 불리할 것입니다. 혹시 실수라도 있게 된다면 큰일을 그르치게 될 것이오이다."

하거늘, 사마사가 궐연히[7] 일어나며 말하기를

"내 직접 가지 않으면 적을 깨뜨리기 어렵겠소!"

하고는, 드디어 동생 사마소에게 낙양을 지키며 조정을 총섭하게 하였다.

그리고 사마사는 연여를[8] 타고 병이 있는 몸을 이끌고 동행(東行)하였다. 진동장군 제갈탄에게 명하기를 예주의 제군을 총독하여 안풍진(安風津)을 따라 수춘을 취하라 하였다. 정동장군 호준에게 명하여 청주의 제군을 거느리고 초(譙)·송(宋)지역으로 가서 그들의 귀로를 끊으라 하였다.

또 형주자사 감군 왕기(王基)에게는 전부병을 이끌고 가서 먼저 진남(鎭南)지역을 취하라 하였다. 자신은 대군을 양양에 주둔시켜 놓고 장하의 문무 관료들을 모아 의논하였다.

광록훈 정무(鄭袤)가 말하기를,

"관구검은 계책을 좋아하지만 결단력이 없고, 문흠은 용기가 있으

---

7) 궐연(蹶然) : 벌떡 일어남. [莊子 在宥]「廣成子 **蹶然**而起曰 (疏) **蹶然**疾起」. [禮記 孔子閒居]「子張**蹶然**而起」.

8) 연여(輦輿) : 임금이 타는 연. 난여(鑾輿). [班固 西都賦]「乘**輦輿**備法駕」. [王建 宮詞]「步步金堦 上**輦輿**」. [陳鴻 東城老父傳]「白羅繡衫 隨**輦輿**」.

나 지모가 없는 인물입니다. 이제 대군으로 불의에 나간다면, 강·회의 군사들은 예기가 성해서 쉽사리 취할 수 없습니다. 다만 해자를 깊이 파고 보루를 높이 하여서 그 예기를 꺾어야 합니다. 이는 아부의 장책이라9) 할 것입니다."

하거늘, 감군 왕기가 대답한다.

"아닙니다. 회남의 반란은 군민들의 난을 생각하여 일으킨 것이 아니라, 모두가 관구검의 세력에 핍박을 받아서 부득이하게 좇는 것입니다. 만약에 대군이 들이닥치면 반드시 저들은 와해될 것입니다."

하였다.

사마사가 동의하며 말하기를,

"그 말이 아주 적절하오."

하고는, 마침내 병사들을 은수(隱水)의 왼쪽으로 진군하게 하고 중군들을 은교(隱橋)에 주둔시켰다.

왕기가 말하기를,

"남돈(南頓)이 군사들을 주둔시키기에 가장 좋은 곳이니, 밤새 병사들을 이끌고 가서 취하는 것이 좋을 듯합니다. 만약에 늦어지면, 관구검이 필시 먼저 이를 것입니다."

하거늘, 사마사가 왕기에게 명하여 전부병을 이끌고 가서 남돈성에 하채하게 하였다.

한편, 관구검은 항성에 있었는데 사마사가 직접 왔다는 소식을 듣

---

9) 아부의 장책이라[亞夫之長策] : 초나라 항우의 신하 범증(范增)의 뛰어난 계책. [史記 主父偃傳]「靡敝中國 快心匈奴 非**長策**也」. [文選 曾岊 六代論]「觀五代之存亡 而不用其**長策**」. 「아부」는 초나라 항우가 신하인 범증을 높여 부르던 호로, 그를 '존경함이 아버지 다음 같다'는 뜻. [史記 項羽紀]「亞夫南嚮坐 亞夫者 **范增**也」.

고 여러 장수들을 모아 놓고 상의하였다.

선봉 갈옹(葛雍)이 말하기를,

"남돈성은 산을 의지하고 물이 곁에 있어서 둔병하기에 가장 적합한 곳입니다. 만약에 위병이 먼저 점거한다면, 저들을 몰아내기가 어려울 것입니다."

하거늘, 관구검이 그의 말대로 기병하여 남돈 땅으로 가는데 그들이 가고 있을 때, 앞에서 유성마가 와서 남돈 땅은 이미 인마가 하채하고 있다 하였다.

관구검이 믿기지 않아서 직접 군사들 앞에 나가 보니, 과연 깃발이 들판에 꽂혀 있고 영채가 정비되어 있었다. 관구검이 군중에 돌아와서도 어찌할 방법이 없었다.

그때, 홀연 초마가 와서 보고하기를,

"동오의 손준이 병사들을 이끌고 강을 건서 수춘(壽春)을 엄습해 옵니다."

하였다.

관구검이 크게 놀라며 말하기를,

"만약 수춘을 잃는다면 우리는 어디로 돌아가야 하나!"

하고는, 이날 밤 군사들을 항성으로 퇴각시켰다. 사마사는 관구검이 군사들을 물린 것을 보고 여러 관료들을 모아 의논하였다.

상서 부하가 말하기를,

"지금 관구검이 군사들을 물리는 것은 오군이 수춘을 엄습할까 저어해서입니다. 필시 항성에서 군사들을 나누어 지킬 것입니다. 장군께서 일군에게 명하여 낙가성(樂嘉城)을 취하시고 일군에게는 항성을 취하게 하며 일군으로 수춘을 취하신다면, 회남의 군사들은 반드시 퇴각할 것입니다.

연주자사 등애는 지모가 많은 인물이니, 만약에 병사들을 거느리고 가서 낙가성을 취하고 곧 많은 군사들로 접응하게 하면, 적을 깨뜨리는 일은 어렵지 않을 것입니다."

하였다.

사마사가 그의 말에 따라 급히 사신에게 격문을 주어 보내서, 등애로 하여금 연주의 군사들을 데리고 가서 낙가성을 깨뜨리라 하였다. 그리고 사마사는 그 뒤를 군사들을 이끌고 가서 저들과 만나기로 하였다.

한편, 관구검은 항성에 있으면서 불시에 사람을 보내 낙가성을 초탐하게 하는 등 병사들이 오는 것을 걱정하고 있었다. 문흠을 청해 그가 오자 같이 의논하였다.

문흠이 말하기를,

"도독께서는 고심하지 마십시오. 내게 5천의 병사만 있으면 아들10) 문앙을 데리고 가서 낙가성을 지켜낼 수 있습니다."

하거늘, 관구검이 크게 기뻐하였다. 문흠 부자가 5천의 병사들을 이끌고 낙가성으로 갔다.

먼저 가 있던 군사들이 말하기를,

"낙사성의 서쪽에는 다 위병들이 있는데 대략 만여 명이나 됩니다. 중군을 보니 백모와 황월에11) 검은 덮개 붉은 기치가 들어 있으며,

---

10) 아들[拙子] : 못난 자식. '자기의 아들'을 겸손하게 일컫는 말.「졸자」(拙者)는 '자기 자신을 겸손하게 일컫는 말이기도 함. [漢書 貨殖傳]「拙者不足」.

11) 백모와 황월(白旄黃鉞) : 흰 깃발과 누렇게 도금한 도끼. 주(周)의 무왕(武王)이 은(殷)의 주왕(紂王)을 정벌할 때 썼다 하여 '정벌'의 상징이 되었음. '백모'는 모우(犛牛:소의 일종)의 꼬리나 날짐승의 깃을 장대 끝에 달아 놓은 기. '황월'은 누런 금빛 도끼(무기). [書經 牧誓篇]「王左杖黃鉞 右秉白旄以麾日 逖矣 西土之人」. [事物紀原]「興服志曰 黃鉞黃帝置 內傳曰 帝將伐蚩尤 玄女授帝

호장 안에는 한 개의 수 놓은 장수기가 있는데 필시 이것이 사마사의 영채일 것입니다. 그러나 아직은 영채를 온전히 다 세우지 못하였습니다."

라고 보고하였다.

그때, 문앙은 아버지 곁에 철편을[12] 들고 있다가 이 말을 듣고는, 이에 아버지에게

"저들의 영채가 완성되기 전에 군사들을 양로에 나누어 쫓으며 양쪽에서 공격하면 전승할 수 있습니다."

하거늘, 문흠이 묻기를

"언제 가겠느냐?"

하매, 문앙이 권유하기를

"오늘 밤 황혼 무렵에 아버지께서는 2천 5백의 군사들을 데리고 성의 남쪽을 따라 짓쳐 오시면, 저는 2천 5백의 군사들을 데리고 성의 북쪽을 따라 짓쳐 오겠습니다. 3경 시분에 위병의 영채에서 만나도록 하시지요."

하였다. 문흠이 아들의 말대로, 그날 밤 늦게 군사들을 두 갈래로 나누었다.

이때, 문앙의 나이 바야흐로 열여덟이었는데 키가 8척이나 되었다. 온몸을 갑옷으로 두르고 투구를 쓰고 허리에는 철편을 차고 손에는 창을 잡고, 말에 올라 위의 영채를 바라고 진군하였다.

이날 밤, 사마사가 병사들을 이끌고 낙가성에 이르러 영채를 세우

金鉞以主煞 此其始也」.

12) **철편[鋼鞭]** : '고들개 철편'의 준말임. 포졸들이 가진 형구로 자루와 고들개를 모두 쇠로 만들었음. '고들개'는 '채찍의 열 끝에 굵은 매듭이나 추같이 달린 물건'임. [武備志 鐵鞭鐵簡圖說]「**鐵鞭** 其形大小長短 隨人力所用之」.

고 등애를 기다렸으나, 등애는 아직 도착하지 않았다. 사마사는 눈 아래 혹을 새로 째서 그 자리가 아파 장막에 누워 있고, 수백의 병사들이 둘러서서 호위하고 있었다. 3경쯤 되어서 홀연, 영채 안에서 함성이 크게 진동하고 인마들이 모두 혼란에 빠졌다.

사마사가 급히 물으니, 병사가 보고하기를

"한 떼의 군사들이 영해 북쪽에서 쳐들어 왔는데, 그 장수는 용감하여 대적할 수가 없나이다!"13)

하거늘, 사마사가 크게 놀라서 마음속에서 불이 일어나니 눈망울이 혹을 짼 곳을 따라 튀어나오며 피가 흘러 땅을 적셨다. 그리고 통증이 너무 심해서 견딜 수 없었으나 군심이 동요할까 걱정되어서 이불을 깨물면서 참았다. 이불이 다 씹혀 해져 버렸다.

원래 문앙의 군마가 먼저 이르러서 에워싸고 들이닥쳐 영채에서 좌충우돌하고 있었다. 그의 군사들이 이르는 곳마다 군사들이 저를 감당할 수가 없었고, 저에게 대적하는 자는 창에 찔리거나 철편을 맞아 수없이 죽었다. 문앙은 아버지가 이르러 외응을 해주기를 바랐으나 보이지 않았다.

그는 여러 번 중군으로 짓쳐 들어갔다가 적들이 어지럽게 쏘아대는 궁노 때문에 돌아 나왔다. 문앙은 새벽까지 짓쳐 싸웠는데 이때, 북소리와 각적 소리가 하늘로 퍼졌다.14)

문앙이 종자를 돌아보며,

---

13) 용감하여 대적할 수가 없나이다[勇不可當]: 그 용기는 누구도 당해낼 수가 없음. '매우 용감함'의 비유. 「만부부당지용」(萬夫不當之勇). [易經 繫辭 下傳] 「君子知微知彰 知柔知剛 萬夫之望」. [後漢書 周馮虞鄭周傳論]「德乏 萬夫之望」.
14) 북소리와 각적 소리가 하늘로 퍼졌다[鼓角暄天]: 북과 나팔소리가 하늘로 울려 퍼짐. [後漢書 孔孫瓚傳]「梯衝無吳樓上 鼓角鳴於地中」. [三國志 吳志 陸孫傳]「益施牙幢 分布鼓角」.

"아버님께서 남쪽에서 외응하실 터인데, 북쪽에서 오시니 어찌된
일이냐?"

하며, 문앙이 말을 몰아가서 보니, 일군이 마치 사나운 바람처럼 오고
있는데15) 앞선 장수는 등애였다.

말을 달려오며 칼을 빗기 들고 큰 소리로,

"반적은 도망가지 말라!"

하거늘, 문앙이 크게 노하여 창을 꼬나들고 나가 그를 맞았다.

싸움이 50합에 이르러도 승패가 갈리지 않았다. 그 사이에 위병들이
크게 나와서 앞뒤에서 협공을 하였다. 문앙의 부하들이 각기 도망하며
흩어지자, 필마단기로 위병들을 뚫고 남쪽을 향해 달아났다. 뒤에서
수백의 위장(魏將)들이 정신을 가다듬고16) 말을 몰아 추격해 왔다.

낙가교 주변에 이르러 거의 잡히게 되었는데, 문앙은 홀연 말고삐
를 당기며 돌아서서 큰 소리를 지르면서, 곧장 위장의 진중으로 충돌
해 들어갔다. 철편이 바람을 일으키는 곳에 위장들이 분분히 말에서
떨어지며 물러선다.

문앙은 다시 천천히 나가니, 위장이 한 곳에 모여 놀라고 의아해 하며

"이 사람이 어찌 감히 우리들 다수를 물리치겠는가. 힘을 합하여 추
격함이 가하다."

하였다.

이에 위장 백여 명이 다시 급히 추격해 왔다.

---

15) 마치 사나운 바람처럼 오고 있는데[行如孟風]: 행군소리가 마치 사나운 바
람이 부는 듯함. [太平御覽 天部 風]「風俗通曰 猛風 曰飆」.

16) 정신을 가다듬고[枓擻精神]: 정신을 가다듬고 일어남. [名義集]「新云杜多
此云抖擻 亦云修治 亦云洮汰 垂裕記云 抖擻煩惱故也 善住意天子經云 頭陀者
抖擻 貪欲瞋恚愚癡三界內外六人 若不取不捨不修不著 我說彼人 名爲杜多 今訛
稱頭陀」.

문앙은 벌컥 크게 화를 내며 말하기를,

"이 쥐새끼 같은 놈들아, 목숨이 아깝지 않느냐!"

하며, 말을 몰아 위장들 속으로 짓쳐 들어가 철편을 써서 여러 사람을 쳐 죽이고, 다시 말을 돌려 천천히 걸어간다. 위장들이 연이어 너댓 번을 추격하였으나 다 문앙 한 사람에게 격퇴되고 말았다.

후세 사람의 시가 전한다.

장판교 싸움 그때에 홀로 조조를 물리쳐
상산 조자룡이 용맹을 떨치더니.
　長坂當年獨拒曹
　子龍從此顯英豪

낙가성 안에서 싸움이 이는 곳에
또다시 문앙의 담력 높음을 보네.
　樂嘉城內爭鋒處
　又見文鴦膽氣高.

원래 문흠은 산길이 하도 꼬불꼬불해서 골짜기 속에 빠져 들었다. 반야(半夜)를 걷다가 겨우 길을 찾아 나와 보니 날이 이내 밝았다. 문앙의 인마가 있는 곳을 알 수 없었으나, 위병들이 대승한 것을 알았다. 문흠은 싸우지 않고 물러갔다. 위병들이 승세를 타고 추격하며 짓쳐 오거늘, 문흠은 병사들을 이끌고 수춘을 바라보며 달아났다.

한편, 위의 장수 전중교위 윤대목은 본래 조상의 심복 중 한 사람이었다. 조상이 사마의에 의해 모살 당하자, 그 일로 인해서 짐짓 사마사를 섬기면서도 그를 죽여 원수를 갚아야 한다는 생각을 마음속에 품고 있었다. 그는 또 평소부터 문흠과 교분이 두터웠다. 지금 사마사가 눈의 혹이 돋아서 마음대로 움직이지 못하는 것을 보고,

이내 장막에 들어가 말하기를,

"문흠은 본래 반심이 없는 인물입니다. 지금 관구검의 핍박 때문에 그저 이 지경에 이르렀을 것입니다. 내가 가서 저를 설득해 보겠나이다. 그러면 필시 항복해 올 것입니다."

하자, 사마사가 그의 말대로 하기로 하였다. 윤대목이 투구를 쓰고 갑옷을 입고 말을 타고 문흠을 급히 뒤를 쫓았다.

거의 거의 따라잡고는 큰 소리로 외치기를,

"문자사는 윤대목을 아시겠소이까?"

하니, 문흠이 고개를 돌려 저를 보니, 대목은 투구를 벗어서 안장 앞에 놓고 채찍으로 가리키며 말하기를

"문자사는 어찌 며칠을 더 참지 못하시오?"

하거늘, 이것은 윤대목이 사마사가 곧 죽을 것을 알기 때문에 와서, 문흠을 만류하러 온 것이었다.

문흠은 그 뜻을 알지 못하고 목소리를 가다듬어 크게 꾸짖으며, 곧 활을 들어 저를 쏘려 하였다. 윤대목은 큰 소리로 울면서 돌아갔다. 문흠은 인마들을 모아 수춘으로 가려 할 때에는, 벌써 제갈탄이 이끄는 병사들에게 빼앗긴 뒤였다.

다시 항성으로 가고자 할 때에 호준 · 왕기 · 등애 등의 3로 병들이 다 도착하였다. 문흠은 세가 위급한 것을 보고 마침내 동오의 손준에게 투항하였다.

한편, 관구검은 항성에 있으면서 벌써 수춘을 뺏겼다는 소식을 듣고 있었다. 또 문흠이 패하고 성 밖에 3로 병이 이르렀다는 것을 알고, 관구검은 드디어 성중의 모든 병사들을 이끌고 싸우러 나갔다. 막

등애와 마주치게 되자 관구검은 갈옹에게 나가 싸우게 하였으나, 1합도 못 되어서 등애의 한 칼에 목이 떨어졌다.

등애는 군사들을 이끌고 짓쳐들어오고 관구검은 죽기로 맞아 싸웠지만, 강회의 병사들은 큰 혼란에 빠지고 말았다. 호준·왕기 등이 군사들을 이끌고 사방에서 협공하였다. 관구검은 더 이상 적을 막을 수 없게 되자 10여 기만 이끌고 길을 열어 달아났다.

신현성(愼縣城) 아래에 이르니, 현령 송백(宋白)이 성문을 열고 맞아주며 술자리를 열어 그를 대접하였다. 관구검이 대취하자 송백이 사람을 시켜 죽이고 그 머리를 위병에게 주었다. 이로 인해 회남은 평정되었다.

사마사는 병으로 누워 일어나지 못하게 되자 제갈탄을 장막으로 불러서 인수를 주며, 벼슬을 더해 정동장군을 삼고 양주 제로의 군마를 총독하게 하였다. 또 한편으로는 군사들을 허창으로 철수하게 하였다. 사마사는 눈의 통증이 그치지 않고, 매일 밤 이풍·장집·하후현 등 세 사람이 침상 앞에 서서 지켜보고 있었다.

사마사는 심신이 황홀해져서 스스로 생각하기에 목숨을 보전하기 어려운 줄 알고, 마침내 사람들에게 명하여 낙양의 사마소를 오게 하였다. 사마소는 침상에 엎드려 울었다.

사마사가 유언하기를,

"내가 지금 맡고 있는 권력이 너무 무거워 비록 내가 내려 놓고자 하나 할 수가 없구나.[17] 자네가 내 뒤를 이어서 해주게. 큰 일을 일절 가벼이 다른 사람에게 맡기지 말게나. 자칫 멸족을 당하게 되네."

---

17) 비록 내가 내려 놓고자 하나 할 수가 없구나[雖欲卸肩] : 비록 나의 의견대로 하려 하였으나 할 수가 없음. 「사견」은 '책임을 피함·공직을 사퇴함'의 뜻임. [中文辭典]「謂辭職也」.

하고, 말을 마치고 인수를 저에게 주면서 눈물이 얼굴 가득 흘렀다. 사마소가 급히 물으려 할 때에 사마사는 외마디 소리를 지르더니 눈동자가 튀어나와 죽었다. 때는 정원 2년 2월이었다.

이에 사마소는 발상을 하고 위주 조모에게 신주(申奏)하였다. 조모는 사신에게 조서를 가지고 허창에 가서, 사마소로 하여금 잠시 동안이라도 허창에 군사들을 주둔시켜서 동오를 막게 하였다. 사마소는 마음속으로 머뭇거리며 결정하지 못하였다.

종회가 묻기를,

"대장군께서 돌아가셨으며 인심이 안정되지 못하였습니다. 장군께서 만약에 이곳에 머물러 있으신 동안에, 만에 하나 조정에 변고가 있으면 후회해도 미치지 못할 것 아닙니까?"18)

하거늘, 사마소가 그의 말을 따라 기병하여, 낙수의 남쪽에 군사들을 주둔시키니 조모는 크게 놀란다.

태위 왕숙이 말하기를,

"사마소가 그의 형의 대권을 손안에 넣었으니, 폐하께서도 저에게 벼슬을 봉해서 저를 안정시키소서."

하였다.

조모는 왕숙에게 특별 조서를 내리고 사마소를 봉하여 대장군 겸 녹상서사로 삼았다. 사마소는 조정에 들어와 사은하였다. 이로부터 중외 대소사가 다 사마소에게 돌아갔다.

한편 서촉의 세작들이 이 일을 탐지해서 성도에 보고하였다.

---

18) 후회해도 미치지 못할 것 아닙니까?[悔之何及] : 후회한들 어찌 미칠 수 있겠는가. [漢書]「官成名立 如此不去 懼有**後悔**」. [詩經 召南篇 江有汜]「不我以 其**後也悔**」. [史記 張儀傳]「懷手**後悔** 赦張儀 厚禮之如故」.

강유가 들어와 아뢰기를,

"사마사가 죽고 그의 동생 사마소가 처음으로 대권[重權]을 잡았으니, 신의 생각으로는 저가 감히 마음대로 낙양을 떠나지는 못할 것입니다. 청컨대 이 틈을 타서 위를 정벌하여 중원을 회복하겠나이다."

하니, 후주가 그의 말을 따라 강유에게 군사를 일으켜서, 위를 정벌하라 하였다.

강유도 한중에 이르러 인마를 정돈하니, 정서대장군 장익이

"촉나라는 원래 지형이 좁고 전량이 부족하니 원정하지 않아야 합니다. 차라리 험준한 땅에 웅거해서 분수를 지키고 백성들을 아끼는 것만 같지 못하오이다. 이것이 바로 보국지계입니다."

하거늘, 강유가 묻기를

"그렇지 않소이다. 옛날 승상께서는 초려에서 나오시기 전에 이미 천하 삼분19)을 결정하였소이다. 그럼에도 여섯 번씩이나 기산에 출병하여 중원을 도모하셨고, 불행히도 중도에서 돌아가셔서 공업을 이루지 못하였소이다.

이제, 내가 이미 승상의 유명을 받들어 진충보국함으로써 그 유지를 계승하려 합니다. 비록 죽는다 해도 한이 없소이다. 지금 위나라는 틈이 생겼는데 그 틈새를 타서 저를 정벌하지 못한다면, 다시 어느 때를 기다리겠소이까?"

하였다.

하후패가 나서며 말하기를,

"장군의 말씀이 옳습니다. 경기(輕騎)로써 먼저 포한(枹罕)으로 나가

---

19) 천하 삼분[三分天下] : 한(漢)이 나뉘어 세 나라가 됨. [史記 太師公自敍]「楚人追我京索 而信拔魏趙 定燕齊 使漢三分天下有其二 以滅項籍 作淮陰侯列傳第三十二」. [文選 諸葛亮 出師表]「今天下三分 益州罷弊 此誠危急存亡之秋」.

야 합니다. 만약에 조수 서쪽 남안을 얻기만 한다면, 여러 군은 쉽게 얻을 수 있을 것입니다."

하거늘, 장익도 말하기를

"전번에 이기지 못하고 돌아온 것은 다 군사들의 출병이 지연되었기 때문이외다. 병법에 이르기를 '공격은 방비가 없는 곳을 하고, 나가는 것은 의외의 길이어야 한다.'20) 하였소이다. 지금 만약에 속히 진병해서 위인으로 하여금 막지 못하게 한다면, 반드시 전승할 것입니다."

하였다.

이에 강유는 병사 5만을 이끌고 포하로 발진하였다. 병사들이 조수에 이르자 변경을 지키는 군사들이 옹주자사 왕경(王經)과 부장군 진태(陳泰)에게 보고하였다. 왕경은 먼저 마보병 7만을 일으켜 와서 촉병들을 막았다. 강유도 장익에게 분부하여 이리이리 하라 하고, 또 하후패에게 부탁해서 이리이리 하라 하였다. 두 장수가 명을 받고 떠났다. 강유는 직접 대군을 이끌고 조수에 나가 진을 벌였다.

왕경은 몇 사람의 아장을21) 이끌고 와서, 나서며 묻기를

"위와 오와 촉이 이미 버티게 되었는데22) 네가 여러 차례 침노함은 무엇 때문이냐?"

하거늘, 강유가 말하기를

"사마사는 까닭 없이 임금을 폐하였으니 이웃이 이치상 죄를 묻는

---

20) 공격은 방비가 없는 곳을 하고, 나가는 것은 의외의 길이어야 한다 : 원문에는 '攻其無備 出其不意'로 되어 있음. [孫子兵法 計篇 第一]「攻其不備 出其不意 此兵家之勝 不可先傳也」.

21) 아장(牙將) : 부장(副將). [五代史 康懷英傳]「事朱瑾爲牙將」.

22) 오와 촉이 이미 버티게 되었는데[鼎足之勢] : 서로가 버티고 있는 형국. [史記 淮陰侯傳]「莫若兩利 而俱存之三分天下 鼎足而居」.

것이 당연한데, 어찌 나라의 원수이겠느냐?"

하였다.

왕경은 장명(張明)·화영(花永)·유달(劉達)·주방(朱芳) 등 네 장수를 돌아보며,

"촉병이 배수의 진을23) 치고 있으니 패하면 곧 다 물에 빠져 죽을 것이오. 강유는 용기가 있는 인물이나 자네들 네 명이 싸울 수는 있을 것일세. 저가 만약에 퇴각하려 하거든 곧 추격하게."

하니, 네 장수들이 좌우로 나뉘어 강유와 싸우러 나왔다.

강유와 싸우기 몇 합이 못 되어서 말을 돌려 본진 중으로 달아났다. 왕경은 군사들을 몰아 일제히 급히 쫓아왔다. 강유는 조수의 서쪽을 바라보며 달아났다. 점점 조수에 가까워지자 큰 소리로, 장수들에게

"일이 급하다! 제장들은 어찌해서 노력하지 않는가!"

하매, 여러 장수들이 일제히 힘을 내서 돌아서서 들이치니 위병들은 크게 패하였다.

장익·하후패가 위병의 뒤에서 둘로 나뉘어 짓쳐오자, 위병들은 단단히 포위되었다.24) 강유도 무위를 뽐내며25) 위군 속으로 짓쳐 들어

---

23) 배수의 진[背水爲陣] : 뒤에 물을 두고 진을 폄. '물러 갈 곳이 없으므로 공격해 오는 적과 결전을 하게 됨'의 뜻. [尉繚子天官篇]「按天官曰 背水陣爲絕地 向坂陣爲廢軍 武王伐紂 背濟水 向山坂而陣 以二萬二千五百人 擊紂之億萬而滅商 豈紂不得天官之陣哉」. [後漢書 銚期傳]「時銅馬數千萬衆人 淸陽博平期與諸將迎擊之 連戰不利 乃更背水而戰 所殺傷甚多 會光武救至 遂大破之」.

24) 포위되었다[困在垓心] : 적에게 포위됨. [水滸傳 第八三回]「徐寧与何里奇搶到垓心交战 兩馬相逢 兵器并舉」. [東周列國志 第三回]「鄭伯困在垓心 …… 全无俱怯」. [中文辭典]「謂在圍困之中也 項羽被圍垓下 說部中所用困在垓心語 或卽本此」.

25) 무위를 뽐내며[奮武揚威] : 「요무양위」(耀武揚威). 무위를 뽐냄. 위세를 드러냄.

가 좌충우돌하니,26) 위군들이 크게 혼란에 빠져 저희끼리 밟고 밟히며 죽는 자가 태반이었다. 또 조수에 빠져 죽는 자가 무수했으며, 참수된 자가 만여 명이어서 시체들이 수십 리까지 늘어져 있었다.

왕경은 패병 백여 기만 이끌고 죽을 힘을 다해 달아나, 지름길로 해서 적도성(狄道城)으로 갔다. 성에 들어가 문을 닫고 굳게 지키기만 하였다. 강유는 큰 공을 이루고 호군을27) 끝내고 나서 곧 진병하여 적도성을 공격하고자 하였다.

이때, 장익이 간하기를

"장군께서 이미 큰 공을 세우셨고 그 위세를 크게 떨쳤으니, 이에 그치시는 게 좋겠습니다. 이제 만약에 더 나아가면 오히려 생각대로 되지 않을 것입니다. 이를테면 사족을 그리는 일이28) 될 것입니다."

하거늘, 강유가 말하기를

"그렇지 않소이다. 전에 싸움에 패했을 때에도 오히려 진군해서 중원을 종횡하려 했소이다. 지금 조수 싸움에서 위군들은 간담이 서늘했을 터이고 내 생각에는 적도성을 쉽게 얻을 수 있는데,29) 그 의지

---

26) 좌충우돌(左衝右突): 동충서돌(東衝西突). 이리저리 닥치는 대로 마구 찌르고 치고받고 함. [桃花扇 修札]「隨機應辯的口頭 **左衝右擋的膂力**」.

27) 호군(犒軍): 군사들을 배불리 먹임. 「호궤」(犒饋). [柳宗元 嶺南節度饗軍堂記]「軍有**犒饋**宴饗 勞旋勤歸」.

28) 사족을 그리는 일[畫蛇添足]: 뱀을 그리는데 발까지 그렸다는 뜻으로, '쓸데없이 군짓을 하다가 오히려 틀려짐'을 비유. [戰國策 齊策]「楚有祠者 賜其舍人巵酒 舍人相謂曰 數人飮之不足 一人飮之有餘 請**畫地**爲**蛇** 先成者飮酒 一人蛇先成 引酒且飮 乃左手持巵 右手**畫地** 曰吾能爲之足 未成 一人之蛇成 奪其巵曰 蛇故無足 子安能爲之足 遂飮其酒」. [後漢書 袁紹傳]「妄**畫蛇足** 曲辭諂媚」.

29) 적도성을 쉽게 얻을 수 있는데[唾手可得]: 일이 잘 되어지기를 기약할 수 있음. '아주 가까이 있어 쉽게 얻을 수 있음'의 비유. '타수'는 손에 침을 뱉으며 힘을 낸다는 말로, '힘을 내면 얻을 수 있다'의 뜻임. 「타수가결」(唾手可決)은 쉽게 승부를 낼 수 있음을 이름. [後漢書 公孫瓚傳]「瓚曰 始天下兵起 我謂

를 땅에 떨어뜨리려 하시오."

하였다. 장익이 재심 간하였으나 강유는 종시 듣지 않고, 마침내 군사들을 거느리고 적도성을 취하러 갔다.

한편, 옹주 정서장군 진태는 마침 기병하여 왕경과 함께 패한 원수를 갚고자 하고 있는데, 홀연 연주자사 등애가 군사들을 이끌고 이르렀다.

진태와 만나서 인사가 끝나자, 등애가 말하기를

"이제 대장군의 명을 받들어 특별히 와서 장군을 도와 적을 깨뜨릴까 합니다."

하거늘, 진태가 등애에게 계책을 물었다.

등애가 대답하기를,

"강유가 조수에서 승리를 하고 난 후에 강인들을 불러서 동쪽의 관중과 농서를 엿보며 네 군에 격문을 띄웠다면 이는 우리들에게 큰 걱정거리가 되었을 터인데, 이제 저들이 이런 생각을 하지는 못하고 적도성을 도모하려 하고 있습니다. 그 성은 아주 견고해서 급히 공격할 수도 없을 것이며, 공연히 병세만 허비할 뿐입니다. 내가 지금 항령(項嶺)에 군사들을 벌여두고, 그 후에 진병해서 저들을 공격한다면 촉병들을 반드시 대패시킬 수 있습니다."

하거늘, 진태가 칭찬한다.

"참으로 묘한 생각이외다!"

하고, 드디어 먼저 20대(隊)의 군사들을 보냈다.

각 대마다 50명씩인데 정기·고각·봉화 등불을 가지고 낮에는 쉬고 밤에만 행군하여, 적도성의 동남쪽 산이 높고 물이 깊은 골짜기에

唾手而決」. [唐書 褚遂良傳]「帝欲自討遼東 遂良言但遣一二愼將 垂手可取」.

매복해서는 촉병들이 오기만 기다리고 있었다. 일제히 고각을 울리면 응전하되, 밤에는 햇불을 놓아서 적병을 놀라게 하기로 하였다. 각기 분별하고 나서 오직 촉병들이 오기만 기다렸다. 이때, 진태와 등애는 각기 2만 병들을 이끌고 차례로 나아갔다.

한편, 강유는 적도성을 포위하고 병사들을 여러 곳에서 계속 수일 간 공격하였으나, 떨어지지 않아서 심중이 우울했지만 시행할 계책이 없었다.

이날 황혼 무렵에 홀연 너댓 차례 유성마가 와서,

"양쪽에서 병사들이 오고 있는데 기 위에 분명하게 큰 글자로 1로는 정서장군 진태, 또 하나에는 연주자사 등애라고 써 있습니다."

한다. 강유가 크게 놀라서 마침내 하후패를 청해 의논하였다.

하후패가 말하기를,

"내 일찍이 장군에게 말했듯이 등애는 어려서부터 병법에 밝고 지리에 통달한 인물입니다. 이제 병사들을 이끌고 이르렀으니 자못 강적이 될 것이외다."

하거늘, 강유가 권유하기를

"저들이 멀리 왔으니 우리는 저들에게 쉴 틈을 주지 말고 공격합시다."

하고는, 이내 장익을 남겨서 성을 공격하게 하였다.

그리고 하후패에게 군사들을 이끌고 진태를 치게 하고 자신은 군사들을 이끌고 등애를 맞으러 갔다. 행군이 5리쯤에 이르자, 홀연 동남쪽 일각에서 일성 포향이 들리고 고각이 진동하며 불길이 하늘로 치솟았다. 강유가 말을 몰아 가 보니, 주위가 다 위병들의 기호만 보였다.

강유가 크게 놀라며 말하기를,

"등애의 계책에 빠졌구나!"

하고, 마침내 하후패와 장익에게 영을 전해 적도성을 버리고 퇴각하게 하였다.

이에 촉병들이 다 한중으로 퇴각하였다. 강유는 자신이 직접 뒤를 끊은 후에도, 배후에서 북소리가 끊이지 않는 것을 들었다. 강유가 퇴각하여 검각에 들어왔을 때에야 겨우 불길과 북소리가 20여 곳에서 들리는 것을 알았고, 다 거짓으로 설치해 둔 것임을 알았다. 강유는 병사들을 거두어 종제(鍾提)에 주둔시켰다.

이때, 촉주는 강유가 조수에서 크게 이긴 공로가 있으므로 조서를 내려 강유를 봉하여 대장군을 삼았다. 강유는 관직을 받고 표문을 올려 사은을 하고 나서, 다시 출사해서 위를 칠 계책을 논의하였다.

이에,

> 성공을 했는데 사족이 왜 필요한가
> 적을 토벌하매 또 옛 위엄을 보이누나.
>> 成功不必添蛇足
>> 討賊猶思奮虎威.

이번의 북벌은 결과가 어찌 되었는지 알 수가 없다. 하회를 보라.

제111회

등사재는 지략으로 강백약을 패퇴시키고
제갈탄은 의리로써 사마소를 치다.
鄧士載智敗姜伯約
諸葛誕義討司馬昭.

한편 강유는 병사들을 물려서 종제(鍾堤)에 둔치고, 위병들은 적도
성 밖에 군사들을 주둔시키고 있었다. 왕경은 진태와 등애를 영접하
고 포위망을 풀게 해준 것에 대해 감사해 하며, 술자리 베풀어 대접하
고 삼군에게 큰 상을 주었다.

진태장군은 등애의 공훈을 위주 조모에게 아뢰었다. 조모는 등애를
봉하여 안서장군을 삼고 절을 주어 호동강교위로 명하고, 진태와 같
이 옹주와 양주 등지에 주둔하게 하였다.

등애가 임금께 표주하여 사은하고 나자, 진태는 술자리를 마련하여
등애에게 하례하며 말하기를,

"강유가 밤에 도망가서 그 세력이 이미 약해졌으니, 감히 다시 출병
하지는 못할 것이외다."

하거늘, 등애가 웃으며 말하기를

"내 생각에는 촉병들이 반드시 출병할 이유가 다섯 가지나 있소이다."

하였다.

진태가 그 원인을 물으니 등애가 대답하기를,

"촉병들이 비록 퇴각은 하였으나 끝내 승리의 여세가 있습니다. 우리 군사들은 저들에게 패한 사실이 있습니다. 그래서 저들이 반드시 나올 것이니, 이것이 첫째 이유입니다.

촉병들은 다 공명에게서 훈련을 받은 정예병들이기에 쉽게 쓸 수 있으나, 우리 장수들은 툭하면 바뀌고 군사들 또한 훈련에 미숙하니 저들이 반드시 나올 두 번째 이유이고, 촉병들은 뱃길에 익숙한 사람이 많으나 우리 군사들은 육지에 있어 편안함과 수고로움이 같지 않으니, 그것이 저들이 나올 세 번째 이유입니다.

적도와 농서·남안과 기산 이 네 곳은 다 지키고 싸울 만한 땅이어서, 촉병들은 성동격서하고 지남공북할 수 있으나[1] 우리 군사들은 반드시 군사를 나누어서 지켜야 하는데, 촉병들은 한 곳에서 합세하여서 한 곳으로 몰려와 전군이 우리의 넷으로 나뉜 군사들을 담당하니, 이것이 저들이 나올 네 번째 이유입니다.

만약에 촉병들이 남안·농서로부터 나온다면 강인들의 곡식을 취해서 먹을 수 있고, 저들이 기산에 나온다면 보리가 익어 군량으로 쓸 수 있으니, 그것이 저들이 나올 다섯 번째 이유입니다."

하거늘, 진태가 탄복하며

"공이 적을 생각하는 것이 귀신과 같은데 촉병들이 뭐가 걱정되겠소이까!"

하였다. 이에 진태와 등애는 서로 망년지교를[2] 맺었다.

---

1) 성동격서하고 지남공북할 수 있으나[聲東擊西 指南攻北] : 동쪽을 공격하는 체하면서 실상은 서쪽을 공격하고, 남쪽을 가리키며 실은 북쪽을 공격함. [通典 兵六]「聲言擊東 其實擊西」.

2) 망년지교(忘年之交) : 망년지우(忘年之友). 나이 차이를 잊고 허물없이 사귀는 사이. 「망년교」(忘年交). [後漢書 禰衡傳]「禰衡有逸才 少與孔融交 時衡未滿二十 而融已五十 爲忘年交」. [南史 何遜傳]「范雲見孫對策 大相稱賞 因結忘年交」.

등애는 마침내 옹주와 양주 등에 있는 군사들을 매일같이 조련시키고, 각처의 애구에다 영채를 세우게 하여서 예측하지 못한 일에 방비하게 하였다.

한편, 강유는 종제에서 큰 잔치 자리를 만들어 여러 장수들을 모아놓고, 위나라를 칠 일을 의논하였다.

영사3) 번건(樊建)이 말하기를,

"장군께서 여러 차례 출정하셔서도 큰 공을 세우지 못하였소이다. 오늘 조서의 싸움에서 위병들이 위명(威名)에 감복하였거늘, 무엇 때문에 또 출정하려 하십니까? 만에 하나 불리하게 되면 전공도 다 버리게 될 것입니다."

하거늘, 강유가 말한다.

"자네들은 위나라가 땅이 넓고 사람들이 많아서 속히 얻을 수 없는 줄 알고 있소만, 위나라를 공격하면 이길 수 있는 요건이 다섯 가지임은 알지 못하는구려."

하니, 여러 장수들이 묻는다.

강유가 대답하기를,

"저들이 조서에서 한 번 패한 것으로 예기가 다 꺾였소이다. 내가 비록 퇴군하였으나 일찍이 손해를 입지 않았으니, 지금 만약에 진병하면 그것이 첫 번째 이길 수 있는 조건이고, 우리 군사들은 배에 싣고 진병한다면 피곤하지 않지만, 저들은 다 육지를 걸어서 왔으니 이 것이 두 번째 승리할 수 있는 조건이외다.

우리 군사들은 오랫동안 훈련이 되어 있지만 저들은 다 오합지졸이어서4) 일찍이 군율이 없으니 이것이 세 번째 이길 조건이고, 우리가

---

3) **영사(令史)** : 한(漢) 때에 설치한 문서를 담당하는 관리. [史記 酷吏傳]「用廉 爲**令史**」. [通典 職官典 尙書]「**令史漢官也** 後漢尙書」.

기산에서 출발하면 추곡을 취해서 군량으로 쓸 수 있으니 이것이 이길 수 있는 네 번째 이유이외다.

또 저들은 지키기 위해서 군사들을 분산시켜야 하지만, 우리들은 병사들을 한 곳에 모아서 공격할 수 있으니 저들이 어찌 구하겠소. 이것이 우리가 이길 다섯 번째 이유이외다. 이때, 위를 공격하지 않고 다시 어느 때를 기다리겠소이까?"

하니, 하후패가 말하기를

"등애가 비록 나이는 어리다 하여도 그는 지모가 깊은 인물입니다. 근자에는 안서장군의 직에 봉해져, 필시 각 처마다 준비를 하고 있을 것이니, 지난날과는 같지 않을 것입니다."

하였다.

강유가 목소리를 가다듬어 묻기를,

"내 무엇이 저가 두렵겠소이까? 여러분들은 저들의 예기를 돋우고 자신들의 위풍을 깎아내리지 마시구려! 내 뜻은 이미 결정되었소이다. 반드시 먼저 농서를 깨뜨리겠소."

하니, 여러 사람들 더 이상 간하지 못하였다.

강유는 직접 전부군을 거느리고 여러 장수들에게 뒤따라 진병하라 하였다. 이에 촉병들은 종제를 떠나서 기산으로 짓쳐 나갔다. 초마가 보고하기를 위병들이 벌써 먼저 기산에 9개의 영채를 세웠다고 하였다. 강유는 믿지 않고 수 기만 이끌고 높은 언덕에 올라가서 바라보니, 과연 기산에 9개의 영채가 긴 뱀과 같이 늘어서 있는데 수미가

---

4) 오합지졸이어서[烏合之徒] : 오합지졸(烏合之卒). 임시로 조직이 없이 모여든 무리. [三國志 魏志 桓階傳]「將軍以**烏合之卒** 繼敗軍之後」. [後漢書 邴彤傳]「卜者王郎 集**烏合之衆** 震燕趙之北」. [文選 千寶 晉紀總論]「新起之寇 **烏合之衆** 拜吳蜀之敵也」.

잘 응해 있었다.

강유가 좌우를 돌아보며 말하기를,

"하후패의 말이 믿을 만하구나. 이들 영채들은 그 형세가 절묘해서 내 스승 제갈승상께서나 하실 수 있는 것인데, 지금 보건대 등애가 한 것을 보니 내 스승에 못지않구나."

하고는, 마침내 본채로 돌아와서 제장들을 불러

"위병들이 이미 준비를 하고 있으니, 필시 우리가 올 줄 알고 있소이다. 내 생각에 등애는 이 속에 있을 것이외다. 자네들은 우리의 기호를 허장성세하여5) 이 골짜기 입구에 하채하시오. 매일 백여 기를 보내 초탐하되, 매 번 한 번 초탐을 나갈 때마다 한 번씩 의갑과 기호를 청·황·적·백·흑색 등 오방기치로 바꾸게 하시구려. 내가 대병을 이끌고 몰래 동정(董亭)으로 나가서 일거에 남안을 깨뜨리리다."

하고는, 마침내 포소(鮑素)에게 기산의 입구에 주둔하게 하였다. 강유는 대병을 다 이끌고 남안을 향해 진발하였다.

한편, 등애는 촉병들이 기산으로 나올 줄 알고, 벌써 진태와 같이 영채를 세우고 준비하고 있었다. 촉병들이 매일 싸움을 돋우러 오지 않고는 하루 다섯 번씩 초마를 영채에 보내서, 혹 10리 또는 15리씩 초탐하러 왔다가 돌아가는 것을 보았다.

등애가 높은 언덕에 올라가 보고나서 황급히 장막에 들어와, 진태에게 말하기를

"강유는 여기 있지 않고 필시 동정의 남안을 엄습하러 갔을 것입니다. 영채를 나온 군마들이 몇 필 아니 되고 매번 의갑을 바꾸어서 초마

---

5) 허장성세하여[虛張] : 「허장성세」(虛張聲勢). 헛소문과 허세로 떠벌림. [元曲選 鴛鴦被]「這廝倚特錢財 虛張聲勢」. [紅樓夢 第六十八回]「命他託察院 只要虛張聲勢 驚嚇而已」.

만 오고 가서, 저들의 말들이 매우 지쳐 있으니 주장은 필시 무능한 자일 것입니다. 진장군께서 일군을 이끌고 공격하면, 저들의 영채를 깨뜨릴 수 있을 것이오. 영채를 깨뜨리면 곧 군사들을 이끌고 동정의 길을 엄습하여, 먼저 강유의 뒤를 끊으십시오. 나도 당장에 일군을 이끌고 가서 남안을 구하고, 곧장 무성산(武城山)을 취하겠습니다.

만약에 먼저 이 산꼭대기를 점령하면 강유는 반드시 상규를 취하려 할 것입니다. 상규에는 한 골짜기가 있는데 그 이름이 단곡(段谷)입니다. 지형이 좁고 산이 험해서 아주 매복하기 좋습니다. 저들이 무성산으로 싸우러 오면, 나는 먼저 단곡의 양쪽에 군사들을 매복하고 있다가 강유를 깨뜨리겠습니다."

하거늘, 진태가 대답하기를

"내 농서를 지켜온 지 23년이 되나 일찍이 이토록 지리에 밝지는 못하였소. 공의 말을 들으니 진짜 귀신과 같소이다. 공은 속히 가시오. 나는 직접 이곳의 영채를 공격하리다."

하였다.

이에, 등애는 군사들을 이끌고 밤을 도와 행군하여 무성산에 이르렀다. 하채를 마쳤는데도 촉병들은 도착하지 않았다. 아들 등충(鄧忠)과 장전교위 사찬(師纂)에게 영을 내려 각기 5천 명을 이끌고 먼저 단곡에 가서 매복하게 하고, 이리이리 하라 하였다. 두 사람은 계책을 받고 떠났다. 등애는 깃발을 감추고 북을 쉬게 하면서 촉병을 기다렸다.

한편, 강유는 동정을 따라 남안을 향해 왔다.

무성산 앞에 이르자 하후패를 보고 말하기를,

"남안 가까운 곳에 산이 하나 있는데 그 이름이 무성산입니다. 만약에 먼저 이 산을 점령한다면, 남안의 기세를 뺏을 수 있을 것입니다. 다만 등애는 지모가 많은 인물이어서 먼저 방비하지 않을까 걱정

됩니다."

마침 걱정하고 있는데, 홀연 산 위에서 일성 포향이 울리고 함성이 크게 일어나며 고각소리가 일제히 울리고, 깃발이 두루 꽂히니, 모두가 위병이었다. 중앙에 황기가 바람에 나부끼고 큰 글씨로 '등애'라 쓰여 있었다. 촉병들은 크게 놀랐다.

산 위의 여러 곳에서 정병들이 짓쳐 내려오는데, 그 기세를 막아낼 수 없었다.[6] 촉병의 전군(前軍)이 대패하였다. 강유가 급히 중군(中軍)의 인마를 거느리고 구하러 가려는 때에 위병들은 퇴각하였다.

강유는 곧장 무성산 아래로 와 등애와의 싸움을 돋우었다. 산 위의 위병들이 내려오지 않자 강유는 군사들에게 욕하고 꾸짖게 하였고, 해가 저물어서 바야흐로 군사들을 물리려 하였다.

그때, 산 위에서 북소리가 일제히 울렸으나 위병들이 내려오는 것은 보이지 않았다. 강유는 산 위로 짓쳐 올라가려 하였으나, 산 위에서 포석(礮石)이 심하게 떨어져 내려 진격할 수가 없었다. 3경까지 지키다가 돌아오려 하는데, 산 위에서 고각이 다시 일제히 울렸다.

강유는 병사들을 산 아래로 옮겨 주둔시켰다. 군사들에게 나무와 돌을 운반하게 하여 견고하게 영채를 세우려는데, 산 위에서 고각소리가 또 울리더니 위병들이 몰려 내려 왔다. 촉병들은 큰 혼란에 빠져 서로 밟고 밟히면서 다시 옛 영채로 쫓겨 왔다. 다음 날, 강유는 군사들에게 양초를 운반하는 수레를 무성산에 이르도록 연달아 늘어놓아 영채를 세움으로써 둔병지계를[7] 하려 하였다.

---

6) 그 기세를 막아낼 수 없었다[勢不可當] : 세력이 커서 당해낼 수가 없음. 「만부부당지용」. 「만부지망」(萬夫之望). [易經 繫辭 下傳]「君子知微知彰 知柔知剛 萬夫之望」. [後漢書 周馮虞鄭周傳論]「德乏萬夫之望」.

7) 둔병지계(屯兵之計) : 병사들을 주둔시키는 계책. 「둔병」은 '둔전병(屯田兵)'

그러나 이날 밤 2경쯤에 등애가 5백 군사들에게 각각 횃불을 들고 두 갈래 길로 산을 내려가 수레에 불을 지르게 했다. 두 군사들이 한밤중에 뒤엉켜 싸우는 통에 영채를 세우지 못하였다.

강유는 군사들을 이끌고 퇴병해서, 다시 하후패와 의논하기를

"남안을 손에 넣지 못했으니 먼저 상규를 취해야 하겠소이다. 상규는 남안의 군량을 쌓아 두는 곳이니, 만약에 상규만 얻으면 남안은 저절로 위태해질 것이외다."

하고는, 마침내 하후패를 무성산에 남겨두고 강유는 정병과 맹장들을 이끌고 상규를 취하러 갔다. 밤새 행군하여 날이 밝은 무렵에 이르러 보니, 산세가 험준하고 길이 꾸불꾸불하였다.[8]

이에 향도관에게 묻기를,

"여기의 지명이 무엇인가?"

고 물으니, 향도관이 대답하기를

"단곡입니다."

하였다.

강유가 크게 놀라며 묻기를,

"그 이름이 좋지 않구나. '단곡(段谷)'이라 하면 단곡(斷谷)이니, 누가 골짜기 입구를 끊는다면 어찌해야 하느냐?"

하며, 주저하며 결정을 못 하고 있었다.[9]

그때 전군에서 와 말하기를,

의 준말임. [周禮 冬官]「有屯部 今日**屯田**司」. [漢書 趙充國傳]「乃詣金城上**屯田**
奏願罷騎兵 留步兵萬餘 分屯要害處 條不出兵留田 便宜十二事」.

8) 길이 꾸불꾸불하였다[道路崎嶇]: 길이 몹시 험함. 「기구」. [文選 潘岳 西征
賦]「倦狹路之迫隘 軌**崎嶇**以低仰」. [玉篇]「崎 **崎嶇** 山路不平地」

9) 주저하며 결정을 못 하고 있었다[躊躇未決]: 머뭇거리며 결단을 내리지 못
함. [韓愈 詩]「愛而不見 搔首**躊躇**」. [楚辭 嚴忌 哀時命]「倚**躊躇**以淹留兮」.

"산의 뒤쪽에 흙먼지가 크게 이는 걸 보니, 필시 매복이 있는 듯싶습니다."

하거늘, 강유가 급히 퇴병하려 하는데, 사찬과 등충의 양로병이 짓쳐 나왔다.

강유는 싸우다 달아나고 달아나다 싸우고 하고 있는데 앞에서 함성이 진동하더니 등애가 군사들을 이끌고 짓쳐 온다. 세 곳에서 협공을 받자 촉병들은 대패하고 말았다. 다행히도 하후패가 군사들을 이끌고 짓쳐오자, 위병들은 그제서야 물러갔다. 강유는 구원을 받고는 다시 기산으로 가고자 하였다.

하후패가 말하기를,

"기산의 영채는 이미 진태의 공격을 받아서 포소가 싸우다가 죽었고, 모든 영채의 인마가 다 한중으로 물러갔소이다."

하거늘, 강유는 감히 동정을 취하러 갈 수가 없자 산간의 소로를 이용해서 돌아가는데 후면에서 등애가 급히 추격하였다. 강유는 여러 군사들에게 전진하라 하고 자신은 뒤를 끊으려 하였다. 막 가고 있는데, 홀연 산속에서 한 떼의 군사들이 뛰쳐나와 보니 위장 진태였다. 위병들 속에서 함성이 일어나며 강유는 포위되고 말았다. 강유는 인마가 모두 지쳐서 좌충우돌[10]하였으나 벗어날 수가 없었다.

이때, 탕구장군 장의가 강유가 곤란하게 되었다는 소식을 듣고 수백 기를 이끌고 포위망을 짓쳐들어왔다. 그로 인해 강유는 승세를 타서 빠져나왔다. 그러나 장의는 위병들의 난전에 맞아 죽었다. 강유는 겹겹의 포위망을 뚫고 한중으로 돌아갔다.

장의가 충성과 용기로써 나라 일을 위해 죽은 것에 감동하여, 후주

---

10) **좌충우돌(左衝右突)** : 동충서돌(東衝西突). 이리저리 닥치는 대로 마구 찌르고 치고받고 함. [桃花扇 修札]「隨機應辯的口頭 **左衝右擋的膂力**」.

에게 표문을 올려 그 자손에게 벼슬을 내리게 하였다.

이 싸움에서 촉 중의 장수와 군사들 가운데 죽은 자가 많으니, 모두 강유의 죄라 하였다. 강유는 제갈무후가 가정에서 패한 전례에 비춰, 곧 표를 올려 스스로 폄직하여 후장군으로 하고 대장군의 직무를 대행했다.

한편 등애는 촉병들이 다 물러간 것을 보고, 이에 진태와 더불어 잔치를 베풀어 축하하고 삼군을 크게 상주었다. 진태는 등애의 공을 표주하였는데, 사마소가 사신에게 절을 가지고 가게하고 관직을 더하고 인수를 주었다. 그리고 그 아들 등충을 정후로 삼았다.

그때, 위주 조모는 정원 3년을 고쳐 감로(甘露) 원년이라 하였다. 사마소는 스스로 천하의 병마를 총찰하는 대도독이 되어 출입시에는 늘 3천여 철갑군과 효장들에게 둘러싸여, 사방에서 호위를 받았다. 모든 사무를 조정에 알리지 않고 상부에 나가서 처결하였다. 이때부터 늘 찬역의 마음을[11] 품고 있었다. 그의 유일한 심복이 있었는데, 성을 가(賈)라 하고 이름은 충(充)이라 하고, 자는 공려(公閭)였다. 그는 옛날 건위장군 가규(賈逵)의 아들이었으며 사마소의 부중에서 장사(長史)로 있었다.

어느 날 가충이 사마소에게 말하기를,

"이제 주공께서 큰 권한을 잡으셨으니[12] 사방의 민심들이 필연 편

---

11) 찬역의 마음[簒逆之心] : 찬역을 하려는 마음. 「찬역」. [史記 高祖紀]「楚王信 簒逆」. [後漢書 王充傳]「禍毒力深 簒逆已兆」.

12) 큰 권한을 잡으셨으니[權柄] : 권력을 가지고 제 마음대로 사람을 좌지우지 할 수 있는 힘. [左氏 襄公 二十三]「旣有利權 又執民柄 將何懼焉」. [漢書 劉向 傳]「夫大臣操權柄持國政 未有不爲害者也」.

치 않을 것입니다. 또 그러니 마땅히 은밀하게 민심을 알아보신 후에 서서히 큰일을 도모하시지요."

하니, 사마소가 대답하기를

"내 마침 그렇게 하려 하였소이다. 자네가 나를 위해 동행(東行) 하되, 출정한 전 군사들을 위로한다는 명분을 가지고서 소식을 알아보게나."

하였다.

가충이 명을 받들고 곧장 회남으로 가서 진동대장군 제갈탄을 만나보았다. 제갈탄은 자를 공휴(公休)라 하고 낭야의 남양 사람이었는데, 제갈무후의 족제(族弟)였다.

일찍이 위나라에서 일하였으나 무후가 촉나라의 재상이 되자 이로 인해 등용되지 못하고 있었다. 무후가 죽고 나자 제갈탄은 위나라에서 중직을 맡아 벼슬이 고평후(高平侯)에 이르러 양회(兩淮)의 군마를 총섭하고 있었다. 그날 가충은 군사들을 위로한다는 명분을 내세워, 회남에 이르러 제갈탄을 만나보았다. 제갈탄은 술자리를 마련해서 저를 대접하였다.

술이 어지간히 이르자 가충이 제갈탄을 찔러 보는 말투로,

"근래에 이르러 낙양의 제현들이 다 주상께서 유약하다 하면서 임금 노릇을 감당할 수 없다고들 한다오. 사마대장군께서는 삼대째 나라를 보필하여 공이 하늘을 찌르고 있으니, 가히 위의 대통을 대신할 만하다고 말들을 하고 있는데 공의 생각은 어떠시오이까?"13)

하니, 제갈탄이 크게 노하며

"자네는 가예주(賈豫州)의 아들이 아니오. 대대로 위의 녹을 먹었으

---

13) 공의 생각은 어떠시오이까[鈞意若何] : 뜻이 어떠하냐. 「약하」는 「여하」(如何). [詩經 秦風篇 晨風]「如何如何 忘我實多」. [宋玉 神女賦]「王曰 狀如何」.

면서,14) 어찌 감히 이와 같은 어지러운 말을 하오."

하였다.

가충이 대답하기를,

"제가 다른 사람들의 말하는 바를 공에게 알려 드리는 것뿐입니다."

하자, 제갈탄이 말하기를

"조정에 어려운 일이 있으면 내 마땅히 죽기로써 보답하리다."

하거늘, 가충이 더 말하지 못하였다.

다음 날 하직하고 돌아와서 사마소에게 그 일을 세세히 고했다.

사마소가 대소하며 말하기를,

"쥐새끼 같은 놈이 어찌 감히 그리 말하는가!"

하거늘, 가충이 대답하기를

"제갈탄은 회남에 있으면서 인심을 많이 얻고 있기 때문에, 머지않아 걱정거리가 될 것입니다. 속히 저를 제거해야 됩니다."

하였다.

사마소가 몰래 밀서를 양주자사 악침에게 보내고, 한편으로는 사신에게 조서를 주어 제갈탄을 사공을 삼으리라 하고 불러올리게 하였다. 제갈탄은 조서를 받고 이미 가충이 고변했다는 것을 알고, 마침내 온 사자를 고문하였다.

사자가 말하기를,

"이 일은 악침도 알고 있습니다."

하거늘, 제갈탄이 묻기를

"저가 어찌 안단 말이냐?"

---

14) 대대로 위의 녹을 먹었으면서[世食魏祿] : 대대로 위나라의 녹을 받음. 대대로 위나라에서 벼슬을 함. 「세록」(世祿). [左氏 襄 二十四]「此之謂世祿」. [孟子 滕文公 上]「夫世祿 滕固行之矣」.

하니, 사신이 대답한다.

"사마장군께서 이미 양주자사 악침에게 밀서를 전하게 하였습니다."
하였다.

제갈탄이 크게 화를 내며 군사들을 시켜 사자를 참하게 하고, 마침
내 부하 1천 명을 일으켜 양주로 짓쳐 갔다. 막 남문에 이르자 성문이
이미 닫혀 있고 적교는 들려 있었다. 제갈탄은 성 아래서 큰 소리로
외쳤으나 성 위에서는 한 사람도 대답하는 자가 없었다.

제갈탄이 매우 노하며 말하기를,

"악침 이놈 필부야, 어찌 감히 이럴 수 있느냐!"
하고, 드디어 장사들에게 성을 공격하게 하였다. 수하의 10여 명 날랜
무사들이 말에서 내려 몸을 날려 해자를 건너 나는 듯이 성 위를 오른
후, 짓쳐 들어가 성문을 활짝 열었다.

이에 제갈탄은 군사들을 이끌고 입성하여, 바람을 타 불을 지르며
악침의 집으로 짓쳐 이르렀다. 악침이 당황하여 누각 위로 피신하였다.

제갈탄은 칼을 들고 누각에 올라가서, 크게 소리치기를

"네 아비 악진(樂進)은 그 옛날 위나라에 큰 은혜를 입었거늘, 이를
갚을 생각은 하지 않고 도리어 사마소에게 순종하려 하느냐!"
하니, 악침이 미쳐 대답도 하기 전에 제갈탄은 한 칼에 저를 베었다.

또 한편으로는 사마소의 죄를 자세히 표주하여 사람을 시켜 낙양에
신주(申奏)하고, 한편으로는 양회의 둔전과 호구15) 10여 만, 그리고
양주에서 항복한 군사 4만여 명과 쌓아 놓았던 군량과 마초들을 챙겨
진병을 준비하였다.

그리고 영을 내려 장사 오강(吳綱)에게 아들 제갈정(諸葛靚)을 오나라

---

15) 호구(戶口) : 호적상 집과 사람의 수효. [史記 高祖功臣年表]「故大城名都散
亡戶口 可得而數者 十二三」. [漢書 闕賓傳]「不屈都護 戶口勝兵多 大國也」.

에 볼모로 보내 오강에게 구원을 청하게 하고, 병사들을 합쳐서 사마소를 토벌하려 하였다.

이때, 동오에서는 승상 손준이 병사하고 그의 종제 손침(孫綝)이 정사를 맡아 보고[16] 있었다. 손침은 자를 자통(子通)이라 했는데, 사람이 강포하여 사마등윤과 장군 여거(呂據)·왕돈(王惇)의 무리를 죽이니 이로 인해 모든 권한이 그에게 돌아가게 되었다.

오주 손량은 비록 총명하였으나 어찌할 도리가 없었다.[17] 이에 오강과 장군 제갈정이 석두성에 이르러 들어가 손침에게 절하니, 손침은 그가 온 연유를 물었다.

오강이 대답하기를,

"제갈탄은 바로 촉한 제갈무후의 족제입니다. 이전에 위나라를 섬겼으나 지금은 사마소가 기군망상하여[18] 임금을 폐하고 전권을 농단하여, 군사를 일으켜서 저를 토벌하려 합니다. 그러나 힘이 미치지 못하여 특히 귀항하러 왔습니다. 진실로 믿지 않으실까 해서 친아들 제갈정을 인질로 삼도록 보냈사오니, 바라건대 발병하여 도와주소서."

하였다.

손침이 그의 청에 따라 곧 대장 전역(全懌)과 전단(全端)을 주장으로 삼고 우전(于詮)을 후군으로 삼으며, 주이(朱異)와 당자(唐咨)를 선봉으로 하고 문흠을 향도관으로 삼아 병사 7만을 일으켜, 세 갈래로 나누어 진발하였다. 오강이 수춘에 돌아와서 제갈탄에게 보고하자, 그는 크게

---

16) 정사를 맡아 보고[輔政] : 정사를 봄. [漢書 昭帝紀]「皆數以邪枉干輔政」. [白虎通 封公候]「庸不任輔政妨塞賢 故不世卿」.

17) 어찌할 도리가 없었다[無可奈何] : 「막무가내」(莫無可奈). 도무지 어찌할 수 없음. 「내하」. [史記 殷紀]「有罪其奈何」. [戰國策 齊策 四]「孟嘗君曰 市我奈何」.

18) 기군망상(欺君罔上) : 임금을 속임. [中國成語]「謂欺壓在下 蒙蔽上級」.

기뻐하며 마침내 군사를 일으킬 준비에 들어갔다.

한편, 제갈탄의 표문이 낙양에 이르자, 사마소가 보고 크게 노하여 직접 저를 토평하려 하니, 가충이 말하기를

"주공께서는 부형의 기업을 이으셨으나 그 은덕이 사해에 미치지 못할 것입니다. 이제 천자를 버려 둔 채 가셨다가 도성에 변고가 생기면, 후회해도 소용없는 것이 아니겠습니까?[19] 태후와 천자께 주청을 드려 함께 출정하시는 것이 좋겠습니다. 그렇게만 한다면 걱정이 없을 것입니다."

하매, 사마소가 기뻐하며 말하기를

"그 말이 정말 내 생각과 같구려."

하고, 마침내 태후에게 아뢰기를

"제갈탄이 모반을 도모하고 있어 신과 문무 관료들은 저를 토벌하려고 의논을 정하였사오니, 청컨대 태후와 천자께서 함께 어가를 옮겨 친정하셔서, 선제의 유의를 이어 주옵소서."

하니, 태후께서 두려워 오직 저의 말을 따르지 않을 수 없었다. 이튿날 사마소가 위주 조모에게 같이 떠나기를 청하였다.

조모가 묻기를,

"대장군이 천하의 군마를 총독하고 마음대로 조정하는데, 무엇 때문에 짐이 직접 갑니까?"

하거늘, 사마소가 아뢰기를

"그렇지 않사옵니다. 지난 날 무제께서 사해를 종횡하셨고,[20] 문제

---

19) 후회해도 소용없는 것 아니겠습니까?[悔之何及] : 후회한들 어찌 미칠 수 있겠는가. [漢書]「官成名立 如此不去 懼有後悔」. [詩經 召南篇 江有汜]「不我以 其後也悔」. [史記 張儀傳]「懷手後悔 赦張儀 厚禮之如故」.

20) 사해를 종횡하셨고[縱橫四海] : 종횡무진(縱橫無盡). 자유자재하여 거침이

132 삼국연의 [제8권 : 제106회~결사]

와 명제께서 우주를 포괄하시는 뜻과 팔황을 병탄하시려는 마음을21) 가지셔서 무릇 대적을 만나면 반드시 직접 가셨습니다. 폐하께서는 마침 선군(先君)의 뜻을 따르셔서 도적을 소탕하심이 마땅하온데, 무엇을 두려워하시나이까?”

하니, 조모가 그 위엄과 권세가 두려워 저의 뜻을 따르기로 하였다.

사마소가 조서를 내려, 낙양과 장안의 군사 26만을 일으켜 진남장군 왕기를 선봉에 세우고 안동장군 진건(陳騫)을 부선봉으로 삼았다. 감군 석포(石苞)를 좌장군 연주자사 주태(州泰)를 우장군으로 삼아 어가를 보호하게 하고는, 호호탕탕하게22) 회남을 향해 짓쳐 나갔다.

동오의 선봉 주이가 군사들을 이끌고 나와 적을 맞았다. 양 진영이 둥글게 진을 치자, 위군 중에서 왕기가 말을 타고 나와서 주이를 맞았다. 싸움이 3합이 못 되어 주이가 패하여 달아났다. 당자(唐咨)가 병사들을 이끌고 왔으나 3합이 못 되어 또한 대패하여 달아났다.

왕기가 병사들을 몰아 엄살하니 오병들은 대패하여 50여 리나 퇴각하여 하채하였다. 그런 상황이 수춘성에 보고되었다. 제갈탄은 직접 본부의 정예병들을 이끌고, 문흠과 그의 두 아들 문앙·문호(文虎) 등과 강력한 군사 수만을 휘몰아 와서 사마소와 대적하려는 것이었다.

이에,

없는 상태. 「사해」는 ‘온 천하’를 이르는 말임. [書經 夏書篇 禹公]「四海會同 六府孔修 庶土交正」. [書經 虞書篇 大禹謨]「敷于四海 祇承于帝」.

21) 팔황을 병탄하려는 마음[八荒之心] : 사면 팔방의 너른 범위. 온 세상(八紘). 팔극(八極). [淮南子 本經刻]「紀綱八荒 經緯六合」. [史記 秦始皇記]「囊括四海之意 幷呑八荒之心」. [漢書 項籍傳]「有幷呑八荒之心」.

22) 호호탕탕(浩浩蕩蕩) : 썩 넓어서 거칠 것이 없음. 거침이 없고 세참. [中庸 第三十二章]「肫肫其仁 淵淵其淵 浩浩其天」. [論語 泰伯篇]「蕩蕩乎 民無能名焉 巍巍乎其有成功也」.

바야흐로 오병의 예기가 땅에 떨어지니

날랜 장수와 억센 군사들이 몰려오는구나.

　方見吳兵銳氣墮

　又看魏將勁兵來.

이들의 승부가 어찌 되었는지는 알 수가 없다. 하회를 보라.

제112회

수춘성을 구하려다가 우전은 의리를 지켜서 죽고
장성을 치매 백약은 힘을 다해 적을 무찌르다.
　　救壽春于詮死節
　　取長城伯約鏖兵.

　　한편, 사마소는 제갈탄이 오병과 합세하여 결전을 하러 온다는 소식을 듣고, 이에 산기장사 배수(裴秀)와 황문시랑 종회를 불러서 적을 물리칠 방책을 의논하였다.

　　종회가 말하기를,

　　"오병이 제갈탄을 돕는 것은 실로 이(利)를 위함이니, 이로써 저를 유혹하면 반드시 이길 수 있습니다."

하거늘, 사마소가 그의 말대로 마침내 석포와 주태에게 명하여 먼저 양군이 석두성에 매복하고, 또 왕기·진건 등에게도 정병을 거느리고 뒤에 있게 하였다. 그리고 편장 성쉬(成倅)에게 군사 수 만을 이끌고 먼저 가서 적을 유인하라 하였다.

　　또 진준(陳俊)에게 명하여 수레와 마소·나귀와 노새 등에 군사들에게 상으로 줄 물건들을 가득 싣고, 사방에서 진중으로 모여들게 하였다. 적이 올 것 같으면 그것들을 버리게 하였다. 이날 제갈탄은 오장 주이를 왼편에, 문흠은 오른편에 있게 하였다. 위 진중의 인마들이 정제되지 않은 것을 보고, 제갈탄은 이내 군사들과 말을 몰고 곧장 전진하였다.

성쉬가 패하여 달아나자 제갈탄은 병사들을 몰아 엄살하였다. 우마·노새와 나귀들이 들판에 가득한 것을 보고, 남쪽 군사들이 다투어 취하느라 싸울 생각도 하지 않았다. 갑자기 일성 포향이 울리더니 길 양편에서 병사들이 짓쳐 왔다. 왼쪽에는 석포, 오른쪽에서는 주태가 있었다.

제갈탄은 크게 놀라 급히 퇴각하려 할 때에, 왕기와 진건의 정병들이 쇄도하여 대패하였다. 이에 사마소가 군사들을 이끌고 가 접응하자, 제갈탄은 패병들을 이끌고 수춘성으로 달려 들어가 성문을 굳게 닫고 지키기만 하였다. 사마소는 사면을 포위하게 하고 힘을 다해 성을 공략하였다.

이때, 오병들은 안풍(安豐)으로 퇴각하여 군사들을 주둔시키고 있고, 위주의 수레는 항성에 머물고 있었다.

종회가 말하기를,

"지금 제갈탄이 비록 패하기는 하였지만 수춘성에는 아직 양초가 많고, 게다가 오병들이 안풍에 주둔하고 있어 기각지세입니다.1) 이제 우리 군사들이 사면을 포위하고 공격하고는 있으나 저들은 급하지 않으니 굳게 지키고 있고, 급하면 죽기로써 싸울 것입니다.

오병들이 승세를 타서 협공을 하게 되면 우리 군사들에게 이로울 게 없습니다. 삼면에서만 공격하고 남문의 대로를 열어두면 적들은 스스로 도망칠 것입니다. 저들이 달아날 때 공격하게 되면 전승을 거둘 수 있습니다. 오병들은 멀리서 왔기 때문에 군량이 반드시 부족할

---

1) 기각지세(掎角之勢)입니다 : 앞 뒤에서 적을 몰아칠 수 있는 태세. [左傳 襄公十四年]「譬如捕鹿 晉人角之 諸戎掎之」. [北史 爾朱榮傳]「曾啓北人 爲河內諸州欲爲掎角勢」.

것이니, 제가 경기병들을 이끌고 가 그 후미에 있기만 한다면 싸우지 않아도 스스로 무너질 것입니다."

하거늘, 사마소가 종회의 등을 어루만지며

"자네는 진짜 나의 자방일세!"[2]

하고는, 마침내 왕기에게 남문의 병사들을 물리게 하였다.

한편, 오병은 안풍에 주둔하고 있었는데, 손침이 주이(朱異)를 불러 꾸짖으며 말하기를,

"한낱 수춘성을 구하지 못하고서 어찌 중원을 병탄할 수 있느냐? 네가 다시 이기지 못하면 그땐 참하리라!"

하자, 주이는 이내 본채로 돌아와 의논하였다.

우전이 말하기를,

"지금 수춘성 남문에는 적군들이 에워싸고 있지 않으니, 내가 일군을 이끌고 남문으로 들어가서 제갈탄이 성을 지키는 것을 돕겠소이다. 장군은 위병과 싸우고 있을 때 제가 한 무리의 군사들을 이끌고 성중에서 짓쳐 나와, 양쪽에서 협공하면 위병들을 깨뜨릴 수 있을 것입니다."

하거늘, 주이는 그 말이 맞을 것 같았다.

이에 전역·전단·문흠 등이 성으로 들어가기를 원했다. 그래서 마침내 우전과 함께 1만 군사들을 이끌고 남문을 따라 입성하였다. 위병들은 장수의 명령을 받지 못해 감히 가벼이 나서지 못하고 오병들의

---

2) **자방(子房)** : 한의 삼걸(三傑)인 장량(張良). 한 고조 유방의 모사(謀士)가 되어 항우를 무찌르고 천하를 평정하는데 큰 공을 세움. 소하(蕭何)·한신(韓信) 등과 함께 창업 삼걸(三傑)의 한 사람임. [史記 高祖紀]「高祖曰 夫**運籌策帷 幄之中** 決勝於千里之外 吾不如子房 鎭國家撫百姓 給饋饟不絶糧道 吾不如蕭何 連百萬之軍 戰必勝攻必取 吾不如韓信」. [三國志 魏志 武帝紀]「**運籌演謀**」.

입성을 방임하고 있었는데, 이내 사마소가 이 보고를 들었다.

　사마소가 말하기를,

“이는 주이와 내외에서 협공해서 우리를 깨뜨리려는 것이네.”

하고, 왕기와 진건에게 이르기를

“자네들이 5천 병사를 이끌고 가서 주이가 오는 길을 끊고 배후에서 공격하게나.”

하니, 두 사람은 명을 받들고 갔다. 바로 그때 주이가 군사들을 이끌고 있었다.

　홀연 배후에서 함성이 크게 들리고 왼쪽에선 왕기, 오른쪽에서 진건이 양로에서 짓쳐와 오군이 대패하였다.

　주이는 돌아가 손침을 뵙자, 손침이 크게 노하며

“여러 차례 패한 장수인 자네를 어디에 쓰겠느냐!”

하고, 군사들에게 끌어내어 목을 베게 하였다.

　또 전단의 아들 전위(全褘)를 책망하며,

“만약에 위병을 깨뜨리지 못한다면 네 부자는 나를 보러 오지 말아라.”

하고 말하고는, 이에 손침은 군사들을 돌려 건업으로 가 버렸다.

　종회는 사마소에게 권유하기를,

“지금 손침이 돌아가서 밖의 원병이 없어졌으니, 성을 다시 포위하십시오.”

하거늘, 사마소가 그의 말대로 군사들을 독려해서 성을 에워싸고 치게 하였다. 전위가 군사들을 이끌고 수춘에 들어가려 하다가, 위병들의 세가 큰 것을 보고 진퇴를 찾아 생각했으나, 길이 없자 마침내 사마소에게 항복하였다.

　사마소는 전위에게 벼슬을 더하여 편장군을 삼았다. 전위는 사마소의 은덕에 감읍해서 이에 편지를 닦아 아버지 전단과 숙부 전역에게,

손침의 어질지 못함을 말하고 위에 항복함만 못하다는 편지를 화살에 달아 성중으로 쏘아 보냈다. 전역이 전위의 편지를 보고 마침내 전단과 같이 수천 인마를 이끌고 성문을 열고 나와 항복하였다. 제갈탄은 성중에 있으면서 근심에 잠겨 있었다.

모사 장반(蔣班)과 초이(焦彝)가 말하기를,

"성안에 양식은 적고 군사들은 많아서 오래 지키기 어렵습니다. 그러하니 오병과 초병 무리들을 이끌고 위병과 더불어 죽기로 싸워 볼 수밖에 없습니다."

하거늘, 제갈탄이 크게 노하며

"나는 이 성을 지키려고 하고 있는데, 자네들은 싸우고자 하니 다른 마음이 있는 것 아니오! 다시 더 그런 말을 하면 참하겠소이다!"

하니, 두 사람이 하늘을 바라보며 길게 탄식하기를,

"제갈탄은 장차 망하고 말지! 우리들은 일찍 항복해서 죽음이나 면하겠소이다."

하였다.

이날 밤 2경 시분에 장반과 초이 두 사람은 성벽을 넘어가 위에 투항하였다. 사마소는 저들을 중용하니, 이로 인해 성중에는 비록 싸우려는 전사가 있으면서도 싸우자는 말을 하지 못하였다. 제갈탄은 성중에 있으면서 위병들이 사방에 토성을 쌓고 회수의 물길을 막으려는 것을 보고, 강물이 범람해서 토성에 부딪혀 무너질 때에 병사들을 몰고 나가 공격하라 하였다.

그러나 가을이 지나고 겨울이 오고 있어, 장마가 없어 회수가 범람하지 않을 것을 미처 생각하지 못하고 있었다. 성중에서도 양식이 거의 바닥이 나고 있었으며, 문흠은 작은 성내에서 두 아들과 같이 성을 지키고 있었다.

군사들이 점점 굶어 쓰러지는 것을 보고, 제갈탄에게 다시 고하기를

"군량이 다 떨어져서 군사들이 굶어 쓰러지고 있습니다. 북방의 병사들을 성에서 내보내서 먹을 것을 찾게 하는 게 좋겠소이다."

하니, 제갈탄이 크게 노하며

"자네는 나에게 북방군사들을 다 내보내라고 하니 나를 도모하려는 게 아닌가?"

하고, 무사에게 끌어내어 참하라 하였다.

문앙·문호 등이 아버지가 죽는 것을 보고 각기 단도를 빼어 그 자리에서 여러 사람들을 죽이고, 몸을 날려 성 위에 올라가 뛰어 내려 해자를 넘어서 위의 영채에 가서 투항하였다.

사마소는 문앙이 지난 날 단기로 나서서 퇴병시킨 원한이 있어서 저를 베려 하였으나, 종회가 말하기를

"죄는 문흠에게 있는 것인데 문흠은 이제 없습니다. 저의 두 아들들이 세가 궁해 투항해 왔는데 만약에 항장을 죽인다면, 이는 성내 사람들의 마음을 결속시키게 될 것입니다."

하거늘, 사마소가 그의 말을 따라 문앙과 문호를 불러 장막에 들이고 좋은 말로써 위로하고 군마와 금의를 주며, 벼슬을 더해 편장군으로 삼고 관내후에 봉했다.

두 아들이 사례하고 말을 타고 성을 돌면서, 큰 소리로

"우리 두 사람은 대장군의 은혜로 죄를 사면 받고 관직을 받았다. 너희들은 어찌해서 일찍 항복하지 않으냐!"

하고 외치니, 성내에서 이 말을 듣고 여럿이 말하기를,

"문앙은 이제 사마소의 원수인데 오히려 중용되었으니, 하물며 우리는 어떻겠는가?"

하고, 이에 다 항복하고자 하였다. 제갈탄이 이를 듣고 크게 노하며

밤새도록 성을 순시하면서, 죽이는 것으로 위엄을 떨쳤다.

종회는 성중의 인심이 변하였음을 알고 장막에 들어가, 사마소에게

"이때를 타서 성을 공격하시지요."

하였다.

사마소가 크게 기뻐하며 마침내 삼군을 사면에 모아 일제히 성을 공격하였다. 수장 증선(曾宣)이 북문을 열고 위병들을 맞아들였다. 제 갈탄은 위병이 이미 들어온 것을 보고, 당황하여 휘하 수백 명만을 이끌고 성중 소로를 따라 나가서 적교변에 이르렀을 때 호분과 맞닥 뜨렸다. 호분이 손에 든 칼을 내리쳐서 제갈탄을 베어 말 아래 떨어뜨 리고, 수백 명이 다 체포하였다.

왕기가 병사를 이끌고 서문에 이르러 마침 오장(吳將) 우전과 만났 을 때, 큰 소리로

"어찌 빨리 항복하지 않는가!"

하니, 우전이 크게 노하여

"명을 받고 나와서 사람들의 어려움을 구해 주려다가 구하지 못했 으면서, 타인에게 항복하는 것은 의리로서도 하지 못할 일이다!"

하고, 이내 투구를 벗어 땅에 던지고 큰 소리로

"사람이 세상에 태어나 전장에서 죽을 수 있음은 다행한 일이다!"[3]

하며 칼을 휘둘러 30여 합을 죽기로 싸웠으나, 인마가 모두 곤핍하게 되자 난군 속에서 죽었다.

후세 사람의 시가 전한다.

---

3) 사람이 세상에 태어나 전장에서 죽을 수 있음은 다행한 일이다! : 원문에는 '人生在世 得死於戰場者 幸耳!'로 되어 있음. 「전장」(戰場). [史記 張儀傳]「梁之 地勢 固戰場也」. [三國志 魏志 高貴鄕公髦傳]「沒命戰場」.

사마소가 수춘성을 포위했을 때

항복한 군사들이 무수히 많았었네.

司馬當年圍壽春

降兵無數拜車塵.

동오의 영웅들이 그 밖에도 많았겠으나

그 누가 우전처럼 자신을 죽였으랴?

東吳雖有英雄士

誰及于詮肯殺身?

사마소는 수춘성에 들어가, 제갈탄의 가솔 노소 등을 모두 다 참수하고 삼족까지 멸하였다.4) 무사들이 제갈탄의 수하 군사 수백을 묶어 이끌고 왔다.

사마소가 외치기를,

"너희들은 항복하지 않느냐?"

하니, 여러 사람들이 큰 소리로 말하기를

"우리들은 제갈공과 죽음을 같이 하겠다. 결단코 너에게 항복하지는 않겠다!"

하였다.

사마소가 크게 노하여 무사들에게 다 묶어 성 밖에 데려가서, 한 사람 한 사람에게 묻기를

"항복하는 자는 살려 주리라."

하였으나, 한 사람도 항복하는 자가 없었다. 곧 다 죽일 때까지 끝내

---

4) **삼족까지 멸하였다[滅其三族]**: 부모·형제·처자까지 모두 죽임. [中文辭典]
「殺人竝及父母妻子等親屬曰 **滅族**」. [周禮 小宗伯]「掌**滅其三族**之別 以辨親疏」.

한 사람도 항복하는 사람이 없었다. 사마소가 깊이 탄식해 마지 않고, 저들을 다 묻어주라 하였다.

후세 사람이 이를 한탄한 시가 전한다.

충군을 다짐한 몸 더 살기를 바라랴
제갈공 수하의 수많은 충의지사들이여!
忠君矢志不偸生
諸葛公休帳下兵.

해로의 노랫소리5) 끊일 날 없으리라
남기신 발자취 전횡을6) 이었도다!
薤露歌聲應未斷
遺蹤直欲繼田橫!

---

5) 해로의 노랫소리[薤露歌] : 상엿소리. 해로가(薤露歌)는 호리곡(蒿里曲)과 같이 전해오는 한나라 때의 만가(輓歌). 사람의 목숨이 부추(구채 : 韭菜) 위의 이슬과 같아서 쉽사리 말라 없어진다는 내용임. 「해로호리」(薤露蒿里). [初學紀]「于寶搜神紀曰 挽歌者 喪歌之樂 執紼者相和之聲也 挽歌辭有薤露蒿里 二章 出田橫門人 橫自殺 門人傷之 悲歌 言人如薤上露 易晞滅也 亦謂人死精魂 歸於蒿里 故有二章 至李延年 乃分爲二曲 薤露送王公貴人 蒿里送士大夫庶人 使 挽者歌之」. [搜神記]「挽歌辭有薤露 蒿里二章 漢田橫門人作 橫自殺 門人傷之 悲 歌言人如薤上露易晞滅 亦謂人死精魂歸於蒿里 故有二章」

6) 전횡(田橫) : 전횡은 진(秦)나라 때 사람으로 자립해서 제왕(齊王)이 되었는데, 한이 항우를 멸하자 수하 5백 명과 섬으로 들어갔다. 한 고조의 핍박을 받아 전횡이 자살하자, 수하 모두가 모조리 자살하고 끝내 항복하지 않았다 함. [中國人名]「漢 榮帝 韓信虜齊王廣 橫自立爲王 高帝立 橫與其徒屬五百餘人 入居海島中 帝使人召之 橫因與二客乘傳詣洛陽 未至三十里 自殺……餘五百人在 海中者 聞橫死 皆自殺」.

한편, 오병 태반이 위에 항복하였다.

배수(裵秀)가 사마소에게 말하기를,

"오병의 가솔들이 다 동오의 강(江)과 회(淮)에 있으니, 지금 만약에 저들을 보내면 머지않아서 반드시 변고가 될 것입니다. 저들은 다 생매장하는 게 좋겠습니다."

하거늘, 종회가 말하기를

"아니 됩니다. 옛 용병술에는 전국을 우선으로 삼아7) 그 주모자만 죽였을 뿐입니다. 만약에 저들을 다 묻어 죽인다면 이는 인이 되지 못합니다. 놓아 주어서 강남으로 돌아가게 하여 중국의 관대함을 드러냄만 못합니다."

하거늘, 사마소가 말한다.

"이게 참 묘한 논의이외다."

하고는, 드디어 오병들을 다 놓아주어 본국으로 돌아가게 하였다. 당자는 손침을 두려워해서 감히 고국으로 돌아가지 못하고 또한 위에 항복하였다.

사마소는 저들을 다 중용하고 각기 나누어 삼하(三河) 지방을 다스리게 하였다.

회남이 평정되자 막 병사들을 물리려 하는데, 홀연 서쪽의 강유가 병사들을 이끌고 와서 장성을 취하고 양초를 끊으려 한다는 보고가 들어왔다. 사마소가 크게 놀라 여러 관료들을 모아 놓고 퇴병책을 의

---

7) **전국을 우선으로 삼아[全國爲上]** : 전국을 상으로 삼음. '전국의 땅과 백성들을 송두리째 얻음이 가장 유리하다.'는 뜻임. 즉 살인을 적게 해야 승리의 성과를 충분히 얻을 수 있다는 것임. [孫子兵法 謀攻篇 第三]「孫子曰 凡用兵之法 **全國爲上** 破國次之 全軍爲上 破軍次之 全旅爲上 破旅次之」. [曹植 又贈丁義王粲詩]「權家雖愛勝 **全國爲令名**」.

논하였다.

    때는 촉한 연희 20년인데 연호를 고쳐 경요(景耀) 원년이었다. 강유
는 한중에 있으면서 천장(川將) 두 사람을 뽑아 매일 인마를 조련시켰
다. 한 장수는 장서(蔣舒)이고 다른 한 장수는 부첨(傅僉)이었다. 두 사
람은 자못 담력이 있어서 강유가 저들을 매우 사랑하였다. 홀연, 회남
의 제갈탄이 군사를 일으켜서 사마소를 토벌한다는 소식이 들렸다.
동오의 손침이 그를 돕자 사마소는 양도의 군사들을 대거 동원하여,
위태후와 위주와 함께 출정하였다 한다.
    강유가 크게 기뻐하며 말하기를,
"내 이번에는 큰 일을 이루리라!"
하고, 마침내 후주에게 아뢰기를 병사들을 일으켜 위를 정벌하겠다
하였다.
    중산대부 초주가 듣고 탄식하기를,
"근래 조정이 주색에 빠져 있고 환관 황호를 신임하여, 나라의 일을
다스리지 않고 환락만을 꾀해 왔습니다. 이제 백약이 여러 번 정벌에
나섰으나 군사들을 구휼하지 못하였으니, 나라의 앞날이 위태로울 것
입니다!"
하고는, 이에 '수국론'8) 한 편을 강유에게 보내었다. 강유가 이를 뜯
어보니 다음과 같다.

    혹자가 묻기를, "옛적에 약한 것을 가지고 강한 것을 이긴다는 그

---

8) **수국론(讎國論)** : 「구국론」(仇國論). 「수국·구국」은 「적국」(敵國)을 뜻함.
   [左氏 哀 八]「君子違**不信國**」. [戰國策 秦策]「今政齊 此君之大時也已 因天下之
   力 伐**讎** 國之齊 報惠王之耻」.

법은 어떠합니까?"하거늘, 대답하기를 "대국에 처하여 근심이 없는 자는 항상 태만함이 많고, 소국에 살면서 근심이 있는 자는 항상 더 잘하려고 노력합니다. 자만함이 많은 즉 어지러움이 생기고, 잘 하려는 생각을 하면 나라가 잘 다스려지는 것은 이치의 당연한 것입니다. 그러므로 주문왕께서는9) 백성들을 잘 보살펴서, 적은 것으로써 많은 것을 취했습니다. 구천은10) 백성들을 진무하여 약한 것으로써 강한 것을 깨뜨렸으니, 이것이 바로 그 방법입니다."하였다.

혹자가 말하기를, "전에 초가 강하고 한이 약했을 때에 홍구(鴻溝)로 써 경계를 약속하였습니다. 장량은 백성들의 뜻이 정해지면 움직이기 어려울 것이라 생각하고 병사들을 이끌고 항우를 추격하여, 끝내는 항우를 무너뜨렸습니다.

어찌 반드시 문왕과 구천의 일만을 따르겠습니까?" 하니, 이에 대답하기를, "상(商)·주(周) 때에는 왕후를 존중하고 군신 사이가 오래고 굳건하였으니, 그 당시라면 비록 한 고조(高祖)가 있었다 해도 어찌 능히 장검으로 천하를 취할 수 있었겠습니까? 진이 제후를 없애고 수령들을 둔 후에는11), 백성들이 진의 노역에 지쳐서 천하가

---

9) 주문왕(周文王) : 주의 문왕[西伯]이 천하의 삼분의 이를 차지하고 있었지만 은(殷)을 섬겼던 일. [中文辭典]「姓姬 名昌 爲周武王父設 紂時爲西伯……諸侯多歸之 三分天下有其二 武王有天下 追尊爲文王」.

10) 구천(句踐) : 월왕 구천(句踐)이 오왕 부차(夫差)와 싸워서 지고 볼모가 되었으나, 군사들과 힘을 기른 뒤에 오나라를 멸했던 일. 「와신상담」(臥薪嘗膽). [吳越春秋]「越句踐臥薪嘗膽欲報吳」. [史記 越世家]「吳既赦越 越王句踐 反國乃苦身臥薪焦思 置膽於坐 坐臥卽仰瞻 飲食亦嘗膽也 由女忘稽之恥邪」.

11) 진이 제후를 없애고 수령을 둔 후에는[秦罷候置守之後] : 진시황이 천하를 통일한 후에 제후를 없애고 천하를 36개 군(郡)으로 나누어, 각 군에 수(守)·위(尉)·감(監)을 두고 중앙집권 체제를 확립한 일.

토붕와하매,12) 이에 호걸들이 나타나 싸웠습니다.

그러나 지금은 나와 저편은 다 나라가 전해지고 대가 바뀌었습니다. 이미 진나라 말기의 어지럽던 시대가 아니고13) 실로 육국(六國)이 함께 땅을 나누어 지배하는 형세이니, 문왕은 될 수 있을지언정 한조가 되기는 어려운 때입니다. 때가 이른 뒤에 움직이고 수가 합해진 뒤에 일을 할 것입니다.

그런 까닭에 탕(湯)과 무왕(武王)의 군사들은 한 번 싸우지 않고도 이겼으니, 진실로 백성들의 수고를 중히 여기고 때를 잘 살핀 것입니다. 만일에 무력을 다해서 자주 정벌에 나서 남을 치기만 하다가 불행히도 어려움을 만나면, 비록 지혜가 있는 자라도 그 계책을 구하지 못할 것입니다.”

하였다.

강유가 읽고 나서 크게 노하며 말하기를,

“이는 썩은 선비의 수작이다!”

하고는 땅에 던져버렸다. 그리고 마침내 서천 군사들을 뽑아 중원을 취하려 나섰다.

이에 부첨에게 묻기를,

---

12) **천하가 토붕와하매[天下土崩]** : 온 천하가 흙더미처럼 무너짐. 「토붕와해」(土崩瓦解)는 '흙담이 무너지고 기와가 깨어지는 것처럼 어떤 조직이나 모임이 흩어짐'의 뜻임. [鬼谷子 抵巇篇]「**土崩瓦解**而相伐射」. [史記 始皇紀]「秦積衰 天下**土崩瓦解**」.

13) **어지럽던 시대가 아니고[鼎沸之時]** : 솥 속에서 끓고 있을 때. '혼란했던 시대'를 이름. 「정확」(鼎鑊). 옛 형구의 하나로 죄인을 끓여 죽이는 솥. [史記 廉頗傳]「臣知欺大王罪當誅也 臣請就**鼎鑊**」. [後漢書 黨錮 李膺傳]「就殄元惡 退就**鼎鑊** 始生之願也」.

"공이 생각하기에는 어디로 나가는 것이 좋겠소이까?"

하니, 부첨이 대답하기를

"위군이 양초를 쌓아 놓고 있는 곳은 장성(長城)입니다. 지금 곧 낙곡(駱谷)을 취하여 침령(沈嶺)을 얻으면 곧 장성에 이르게 됩니다. 먼저 양초를 불태우고 그런 뒤에 곧장 진천(秦川)을 취하면, 중원은 머지않아 취할 수 있을 것입니다."

하거늘, 강유가 말하기를

"공의 견해는 내 계책과 같소이다."

하고, 곧 군사들을 일으켜 낙곡을 취하고 침령을 넘어 장성을 바라고 진군하였다.

한편, 장성을 지키고 있는 장수 사마망은 사마소의 족형(族兄)이었다. 성에는 양초가 많았으나 인마가 아주 적었다. 촉병들이 도착하였다는 것을 듣고, 왕진(王眞)·이붕(李鵬) 두 장군과 함께 군사들을 이끌고 성에서 20여 리 떨어진 곳에 영채를 세웠다. 다음 날 촉병들이 이르자 두 장수를 이끌고 출전하였다.

강유가 말을 타고 나와 가리키며,

"지금 사마소는 주군을 군중에 옮겨 놓고 있으니, 이는 곧 이각과 곽사의 뜻이 있는 것이라. 내 지금 조정의 밝은 명을 받들고 와서 죄를 묻는 것이니 너는 당장 항복하라. 만약에 어리석게도 결단을 거부한다면 전 가족을 죽일 것이다!"

하니, 사마망이 큰 소리로 대답하기를

"네 놈은 무례하구나. 여러 번 상국을 범하다니, 빨리 물러가지 않으면 네 놈들 한 놈도 못 돌아갈 줄 알아라!"

하니, 말을 마치기도 전에 사마망의 뒤에서 왕진이 창을 꼬나들고 출마하자, 촉 진중에서 부첨이 나가 맞았다. 싸움이 10여 합이 못 되어 부첨이 파탄을 보이는 듯하자 왕진이 곧 창을 내리 찌른다. 부첨이 재빨리 돌아서서 왕진을 마상에서 사로잡아 곧 본진으로 돌아왔다. 이붕이 크게 노하여 말을 몰아 칼을 휘두르며 구원에 나섰다.

부첨은 일부러 천천히 오면서 이붕이 가까이 오기를 기다렸다가, 힘을 다해 왕진을 땅에 던졌다. 그리고는 몰래 사릉철간을[14] 손에 들고 있다가 이붕이 급히 쫓아와서 칼로 등을 찍으려 할 때를 기다려, 몸을 돌려 이붕을 향해 면전을 겨누고 철간을 치니 두 눈알이 튀어나와 말 아래로 떨어져 죽었다. 왕진은 촉군들의 창에 어지러이 찔려 죽었다. 강유가 병사들을 몰아쳤다. 사마망은 영채를 버리고 입성하여 문을 닫고 나오지 않았다.

강유가 명을 내리기를,

"군사들은 오늘 밤 하루를 쉬고 예기를 길러 내일 입성하도록 하라."

하였다.

이튿날 날이 밝자 촉병들이 다투어 먼저 크게 몰려가서 성을 에워쌌다. 그리고는 화전(火箭)과 화포(火砲)을 성중에 쏘아댔다. 성 위의 초가에 한 줄기 불이 붙으니 위병들이 스스로 혼란에 빠졌다. 강유는 또 영을 내려 마른 시초를 성 아래에 쌓아 놓고, 일제히 불을 지펴 불꽃이 하늘로 치솟았다. 성이 장차 함락되려할 때, 안에서 위병들의 통곡소리가 사방 멀리까지 들렸다.

막 공격하고 있을 때에 홀연 배후에서 함성이 크게 울렸다. 강유가 말고삐를 멈추고 돌아다보니, 위병들이 북을 울리고 기를 나부끼며 몰려오고 있었다. 강유는 마침내 후대를 전대로 삼고 문기 아래 서서 저들을 기다렸다. 위군의 진중에서 한 젊은 장수가 보이는데, 온몸에

---

14) **사릉철간(四楞鐵簡)** : 무기의 하나로 쇠로 만든 네모진 채찍임. [宋史 兵志] 「所製神盾劈刀牛刀 **鐵連槌 鐵簡**」. [宋史 任福傳]「揮**四兩鐵簡** 挺身決鬪」.

갑옷을 입고 관을 쓰고 창을 꼬나들고 말을 몰아 나오는데, 나이가 20여 세쯤 되어 보였다.

얼굴이 분을 바른 듯 희고 입술이 연지를 칠한 듯 붉은데, 목소리를 가다듬고 큰 소리로

"네 등애장군을 아느냐?"

하였다.

강유가 생각하기를,

"이 친구가 등애로구나."

생각하고, 창을 꼬나들고 말을 몰아 나왔다. 두 사람이 정신을 가다듬어 싸웠으나, 싸움이 3, 40여 합에 이르러도 승패가 갈리지 않았다. 그리고 젊은 장수의 창법에는 조금도 틈이 없었다.

강유는 속으로 생각하기를 '이는 계책을 쓰지 않으면 어찌 이길 수 있으랴' 하고, 곧 말머리를 돌려 왼쪽 산길로 달아났다. 그때, 젊은 장수가 말을 몰아 추격해 왔다. 강유가 창을 걸어 놓고 몰래 주궁에 화살을 먹여 쏘았다. 그 젊은 장수는 밝은 눈으로 벌써 보고는, 시윗소리가 나는 곳에서 몸을 앞으로 숙여서 피했다.

강유가 머리를 돌려 보니 젊은 장수가 와서 창을 꼬나들고 찌르려 하였다. 강유는 빠르게 피하며 갈빗대 옆을 흐르는 창을 잡아 버렸다. 젊은 장수는 창을 버리고 본진을 바라고 달아났다.

강유가 차탄하기를,

"아깝구나! 아깝도다!"

를 연발하면서 말을 돌려 급히 쫓았다.

추격해 진의 문 앞에 이르자, 한 장수가 칼을 잡고 나오며

"강유 이 필부야. 우리 아들을 쫓지 말거라! 등애는 여기 있다!"

하였다. 강유가 크게 놀랐다.

원래 젊은 장수는 등애의 아들 등충이었다. 강유는 은근히 칭찬하며 등애와 싸우려 하였으나, 한편 말이 지친 것이 걱정되어 짐짓 등애를 가리키며,

"내 오늘은 네 부자를 알았으니 병사들을 거두어 돌아간다. 내일 결단을 내자."

하니, 등애가 전세가 불리한 것을 보고 또한 말고삐를 세우고

"이미 이리 되었으니 각기 병사들을 거두어 가자. 만일 모략을 삼는 자는 대장부가 아니다."

하고, 양군이 다 군사를 물렸다.

등애는 위수에서 하채하고 강유는 두 산에 걸쳐 영채를 쳤다. 등애가 촉병들이 영채를 치고 있는 모습을 보고, 이에 편지를 써서 사마망에게 보냈다.

우리들은 일절 나가 싸워서는 아니 됩니다. 마땅히 지키고만 있어야 합니다. 관중의 군사가 이를 때쯤에 그때는 촉병들의 양초가 다 떨어질 것이니, 삼면에서 저들을 공격하면 꼭 이길 것입니다. 지금 큰 아들 등충을 보내니 서로 도와 성을 지키시되, 한편으로는 사람을 사마소가 있는 곳에 보내 구원을 청하십시오.

하였다.

한편, 강유는 사람을 시켜 등애의 영채에 전서를[15] 보내어 내일 대결전을 하자고 하였는데, 등애는 거짓 이에 응하였다. 다음 날 5경쯤에 강유는 삼군에게 밥을 먹이고 날이 밝자 진을 펴고 기다렸다. 등애

---

15) **전서(戰書)**: 개전한다는 통지서. [中文辭典]「謂對敵軍通知文 **戰之文書**」.

의 진영에서는 깃발을 숨기고 고적을 쉬면서, 마치 사람이 없는 것 같이하고 있었다. 강유는 늦어서야 돌아왔다.

다음 날 또 사람을 시켜 전서를 보내고 약속을 어긴 것을 꾸짖었다.

등애는 술과 음식을 내어 사자를 대접하면서,

"내가 약간의 병세가 있어서 상대방에게 오해를 갖게 했으니, 내일은 싸우러 나가겠다."

하였다.

그날도 강유는 또 병사들을 이끌고 갔으나 등애는 여전히 나오지 않았다. 이러기를 대여섯 차례나 하였다.

부첨이 강유에게 말하기를,

"이는 필시 계책입니다. 마땅히 이에 대해 방비를 해야 할 것입니다."

하니, 강유가 대답하기를

"이는 필시 관중의 병사가 도착하는 게 늦어지기 때문일 것이오. 군사들이 도착하면 우리를 삼면에서 공격하려는 것이외다. 나는 지금 사람의 시켜 편지를 동의 손침에게 보내서, 힘을 합쳐 저들을 치자 하겠소이다."

하였다.

홀연 탐마가 와서 보고하기를,

"사마소가 수춘을 공격하여 제갈탄을 죽이고, 오병들은 다 항복하였답니다. 사마소는 낙양으로 회군하였는데, 곧 군사들을 이끌고 와서 장성을 구하려 한답니다."

하거늘, 강유가 크게 놀라 말한다.

"이번에 위를 정벌하는 일이 또 그림의 떡이[16) 되었구나! 돌아가야 겠다."

하였다.

이에,

이미 네 번 성사를 못해 주청하기 어려운데
또 다섯 번째도 성공을 못하다니 아깝구나.
　已歎四番難奏績
　又嗟五度未成功.

강유의 퇴병은 어찌 되었을까. 하회를 보라.

---

16) 그림의 떡[畵餠]: '화중지병(畵中之餠)'의 준말. '소용이 없는 사물'의 비유.
　[三國志 魏志 盧毓傳]「盧毓爲吏部尙書 文帝使毓自選代曰 得如卿者乃可 前此諸
　葛誕 鄭颺等馳名譽 有四窓八達之誚 帝疾之 詔選擧莫取有名者 如畵地作餠 不可
　啖也」. [史通]「錦冰爲壁 不可用也 畵地爲餠 不可食也」. [白居易 每見呂南二郎
　中新文輒竊有所歎惜因成長句以詠所懷詩]「畵餠尙書不救飢」.

제113회

정봉은 계책을 써서 손침을 베고
강유는 진법을 써서 등애를 깨뜨리다.
　丁奉定計斬孫綝
　姜維鬥陣破鄧艾.

　한편, 강유는 적의 구원군이 올까 봐 걱정하여, 먼저 군기와 수레 등 군수 물자들과 보병들을 물렸다. 그런 뒤에 마군으로 뒤를 끊게 하였다. 세작들은 이를 등애에게 보고하였다.

　등애는 웃으며 말하기를,

　"강유가 대장군의 병사들이 이른 것을 알고 먼저 군사들을 물리는 것이니, 저들을 추격할 필요가 없소. 추격하면 저들의 계책에 들게 될 것입니다."

하고, 이내 사람을 시켜 초탐하게 하였는데, 돌아오니 보고하기를

　"강유가 관연 낙곡의 좁은 길에 시초를 쌓아 놓고 추격병이 오면 이를 불태우려고 준비하고 있습니다."

하였다.

　여러 사람들이 등애에게 말하기를,

　"장군께서는 진짜 귀신과 같습니다."

하였다.

　마침내 사자에게 표문을 보내드리니, 사마소가 크게 기뻐하며 또

등애에게 상을 더 하였다.

한편, 동오의 대장 손침은 전단과 당자가 위군에 항복했다는 소식을 듣고, 발연대로하며 각 장수의 가솔들을 다 참해 버렸다. 오주 손량은 그때 나이 겨우 열여섯이었다. 사람들은 손침의 살육을 보고서 마음에 심히 못마땅해 하였다.

하루는 서원(西苑)에 나갔다가 생매(生梅)를 먹으려고 환관에게 꿀을 가져오라 하였다. 잠깐 있다가 꿀을 가져 왔는데 꿀 병 안에 쥐똥이 몇 덩어리 있는 것을 보고 장리를 불러 꾸짖었다.

장리가 와서 머리를 조아리며,1)

"신이 뚜껑을 잘 닫았는데 어찌 쥐똥이 있겠나이까?"

하거늘, 손량이 말하기를

"내시가 일찍이 너에게 꿀을 먹자고 한 일이 있지 않았느냐?"

하니, 장리가2) 대답하기를,

"환관이 며칠 전에 꿀을 달라 하였는데 신은 진실로 그에게 꿀을 주지 않았사옵니다."

하거늘, 손량이 내시를 가리키며 말하기를

"이는 필시 장리가 네가 꿀을 주지 않은 것에 화가 나서, 꿀 속에 쥐똥을 넣은 것이렸다."

---

1) 머리를 조아리며[叩首] : 고두(叩頭). 머리를 조아리고 경의를 나타냄. [正字通]「叩 稽顙曰 叩首」. [周祈 名義考 人部]「叩首 以手至首也……叩頭 以首至地也」. [漢書 朱雲傳]「左將軍辛慶忌 免冠解印綬 叩頭殿下」. [三國志 吳志 吳範傳]「叩頭 流血 言與涕泣」.

2) 장리(藏吏) : 중장(中藏). 궁중의 내고(內庫)를 담당하는 관원. [後漢書 蓋勳傳]「冬出中藏財物 以餌土 (注) 中藏 內藏也」. [史記 倉公傳]「中藏無邪氣及重病 按漢華陀著有中藏經」.

하였으나, 내시가 승복하지 않았다.

손량이 대답하기를,

"이 일은 쉽게 알 수 있는 일이다. 만약에 쥐똥이 오랫동안 꿀 속에 있었다면 속까지 젖었을 터이고, 이제 막 넣었다면 겉만 젖었을 것이다."

하고, 쥐똥을 쪼개 보니 과연 속은 젖지 않았는지라 그때서야 내시가 자복하였다. 손량의 총명함이 대략 이와 같았다.

그러나 손량이 총명하다 해도 손침에게 쥐어 지내고 있기 때문에 자기의 주장을 펴지 못하고 있었다. 손침의 동생 위원장군 손거(孫據)가 창용문 안에서 숙위(宿衛)하고, 무위장군 손은(孫恩)과 편장군 손간(孫幹) 그리고 장수교위 손개(孫闓) 등이 여러 영채를 맡고 있었다.

하루는 오주 손량이 걱정하며 앉아 있는데 황문시랑 전기(全紀)가 왼쪽에 있었다. 전기는 바로 국구였다.

손량이 울며 말하기를,

"손침이 전권을 휘둘러 사람을 죽이고도 짐에게 속이는 일이 아주 많습니다. 이제 저를 도모하지 않는다며 반드시 후환이 될 것입니다."

하니, 전기가 말하기를

"폐하 신을 쓰실 곳이 있다면 신은 만 번 죽는다 해도 사양하지 않겠나이다."

하였다.

손량이 권유하기를,

"경은 지금 금군(禁軍)을 점고하여 유승(劉丞) 장군과 같이 성문을 손에 넣으세요. 짐이 직접 나가서 손침을 죽이겠소. 다만 이 일은 절대로 경의 어머니에겐 알리지 마세요. 경의 어머니는 바로 손침의 누이라, 만일에 누설되는 날이면 나의 일을 크게 그르치게 될 것이외다."

하니, 전기가 청하기를

"빌건대 폐하께서는 신에게 조서를 써 주십시오. 일을 할 때에 조서를 관리들에게 보이면 손침의 수하들이라도 경거망동하지 못할 것이옵나이다."

하였다.

손량은 그 말대로 곧 밀서를 써서 전기에게 주었다. 전기는 밀서를 받고 집에 돌아와 몰래 그의 아비 전상(全尚)에게 말해, 전상도 이 일을 알게 되었다.

이에 아내에게 말하기를,

"사흘 안에 손침이 죽을 것이외다."

하니, 그의 처가 대답하기를

"죽는 것이 옳지요."

하였다. 그러나 입으로는 그렇게 말하면서, 전상의 처는 사사로이 손침에게 사람을 보내 편지로 이 사실을 알렸다.

손침은 크게 노하여, 그날 밤에 곧 동생 네 사람을 불러서 정예병을 점고하고 군사를 일으키게 하여, 먼저 대내를 에워싸게 하였다. 또 한편으로는 전상·유승(劉丞)과 그 가솔들을 다 잡아들였다. 날이 밝자 오주 손량은 궁문 밖에서 금고소리가 진동하는 것을 들었다.

내시가 황급히 들어와 아뢰기를,

"손침이 군사들을 이끌고 내원을 포위하였습니다."

하였다.

손량이 크게 노하여 전황후(全皇后)를 가리키며, 꾸짖기를

"당신의 부형이 내 대사를 그르쳤소이다!"

하고 칼을 뽑아 나가려 하였다. 전황후와 시중과 근신들이 다 그의 옷자락을 잡고 우는 통에 손량은 나갈 수가 없었다.

손침은 먼저 전상과 유승을 죽이고 나서, 조정 내의 문무를 모두 불

러서

"주상께서 황음에 든 지 오래되었고 혼란무도하여 종묘를 받을 수 없기에 지금 당장 폐위한다. 너희 문무 중에서 감히 따르지 않는 자는 모반한 죄로 다스리겠다."

하거늘, 여러 신하들이 다 두려워하며

"장군의 명에 따르겠습니다."

하였다.

상서 환의(桓懿)가 크게 노하며 반열에서 일어나 나가며, 손을 들어 손침을 가리키고 크게 꾸짖기를,

"지금 주상께서는 총명한 군주이거늘 네가 어찌 감히 이 같은 어지러운 말을 하느냐! 내 차라리 죽을지언정 적신(賊臣)의 명을 따르지는 않겠다!"

하거늘, 손침이 크게 노하여 스스로 검을 뽑아 참하고는, 곧 궁내에 들어가 오주 손량을 가리키며

"무도하고 어두운 임금이여! 당장 죽여서 천하에 사례할 것이로되 선제의 얼굴을 보아서 너를 폐해 회계왕(會稽王)을 삼을 것이며, 내 직접 덕이 있는 이를 뽑아서 왕위에 세우리라!"

하고, 중서시랑 이숭(李崇)에게 인수를 뺏게 하고 등정(鄧程)에게 이를 간수하게 하였다. 손량은 크게 울며 떠났다.

후세 사람이 이 일을 한탄한 시가 전한다.

난적이 이윤을3) 무고하고

---

3) 이윤(伊尹) : 신야(莘野)에서 농사를 짓고 살던 상(商)의 현신(賢臣). [中國人名]「一名摯 耕於薪野 湯以幣三聘之 遂幡然而起 相湯伐桀救民 以天下爲己任……湯崩 其孫太甲無道 伊尹放之於桐三年 太甲悔過 復歸於亳」.

간신이 곽광을⁴⁾ 모함하니.

> 亂賊誣伊尹
>
> 奸臣冒霍光.

가련하다! 총명한 군주여
묘당의 자리를 얻지 못하다니.

> 可憐聰明主
>
> 不得蒞朝堂.

손침은 종정 손해(孫楷)와 중서랑 동조(董朝)를 호림에 보내어, 낭야왕 손휴(孫休)를 임금으로 삼았다.

손휴는 자를 자열(子烈)이라 했는데 손권의 여섯 째 아들이었다. 호림에 있으면서 밤에는 용을 타고 하늘에 오르는 꿈을⁵⁾ 꾸었으나, 되돌아보면 용의 꼬리는 보이지 않아 실망하고 놀라서 깨곤 하였다. 이튿날 손해와 동조가 이르러 절하고 서울로 돌아가기를 청했다.

길을 떠나 곡아(曲阿)에 이르자 한 노인이 자칭 성은 간(干)이고 이름은 휴(休)라 하면서, 머리를 조아리고

"일이 오래되면 반드시 변화가 있는 법인데, 원컨대 전하께서는 속

---

4) **곽광(霍光)**: 전한의 정치가. 무제 사후 소제를 보필하여 정사를 집행했음. 전한의 정치가로 무제 사후 소제를 보필하며 정사를 집행했다. 소제의 형인 연왕 단의 반란을 기회로 상관걸 등 정적을 타도하고 실권을 장악하였으며, 소제 사후 창읍왕의 제위를 박탈하고 선제를 즉위하게 하였음. [中國人名]「漢 去病異母弟 字子孟……受遺詔 輔幼主……昭帝崩 立昌邑王賀 多淫行 廢之 復迎 立宣帝……宣帝親政 收霍氏兵權……及光死而宗族竟誅 故俗傳之曰 **霍氏之禍**」.

5) **용을 타고 하늘에 오르는 꿈을[乘龍上天]**: 용을 타고 하늘에 오름. 「상천」 (上天)·상창(上蒼). [漢書 禮樂志]「飛龍秋游**上天**」. [三國志 魏志 高堂隆傳]「最 **上天**之明命」.

히 가시옵소서."

하거늘, 손휴가 사례하였다. 길을 떠나 포새정(布塞亭)에 이르니, 손은
장군이 어가를 가지고 나와서 맞았다.

그러나 손휴는 감히 연에 타지 못하고 작은 수레를 타고 입궁하니
백관들이 길 옆에 서서 절하며 맞았다. 손휴는 당황하여 수레에서 내
려 답례를 하였다. 손침이 나와 붙들어 일으켜서 대전에 들였다. 어
좌에 앉자 즉시 천자의 자리에 나가게 하였으나, 손휴는 재삼 사양하
였다.

바야흐로 옥새를 받으니 문관과 무장들의 조회가 끝났다. 천하에
대사면을 내리고 영안(永安) 원년으로 연호를 고치고 손침을 봉해 승
상형주목으로 삼았다. 많은 관료들이 각각 벼슬에 봉해지고 상을 받
았다.

또 형의 아들 손호(孫皓)를 봉해 오정후(烏程侯)로 삼았다. 손침의 일
문에서 5명의 공후가 나니, 다 금군을 거느리며 권세가 인군을 압도
하였다. 오주 손휴는 내변이 있을까 저어하여 겉으로는 은총을 베풀
면서 안으로는 백성들을 방비하고 있었다. 손침의 교만과 횡포는 더
욱 심해졌다.

겨울 12월. 손침은 쇠고기와 술을 가지고 궁에 들어가 상수하는
데,6) 오주 손휴가 받지 않자 손침이 노여워하며 이에 술을 가지고 좌
장군 장포(張布)의 부중으로 가서 함께 마셨다.

술이 거나해지자 장포에게 말하기를,

"내가 처음에 회계왕을 폐할 그때에 사람들이 다 나더러 임금이 되

---

6) 상수(上壽) : 백세(百歲)의 수를 비는 술잔을 드림. 「헌수」(獻壽). [莊子 盜跖
篇]「盜跖日 人**上壽**百歲 中壽八十 下壽六十」. [論衡 正說篇]「或說 春秋二百四十
二年者 **上壽**九十 中壽八十 下壽七十 孔子據中壽三世而作」.

라 하였소이다. 내가 금상(今上)을 어질다고 생각해서 저를 옹립하였던 게요. 이제 내가 상수를 올리는데 받지 않소이다. 이것은 나를 홀대하는 것이오. 내 어떻게 하는지 조만간 두고 보게!"

하거늘, 장포가 그 말을 듣고 예예할 뿐이었다.

다음 날 장포가 입궁하여 비밀리에 손휴에게 말하였다. 손휴는 크게 두려워하며 밤새 불안해 하였다. 며칠 후에 손침은 중서랑 맹종(孟宗)을 보내 중영에서 관장하고 있는 정병 1만 8천을 주어서 무창에 나가 주둔하게 하고, 또 무기고 안에 있는 무기들을 저들에게 주었다.

이내 장군 위막(魏邈)과 무위사 시삭(施朔) 두 사람이, 손휴에게 아뢰기를

"손침이 병사들을 조정하여 밖에 있게 하고, 또 무기고 안의 무기들을 다 내어주고 있으니 머지않아 반드시 변을 일으킬 것입니다."

하거늘, 손휴가 크게 놀라서 급히 장포를 불러 의논하였다.

장포가 아뢰기를,

"노장 정봉(丁奉)은 지략이 뛰어나서 능히 큰 일을 결단할 수 있사오니, 저를 불러서 의논하옵소서."

하니, 손휴가 정봉을 궁내에 불러서 은밀히 그 일을 알렸다.

정봉이 말하기를,

"폐하께서는 염려 마시옵소서! 신에게 한 가지 계책이 있사오니, 나라를 위해 해를 끼치는 인물은 제거하겠나이다."

하거늘, 손휴가 어떤 계책인가 하고 물었다.

정봉이 대답하기를,

"내일은 납일이니7) 여러 군신들을 모이는 자리에 손침도 불러서 자

---

7) 내일은 납일이니[來朝臘日] : 납향하는 날. 동지가 지난 뒤 셋째 미일(未日)인데 이 날 제사를 지냈음. 「납평」(臘平) · 「납월」(臘月)은 음력 섣달. [後漢書

리에 나오게 하시면, 신이 조처할 일이 있사옵나이다."

하니, 손휴가 크게 기뻐하였다. 정봉은 위막과 시삭에게 명하여 밖의
일을 맡게 하고, 장포에게는 안에서 내응하게 하였다.

이날 밤 바람이 크게 일고 모래가 날리고 돌이 구르며 오래된 나무
들이 뿌리가 뽑혀 쓰러졌다. 날씨가 맑아지고 바람이 잦아들자, 사자
가 칙지를 받들고 와서 손침에게 입궁하여 잔치에 참여해 달라고 청
하였다. 손침이 마침 와상에서 일어서다가 평지에서 사람에게 떠밀리
듯 넘어지자 속으로 몹시 불쾌하였다. 사자 10여 명이 호위하고 궁내
에 들어갔다.

그때, 집안 사람들이 제지하며 말하기를

"밤새 심한 바람이 불고 아침에는 또 까닭 없이 놀라 넘어지셨으니,
길조가 아닌 듯하오니 잔치에 참석하지 마시지요."

하였다.

손침이 대답하기를,

"내 제형들이 모두 금군에 있는데 누가 감히 접근할 수 있겠느냐?
만일에 변고가 있으면 부중에서 불을 놓아 신호를 하거라."

하고, 부탁하고는 수레에 올라 입궁하였다. 오주 손휴가 황망히 어좌
에서 내려와 저를 맞아들여 손침에게 상석에 앉게 하였다.

술이 몇 순배 돌았을 때, 여러 사람들이 다 놀라서

"궁궐 밖에 불길이 치솟나이다."

하였다.

손침이 곧 몸을 일으키려 하는데, 손휴가 만류하며

"승상께서는 마음 놓으세요. 외병들이 많은데 무얼 그리 걱정하세요?"

陰識傳」「宣帝時陰子方者 至孝有仁恩 臘日晨炊而竈神形見」. 「唐書 律曆志」「永
昌元年十一月改元載 初用周正 以十二月爲臘月 建寅月爲一月」.

하고 말이 끝나기도 전에, 좌장군 장포가 칼로 뽑아 손에 들고 무사 30여 명을 이끌고 전상으로 뛰어오르며, 목소리를 가다듬고

"조서를 받들어 반적 손침을 생포한다!"

하거늘, 손침이 급히 달아나려 하였으나 무사들에게 생포되었다.

손침이 머리를 조아리며 말하기를,

"원컨대 교주(交州)로 귀양보내 주옵소서."

하거늘, 손휴가 꾸짖으며

"너는 어찌하여 등윤·여거·왕돈 등을 귀양보내지 않았느냐?"

하고 끌어내어 참하라 하였다. 이에 장포가 손침을 이끌고 나가 대전의 동쪽에 가서 참하였는데 저를 따르던 무리들도 감히 움직이지 못하였다.

조서를 반포하여,

"죄는 손침 한 사람에게 있는 것이니 나머지 들은 다 불문에 부친다 하자, 여러 사람들의 마음이 곧 안돈되었다. 장포는 손휴를 오봉루에 청해 오르게 하였다. 정봉·위막·시삭 등이 손침의 형제들을 잡아 오자 손휴는 다 저자에 내어 죽이게 하였다.

손침의 종당으로8) 죽은 자는 무려 수백 명에 이르렀으며, 저의 삼족까지 멸하게9) 하고 군사들에게 손준의 분묘를 파내어 그 시신을 육시하게10) 하였다.

---

8) 종당(宗黨) : 그 일당·같은 종족. [文選 鮑照 擬古詩]「宗黨生光華 賓僕遠傾慕」.
9) 삼족까지 멸하게[滅其三族] : 부모·형제·처자 등 삼족까지 죽임. [中文辭典]「殺人竝及父母妻子等親屬日 滅族」. [周禮 小宗伯]「掌滅其三族之別 以辨親疏」.
10) 육기시수(戮其屍首) : 육시(戮屍). 이미 죽은 사람에게 형벌을 가해서 그 목을 벰. 「육시효수」(戮屍梟首). [通鑑 晉元帝紀]「胡三省 (注) 梟不孝鳥 說文曰 冬至捕梟 磔之以頭 掛之木上 故今謂掛首爲梟首」. [六部成語 戮死 注解]「重罪之犯 未及行刑而死 應戮其死」. [史記 始皇紀]「二十人皆梟首 (注) 集解曰 縣首於本

저에게 해를 당한 제갈각·등윤·여거·왕돈 등의 분묘를 새로 세우게 하여서 저들의 충성을 표하게 하였다. 그리고 연루되어 멀리 유배를11) 갔던 이들을 다 사면해서 향리로 돌아오게 하였다. 정봉에게는 벼슬를 더하고 후한 상을 내렸다.

손휴는 성도로 글을 보내 이 일을 알렸다. 후주 유선이 사신을 보내서 이를 경하하자, 오나라에서는 사신 설후(薛珝)를 보내 답례하였다.

설후가 초나라에서 돌아오자, 오주 손휴는 촉에서 근자에 어떤 일이 일어나고 있느냐를 물었다.

설후가 말하기를,

"근일에 중상시 황호가 권세를 잡아 공경들이 다 저에게 아부하고12) 있습니다. 그 조정에 들어갈 때에도 직언을 듣지 못하였사오며, 들판을 지나면서는 백성들이 부황이 난 얼굴들이13) 있었습니다. 이른바 '제비들이 처마에 집을 짓고 있으면서, 대하(大廈)가 장차 불에 탈 것을 알지 못하고 있다.'14)는 것입니다."

하거늘, 손휴가 탄식하며 말하기를

上曰梟」.

11) 유배[遠流] : 원배(遠配). 「원찬」(遠竄). 먼 곳에 귀양을 보냄. [北魏書 源懷傳]「自今已後 犯罪不問輕重 藏竄者悉遠流」. [六部成語 刑部 遠流 注解]「流之遠也」.

12) 아부(阿附) : 남의 비위를 맞추기 위하여 알랑거림. [漢書 王尊傳]「皆阿附 畏事顯 不敢言」. [三國志 魏志 武帝操傳]「有十餘縣長吏 多阿附貴戚 贓汚狼籍」.

13) 부황이 난 얼굴들이[菜色] : 굶주린 사람의 누르퉁퉁한 얼굴빛. 굶주린 얼굴빛. [筍子 富國]「禹十年水 湯七年旱 而天下無菜色者」. [禮記 王制篇]「雖有兇旱水溢 民無菜色 (注) 菜色 食菜之飢色」.

14) 제비들이 처마에 집을 짓고 있으면서…… : 원문은 '燕雀處堂 不知大廈之將焚'으로 되어 있는데, 이는 '나라가 큰 위험에 빠지게 될 것'을 뜻함. 「대하성연작상하」(大廈成燕雀相賀)는 '밝은 정치 하에 평안히 살게 되는 백성의 즐거움'의 비유. [淮南子 說林訓]「湯沐具而蟣蝨相弔 大廈成而燕雀相賀 憂樂別也」. [崔融 賀明堂表]「仰之不逮 雖謝於鵾翔 成輒相歡 竊同於燕雀」.

"제갈무후가 살아 있었더라면 어찌 이 지경에 이르렀겠느냐!"
하였다.

이에 또 국서를 써서 사람을 시켜 성도에 보내어,

사마소가 머지않아 위의 황제 자리를 찬탈하고, 반드시 오와 촉을 침범하여 위력을 보이려 할 터입니다. 피차간에 각기 준비를 해야 할 것이옵니다.

하였다. 강유는 이 편지를 전해 듣고 기꺼이 주상에게 아뢰고, 위를 칠 계책을 재촉하였다.

이때에 촉한은 경요 원년 겨울이었는데, 대장군 강유가 요화와 장익을 선봉을 삼고 왕함(王含)과 장빈(蔣斌)을 좌군에 장서와 부첨을 우군을 삼고, 호제(胡濟)를 후군으로 삼았다. 강유와 하후패는 중군을 거느리고 모두 촉병 20만을 일으켜 후주에게 하직을 하고 곧장 한중에 이르러, 하후패와 어떤 곳을 먼저 공격할지를 의논하였다.

하후패가 권유하기를,

"기산은 쓸 만한 곳이니15) 거기로 진병하는 게 좋겠습니다. 그렇기 때문에 돌아가신 승상께서도 옛날 여섯 차례나 그곳으로 나가셨습니다. 이곳 말고는 다른 곳으로 나가서는 안 됩니다."

하거늘, 강유가 그의 말에 따라 마침내 삼군을 기산을 향해 진발하게 하여 골짜기 어귀에 하채하였다. 그때, 등애는 마침 기산의 영채에 있

---

15) 쓸만한 곳[用武之地] : 전쟁에서는 못 쓸 땅이 없다는 것이어서, '영웅은 어떤 곳에서도 적을 제패할 수 있음'의 뜻임. [通鑑節目]「劉豫州亦收衆漢南 與曹操竝爭天下 今操破荊州 英雄無**用武之地** 故豫州遁逃至此 將軍量力而處之」. [晉書 姚襄載記]「洛陽雖小 山河四塞 亦是**用武之地**」.

으면서 농우병(隴右兵)을 점고하고 있었다.

홀연 유성마가 이르러 보고하기를,

"촉병들이 골짜기 입구에 세 채의 영채를 세운 것이 보인다."

하였다. 등애가 듣고는 마침내 높은 곳에 올라가 보고 영채로 돌아와서, 장대에 올라 크게 기뻐하며

"내 생각했던 대로 나오는구나!"

하였다.

원래 등애는 먼저 지형을 살펴 촉병들이 하채할 곳을 보아 두고 기산의 영채에서부터 촉의 영채에 이르기까지 벌써 지하에 길을 봐 두었다가, 촉병이 이를 때를 기다려 일을 도모하려 했던 것이었다. 이때, 강유는 골짜기 입구에 3채의 영채를 나누어 세웠는데, 땅굴 왼쪽 영채에서 왕함·장빈 등이 자리 잡고 있었다.

등애는 등충과 사찬에게, 각각 1만의 군사들을 이끌고 좌우에서 공격하라 하였다. 또 부장 정윤(鄭倫)을 불러서 5백 명의 땅굴을 파는 군사들(掘子軍)을 이끌고 이날 밤 2경쯤에, 곧장 땅굴로 해서 좌영에 이르러 장막의 뒤를 따라 땅속으로 엄습하라 하였다.

한편, 왕함과 장빈은 영채를 다 세우지 못해 위병들이 겁략하러 올까 저어하여 갑옷을 벗지 않고 잠자리에 들었다. 홀연 군중이 큰 혼란에 빠져 급히 병기를 잡고 말에 오르려 할 때에, 영채 밖에서 등충이 이끄는 병사들이 짓쳐 왔다. 내외에서 협공을 받은 왕함과 장빈 두 장수는 죽기로써 싸웠으나, 적을 막을 수 없게 되자 영채를 버리고 달아났다.

강유는 장막에 있으면서 왼쪽 영채 안에서 큰 함성이 이는 것을 듣고 안팎으로 공격하는 군사들이 있다고 생각하고, 마침내 급히 말에 올라 중군의 장막 앞에 나섰다.

그리고 말을 전하기를,

"경거망동할 것 같으면 참하리라!"16)

하며,

"적병들이 영채 근처에 이르거든 묻지 말고 활로써 저들은 쏘거라!"

하고, 한편으로는 오른쪽 영채에도 전하여, 또한 경거망동을 허락하지 않았다. 과연 위병들이 10여 차례나 공격해 왔으나 다 화살에 맞고 돌아갔다. 이렇게 싸우기를 날이 밝을 때까지 하였으나 위병들은 감히 짓쳐 오지는 못하였다.

등애는 병사들을 거두어 영채로 돌아가며, 탄식하기를

"강유는 공명의 병법을 깊이 얻었도다! 병사들이 밤이 되어도 놀라지 않고 변을 듣고도 혼란해지지 않으니 진실로 대장감이로다."

하였다.

다음 날 왕함·장빈 등은 패병을 모아 대채 앞에서 죄를 청하자, 강유가 말하기를

"이는 자네들의 죄가 아니고 내가 지형에 밝지 못한 때문일세."

하고, 또 군마를 내어 두 장수에게 영채를 안전하게 세우게 하고 죽은 시체들을 다 지하에 묻게 하고 흙으로 덮어주라 하였다. 그리고 사람을 시켜 전서를 보내 등애에게 내일 싸우자고 돋우니, 등애가 기꺼이 이에 응하였다.

이튿날 양군은 기산 앞에 진을 벌였다. 강유는 무후의 팔진법에 의해서17) 천·지·풍·운·조·사·용·호의 형상으로 진을 쳤다. 등애가

---

16) 경거망동할 것 같으면 참하리라[妄動者斬] : 경거망동하는 자는 참할 것임.
[戰國策 燕策]「今大王事秦 秦王必喜 以趙不敢**妄動**矣」. [史記 張儀傳]「趙不敢**妄動**」.

17) 팔진법에 의해서[八陣法] : 제갈량이 창안했다는 진법. 「팔문금쇄진법」(八

말을 타고 나와서 팔괘를 벌인 것을 보고 이에 또한 같은 방법으로 진을 벌여 놓으니, 좌우 전후에 문이 있고 지게가[18] 있는 것이 같은 형태였다.

강유는 창을 잡고 말을 몰아 나오며, 큰 소리로

"네가 내가 편 팔진법을 모방해서 진을 펴고 있으니, 또한 진을 바꿀 수 있느냐?"

하매, 등애가 묻기를

"너는 이 진법을 너 혼자만 포진하는 줄 알고 있느냐? 내 이미 진을 펼쳤으니 어찌 진을 바꿀 줄 모르겠느냐?"

하며, 등애는 말고삐를 당기며 진으로 들어와서 집법관(執法官)에게 기를 잡고 좌우를 바람에 날리게 하자, 팔팔의 육십사 개의 문호를 변하게 해 놓고 다시 진 앞으로 나오며,

"내 변화시키는 진법이 어떠하냐?"

하거늘, 강유가 말하기를

"비록 그럴 듯한 게 잘못된 곳은 없다만, 네 감히 나에게 팔진을 에워 보겠느냐?"

하니, 등애가 대답하기를

"내가 어찌하지 못하랴!"

門金鎖陣法). 팔문을 이용한 진법의 한 가지. '팔문'은 술가(術家)에서 구궁(九宮)에 맞추어 길흉을 점치는 여덟의 문. 곧 휴문(休門)·생문(生門)·상문(傷門)·두문(杜門)·경문(景門)·사문(死門)·경문(驚門)·개문(開門) 등을 말함. [太乙淘金歌 八門所主]「天有**八門** 以通八風 地有八方 以鎮八卦 仍取紀繩從其年 卽各隨其門 吉凶而行矣」.

18) **지게[門戶]** : 영채의 문호. 진영 중에서 가장 중요한 곳[險要之地]. [三國志 蜀志 張喬傳]「是扼僮芝咽喉 而守其**門戶**矣」. 본래는 '지게문'의 준말. [史記 天官書]「城郭家屋 **門戶**之潤決」. [管子 八觀]「**門戶**不閉」.

하였다.

양군이 각각 대오를19) 따라 전진한다. 등애는 중군에서 지휘하였다. 양군이 충돌하였으나 진법에는 변동이 없었다. 강유가 중간에 이르러 기를 잡고 한 번 흔드니 홀연 진이 변해서 '장사권지진'이20) 되매, 등애는 곧 포위되고21) 사면에서 함성이 크게 일었다. 등애는 그 진법을 알지 못해 속으로 크게 놀랐다. 촉병들이 점점 가까이 조여 오거늘 등애는 계속 충돌해도 나갈 수가 없었다.

오직 촉병들이 일제히 나서서 외치기를,

"등애야 빨리 항복하라!"

라고 소리치는 것만 들리거늘, 등애가 하늘을 우러러 길게 탄식하며22)

"내가 한 때 능력을 과시하다가 강유의 계책에 들었구나!"

하였다.

홀연 그때 서북 모서리에서 한 떼의 군사들이 짓쳐 오는데, 등애가 보니 이들은 위병이었다. 마침내 등애는 승세를 타고 포위망을 벗어

---

19) 대오(隊伍) : 행렬의 열. '대'는 '어떤 목적을 가지고 짜인 무리'의 뜻이고, '오'는 '대오'의 준말임. [宋史 禮志]「**隊伍**有法 入爲樞密副使」. [何承天 安邊論] 「復**隊伍**坐食廩糧」.

20) 장사권지진(長蛇捲之陣) : 장사진(長蛇陣)의 변형. 한 줄로 길게 벌인 군진(軍陣)의 하나. 본래는 '많은 사람들이 줄을 지어 길게 늘어선 것'을 이르는 말. [孫子兵法 九地篇 第十一]「故善用兵者 譬如率然 率然者 **常山之蛇**也 擊其首 則尾至 擊其尾 則首至 擊其中 則首尾俱至」. [庚臣 賦]「常山之陣 **長蛇**奔穴」. 장사진이 말듯이 변하면 '적을 포위하는데 유리한 진'이 됨. 그러므로「장사권지진」이라고 말하는 것임.

21) 포위되고[困在垓心] : 적에게 포위됨. [水滸傳 第八三回]「徐寧与何里竒搶到**垓心**交战 兩馬相逢 兵器并舉」. [東周列國志 第三回]「鄭伯**困在垓心** …… 全无俱怯」. [中文辭典]「謂在圍困之中也 項羽被圍垓下 說部中所用**困在垓心**語 或卽本此」.

22) 하늘을 우러러 길게 탄식하며[仰天長歎] : 하늘을 우러러 보며 길게 탄식함. 「앙천」. [稽傳]「淳于髡**仰天**大笑 冠纓索絕」. 「장탄」. [劉楨 詩]「感慨以**長歎**」.

나왔다.

등애를 구한 장수는 사마망이었다. 겨우 등애를 구출하고 있을 때에 기산의 아홉 영채는 다 촉병들에게 빼앗긴 상태였다. 등애는 패병들을 이끌고 위수의 남쪽으로 퇴각하여 영채를 세웠다.

등애가 사마망에게 말하기를,

"공은 어찌 이 진법을 알고 나를 구출하였소이까?"

하고 물으니, 사마망이 말하기를

"내 어렸을 때 형남(荊南)에서 공부하였는데, 일찍이 최주평(崔州平)·석광원(石廣元) 등과 친구여서 그때 이 진법에 대해 들었소이다. 오늘 강유가 변법을 쓴 것은 이게 '장사권지진'이외다. 만약에 이 진법을 다른 곳에서 치면 전혀 깨뜨릴 수 없소이다.

나는 그 머리가 서북쪽에 있는 것을 알았기 때문에, 서북쪽에서 공격하여 무너뜨릴 수 있었던 것이외다."

하였다.

등애가 사례하며 말하기를,

"내 비록 진법을 배웠지만 실제로 변법을 잘 모르고 있소이다. 공이 이미 이 진법을 알고 있으니, 내일 이 진법으로써 다시 기산의 영채를 빼앗는 게 어떻소이까?"

하니, 사마망이 대답하기를

"내가 배운 것으로는 강유를 속이지 못할까 걱정입니다."

하니, 등애가 권유한다.

"내일 공이 진 위에 있으면서 다른 진법을 써서 싸우면, 나는 일군을 이끌고 몰래 기산의 후미를 엄습하겠소이다. 양진이 혼전을 할 때에 옛 영채를 빼앗을 수 있을 것이오다."

하였다.

이에 정륜을 선봉으로 삼고 등애는 직접 군사들을 이끌고 기산의 후미를 엄습하기로 하였다. 한편, 사람을 시켜 전서를 보내서 강유에게 내일 진법으로 싸우자고 돋우었다.

강유는 회답을 보내고 이에 여러 장수들에게 말하기를,

"내가 무후께 밀서를 통해 전수받은 이 진의 변법이 모두 365가지 모양인데, 이는 주천의 수를[23] 응한 것이오. 이제 등애가 나와 더불어 진법으로 싸움을 하자 하는데, 이는 반문에게 도끼를 희롱하는 격이라 할 것이외다![24] 다만 그 중간에 필시 모사가 있을 것이니 공들은 알겠소?"

하니, 요화가 대답하기를

"이는 필시 우리를 진법 싸움을 하게 하고, 일군을 이끌고 와 우리의 후미를 엄습하려는 것일 겝니다."

하거늘, 강유가 웃으며 말하기를

"바로 맞추었소이다."

하고는, 곧 장익과 요화에게 명하여 1만 군사들을 이끌고 산 뒤에 매복하게 하였다.

다음 날 강유는 9영채의 병사들을 다 거두어 기산 앞에 포진하였다. 사마망이 군사들을 이끌고 위남의 영채를 떠나 곧장 기산 앞에 이르러, 말을 타고 나가 강유에게 나와 대답하라 하였다.

---

23) 주천의 수[周天之數] : 천체가 궤도를 한 바퀴 도는 것을 이름. 「주천」. [禮記 月令疏]「皆循天左行 一日一夜一周天」. [後漢書 地理志]「周天三百六十五度」.

24) 이는 반문에게 도끼를 희롱하는 격이라 할 것이외다[班門弄斧] : 중국 노나라의 유명한 장색(匠色·匠人) 반수(班輸)의 집 앞에서 도끼를 희롱하다는 뜻으로, '자기의 분수를 모름'을 이르는 말. [柳宗元 王氏伯仲唱和詩序]「操斧于班郢之門 斯強顏耳」[梅之渙 題李白墓詩]「采石江邊一堆土 李白之名高千古 來來往往一首詩 魯班門前弄大斧」.

강유가 말하기를,

　"네가 나에게 진법을 가지고 싸우자 했으니, 어디 네가 먼저 나에게 포진해 보이거라."

하니, 사마망이 팔괘진을 펼쳐 보인다.

　강유가 웃으면서 대답하기를,

　"이는 곧 내가 펼쳐 보였던 팔진법이 아니냐. 네가 지금 도적질해 썼으니 무슨 다를 게 있느냐!"

하니, 사마망이 말하기를

　"너 또한 다른 사람의 진법을 도적질한 것 아니냐!"

하였다.

　강유가 또 묻기를,

　"이 진법에는 무릇 변법이 몇이나 되는지 아느냐?"

하니, 사마망이 웃으며 말하기를

　"내가 이미 진을 펼쳤는데 어찌 변법을 모르겠느냐? 이 진법에는 구구팔십일 변이 있느니라."

한다.

　강유가 웃으며 말하기를,

　"네 시험삼아 변화시켜 보아라."

하니, 사마망이 진으로 들어가 몇 가지 변화시켜 보이고, 다시 진 앞에 나와서 대답하기를

　"네가 나의 변진법(變陣法)을 알겠느냐?"

한다.

　강유가 묻기를,

　"나의 진법은 주천의 수인 365변진이다. 너는 우물안 개구리이니25) 어찌 현묘함을 알겠느냐?"

하니, 사마망이 스스로 이런 변법이 있는 줄은 알지만 실제로는 일찍이 다 배우지 못했기 때문에, 억지 수작으로 변명하기를[26]

"나도 믿지 못하겠으니 네가 시험해 보여라."

한다.

강유가 크게 웃으며 말하기를,

"네가 등애를 불러오면 내 당장에 진을 펼쳐서 너희들에게 보여 주마."

하니, 사마망이 대답하기를

"등애 장군은 좋은 계책이 있어서 이런 진법을 좋아하지 않는다."

하였다.

강유가 크게 웃고,

"무슨 좋은 계책이 있을꼬! 너를 시켜 나를 속여 이 진 앞에 있게 하고는, 저는 병사들을 이끌고 내 뒤를 엄습하려 할 뿐이지!"

하니 사마망이 크게 놀라 군사들을 이끌고 나와 혼전을 하려는데 강유가 채찍을 들어치자, 양쪽의 날개에서 내달아 들이친다. 위병들은 갑옷과 무기를 버리고 각자가 목숨을 구하려 도망하였다.

한편, 등애는 선봉 정륜을 독촉해서 산의 후미에서 내습하였다. 정륜이 막 산모퉁이를 돌아나가려 할 때에, 홀연 일성 방포 소리가 들리고 북소리가 하늘로 퍼지더니 복병들이 짓쳐 왔다. 앞선 대장은 요화였다. 두 사람이 대화도 하기 전에 두 말이 어울려 싸웠다. 요화의 한

---

25) 우물안 개구리이니[井底之蛙] : 정저와(井底蛙). 우물 안의 개구리. [故事成語考 鳥獸]「其見甚小 譬如井底蛙」.「정와불가이어어해」(井蛙不可以語於海)는 듣고 본 바가 적은 사람을 '우물 안 개구리'에 비유한 말. [莊子 秋水篇]「井蛙不可以語於海者 拘於虛也 夏蟲不可以語於氷者 篤於時也 曲士不可以語於道者 束於敎也」.

26) 억지 수작으로 변명하기를[勉强折辯] : 억지로 변명함. [漢書 李尋傳]「勉强大誼 絕小不忍」. [禮記 中庸]「或勉强而行之 (注) 勉强 恥不若人」.

칼에 정륜의 머리가 말 아래 떨어졌다.

등애가 크게 놀라 급히 퇴병하려 할 때에, 장익이 군사들을 이끌고 짓쳐 왔다. 양쪽에서 협공을 당하자 위병들은 대패하였다. 등애는 겨우 겨우 빠져나왔지만 몸에 네 개의 화살을 맞았다. 도망해서 위남의 영채에 이르자 그때 사마망도 도착하였다. 두 사람은 퇴병책을 의논하였다.

사마망이 말하기를,

"근래에 촉주 유선이 가장 아끼는 환관[中貴] 중에 황호란 애가 있는데, 밤낮으로 주색에 빠져 있다 하외다. 우리가 반간계를27) 써서 강유를 불러들이게 하면, 이 위험에서 벗어날 수 있을 것이외다."

하거늘, 등애가 여러 모사들에게

"누가 촉나라에 들어가서 황호와 이야길 해 보겠소이까?"

하자, 말이 끝나기도 전에 한 사람이 나서며,

"제가 가겠습니다."

하거늘, 등애가 보니 이에 양양 사람 당균(黨均)이었다.

등애는 크게 기뻐하며 곧 명을 내려 당균에게 명주와 보물들을 주고는 빠른 길로 성도에 가서 황호와 선이 닿게 하여 소문을 퍼뜨려, 강유가 천자를 원망하고 있어서 머지않아 위에 투항하려 한다고 하였다.

이에 성도 사람들은 사람마다 이런 말을 하게 되었다. 황호가 이를 후주에게 알렸다. 이에 후주는 곧 사람을 보내 밤을 도와 가서 강유를 조정에 돌아오게 하였다.

한편, 강유는 매일 같이 싸움을 돋우었으나 등애는 굳게 지키기만

---

27) 반간계(反間計) : 적을 이간시키는 계책. [史記 燕世家]「說王仕齊爲反間計 欲以亂齊」. [孫子兵法 用間篇 第十三]「故用間有五 有因間 有內間 有反間 有死間 有生間……反間者 因其敵間 而用之」. 이간책(離間策). [晉書 王豹傳]「離間骨肉」.

하고 나오지 않았다. 강유는 내심 매우 의아해 하고 있는데 홀연 사자가 천자의 명을 가지고 왔다. 그 조서에서 강유를 입조하라 하였다. 강유는 무슨 일인지 알 수가 없었으나 군사를 돌려 입조하였다. 등애와 사마망은 강유가 계책에 빠지자, 드디어 위남의 군사들을 뽑아 강유의 뒤를 따르며 들이쳤다.

이에,

악의는 제를 칠 때28) 이간을 당하고
악비가 적을 파할 때는 참소로 돌아왔네.29)

樂毅伐齊遭間阻
岳飛破敵被讒回.

그 승패가 어찌 되었는지는 알 수가 없다. 하회를 보라.

---

28) **악의는 제를 칠 때[樂毅伐齊]** : 악의는 연(燕)나라의 명장인데 그가 제(齊)나라의 70여성을 빼앗았던 일. [中國人名]「燕 羊後 賢而好兵 自魏使燕……下齊七十餘城 以功封昌國 號昌國君……田單乃縱反間於王……燕趙二國 以爲客卿」.

29) **악비가 적을 파할 때는 참소로 돌아왔네[岳飛被讒]** : 악무목(岳武穆·악비)이 참소를 당함. 악비는 남송(南宋)의 재상인데 그는 전력을 기울여 금병(金兵)의 침범을 막고 적을 깨뜨려 잃은 땅을 수복하였지만, 진회(秦檜)의 모해로 살해되었음. 여기서는 진회의 참소로 전쟁터에서 소환당한 일을 가리킴. [中國人名]「宋湯陰人 字鵬擧 事母孝……累授武安君承宣使 高宗手書 **精忠岳飛**四字 製旗以賜之……時秦檜力主和議 欲盡棄淮北地以與金……檜手書小紙付獄 遂報飛死 年三十九 孝宗時詔復飛官 諡**武穆**」.

제114회

조모는 수레를 몰아 남궐에서 죽고
강유는 양초를 버려 위병에게 승리하다.

　　曹髦驅車死南闕
　　姜維棄糧勝魏兵.

　　한편, 강유는 영을 전해 퇴병하는데, 요화가 말하기를

"'장수가 싸움터에 나가 있을 때에는 임금의 명을 받지 않을 수도 있다.'[1] 하였습니다. 지금 비록 조서가 있다고는 하나 군사들을 물려서는 안 됩니다."

하니, 장익이 대답하기를

"촉인들은 대장군께서 매해 동병을 하셔서 다들 원망하고 있는 형편입니다. 이렇게 승리를 거두었을 때 군사를 거두어 돌아간다면 민심도 안돈될 것입니다. 그리고는 다시 좋은 계책을 세워야 합니다."

하였다.

　　강유가 말한다.

　　"좋소이다."

---

1) 장수가 싸움터에 나가 있을 때에는 임금의 명을 받지 않을 수도 있다[將在外 君命有所不受] : 장수가 싸움터에 나와 있을 때에는 임금님의 명을 받지 않을 수도 있음. [孫子 九變篇 第八]「地有所不爭 君命有所不受」. [史記 司馬穰苴傳]「將在外 君命有所不受」. [同書 信陵君傳]「將在外 主令有所不受」.

하고는, 드디어 각 군에 영을 내려 물러나게 하였다. 그리고 요화와 장익에게 뒤를 끊어, 위병의 추격을 막게 하였다.

한편, 등애가 병사들을 이끌고 급히 추격하여 보니 앞에 있는 촉병들의 병기가 정제되어 있고, 인마가 모두 천천히 퇴각하는 것을 보고 등애가 탄식하며,

"강유도 무후의 병법을 깊이 체득하였구나!"

하고, 이에 감히 저들을 더 이상 추격하지 못하고 군사들을 돌려 기산의 영채로 가버렸다. 이때, 강유는 성도에 이르러 들어가 후주를 뵙고 소환한 까닭을 물었다.

후주가 말하기를,

"짐은 경이 변방에 있고 오래 군사를 돌리지 않기에 군사들이 애쓰고 있을 듯해서, 조서를 내려 경을 입조하게 한 것이지 특별한 다른 뜻은 없소이다."

하였다.

강유가 아뢰기를,

"신은 이미 기산의 영채를 얻었고 막 공을 세우려 하고 있다가 중도에서 폐하게 되었습니다. 이는 필시 등애의 반간계에²⁾ 든 것입니다."

하니, 후주가 말이 없었다.

강유가 또 말하기를,

"신은 맹세코 적을 토벌해서 국은에 보답하려는 것입니다. 폐하께서는 소인배들의 말을 들어 의심을 하지 마소서."

---

2) 반간계(反間計): 적을 이간시키는 계책. [史記 燕世家]「說王仕齊爲**反間計** 欲以亂齊」. [孫子兵法 用間篇 第十三]「故用間有五 有因間 有內間 有**反間** 有死間 有生間……**反間**者 因其敵間 而用之」. 이간책(離間策). [晉書 王豹傳]「**離間** 骨肉」.

하니, 후주가 한참 있다가 말한다.

"짐은 경을 의심하지 않소이다. 경이 또 한중으로 돌아가서 위국에 변이 있으면 다시 저들을 공격하시구려."

하거늘, 강유가 탄식하며 조정에서 나와 한중으로 돌아갔다.

한편, 당균은 기산의 영채로 돌아와서 이 소식을 보고하였다.

등애가 사마망에게 말하기를,

"군신 간에 불화하면 반드시 내변(內變)이 있을 것입니다."

하고, 당균을 낙양에 들어가게 하여 사마소에게 이 사실을 알렸다.

사마소가 크게 기뻐하며 곧 촉나라를 도모할 마음을 먹고, 이에 중호군 가충에게 묻기를

"내 이제 촉나라를 정벌하려 하는데 그대의 생각은 어떻소?"

하니, 가충이 대답하기를

"촉나라의 정벌은 아니 됩니다. 천자께서 바야흐로 주공을 의심하고 있으니, 만약에 가벼이 움직인다면 필시 내란이 일어날 것입니다. 지난 해 황룡이 영릉의 우물 속에서 두 번이나 보이자 군신들이 경하하는 표주를 올려, 상서로운 일이라 하였습니다.

그때, 천자께서 '이는 상서의 조짐이 아니다! 용은 임금을 상징하는 것인데, 위에는 하늘이 있지 않고 아래에는 밭[田地]이 없으며 우물 속에 있었다는 것은 유폐(幽閉)된다는 징조다.' 하시고, 드디어 잠룡시 한 수를 지으셨습니다. 시의 내용 중에는 분명 주공을 두고 하는 말이 있습니다. 시는 이렇습니다."

슬프다, 용이 곤경에 처했구나!

깊은 연못에서 뛰어 오르지 못하도다.

傷哉龍受困

不能躍深淵.

위로는 하늘을 날지 못하고,

아래로는 전지에도 보이지 않는도다.

上不飛天漢

下不見於田.

우물 밑에 서리어 있으니

미꾸라지와 두렁허리3) 그 앞에서 춤 추도다.

蟠居於井底

鰍鱔舞其前.

어금니와 발톱을 숨기고 있으니

슬프도다! 내 또한 저와 같구나.

藏牙伏爪甲

嗟我亦同然.

사마소가 그 말을 듣고 크게 노하며, 가충에게 말하기를

"이 사람이 조방을 본받으려 하다니! 만약에 빨리 도모하지 않는다
면 저가 필시 나를 해할 것이네."

하거늘, 가충이 대답하기를

---

3) 미꾸라지와 두렁허리[鰍鱔] : 추어와 선어. 「두렁허리」는 민물고기의 한 가지
로 뱀장어와 비슷함. [說苑]「蛇淤霧露……然而暮託宿于鰌鱣之穴」. [文選 王褒
四子講德論]「鰌鱣竝逃 九罭不以爲虛」.

"제가 주공을 위해 조만간에 저를 도모하겠습니다."

하였다.

때는 위나라 감로(甘露) 5년 여름 4월이었다. 사마소는 칼을 찬 채 대전 위로 오르자 조모가 저를 맞았다.

군신들이 모두 말하기를,

"대장군은 그 공덕이 크니4) 진공(晉公)으로 삼으시고, 구석을5) 더 하소서."

하였으나, 조모가 머리를 숙이고 대답하지 않았다.

사마소가 목소리를 가다듬고 아뢰기를,

"저의 부자와 형제 3인이 각각 위나라를 위해 대공을 세웠는데, 진공이 되는 것이 마땅하지 않다는 것이오이까?"

하거늘, 조모가 대답하기를

"감히 명령대로 하지 않겠소이까!"

하였다.

사마소가 또 묻기를,

"폐하께서 잠룡시에서 우리들을 미꾸라지와 두렁허리로 보시고 계신데, 이게 예의에 맞는 일입니까?"

하거늘, 조모가 대답하지 못하였다. 사마소가 냉소하며 전각에서 내려왔다. 여러 관료들이 다 한기를6) 느꼈다.

---

4) 공덕이 크니[功德巍巍] : 공덕이 썩 높음. 「공덕」. [史記 始皇紀]「祇誦功德」. [論語 泰伯篇]「巍巍乎 其有成功也 煥乎 其有文章」.

5) 구석(九錫) : 왕이 공로가 있는 신하에게 내리던 가마·의복 등 아홉 가지 물건. [漢書 武帝紀]「元朔元年 有司奏古者諸侯貢十二 一適謂之好德 再適謂之賢 賢 三適謂之有功 乃加九錫 (注) 九錫 一曰車馬 二曰衣服 三曰樂器 四曰朱戶 五曰 納陛 六曰虎賁百人 七曰鈇鉞 八曰弓矢 九曰秬鬯」. [潘勗 册魏公九錫之]「今又加 君九錫」.

조모는 후궁에 돌아가서 시종 왕침(王沈)과 상서 왕경(王經)·산기상시 왕업(王業) 등 세 사람을 불러서 의논하였다.

조모가 울면서 말하기를,

"사마소가 찬역의 마음을 품고 있음을[7] 모두가 알고 있소이다. 짐은 앉아서 폐하는 욕을 당할 수는 없소. 경들은 짐을 도와 저를 토벌해 주시오."

하거늘, 왕경이 아뢰기를

"안 됩니다. 옛적 노소공은 계씨의 전횡을 참지 못하다가, 패해 달아나 결국은 나라를 잃었나이다.[8] 이에 모든 권한이 벌써 사마씨에게 돌아갔고, 내외 공경들 모두가 순역의 이치를[9] 돌아보지 않고 간적에게 아부함이 한 사람이 아닙니다. 또 폐하의 밑에는 보호할 신하들이 약하고 어명을 받들 자가 없습니다. 폐하께서는 은인자중하시지 않으신다면[10] 그 화가 클 것입니다. 그러하오니 천천히 도모하심이

---

6) 다 한기를[凜然] : 한기(寒氣)를 느낌. 본래 「늠연」은 위엄과 기개가 있고
   훌륭함의 뜻임. 「늠름」(凜凜). [漢書 楊惲傳]「凜然皆有節概」. [孔子家語 致思]
   「夫子凜然」.
7) 찬역의 마음을 품고 있음을[將懷簒逆] : 앞으로 찬역할 마음을 품고 있음.
   「찬역」(簒逆). [史記 高祖紀]「楚王信簒逆」. [後漢書 王充傳]「禍毒力深 簒逆已兆」.
8) 소공·계씨(昭公·季氏) : 춘추 때 노나라 대부. 계씨(季氏)는 계손씨(季孫
   氏)임. 계손씨가 권력을 잡고 있어서 소공은 늘 빈 자리만 지키고 앉아 있었
   다. 그가 마음에 불복하고 군사를 일으켜 계손씨를 쳤다가 패하여 제(齊)나라
   로 도망갔던 일. [中國人名]「季孫意如 大夫宿孫 卽季平子……平子與郈氏臧氏
   不協 臧郈告昭公 昭公伐季氏 平子請囚請亡 皆弗許 三家共伐公 公失國出亡」.
9) 순역의 이치[順逆之理] : 순리와 역리의 이치. [史記 天官書]「察日月之行 以
   揆歲星順逆」. [杜甫 崔少府高齊三十韻詩]「人生半哀樂 天地有順逆」. [管子 版法
   解]「人有逆順 事有稱量」.
10) 은인자중하시지 않으신다면[若不隱忍] : 만약에 은인자중(隱忍自重)하지 않
   으신다면. 「은인」. [史記 伍子胥傳贊]「故隱忍就功名 非烈丈夫 孰能致此哉」.
   [後漢書 孔融傳]「雖有重戾 必宜隱忍 賈誼所謂擲鼠忌器 蓋謂此也」.

마땅하옵고 너무 서두르셔서는11) 안 됩니다."

하거늘, 조모가 말하기를

"이런 일을 참고서 할 수 있다면, 무슨 일이든지 참고서 할 수 있지 않겠느냐!12) 짐의 뜻은 이미 정해졌으니 당장 죽는다 해도 무엇이 두렵겠느냐?"

하고, 말을 마치시자 곧 들어가 태후께 고하였다.

왕침과 왕업이 왕경에게 말하기를,

"일이 이미 급하게 되었소이다. 우리들은 스스로 멸족의 화를 취할 수는 없소. 마땅히 사마공의 부중에 가서 머리를 내밀고 죽음이나 면합시다."

하거늘, 왕경이 크게 노하여 말하기를

"주군이 근심이 있으면 그 신하는 욕을 받고, 주군이 욕을 당하면 그 신하는 죽는다 했는데13) 감히 두 마음을 품겠소이까?"

하였다. 왕침과 왕업은 왕경이 따르지 않는 것을 보고 곧장 사마소에게 보고하러 갔다.

조금 있다가 위주 조모는 내전에서 나와 호위인 초백(焦伯)에게 명하여, 궁중에 있는 숙위(宿衛)·창두·관동14) 등 3백여 명을 모아 북을

---

11) 서두르셔서는[造次] : 아주 급작스러운 때. [論語 里仁篇]「君子無終食之間違仁 **造次**必於是 顚沛必於是」. [三國志 蜀志 馬良傳]「鮮魚**造次**之華」.

12) 이런 일을 참고서 할 수 있다면……[是可忍也] : 이런 일을 참을 수 있다면 못 참을 일이 없다는 뜻. [論語 八佾]「**是可忍也** 孰不可忍也」.

13) 주군이 욕을 당하면 그 신하는 죽는다 했는데[主辱臣死] : 아랫사람이 윗사람을 도와 생사고락을 함께함. [國語 越語]「范蠡曰 爲人臣者 君憂臣勞 **君辱臣死**」. [韓非子]「**主辱臣苦** 上下相與同憂久矣」.

14) 창두·관동(蒼頭·官僮) : 하인들과 하예(下隸). '창두'는 군사들이 머리를 푸른 수건으로 쌌으므로 부르는 것이며, '관동'은 궁중에서 부리는 하예를 이름. [史記 項羽紀]「**蒼頭**特起」. [馬汝驥 詩]「陰闥擊**官僮**」.

치며 나왔다. 조모는 칼을 잡고 연에[15] 올라 좌우를 꾸짖으며 곧장 남문을 나왔다.

왕경은 연 앞에 엎드려 크게 울면서, 간하기를

"이제 폐하께서 수백을 거느리시고 사마소를 치러 가심은, 양이 호랑이의 입에 들어가는 것과 같은 것이어서[16] 헛된 죽음일 뿐입니다. 신은 목숨이 아까워서가 아니라, 실제 일을 보건대 할 수 없기 때문입니다."

하니, 조모가 대답하기를

"내 이미 군사들을 일으켰으니 경은 막지 마시오."

하고, 마침내 용문을 향해 나가는데 가충이 융복을 입고 말을 타고 오는 것이 보였다. 왼편에는 성쉬(成倅) 오른편에는 성제(成濟)가 수천의 철갑의 금군(禁軍)을 이끌고 고함을 지르며 짓쳐 오고 있었다.

조모가 칼을 짚고 큰 소리로,

"내가 천자다! 너희들이 궁정으로 뛰어드니 천자를 죽이려 하느냐?"

하니, 금병들이 조모를 보고는 감히 움직이지 못하고 있었다.

가충이 성제를 부르며 말하기를,

"사마공께서 자네를 무엇에 쓰려고 기르셨겠느냐? 바로 오늘의 일을 위함이니라!"

하거늘, 성제가 이에 왼손에 방천극을 잡고 가충을 돌아보며

"당장에 죽이리까 포박하리까?"

---

15) 연(輦) : 난거(鸞車). [班固 西都賦]「乘**輦輿**備法駕」. [王建 宮詞]「步步金堦 上**輦輿**」. [陳鴻 東城老父傳]「白羅繡衫 隨**輦輿**」.

16) 양이 호랑이의 입에 들어가는 것과 같은 것이어서[驅羊而入虎] : 양을 물고 호랑이 속으로 들어감. '위험한 지경에 이름'의 비유. [戰國策 中山經]「齊見嬰子曰 臣聞 君欲廢中山之王 將與趙魏伐之 過矣……是君爲趙魏**驅羊**也」.

하였다.

　가충이 말하기를,

"사마공께서 영을 내리셨으니 당장 죽이거라."

하니, 성제가 방천극을 틀어쥐고 연 앞으로 내달아 찔렀다.

　조모가 크게 소리쳐 말하기를,

"이놈 필부야, 네가 무례하구나!"

하고, 미쳐 말이 끝나기도 전에 성제의 한 창에 가슴을 맞고 연에서
떨어졌다. 성제가 다시 찌르니 칼날이 등 뒤로 나와 연 옆에서 죽었
다. 초백이 창을 꼬나잡고 와서 맞았으나 성제의 창에 찔려 죽었다.
다른 무리들은 다 달아났다.

　왕경이 뒤따라 급히 나와 큰 소리로 가충을 꾸짖으며,

"역적놈이 어찌 감히 시군하느냐!"

하거늘, 가충이 크게 노하여 좌우에게 포박시키고 사마소에게 보고하
였다. 사마소가 궁정에 들어가 조모가 죽은 것을 보고, 이에 거짓 크
게 놀라는 체하며 머리를 연에 찧으면서 울었다. 그리고는 영을 내려
각 대신들에게 알리게 하였다.

　이때, 태부 사마부가 입궁하여 조모의 시체를 보자, 조모의 머리를
들어 무릎에 올려 놓고 울며,17)

"폐하께서 돌아가신 것은 신의 죄입니다!"

하고, 마침내 조모의 시신을 관을 써서 편전의 서쪽에 뫼셔 놓았다.
사마소가 궁중에 들어가자 군신들을 불러서 회의를 하였다. 군신들이

---

17) 머리를 들어 무릎에 올려 놓고 울며[枕之股而哭] : 머리를 무릎 위에 올려놓는
　　다는 뜻으로. '신하가 횡사한 군주에 대해 애도를 표시하는 예법'임. 「침굉」(枕
　　肱)은 팔을 베개 삼아 베고 잠. [論語 述而篇]「子曰 飯疏食飮水 **曲肱而枕之** 樂亦
　　在其中矣」. [陶潛 五月旦作和戴主簿詩]「居常其盡 **曲股豈傷冲**」.

다 이르렀으나 유독 상서복야 진태(陳泰)만 오지 않았다. 사마소가 진태의 장인인 상서 순의(荀顗)에게 저를 불러오라 하였다.

진태가 크게 울며 말하기를,

"논자들은 저를 장인에 비유하고 있지만, 오늘 보니 장인께서는 실제로 저만 같지 못하시옵니다."

하거늘, 이에 상복을 입고 들어가서18) 영전에 절하며 통곡하였다.

사마소가 또한 거짓 곡하며 묻기를,

"오늘의 일을 무슨 법으로 처결해야 할까요?"

하니, 진태가 말하기를

"가충을 참해야만 작게나마 천하의 용서를 받을 수 있소이다."

하거늘, 사마소가 한동안 침읍하다가 또 묻기를

"그 다음을 다시 생각해 보시지요."

하니, 진태가 말하기를,

"오직 이를 시행하지 않는다면 그 다음은 모르겠소이다."

하였다.

사마소가 말하기를,

"성제가 대역부도하였으니19) 저의 살을 발라내고 삼족까지 멸해야20) 하겠소이다."

하거늘, 성제가 크게 꾸짖으며 대답하기를,

---

18) 상복을 입고 들어가서[披麻帶孝而入] : 상복을 입음. 「괘효」(挂孝). [中文辭典]「俗謂載孝曰挂孝 亦作掛孝 謂喪家服著喪服也」.

19) 대역부도(大逆不道) : 「대역무도」(大逆無道). 인도(人道)에서 크게 벗어남. [漢書 楊惲傳]「不竭忠愛盡臣子議……大逆不道 請逮捕治」 [漢書 游俠 郭解傳]「御史大夫 公孫弘議曰 解布衣 爲任俠行權 以睚眦殺人 當大逆無道 遂族解」.

20) 삼족까지 멸해야[滅其三族] : 부모·형제·처자 등 삼족까지 죽임. [中文辭典]「殺人並及父母妻子等親屬曰 滅族」. [周禮 小宗伯]「掌滅其三族之別 以辨親疏」.

"이는 나의 죄가 아닙니다. 이는 가충이 나에게 당신의 명을 전한 것입니다!"
하였다.

사마소가 먼저 그의 혀를 잘랐다. 성제는 죽을 때까지 부르짖으며 굴하지 않았다. 그 아우 성쉬 또한 저자거리에서 참하고는 삼족을 다 멸하였다.

후세 사람이 이를 한탄한 시가 전한다.

사마소가 그때 가충에게 명하여
남궐에서 임금을 죽이자 전포가 피에 젖었네.
司馬當年命賈充
弒君南闕赭袍紅.

엉뚱하게도 성제의 삼족을 다 죽이니
모든 군민들을 다 귀머거리로 알았는가.
却將成濟誅三族
只道軍民盡耳聾.

사마소는 또 사람을 시켜 왕경의 전 가솔들을 거두어 하옥시켰다. 왕경은 마침 정위청(廷尉廳) 아래에 있다가 홀연 그 어미가 포박되어 이르는 것을 보았다.

왕경이 머리를 조아리고 크게 울며,
"불효자가 어머니에게까지 누를 끼쳤나이다!"
하니, 어머니가 크게 웃으면서 말하기를
"사람이 뉘 아니 죽겠느냐? 그저 죽을 곳을 찾지 못할 뿐이니라. 이로 인해 목숨을 버리게 되었으니 무슨 한이 있겠느냐!"
하였다.

　다음 날 왕경의 전 가솔들이 다 동문 저잣거리에 끌려 나갔다. 왕경의 모자가 다 웃음을 머금고 형을 받았다. 성내의 선비와 서민들이 눈물을 흘리지 않는 이가 없었다.

　후세 사람의 시가 남아 전한다.

　한초에는 복검을 자랑하더니
　한말에는 왕경을 보는구나.
　　漢初誇伏劍
　　漢末見王經.

　진실로 그 충성심 다름이 없으리니
　굳센 그의 뜻 더욱 더 맑으리.
　　貞烈心無異
　　堅剛志更淸.

　절개를 태산같이 중히 여기고
　그 목숨 깃털같이 가벼이 여겼네.
　　節如泰華重
　　命似羽毛輕.

　모자의 명성이 지금도 남았으니
　응당 천지로 더불어 무궁하리라.
　　母子聲名在

應同天地傾.

　태부 사마부는 왕의 예로써 조모를 장사지낼 것을 청하니, 사마소가 이를 허락하였다.

　가충 등은 사마소에게 위의 선위를 받아 곧 천자의 자리에 오르기를 권하였으나, 사마소가 말하기를

"옛날 문왕은 셋으로 나뉜 천하의 둘을 가지고서도 은나라를 섬겼으므로 옛 성인들이 그의 덕을 칭송하였소이다. 위 무제께서는 한의 선위를 받지 않으셨거늘, 어찌 내가 위의 선위를 받겠소이까?"

하였다. 가충 등이 이 말을 듣고 이미 사마소가 아들 사마염을 염두에 두고 있다고 생각하고, 마침내 다시는 더 권하지 않았다.

　이해 6월, 사마소는 상도향공 조황(曹璜)을 세워 임금을 삼고, 경원(景元) 원년으로 연호를 고쳤다. 조황은 이름을 고쳐 조환(曹奐)이라 했는데 자를 경소(景召)라 했다. 이는 무제 조조의 손자이고 연왕(燕王) 조우(曹宇)의 아들이었다.

　조환은 사마소를 봉하여 승상 진공을 삼고 돈 10만 냥과 비단 1만 필을 하사하였다. 그리고 문무 관료들에게 각기 맞는 벼슬을 주고 상을 내렸다.

　일찍이 세작들이 이 일을 탐지해 촉나라에 보고하였다.

　강유는 사마소가 조모를 죽이고 조환을 옹립했다는 소식을 듣고, 기뻐하며 말하기를

"내 오늘에야 위나라의 정벌에 명분이 있게 되었도다."

하고는, 마침내 편지를 써서 오나라에 보내어 '사마소에게 조모를 시해한 죄를 물어야 한다.'고 하였다.

한편으로는 15만 군사들을 동원하고 수레 수천 량에다 그 위에 나무 상자를 올려 쌓고 요화와 장익에게 선봉이 되게 하였다. 그리고 요화에게 자오곡(子午谷)을 취하게 하며, 장익에게는 낙곡을 취하라 하였다. 강유 자신은 야곡을 취하기로 하고 모두 기산의 요해로 나오게 하였다. 3로의 병사들을 일으켜 기산으로 짓쳐 나갔다.

이때, 등애는 기산의 영채에 있으면서 인마를 훈련시키고 있었다. 촉병들이 3로에서 짓쳐 온다는 소식을 듣고, 여러 장수들을 모아 의논하였다.

그때, 참군 왕관(王瓘)이 말하기를

"저에게 한 가지 계책이 있으나 밝히기는 어렵습니다. 이곳에 글로 적어 두었으니 장군께서만 읽어보시지요."

하거늘, 등애가 글을 받아 읽어보고 와서 웃으며

"이 계책이 묘책이기는 하지만 강유를 속이지 못할까 두렵소."

하였다.

왕관이 앞으로 나서며 대답하기를,

"제가 목숨을 내어 놓고 가겠습니다."

하거늘, 등애가 말하기를

"공의 뜻이 굳으니 반드시 성공하리이다."

하고, 마침내 5천의 군사들을 왕관에게 주었다. 왕관이 밤을 도와 야곡에서 촉군을 맞았다.

마침 촉병의 전대 초마(哨馬)를 만나자, 왕관이 말하기를

"나는 위의 항병이니 장군에게 보고해 주시오."

하였다.

초군이 이를 강유에게 보고하니, 강유가 나머지 병사들을 그 자리에 있게 하고 우두머리 장수만 오라 하였다.

왕관이 땅에 엎드려 말하기를,

"저는 왕경의 조카 왕관입니다. 근자에 사마소가 시군하고 숙부의 일문이 다 죽는 것을 보고 통한이 뼈에 사무쳤습니다. 이제 다행히도 장군께서 군사를 일으켜 죄를 물으려 하신다기에, 특히 본부병 5천을 이끌고 투항하러 왔습니다. 원컨대 저희들은 조정해 주는 대로 따르겠사오니, 간교한 무리들의 소굴을 없애게 해 주십시오. 그래서 숙부의 한을 풀게 해 주시기 바랍니다."

하거늘, 강유가 크게 기뻐하며 왕관에게 묻기를

"자네가 이미 항복해 왔으니 내 어찌 성심으로 대우하지 않겠는가? 내 군중에서 걱정하는 것은 양초뿐인데, 지금 이 양초들이 천구(川口)에 있으니 자네가 이를 기산으로 운반하게나. 나도 지금 기산의 영채를 취하러 가야 하네."

하니, 왕관이 마음속으로 크게 기뻐하며 저들이 계책에 들었다 생각하고 흔연히 응락하였다.

강유가 권유하기를,

"자네가 양곡을 운반하러 갈 것이면 반드시 5천의 군사들을 쓸 필요가 없을 터이니 3천만 데리고 가게나. 그리고 2천을 남겨 길을 인도해서 기산을 치게 하시게."

하였다.

왕관은 강유가 의심을 할까 걱정이 되어 이에 3천의 군사만 데리고 갔다. 강유는 부첨에게 명하여 2천의 위병들을 이끌고 따라가며 영을 듣게 하였다. 홀연, 하후패가 왔다는 보고가 들어왔다.

하후패가 묻기를,

"도독께서는 무엇 때문에 왕관의 말을 믿으십니까? 내가 위에 있을 때에 비록 자세히는 알 수 없지만, 왕관이 왕경의 조카란 말을 듣지

못하였습니다. 저들의 속임수에 든 것이 아닌지 장군께서는 잘 살펴
셔야 합니다."

하거늘, 강유가 웃으며 대답하기를

"내가 이미 왕관의 거짓 계책을 알고 있소이다. 그렇기 때문에 그
세력을 갈라놓아 장계취계를[21] 행하려는 것이오."

하거늘, 하후패가 다시 묻는다.

"공이 하려는 계책을 말해 보시오."

하였다.

강유가 대답하기를,

"사마소는 조조에 비견될 간웅이외다. 이미 왕경을 죽이고 삼족을
멸하였는데, 어찌 친조카를 살려 두어 관(關) 밖에서 군사를 거느리게
하겠소? 그러므로 그가 거짓임을 알 수 있는 것이오. 중권(仲權)이 보
시는 바가 나와 맞아떨어졌소그려."

하였다.

이에 강유는 야곡으로 나가지 않고 사람을 시켜 길에 매복을 하고
있으면서, 왕관의 세작이 위병의 영채로 가는 길을 막고 있었다. 과연
열흘이 못 되어서, 과연 복병들이 왕관이 등애에게 보내는 편지를 가
지고 가는 군사를 사로잡아 왔다.

강유가 그 사정을 묻고 편지를 찾아서 읽어보니, 그 편지 중에 8월
20일로 약속을 정하고 소로를 따라 양곡을 운반해 대채로 가려 하니,
병사들을 담산(壜山) 골짜기에 보내 접응해 달라는 내용이었다.

강유는 편지를 가지고 온 자를 죽이고 편지의 내용을 8월 15일로

---

21) **장계취계(將計就計)** : 상대편의 계책을 역으로 이용하는 계략. [中文辭典]「謂就
人之計以行之也」. [中國成語]「謂故意依照敵人的計劃來設計 引誘敵人入自己的
圈套」.

고쳐 써서 등애에게 '직접 대병을 영솔하고 담산의 골짜기에서 접응해 달라' 하였다. 그리고 한편으로는 사람을 위군으로 변장시켜 위군의 진영에 편지를 전하며, 양곡을 운반하는 수레 수백 량의 양미를 모두 내리게 하고, 대신 그 위에 마른 건시와 모초 등 인화물질을 싣게 해 놓고 푸른 베[靑布]로 덮어 놓게 하였다.

부첨에게 항복해 온 위군 2천여 명을 데리고 양곡 운반의 깃발을 꽂게 하였다. 그리고 강유는 하후패와 군사들을 이끌고 산골짜기에 매복하고 있었다. 장서에게 야곡에서 나와 요화·장익 등과 같이 진병하여 기산을 취하게 하였다.

한편, 등애는 왕관의 편지를 받고 크게 끼뻐하며 급히 회신을 보내어 왔던 군사에게 보냈다. 8월 15일이 되자 등애도 5만의 정예병을 이끌고 곧장 담산 골짜기로 갔다. 멀리서 사람을 시켜 높은 데 올라가 보라 하니, 무수한 양곡을 실은 수레가 끊이지 않고 산골짜기의 울퉁불퉁한 길을 다니고 있다고 하였다. 등애가 말고삐를 멈추고 보니 과연 이들이 다 위병들이었다.

좌우가 다 말하기를,

"날이 이미 저물었으니, 속히 접응해서 왕관을 골짜기에서 나오게 하시지요."

하였다.

등애가 권유하기를,

"앞에 산세가 가려있으니 복병이 있을까 걱정되오이다. 그리되면 급히 퇴각하기 어려울 것이니 여기서 기다리시오."

하고 이야기하고 있는데, 홀연 양쪽에서 기마들이 몰려와서

"왕장군의 양초가 경계를 지나는데 그 뒤에서 인마가 급히 쫓아오고 있습니다. 서둘러 구응하기를 바라고 있습니다."

하거늘, 등애가 크게 놀라 급히 병사들을 독려하여 전진하였다.

그때가 마침 초경이라 달이 대낮처럼 밝았다. 홀연 산의 뒤에서 함성이 일어나거늘, 등애는 왕관이 산의 후미에서 짓쳐 오는 줄로만 알았다. 그래서 산 뒤로 달아나려 하는데, 배후에서 한 떼의 군사들이 뛰쳐나오거늘, 보니 앞에 선 장수는 부첨이었다.

부첨이 말을 몰아 나오며 큰 소리로 외치기를,

"등애 이 필부놈아! 이미 우리 주장의 계책에 말려들었다! 왜 빨리 말에서 내려 죽음을 받지 않느냐!"

하였다.

등애가 크게 놀라 말머리를 돌려 곧 달아나려 하는데 수레에 불이 붙었다. 그 불을 곧 신호로 하여 양편에는 다 촉병들이 나와서 위병들을 몰아친다.22)

그때, 산 아래와 산 위에서 큰 소리로,

"등애를 잡아라. 천상금에다가 만호후에 봉하겠다!"23)

하였다.

등애는 촉병을 속이기 위해 갑옷과 투구를 버리고, 말에서 뛰어 내려서 보군들 속에 섞여 기어서 산 고개를 넘어서 달아났다. 강유와 하후패는 말에 올라 있던 사람만 잡으려 하였으며, 등애가 걸어서 도망가리라고는 생각도 못하였다. 강유는 승병들을 데리고 왕관의 양초를 실은 수레를 취하러 갔다.

---

22) 위병들을 몰아친다[七斷八續]: 계속 몰아침. 「단속」. [淮南子 說山訓]「神蛇能斷而復續 而不能使人勿續」. [唐太宗 望送魏徵葬詩]「哀笳時斷續 悲旌乍卷叙」.

23) 만호후에 봉하겠다[封萬戶侯]: 1만 호의 백성이 사는 지역을 식읍(食邑)으로 가진 제후에 봉함. [史記 高祖功臣年表]「故大城名都散亡 戶口 可得而數者 十二三」. [漢書 廣賓傳]「不屈都護 戶口勝兵多 大國也」.

한편, 왕관은 등애와의 약속 때문에 먼저 양초를 실을 수레를 정비하고 오직 거사만을 기다렸다.

홀연, 심복이 와서 말하기를

"일이 이미 누설되어서 등애군이 대패하여, 그가 살았는지 죽었는지도 알 수 없습니다."

하거늘, 왕관이 크게 놀라서 사람을 보내 초탐하게 하였더니, 돌아와 보고하기를 3로에서 병사들이 에워싸고 짓쳐 오는데, 배후에서 흙먼지가 일어나며 사방에 길이 없나이다 한다. 왕관이 좌우에게 불을 놓으라 해서 양초를 실은 수레가 다 타버렸다. 삽시간에 불길이 치솟고 불길이 하늘을 태웠다.

왕관이 큰 소리로 말하기를,

"일이 이미 급하게 되었다! 너희들은 마땅히 싸우다가 죽어야 한다!"

고 소리치며, 군사들을 이끌고 급히 서쪽으로 짓쳐 나갔다. 그 뒤에서 강유는 3로에서 추격해 왔다.

강유는 왕관이 생명을 도모하기 위해 위나라로 도망갈 줄만 알았지, 오히려 한중으로 짓쳐 갈 줄은 상상도 못하였다. 왕관은 군사들이 적기 때문에 추격병들에게 따라잡힐까봐, 마침내 잔도와[24] 각 애구의 관애(關隘)들을 다 불태워 버렸다.

강유는 한중을 잃을까 저어하여 더 이상 등애를 추격하지 못하고, 병사들을 데리고 밤을 도와 소로로 해서 앞질러 왕관을 추격하였다. 왕관은 사면에서 촉병들의 공격을 받아 흑룡강에 투신해 죽고 나머지 군사들을 다 강유에게 붙잡혀 갱에 묻혔다. 강유가 비록 등애에게 이겼으나 많은 양초들을 잃었고 또 잔도가 훼손되어 결국 한중으로 돌

---

24) **잔도(棧道)** : 잔각(棧閣)·벼랑길. 「잔각」(棧閣). [戰國策]「**棧道** 千里通於蜀漢」. [漢書 張良傳]「良因說漢王 燒絕**棧道** 示天下無還心 (注) **棧道** 閣道」.

아오고 말았다.

등애는 부하 패병들을 이끌고 기산의 영채에 돌아와서, 천자에게 죄를 청하는 표주를 올리고 스스로 직을 깎아내렸다.

그러나 사마소는 등애가 여러 차례 큰 공이 있었기 때문에, 차마 저의 벼슬을 깎아내리지 못하고 도리어 후한 상급을 더하였다. 등애는 원래 받았던 재물과 다시 받은 재물들을 피해를 입은 장사들에게 나누어 주었다.

사마소는 촉병들이 또 나올까 두려워하여 드디어 5만의 군사를 더하여 등애에게 방어하게 하였다. 강유는 밤을 도와 잔도를 보수하고, 또 출사할 일을 의논하였다.

이에,

잔도를 다시 보수하고 계속해 진병하니
중원을 정벌하는 일은 죽어야 끝나리라.
　連修棧道兵連出
　不伐中原死不休.

그 승부가 어찌 되었는지는 알 수가 없다. 하회를 보라.

제115회

후주는 참소를 믿고 철군하라 조서를 내리고
강유는 둔전한다고 칭탁해서 화를 피하다.

詔班師後主信讒
託屯田姜維避禍.

한편, 촉한 경요 5년 겨울 10월.

대장군 강유는 사람을 시켜 밤새워, 잔도를 보수하고 군사들을 정
비하며 군량과 병장기를 정비하였다. 또한 한중의 수로에 선박들을
배치하였다. 모든 것이 완비가 되자 후주에게 표문을 올려 아뢰었다.

신이 여러 번 출전하여 비록 대공은 세우지는 못했으나, 이미 위
군들의 간담을 서늘케 하였나이다. 이제 병사들을 훈련시킨 지 오
래되었으니 싸우지 않으면 나태해지게 됩니다. 오늘 또 나태해지면
병이 나는 법이옵니다. 하물며 이제 군사들은 죽음을 본받고자 하
고 장수들은 명을 기다리고 있습니다. 신이 만일 이기지 못하면 마
땅히 죽을 죄를 받겠나이다.

하였다. 후주는 표문을 보고 머뭇거리며 결단을 내리지 못하였다.

초주가 반열에서 나와서 아뢰기를,

"신이 밤에 천문을 보니, 서촉의 들판에서 장성이 어두어 밝지 못하

였습니다. 이제 대장군이 또 출사하고자 하시니, 이번 길이 심히 불리한 줄 압니다. 폐하께서는 조서를 내리시어 이를 그치게 하옵소서."

하니, 후주가 말하기를

"이번에 가서 결과를 보아 실수가 있으면 그때 막겠소이다."

하였다.

초주가 재삼 간곡히 권하였으나 따르지 않자, 귀가하여 탄식하여 마지않았다. 그리고는 칭병하고 나가지 않았다.

한편, 강유는 흥병에 임해 요화에게 말하기를,

"내 이제 출사하면서, 중원의 회복을 다짐하려 하는데 먼저 어느 곳을 취하는 게 좋겠소이까?"

하고 물으니, 요화가 권유한다.

"매해 북벌에 나서니 군민들 모두가 평안하지 못합니다. 게다가 위에는 등애란 인물이 있는데, 그는 지모가 많기 때문에 등한히 대할수 있는 무리가 아닙니다. 장군께서는 억지로 이 일을 하려 하십니다. 이 일에 대해 저는 찬성할 수 없습니다."

하거늘, 강유가 발연대로하며,

"승상께서는 여섯 번이나 기산에 출사하셨으니 또한 나라를 위한출사였소이다. 내 이제 여덟 번째 북벌에 나서는데 이를 어찌 개인의사사로움이겠소? 이번에는 마땅히 먼저 조양(洮陽)을 취할까 하오. 자네가 내 뜻을 거역한다면 참할 수밖에 없소이다!"

하였다.

그는 요화로 한중을 지키게 하고, 직접 제장들과 함께 30만 대군을거느리고 곧장 조양을 취하러 갔다. 일찍이 천구(川口) 사람이 이 소식을 기산의 영채에 보고하였다. 그때, 등애는 사마망과 병사에 대해 말하고 있었는데 이 보고를 받고 사람을 보내 초탐하라 하였다. 돌아와서 보고하기를 촉병들이 다 조양으로 향하고 있습니다 한다.

사마망이 묻기를,

"강유는 계교가 많은 인물이니 거짓 조양을 취하려 하는 체하며, 실제로는 기산으로 오는 것 아닐까요?"

하거늘, 등애가 대답하기를

"지금 강유는 실제로 조양을 취하려는 것일 겝니다."

하거늘, 사마망이 묻기를

"공은 어찌 그리 확언을 하오?"

하니, 등애가 대답한다.

"전에 강유는 여러 차례 와서 우리의 양곡이 있는 곳을 취하려 한 적이 있는데, 지금 조양에는 양곡이 없습니다. 강유는 반드시 우리가 기산만 지키고 조양을 지키지 않으리라 생각하여 지름길로 조양을 취하여 이 성을 얻는다면, 양곡을 쌓아 놓고 강인과 연계함으로써 장구한 계책을 도모하려는 것입니다."

하였다.

사마망이 또 묻기를

"그렇다면 어찌 해야겠소이까?"[1]

하거늘, 등애가 말하기를

"이곳의 군사들을 모두 철수시킨 후 군사들을 둘로 나누어서 조양을 구하러 가야합니다. 조양에서 25리 떨어진 곳에 후하(侯河)란 작은 성이 있는데, 이는 조양으로 가는 요충지입니다.[2] 공은 일군을 이끌

---

1) 어찌 해야겠소이까[如之奈何] : 그렇다면 어찌하면 좋소. [詩經 秦風篇 晨風] 「如何如何 忘我實多」. [宋玉 神女賦] 「王曰 狀如何」.

2) 요충지입니다[咽喉之地] : 아주 중요한 지역. 「인후」. [戰國策 秦策] 「頓子曰 韓天下之咽喉 魏天下之胸腹」. [三國志 蜀志 楊洪傳] 「漢中 益州咽喉 若無漢中 則無

고 조양에 매복하면서 군기를 숨기고 고각을 쉬게 하고 있다가, 사대
문을 크게 열고 이리이리 하십시오. 나는 일군을 이끌고 후하에 매복
해 있다가 저를 들이치면 반드시 대승을 거둘 것입니다."
하고, 계획이 이미 정해지자 각기 계획한 곳으로 떠났다. 단지 편장
사찬을 남겨 기산의 영채를 지키게 하였다.

한편, 강유는 하후패에게 전부를 맡게 하고 먼저 일군을 이끌고 가
서 조양을 취하려 하였다. 하후패는 병사들을 이끌고 진군하여 조양
가까이 갔으나, 성 위에 한 개의 깃발도 보이지 않고 사대문이 활짝
열려 있는 것을 보고 의심이 들어 입성하지 못하고 있었다.

여러 장수들을 돌아보며 묻기를,

"거짓 사술이 아닐까?"

하니, 제장들이 말하기를

"눈으로 보기에는 성이 비어 있고, 단지 몇몇 백성들만 있는 것 같
습니다. 대장군의 군사들이 이르자 성을 버리고 달아났나 봅니다."
하였다.

하후패는 이를 믿지 않고 직접 말을 타고 성의 남쪽에 가서 보았다.
성 뒤로 노인과 어린애들이 수없이 많이 있다가 다 서북쪽으로 달아
났다.

하후패가 크게 기뻐하며,

"과연 빈 성이구나"

하며, 마침내 짓쳐 들어갔다.

그리고 남은 군사들이 뒤따라 진군 하였다. 막 옹성3) 주변에 이르자

蜀矣」.

3) 옹성(甕城): 월성(月城). 성문을 엄호하려고 성 밖에 반달 모양으로 쌓은
성. [元史 順帝紀]「詔京師十一門 皆築甕城 造弔橋」. [武備志]「甕城 大城外之小

홀연 방포소리가 들리고 성 위에서 고각이 일제히 울리며 깃발이 두루 꽂히면서 적교가 올라갔다.

하후패가 놀라며 묻기를,

"계책에 빠졌다."

고 외치며 창황히 물러나려 할 때에, 성 위에서 화살과 돌멩이가 비 오듯 했다.[4] 가련하구나, 하후패와 5백여 군사들이 다 성 아래에서 죽었다.

후세 사람이 이를 한탄한 시가 전한다.

대담한 강유, 전술에 뛰어나건만
누가 등애의 방어를 알았으리오.
大膽姜維妙算長
誰知鄧艾暗隄防.

가련하구나, 한나라에 투항한 하후패여!
순간에 성 위에서 쏟아지는 화살에 죽다니.
可憐投漢夏侯霸
頃刻城邊箭下亡.

사마망이 성내로부터 짓쳐 나가자 촉병들은 대패하여 달아났다. 뒤따라 강유의 접응병들이 들이닥쳐 사마망을 물리치고 성 곁에다 하채

城也」.

4) 화살과 돌멩이가 비 오듯 했다[矢石如雨] : 화살과 돌멩이가 비 오듯함. [史記 晉世家]「矢石之難 汗馬之勞 此復受次賞」. [史記 仲尼 弟子傳]「自被堅執銳 以先受 矢石 如渴得飮」.

하였다. 강유는 하후패가 화살에 맞아 죽었다는 소식을 듣고 슬퍼마지 않았다.5) 이날 밤 2경에 등애는 후하성에서 몰래 일군을 이끌고 촉군의 영채에 잠입했다.

촉군들이 큰 혼란에 빠지고 강유는 미처 수습을 하지 못하고 있는데,6) 성위에서 고각이 하늘을 울리고 사마망이 군사들을 이끌고 짓쳐 와서 양쪽에서 협공하자 촉병들을 대패하였다. 강유는 좌충우돌하며7) 죽기로써 싸워 겨우 벗어나 20여 리나 물러나 하채하였다. 촉병들은 두 번이나 패한 끝이라 마음속에 크게 동요하였다.

강유는 제장들에게 말하기를,

"승패는 병가에서 흔히 있을 수 있는 일이다.8) 지금 비록 군사들과 장수들을 잃었으나 너무 걱정할 것 없다. 성패는 이번 싸움에 달려있으니 자네들은 시종이 변함 없어야 한다.9) 다시 퇴군을 입에 올리는 자는 참하리라."

하자, 장익이 앞으로 나서며

---

5) 슬퍼마지 않았다[嗟傷不已] : 한탄하며 슬퍼하나 어찌할 수 없음. 「차도」(嗟悼). [潘岳 詩]「聖王嗟悼」. 「불이」. [詩經 頌篇 維天之命]「維天之命 於穆不已」.

6) 미처 수습을 하지 못하고 있는데[禁止不住] : 「금지부득」(禁止不得). 하지 못하게 하려 했지만 말릴 수가 없음. 「부주」. [沈約 千佛頌]「不常不住 非今非曩」. [李白 過白帝城詩]「兩岸猿聲啼不住」.

7) 좌충우돌(左衝右突) : 동충서돌(東衝西突). 이리저리 닥치는 대로 마구 찌르고 치고받고 함. [桃花扇 修札]「隨機應辯的口頭 左衝右擋的臂力」.

8) 승패는 병가에서 흔히 있을 수 있는 일이다[兵家之常] : 「병가지상사」(兵家之常事). 전장에서의 승패는 흔히 있을 수 있는 일임. '실패는 있을 수 있는 일이므로 낙심하지 말라'는 비유로 쓰이는 말임. [唐書 裴度傳]「帝曰 一勝一負 兵家常勢」. 「승부」. [韓非子 喩老]「未知勝負」.

9) 시종이 변함 없어야 한다[始終勿改] : 처음과 나중이 바뀌지 않음. 「시종여일」(始終如一). 「시종일관」(始終一貫). [史記 秦始皇紀]「先王見始終之變 知存亡之機」. [史記 惠景開候者年表]「咸表始終 當世仁義成功之著者也」.

"위병들은 다 이곳에 있으니 기산은 필시 비어 있을 것입니다. 장군께서는 병사들을 정비하여 등애와 싸워 조양과 후하 등을 공격하십시오. 저는 일군을 이끌고 가서 기산의 아홉 영채를 취하고, 곧바로 군사들을 몰아 장안으로 가겠습니다. 이것이 상계(上計)일 것입니다."

하였다.

강유는 그의 말대로 곧 장익에게 촉군을 이끌고 가서 기산을 취하라 하였다. 그리고 자신이 직접 군사들을 이끌고 후하에 이르러, 등애에게 싸움을 걸었다. 등애가 군사들을 이끌고 나와 맞아 양군이 원을 그리며 대치하였다. 두 사람이 나와 싸우기 10여 합이 되어도 승부가 갈리지 않거늘, 각자가 병사들을 거두어 영채로 돌아갔다.

다음 날, 강유가 또 군사들을 이끌고 나가서 싸움을 돋우었으나 등애는 병사들을 진정시키고 나오지 않았다. 강유는 군사들에게 욕을 하게 하였다.

등애가 깊이 생각하기를,

"촉나라 병사들이 나에게 일진을 크게 패하고도 전연 물러나지 않고 연일 와서 싸움을 돋우고 있으니, 필연 군사들을 나누어서 기산의 영채를 엄습하러 갔을 것이다. 장수 사찬에게 영채를 지키게 하였으나, 군사들이 적고 지모가 부족한 인물이니 필연코 패할 것이매 내 당장에 가서 저를 구해야겠다."

하고는, 이에 아들 등충을 불러서

"네가 신경을 써서 이곳을 지키거라. 저들이 싸움을 돋우어도 가벼이 나가지 말거라. 나는 오늘 밤에 군사들을 이끌고 기산에 가서 저들을 구응해야겠다."

하고, 이날 밤 2경에 강유는 마침 영채 안에서 계책을 세우고 있었는데, 홀연 영채 밖에서 함성이 지축을 흔들고 고각 소리가 하늘로 퍼졌다. 군사들이 와서 등애가 3천의 정병들을 이끌고 야전을 하려고 왔으며 제장들과 나가려 한다는 보고가 들어왔다.

강유가 저들을 막으며 말하기를,

"경솔하게 움직이지 말거라."[10]

하였다.

원래 등애는 병사들을 이끌고 촉병들의 영채 앞에 이르러, 두루 초탐을 하고 그 틈에 기산으로 가려고 했던 것이었다. 등충은 직접 성중에 들어갔다.

강유가 제장들을 불러 말하기를,

"등애가 거짓 야전을 하는 체하고는 반드시 기산의 영채로 갔을 것이외다."

하고, 이에 부첨을 불러서 권유하기를

"자네가 이 영채를 지키게. 절대로 가벼이 나가 적들과 싸우지 말게나."

하며 부탁하고, 직접 3천여 병사들을 이끌고 장익을 도우러 갔다.

한편, 장익은 막 기산에 도착하여 위군의 영채를 공격했다. 그러나 영채를 지키던 장수 사찬은 병사들이 적어 지탱해내지를 못하였다. 거의 깨뜨려 가고 있는데, 홀연 등애의 병사들이 짓쳐와 촉병들은 대패하였다. 등애는 장익을 거너산 후미로 몰아넣고 퇴로를 끊었다. 마침 당황하고 급박해진 순간에 홀연, 함성소리가 크게 일고 고각이 하늘로 울려퍼지더니 위병들이 어지러이 물러났다.

좌우가 다 말하기를,

---

10) 경솔하게 움직이지 말거라[勿得妄動] : 경솔하게 움직여서는 아니됨. 「경거망동」(輕擧妄動). 가볍고 분수없이 행동함. [韓非子 難四]「明君不懸怒 懸怒則臣懼罪 輕擧以行計 則人主危」. 「망동」. [戰國策 燕策]「今大王事秦 秦王必喜 而趙不敢忘動矣」.

"대장군 강백약께서 짓쳐 오신다."

하거늘, 장익이 승세를 타고 병사들을 몰고 나가 곧 호응하였다. 위군들은 협공을 당하자 등애의 일진은 꺾여서 급히 퇴각하여, 기산의 영채에 들어가 나오지 않았다. 강유는 사방에서 포위하고 공격하였다.

이야기는 둘로 갈린다.

한편, 후주는 성도에 있으면서 환관 황호의 말만 믿으며, 또 주색에 탐닉하며 조정을 다스리지 않았다. 그때, 대신 유염(劉琰)의 처 호씨(胡氏)가 절색이었다. 이로 인해 입궁하여 조정에서 황후를 뵙게 되었는데, 황후는 유씨를 궁중에 머물게 하고 한 달이 되어서야 비로소 내보냈다.

유염은 그 아내가 후주와 사통하였을 것으로 의심하고, 이에 장하의 군사 5백여 명을 앞에 불러 세우고 그 아내를 묶어, 군사들마다 신짝으로 그 얼굴을 수십 차례씩 치게 하여 거의 죽다가 살아나게 되었다. 후주가 듣고 크게 노하여 유사에게[11] 유염의 죄를 의논하게 하였다.

유사가 의논을 정하고 말하기를,

"군사들은 아내를 매질하기 위해 있는 사람들이 아니며 얼굴은 형을 받는 곳이 아니니, 저자에 내어다가 참하는 것이 합당하다."[12]

하여, 마침내 유염은 참을 당하게 되었다.

---

11) 유사(有司): 단체의 사무를 맡아보는 직무. 관리. [書經 入政篇]「文王罔攸兼于庶言庶獄庶愼 惟**有司**之牧夫 是訓用違 庶獄庶愼」. [儀禮 聘禮]「**有司**二人 牽馬以從出門」.

12) 저자에 내어다가 참하는 것이 합당하다[合當棄市]: 저자에 내다 참하는 것이 합당하다고 결안하였음. 「결안」(結案)은 사형을 결정한 문안(文案)을 뜻함. [宣和遺事 前集 下]「楊志上了枷 取了招狀 送獄推勘 **結案** 申奏文字回來」.

이때부터 명부에게는[13] 입조가 허락되지 않았다. 그러나 한 때 관료들은 후주가 황음무도한[14] 것에 대해, 많은 사람들이 의심하거나 원망하였다. 이에 현인들은 점점 줄어들고 소인배들이[15] 날로 늘어났다. 이때, 우장군 염우(閻宇)는 전혀 공이 없었다. 그러나 황호에게 아부하여[16] 마침내 높은 관직을 얻게 되었다.

강유가 병사들을 거느리고 기산에 있을 때에, 황호가 후주에게 말하기를

"강유는 여러번 나가 싸웠으나 전혀 공이 없으니 염우에게 저를 대신하게 하소서."

하였다.

후주는 그의 말에 따라 사신에게 조서를 보내어 강유를 불러들이려 하였다. 강유는 마침 기산에서 위병들의 영채를 치고 있었는데, 홀연 하루에 세 번씩이나 조서가 이르러 회군하라 하였다. 강유는 명을 존중해서 먼저 조양의 군사들을 퇴각시키고, 그 다음에 장익과 함께 서서히 퇴각하였다.

등애는 영채에 있다가 한밤중에 고각 소리가 울려 퍼지매, 무엇 때

---

13) 명부(命婦) : 내명부·외명부 등 '봉작을 받은 부인'을 통틀어 일컫는 말. [宋史 職官志]「外命婦之號 曰國夫人 曰郡夫人 曰淑人 曰碩人 曰令人 曰恭人 曰宜人 曰安人 曰孺人」. [禮記 曾子問大夫內子有殷事 疏]「大夫妻曰 命婦」.

14) 황음무도[荒淫] : 「황음무도」(荒淫無道). 술과 계집에 빠져 사람의 마땅한 도리를 돌아보지 아니함. [詩經 齊風篇 鷄鳴序]「哀公荒淫怠慢」. [文選 司馬相如 上林賦]「欲以奢侈相勝 荒淫相越」.

15) 소인배들이[小人] : 서민(庶民). 군자(君子)의 대개념으로 '덕이 없는 사람'을 뜻함. [論語]「顏淵篇」「子曰 君子成人之美 不成人之惡 小人反是」. [同書]「君子之德風 小人之德草」. [管子 立政]「寧過於君子 而毋失於小人」.

16) 아부(阿附) : 아첨하여 좇음. [漢書 王尊傳]「皆阿附 畏事顯 不敢言」. [三國志 魏志 武帝操傳]「有十餘縣長吏 多阿附貴戚 贓汚狼籍」.

문인지 알 수가 없었다. 날이 밝아서야 군사들이 와서, 촉병들이 다 퇴각하고 빈 영채만 남았습니다 한다. 등애는 무슨 계책이 있을 것이라 의심하여 감히 추습하지 못하였다.

강유는 곧장 한중에 도착해서 인마들을 쉬게 하고, 사신과 함께 성도에 들어가 후주를 뵈었다. 후주는 계속 10여 일간 조회에 참석하지 못하고 있어서, 강유는 마음속에 의혹이 생겼다. 이날 동화문에 이르러 비서랑 극정(郤正)을 만났다.

강유가 묻기를,

"천자께서 나에게 반사하라 부르셨는데, 공은 그 연고를 아시오?"

하자, 극정이 웃으면서 말하기를

"대장군께서는 어찌 이제껏 모르고 계시나요. 황호가 염유로 하여금 공을 세우게 하려고 조정에 아뢰어, 조서를 내려 장군을 돌아오시게 한 것입니다. 이제 들으니 등애란 자가 용병을 아주 잘한다 하는데, 이로 인해 그 일이 중지되고 있는 형편입니다."

하였다.

강유가 크게 노하여 말하기를,

"내 반드시 이 내시놈을 죽이겠소."

하자, 극정이 만류하며 말하기를

"대장군께서는 무후의 일을 계승하셔서 큰 직책을 맡으셨는데, 어찌 이같이 경솔하십니까?17) 만약 천자께서 용납하지 않으신다면 도리어 불미스런 일이 될 것입니다."

하거늘, 강유가 사례하며 말하기를

---

17) 어찌 이같이 경솔하십니까[造次] : 「조차간」(造次間). '아주 급작스러운 때'의 뜻임. 「조차전패」(造次顚沛). '조차'는 창졸(倉卒)한 때, 전패는 엎드러지고 자빠질 때의 뜻. [論語 里仁篇]「君子無終食之閒違仁 造次必於是 顚沛必於是」.

"선생의 말씀이 옳습니다."

하고, 물러 나왔다.

다음 날 후주와 황호가 후원에서 술자리를 벌이고 있을 때 강유는 몇 사람만 데리고 곧장 들어갔다. 벌써 이 일을 황호에게 알려 준 사람이 있어서, 황호는 급히 호산(湖山) 뒤로 피했다.

강유가 이르러 후주에게 절하고 울면서, 아뢰기를

"등애가 기산에서 곤궁에 빠져 있는데 조서가 세 번씩이나 연달아 와서 신을 조정으로 부르시니, 폐하께서는 무슨 생각을 하고 계신지 알 수가 없나이다."

하니, 후주께서는 한참을 말이 없으셨다.

강유가 또 아뢰기를,

"이제 황호가 간계를 부려 권력을 휘두르고 있으니 이는 영제 때 십상시와18) 같습니다. 폐하께서는 가까이는 장량(張讓)의 예를 보시고 멀리는 조고의19) 예를 보시옵소서. 일찍이 이 사람을 죽이셔야 조정은 당연히 맑아지게 되고20) 중원도 회복하실 수 있습니다."

하니, 후주가 웃으며 말하기를

---

18) 십상시(十常侍) : 10명의 중상시. 산기상시(散騎常侍). 진이 만든 제도였는데 그때는 중상시(中常侍)만 두었으나, 황초(黃初)에 이를 부활시켜 천자를 모시며 잘못을 간하는 임무를 맡게 함. [中文辭典]「官名 秦置散騎與中常侍散騎竝乘與 專獻可替否」.

19) 조고(趙高) : 진(秦)의 환관으로 강력한 힘을 가지고 있었는데, 이세(二世) 호해(胡亥)에게 사슴을 바치면서 말이라 했던 인물임. 이는 '윗사람을 농락하여 권세를 마음대로 함'을 이르는 말임. [史書 秦始皇紀]「趙高欲爲亂 恐群臣不聽 乃先說驗 持鹿獻二世 曰馬也 二世笑曰 丞相誤耶 謂鹿爲馬 問左右 左右或默 或言馬 以阿順趙高 或言鹿者 高因陰中諸言鹿者以法 後群臣皆畏高」.

20) 맑아지게 되고[淸平] : 「청정평치」(淸靜平治). [後漢書 杜詩傳]「政治淸平」. [文選 班固 兩都賦序]「海內淸平 朝廷無事」.

"황호는 일개 소신(小臣)에 지나지 않으니 전권을 준다 해도 또한 쓰지 못할 것이오. 옛날 동윤이 늘 황호에게 몹시나 한을 품어21) 짐은 심히 괴이하게 생각하였소. 이제 경까지 무엇 때문에 그러는 게요?"

하였다.

강유가 머리를 조아리며22) 아뢰기를,

"폐하, 지금 황호를 죽이지 않으신다면, 머지않아 화를 당하시게 될 것입니다."

하니, 후주가 묻기를

"'사랑하면 그가 살기를 바라고 미워하면 그가 죽기를 바란다.'23) 했소. 경은 어찌해서 한낱 환관을 용납하지 못하오?"

하시며 근시에게 명하여, 호산의 옆에 가서 황호를 불러오게 하여 정자 아래에 오자 강유에게 죄를 자백하라 하였다.

황호가 울며 절하고 강유에게 말하기를,

"저는 다만 성상을 뫼실 뿐이옵나이다. 그리고 조정의 일에 전혀 간여하지 않고 있습니다. 장군께서는 밖의 사람 말만을 듣고 저를 죽이

---

21) 몹시나 한을 품어[切齒恨] : 이를 갈 만큼 큰 원한. 「절치부심」(切齒腐心). 몹시 분해서 이를 갈며 속을 썩임. 「절치액완」(切齒扼腕). 치를 떨고 옷소매를 걷어 올리며 몹시 분개하는 것. [史記 刺客 荊軻傳]「樊於期偏袒 搤椀而進曰 此臣之日夜切齒腐心 (注) 切齒 齒相磨切也」. [戰國策 燕策]「荊軻私見樊於期曰 願得將軍之首 以獻秦王 秦王必喜而召見臣 臣左手把其袖 右手揕其胸 則將軍之仇報 而燕國見陵之恥除矣 樊於期曰 此臣之日夜切齒扼腕 乃今得聞教 遂自刎」.

22) 머리를 조아리며[叩頭] : 머리를 조아리고 경의를 나타냄. [正字通]「叩 稽顙曰 叩首」. [周祈 名義考 人部]「叩首 以手至首也……叩頭 以首至地也」. [漢書 朱雲傳]「左將軍辛慶忌 免冠解印綬 叩頭殿下」. [三國志 吳志 吳範傳]「叩頭流血 言與涕泣」.

23) 사랑하면 그가 살기를 바라고 미워하면 그가 죽기를 바란다 : 원문에는 '愛之欲其生 惡之欲其死'로 되어 있음. [論語 顏淵篇]「愛之欲其生 惡之欲其死 既欲其生 又欲其死 是惑也」.

고자 하시는 것입니다. 저의 목숨이 장군에게 달려 있으니, 오직 장군께서만 어여삐 여겨 주시옵소서"

하고 말이 끝나자, 머리를 조아리며 눈물을 흘렸다.

강유가 분해하며 나와서 곧 극정에게 가서 이 일을 알려 주었다.

극정이 말하기를,

"장군께서는 머지않아 화를 당하실 것입니다. 장군께서 만에 하나 위태로워지신다면 나라 또한 망하게 될 것입니다."

하거늘, 강유가 청한다.

"선생께서 부디 저에게 보국 안신책을²⁴⁾ 가르쳐 주시기 바랍니다."

하니, 극정이 대답하기를

"농서의 한 곳에 가시면 답중(畓中)이란 곳이 있는데, 이곳은 땅이 아주 비옥합니다. 장군께서는 '무후께서 둔전하셨던 일을 본받으려 합니다.'라고 천자께 아뢰고, 답중에 가서 둔전을 하세요. 첫째는 보리를 얻으니 군량을 보탤 수 있고, 둘째는 농우의 여러 군들을 도모하실 수 있습니다. 셋째로는 위인들이 감히 한중을 넘보지 못할 것이며, 넷째는 장군께서 재외의 병권을 장악하실 수 있어서 사람들이 도모할 수 없게 될 것이니 화를 당할 수 없을 것입니다. 이것이 보국 안신지책이오니 마땅히 실행해야 합니다."

하거늘, 강유가 크게 기뻐하며 말하기를

"선생의 말씀은 금과옥조입니다."²⁵⁾

---

24) 보국 안신책[保國安身]: 나라를 보호하여 지키고 자신을 안전하게 함. 「안신입명」(安身立命). 신념에 안주하여 신명(身命)의 안위를 조금도 걱정하지 않음. [傳燈錄 卷十]「安身立命」. [水滸傳 第一回]「那里長用人去處 足可安身立命」.

25) 금과옥조입니다[金玉之言]: 금과옥조(金科玉條)와 같은 말. [文選 揚雄 劇秦美新]「懿律嘉量 金科玉條 神卦靈兆 古文畢發 炳煥照耀」.

하고, 물러나왔다.

다음 날 강유는 후주에게 표주를 올려 답중에 가서 거기에 둔전을 하겠다고 하며, 무후의 일을 본받겠다 하였다. 후추는 그의 말대로 하였다.

강유는 드디어 한중으로 돌아가 여러 장수들을 모아 놓고 말하기를,

"내가 여러 번 출사하였으나 양곡이 부족하여 성공을 하지 못하였소. 내 지금 8만 명을 데리고 답중에 가서 보리를 심고 둔전을 하여 서서히 진취를 도모하려 하오. 자네들도 오랜 전투에 수고했으니, 오늘부터는 병사를 거두고 곡식을 가꾸며 한중으로 물러나서 지키도록 하시오.

위병들은 천리나 되는 거리를 양곡을 운반하기 위하여 험한 산을 지나고 준령을 넘으면, 자연 피곤하고 곤핍해 있을 것이오. 피곤하고 곤핍해지면 반드시 물러갈 것이니, 그때 피로를 틈타서 엄습하면 승리할 수 있을 것이외다."

하고, 마침내 호제(胡濟)에게 한수성(漢壽城)을 지키게 하고 왕함에게는 낙성(樂城) 장빈에게는 한성(漢城), 장서와 부첨에게는 함께 관과 애구를 지키게 하였다. 강유 자신도 직접 8만 병사들을 이끌고 답중에 가서 보리를 심으면서 장기적인 계획을 하였다.

한편, 등애는 강유가 답중에 가서 둔전을 하고 있다는 보고를 받았다. 그리고 길가에 40여 개의 영채를 운영하고 있는데, 연락이 서로 끊이지 않아 마치 장사(長蛇)의 형세와 같이하고 있다는 소식을 들었다. 등애는 마침내 세작에게 명하여 그 지형을 자세히 살피게 하여 도본을 만들고, 그 내용을 자세히 신주26)하였다.

---

26) 신주(申奏) : 계품(啓稟) · 계주(啓奏). 임금에게 알림. [宋書 孝武帝紀]「百晬

진공(晉公) 사마소가 그것을 보고 크게 노하여,

"강유가 여러 번 중원을 침범하였지만 저들을 소멸하지 못하였으니, 이는 내 마음속의 근심덩이가 되었다."

하니, 가충이 말하기를

"강유는 공명의 병법을 전수했기 때문에 쉽게 물리치기 어렵습니다. 모름지기 지모와 용맹이 있는 장수를 골라 가서 저를 찔러 죽이게 하신다면, 군사를 동원하는 수고로움을 피할 수 있나이다."

하거늘, 종사중랑 순욱(荀勖)이 묻기를

"그렇지 않습니다. 이제 후주 유선은 주색에 탐닉해 황호만 믿고 있으며, 대신들은 다 화를 피할 수 있는 일에만 관심이 있는 상태입니다. 강유는 답중에 둔전하며 화를 피할 계획만 하고 있으니, 만약에 장군께서 명을 내려 저들을 치게 하신다면 꼭 승리할 수 있을 것입니다. 무엇 때문에 자객을 보내십니까?"

하였다.

사마소가 크게 웃으면서 말하기를,

"이 말이 최선이다. 내가 촉을 정벌하려 하는데 누가 이를 맡겠는가?"

하니, 순욱이 권한다.

"등애는 천하의 명장입니다.27) 게다가 종회를 부장으로 데리고 가면 이 일을 성공할 수 있을겝니다."

하매, 사마소가 크게 기뻐하며,

"이 말이 내 생각과 꼭 같소이다."

庶尹 下民賤隷……皆聽躬自**申奏** 大小以聞」. [蘇軾 上神宗皇帝書]「若材力不辨與修 便許**申奏**贊換」.

27) 천하의 명장입니다[世之良材] : 세상에서 쓸 만한 인재. [左氏 哀 十七]「糜曰 必立伯也 是**良材**」. [國語 周語 下]「衛彪僕曰 夫周 高山廣川大藪也 故生**良材**」.

하였다.

이에 종회를 불러들여서 묻기를,

"내 자네를 대장을 삼아 가서 동오를 정벌하려 하는데 어떤가?"

하니, 종회가 묻기를

"주공의 생각은 본디부터 오나라를 정벌하려 하지 않으시고, 실상은 촉을 정벌하려 하시는 게 아닙니까?"

하거늘, 사마소가 크게 웃으면서

"자성(子誠)이 내 마음을 알고 있구려. 다만, 경이 가서 촉을 정벌한다면 당장 어떤 계책을 쓰겠소이까?"

하니, 종회가 도본을 드리며 말하기를

"제 생각에 주공께서 촉을 정벌하심을 알고, 이미 만든 도본이 여기에 있습니다."

하며, 사마소에게 펼쳐 보인다. 도본 중에는 가는 길·하채할 안전한 장소·양초를 쌓아둘 곳 등이 자세히 그려져 있었고, 어디로 해서 나가고 어디로 물러날지가 하나하나 다 병법에 맞게 그려져 있었다.

사마소가 도본을 보고 크게 기뻐하며,

"자네는 진정 양장일세![28] 경이 등애와 합병하여 촉을 취하면 어떻겠는가?"

하니, 종회가 권유하기를

"촉천(蜀川)은 땅이 넓습니다. 한 길로만 진병해서는 아니 됩니다. 마땅히 등애와 군사들을 나누어 각자가 진군하는 것이 좋을 것입니다."

하였다.

사마소는 마침내 종회에게 진서장군을 배수하고 절월을[29] 주며 관

---

28) 양장(良將) : 훌륭한 장수. [三略上略]「良將之統軍也 恕己治人 推惠施恩 士力日新」. [淮南子 兵略訓]「良將之用兵 常以積德擊積怨 以積愛擊積憎 何故而不勝」.

중의 인마를 총독하게 하되, 청주·서주·연주·예주·형주·양주 등의 인마를 조발하게 하였다. 한편으로는 사람을 보내 지절을 가지고 가서 등애로 정서장군을 삼고 관외와 농상의 모든 인마를 거느리게 하되, 날짜를 정해 촉나라를 치라 하였다.

다음 날, 사마소는 조정에서 계책을 의논하는데, 전장군 등돈(鄧敦)이 말하기를

"강유는 여러 차례 중원을 범하여 우리 병사들을 아주 많이 죽였습니다. 이제 방어만 하자 해도 오히려 지키기 어려운 판에, 어찌해서 위험한 땅에 들어가서 화와 난을 자청하려 하십니까?"

하거늘, 사마소가 노하여

"내 지금 인과 의를 위해 군사를 일으켜서 무도한 임금을 치려 하는데, 자네는 어찌 감히 내 뜻을 거스리는가?"

하고, 무신에게 끌어내어 저를 참하게 하였다. 얼마 있으려니 등돈의 머리를 계하에서 바치거늘 여러 사람들이 다 크게 놀랐다.[30]

사마소가 말하기를,

"내가 동쪽을 정벌한 이래로 6년간을 쉬며 병사들을 훈련시키고 갑옷을 손질해 왔으니, 다 이미 완비된 상태이고 동오와 서촉을 치려 마음먹은 지 오래이외다. 지금 먼저 서촉을 치기로 정하고 순류지세

---

29) 절월(節鉞) : 「절부월」(節斧鉞). 벼슬을 버린다는 뜻. 「부절」(符節)은 「부계」(符契)라고도 하는데, 옛날에 사신이 가지고 다니던 물건으로 둘로 갈라 하나는 조정에 두고 하나는 본인이 가지고 신표로 썼음. 고급관원이 직권을 행사하던 신표임. [事物紀原]「周禮地官之屬 掌節有玉角虎人龍符璽旌等節 漢文有旌節之制 西京雜記曰 漢文駕鹵簿有節十六在左右 則漢始用爲儀仗也」. [墨子號令]「無符節 而橫行軍中者斷」.

30) 여러 사람들이 다 크게 놀랐다[衆皆失色] : 여러 사람들이 다 놀라 얼굴빛이 변함. 「실색」(失色). [長生殿 刺逆]「四雜軍上 爲何大驚小怪」.

(順流之勢)를 탄 형태로 수륙 양쪽에서 함께 진병하여 동오를 병탄하려는 것이오. 이는 괵을 멸하고 우를 취하는 전법이외다.31)

　내 생각에는 서촉의 장사들 중에 성도를 지키는 자가 8, 9만일 터이고 변경을 지키는 군사가 4, 5만에 지나지 않을 것이오. 강유가 데리고 둔전하는 병사들 또한 6, 7만에 지나지 않을 것이외다.

　내 이미 등애에게 명하여 관외와 농우의 병사 10여 만을 이끌고 강유가 동쪽을 넘보지 못하게 답중에 묶어두라 일렀고, 종회에게 관중의 정예병 2, 30만 명을 이끌고 곧장 낙곡(駱谷)으로 밀고 들어가, 세 갈래로 한중을 기습하라 하였소. 촉주 유선은 어둡고 용열한 인물이오. 그러니 변성은32) 밖에서 무너지고 사녀(士女)들이 안에서 떨게 되면 저들이 무너지는 것은 시간문제외다."

하니, 여러 사람들이 다 배복하였다.

　한편, 종회는 진서장군의 인수를 받고 촉나라를 치기 위해 기병하였다. 종회는 계획이 혹시나 새나갈까 두려워, 곧 오나라를 치러 간다는 명분으로써 청주·연주·예주·형주·양주 등 다섯 곳에서 각각 큰 배를 만들게 하고, 또 당자에게는 등주(登州)·내주(萊州) 등 해변 고을에 가서 해선(海船)들을 모으게 하였다.

　사마소는 그 뜻을 알지 못해, 마침내 종회를 불러 묻기를

　"자네가 육로로 해서 서천을 취할 터인데 어찌해서 배를 만드는가?"

---

31) 이는 괵을 멸하고 우를 취하는 전법이외다[滅虢取虞] : 진(晋)나라가 우(虞)에게 길을 빌어 괵을 치던 계책. 「가도멸괵지계」(假道滅虢之計). 희공(喜公) 2년 진(晋)나라는 우(虞)에게 괵을 치러 가겠다며 길을 빌리고 나서 괵나라를 쳤다. 그러고는 돌아오는 길에 우나라까지 쳐서 멸해버렸다는 고사. [左氏 僖五]「假道于虞 以伐虢」. [孟子 萬章篇 上]「晋人以垂棘之璧 與屈産之乘 假道於虞 以伐虢 宮之奇諫 百里奚不諫」.

32) 변성(邊城) : 변방에 있는 성. [陸雲 又與陸典書]「或生羌狄 或在邊城」.

하니, 종회가 말하기를

"만약에 촉나라에서 우리의 대병이 진군한다는 소식을 들으면, 반드시 동오에 구원을 청할 것입니다. 그래서 먼저 성세를 펴서 오나라를 치는 형세를 취하면, 오나라는 필시 경거망동을 못할 것입니다. 1년 안에 촉나라를 파하게 되면 배도 이미 건조가 끝난 뒤이니, 그때 동오까지 친다면 어찌 순조롭지 않겠습니까?"

하거늘, 사마소가 크게 기뻐하며 날짜를 정해 출사하게 하였다.

이때가 위나라 경원(景元) 24년, 가을 7월 초사흘이었다.

종회가 출사하니 사마소는 성 밖 10여 리까지 나가 전송하였다.

서조연33) 소제(邵悌)가 사마소에게 말하기를,

"이제 주공께서 종회에게 10만의 군사를 거느리고 촉나라를 치게 하셨는데, 어리석은 제 생각에는 종회가 뜻이 크고 생각이 엉뚱한 인물이어서34) 그로 하여금 대권을 장악하게 해서는 아니 됩니다."

하거늘, 사마소가 웃으며 말하기를,

"내 어찌 그걸 알지 못하겠소이까?"

하니, 소제가 묻기를

"주공께서 이미 그 직책을 아시고 계신다면, 어찌해서 다른 사람과 함께 그 직책을 나누어 맡도록 하지 않으셨습니까?"

하였다.

---

33) 서조연(西曹掾) : 공부(公府)의 속관인 연사(掾史). '연'은 연사(掾史)로 공부(公府)의 속관임. '서조'는 부중의 관리임면 · '동조'는 지방 관리의 임면 · '문학연'은 교관(敎官)의 임무를 각각 담당하였음. 「연사」. [史記 長湯傳]「必引正監掾史賢者」. [後漢書 百官志]「郡國皆置諸曹掾史」.

34) 뜻이 크고 생각이 엉뚱한 인물이어서[志大心高] : 뜻이 크고 마음이 높음. '종회(種會)가 대권을 잡으려는 생각을 가지고 있음'을 말하는 것임. [素問 陰陽類論]「上空志心」.

사마소는 몇 마디 말로 소제로 하여금 의심을 풀게 하였다.
이에,

　막 군사를 몰아 적을 치려는 그날에
　벌써 장군께선 발호할35) 줄 알고 계셨네.
　　方當士馬驅馳日
　　早識將軍跋扈心.

그때 사마소가 한 말이 무엇이었는지는 알 수가 없다. 하회를 보라.

---

35) 발호(跋扈) : 제멋대로 날뜀. [後漢書 崔駟傳]「黎共奮以跋扈兮 羿浞狂以恣雎」.
　[三國志 魏志 朱浮傳]「往年赤眉跋扈長安」.

제116회

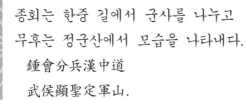

종회는 한중 길에서 군사를 나누고
무후는 정군산에서 모습을 나타내다.

　鍾會分兵漢中道

　武侯顯聖定軍山.

　한편, 사마소는 서조연[1] 소제에게 이르기를,

　"조신들이 다 촉나라를 칠 수 없다고 말하는데, 이는 마음속에 겁을
먹은 탓이오. 만약에 저들에게 억지로 싸우게 한다면 반드시 패하게
될 것이외다. 지금 종회는 혼자서 촉나라를 칠 계책을 세웠는데 이는
그의 마음에는 촉나라에 대한 겁이 없으니 촉나라를 반드시 파할 수
있을 것이외다.

　촉나라만 파한다면 촉나라 사람들의 간담이 서늘해질 것입니다.[2]
'패군지장은 용기를 말하지 않을 것이며 망국대부들은 나라의 장래를
말할 수 없다.'[3] 했소. 그러므로 종회에게 딴 마음이 있다 해도 촉인들

---

1) 서조연(西曹掾): 공부(公府)에 속한 연사. '연'은 연사(掾史)로 공부(公府)의
　 속관임. '서조'는 부중의 관리임면·'동조'는 지방 관리의 임면·'문학연'은 교관
　 (教官)의 임무를 각각 담당하였음. 「연사」. [史記 長湯傳] 「必引正監掾史賢者」.
　 [後漢書 百官志] 「郡國皆置諸曹掾史」.
2) 간담이 서늘해질 것입니다[心膽已裂]: 간담이 다 찢어짐. '몹시 놀란 것'을
　 비유하는 말임. '心膽=肝膽'. [後漢書 光武紀] 「今不同心膽共擧功名 反欲守妻子
　 財物邪」. [三國志 魏志 鍾會傳] 「凡敗軍之將 不可以語勇……心膽已破故也」.

이 어찌 저를 돕겠소이까? 위병들은 이기면 돌아갈 수 있다는 생각에, 절대로 종회를 따라 반란을 일으키지는 않을 것이니 다시 염려할 것이 못되오. 이 말은 나와 자네만 알고 있고 일체 누설해선4) 안 되오이다."
하거늘, 소제가 배복하였다.

한편, 종회는 하채가 끝난 후 장상에 올라 여러 장수들을 모아 놓고 영을 내렸다. 그때, 장수들은 감군 위관(衛瓘)·호군 호열(胡烈)·대장들인 전속(田續)·방회(龐會)·전장(田章)·원정(爰彰)·구건(丘建)·하후함(夏侯咸)·왕가(王賈)·황보개(皇甫闓)·구안(句安) 등 80여 명이었다.

종회가 말하기를,

"반드시 대장 한 사람이 선봉이 되어서 산을 만나면 길을 열고 물을 만나면 다리를 놓아야 합니다.5) 누가 이 일을 감당하겠소?"
하니, 한 사람이 대답하며 나서며

"제가 하겠습니다."
하거늘 종회가 저를 보니, 이에 허저의 아들 허의(許儀)였다.

여러 장수들이 다 말하기를,

"이 사람이 아니면 선봉이 될 수 없습니다."

---

3) 패군지장은 용기를 말하지 않을 것이며……[敗軍之將 不可以言勇] : 전쟁에서 진 장수는 용기에 대해 말하지 못함. '전쟁에 패한 장수는 군사에 대하여 발언할 자격이 없다.'을 뜻함. [吳越春秋 句踐入臣外傳]「范蠡曰 臣聞 **亡國之臣 不敢語政 敗軍之將 不敢語勇**」. [史記 淮陰侯傳]「廣武君辭謝曰 臣聞 **敗軍之將 不可以言勇 亡國之大夫 不可以圖存** 今臣敗亡之虜 何足以權大事乎」.

4) 일체 누설해선[切不可泄漏] : 절대 누설해서는 안 됨. '泄漏=漏泄'로 비밀이 새어나감을 이름. [漢書 賈捐之傳]「**漏泄省中語**」. [三國志 吳志 周魴傳]「仕事或 **漏泄**」.

5) 산을 만나면 길을 열고 물을 만나면 다리를 놓아야 합니다 : 원문에는 '**逢山開 路 遇水疊橋**'로 되어 있음. 「개로」(開路). [漢書 刑法志]「北伐山戎 爲燕**開路**」. [韓偓及第遇堂日作詩]「百辟斂容**開路**看 片時輝林勝圓形」.

하거늘, 종회가 허의를 불러서

"자네는 호체원반의 장수로6) 부자가 다 유명하고 또 지금 여러 장수들이 또한 그대를 보증하네. 자네는 선봉인을 차고 5천의 마군과 1천의 보군을 거느려 지름길로 가서 한중을 취하시게. 군사들을 3로로 나누어 자네가 중로군을 이끌고 야곡으로 가고, 좌군들은 낙곡 우군들은 자오곡으로 가게.

이곳은 다 산이 기구하고 험준한 곳이니 마땅히 군사들에게 명을 내려 길을 닦고 다리를 수보하며, 산을 뚫고 돌을 깨서 장애물이 없도록 하게. 위법함이 있을 것 같으면 반드시 군법으로 다스리겠소이다."

허의가 명을 받고 군사들을 진병시켰다. 종회는 뒤따라가며 10만여 병사들을 이끌고 밤을 도와 길을 재촉하였다.

한편, 등애는 농서에 있으면서 촉을 치라는 조서를 받고 있었다. 등애는 한편으로는 사마망에게 가서 강인을 막게 하고, 또 옹주자사 제갈서(諸葛緒)와 천수태수 왕기(王頎)·농서태수 견홍(牽弘)·금성태수 양흔(楊欣)에게 각기 본부병을 거느리고 와서 명을 받게 하였다.

각처의 군마들이 마치 구름처럼 모여들 무렵에 등애는 밤에 꿈을 꾸었다. 꿈에 높은 산에서 한중을 내려다보는데 홀연 발아래 샘이 있고 거기서 물이 솟고 있었다. 잠깐 동안에7) 놀라서 깨니 온몸이 땀에 젖어 있었다. 마침내 앉아 기다리다가 호위 완소(緩邵)에게 물었다. 완소는 평소 주역에 밝았다.

---

6) 호체원반(虎體猿班): 「호체원견」(虎体猿臂)은 호랑이의 몸에 원숭이처럼 긴 팔이란 뜻으로, 아주 '사납고 용맹스러운 장수'를 표현한 말임. [西廂記 崔鶯鶯夜聽琴雜劇]「故知虎體食天祿 瞻天袞」. 「호체원반」(虎體鴛班)은 '문무백관'을 이름. [西廂記 崔鶯鶯夜聽琴雜劇]「花根本艶公卿子 虎體鴛班將相孫」.

7) 잠깐 동안에[須臾]: 잠깐. 편각(片刻). [漢書 文三王傳]「微行得踰於須臾」. [史記 淮陰侯傳]「足下所以得須臾至今者 以項王尙存也」.

등애가 꿈 이야기를 자세히 하니, 완소가 말하기를

"주역에서 이르기를 '산 위에 물이 있는 것을 건(蹇)이라 합니다. 건이란 서남쪽이 유리하고 동북쪽은 불리한 괘입니다.' 또 공자는 이르기를 '건이 서남에서 이로워 가면 공을 세울 것이고,8) 동북쪽은 불리하니 그 길이 막힌다 하셨습니다.' 장군이 이번 행군에서는 필연 촉군을 이기실 것입니다. 다만 애석한 것은 건괘가 막혀서 돌아오지 못할 수도 있다는 것입니다."

하였다. 등애가 그 말을 듣고 추연히 즐거워하지 않았다.

홀연 종회가 보낸 격문이 이르렀는데, 등애에게 기병을 약속하고 한중에서 합세하자는 것이었다. 등애가 드디어 옹주자사 제갈서를 보내 병사 1만 5천을 이끌고 먼저 가서 강유의 퇴로를 끊게 하고, 그 다음으로 천수태수 왕기를 보내 1만 5천의 군사들을 이끌고 왼쪽으로 답중을 공격하게 하였다.

농서태수 견홍에게 1만 5천의 군사들을 이끌고 오른편으로 답중을 공격하라 하였다. 또 금성태수 양흔에게는 1만 5천의 군사들을 이끌고 감송(甘松)에서 강유의 후미를 요격하라 하였다. 그리고 등애 자신은 3만 병을 이끌고 가서 접응하기로 하였다.

한편, 종회가 출사할 때에 문무 백관들이 성 밖에까지 나와 전송하였는데, 기치가 해를 가리고 갑옷이 번쩍이며 인마들이 웅장하고 위풍이 늠름하였다. 사람들이 다 칭송하는 가운데, 유독 상국참군 유식(劉寔)이 미소만 지으면서 말이 없었다.

---

8) 건이 서남에서 이로워 가면 공을 세울 것이고[蹇利西南 往有功也] : 원문에는 '蹇利西南 往有功也 不利東北 其窮道也'로 되어 있음. [易經 蹇]「蹇 利西南 不利東北 利見大人 貞吉 彖曰 蹇 難也 險在前也 見險而能止 知矣哉 蹇利西南 往得中也 不利東北 其道窮也」. [易經 蹇]「象日 山上有水蹇 君子以 反身修德」.

태위 왕상(王祥)은 유식이 냉소하는 것을 보며, 말에 올라 그의 손을 잡고

"종회와 등애 두 사람이 이번 길에 촉을 평정할 수 있을까요?"

하고 묻자, 유식이 말하기를

"촉나라를 깨뜨리는 것은 틀림없을 게요. 다만 두 사람 다 돌아오지는 못할 것이 걱정이지요."

하였다. 왕상이 그 까닭을 물었으나, 유식은 다만 웃으며 대답하지 않았다.9) 왕상이 이에 대해 더 묻지 않았다.

한편, 위병이 출병하자 벌써 세작들이 답중에 들어가 강유에게 보고하였다.

강유는 곧 이를 후주에게 자세히 알리고,

"청컨대 좌거기장군 장익에게 군사들을 거느리고 양안관(陽安關)을 지키게 하시며, 우거기장군 요화에게는 군사를 거느리고 가서 음평교두(陰平橋頭)를 지키라 하십시오. 이 두 곳은 아주 중요한 요충지이오니, 이 두 곳을 잃는 날이면 한중은 지킬 수 없사옵나이다. 그리고 한편으로는 당장에 사신을 보내 오나라에 가서 구원을 청해야 합니다. 신은 답중에서 군사를 일으켜 적을 막겠나이다."

하였다.

그때, 후주는 경요 6년을 고쳐 염흥(炎興) 원년이라 하였다.

그날 후주는 환관 황호와 같이 궁중에서 유락을 즐기고 있었는데, 홀연 강유의 표주를 접하고는, 곧 황호를 불러서 말하기를

---

9) 웃으며 대답하지 않았다[笑而不答] : 웃기만 할 뿐 대답하지 않음. '굳이 설명할 필요가 없다'는 뜻. [李白 山中問答詩]「問余何意栖碧山 笑而不答心自閑 桃花流水杳然去 別有天地非人門」.

"지금 위나라가 종회와 등애를 보내어 많은 군사를 일으켜 길을 나누어 오고 있다 하니, 이를 어찌하면 좋을꼬?"

하니, 황호가 대답하기를

"이는 강유가 공명을 세우기 위해 천자께 표주한 것이오니, 폐하께서는 마음을 놓으시고 걱정 마시옵소서. 신이 듣기에는 성 안에 한 무당이 있사온데 한 신을 섬겨 길흉을 안다 합니다. 저를 불러서 물어보시옵소서."

하거늘, 후주가 그의 말에 따라 후전에 향과 꽃, 소지와 촛불 등 제사 드릴 예물을 벌여 놓고, 황호에게 명하여 소거(小車)를 타고 궁중으로 청해 들여다가 용상(龍床) 위에 앉히게 하였다.

후주가 분향하고 축원이 끝나자 무당은 갑자기 머리를 풀어뜨리고 발을 벗은 채, 전상에 뛰어올라가 수십 차례나 길길이 뛰면서 두루 돌아다니다가 제상 위를 빙글빙글 돌며 덩실덩실 춤을 춘다.

황호가 아뢰기를,

"이제 신인이 내린 것입니다. 폐하께서는 좌우를 물리치시고 직접 축도를 하시옵소서."

하거늘, 후주가 시신들을 다 물리치고 두 번 절하며 빌었다.

무당이 큰 소리로 말하기를,

"나는 서천의 토신이다.10) 폐하께서는 기꺼이 태평을 즐기시면 되었지 어찌하여 다른 일에 관해 물으시나이까? 수년 뒤에 위국 강토가 또한 폐하께 돌아오게 될 것이옵나이다. 폐하께서는 일절 근심하지 마시옵소서."

---

10) **토신(土神)** : 음양가에서 말하는 '토(土)'를 맡은 신. [孔子家語 五帝]「天有五行 水火木金土 分時化育 以成萬物 其神謂之五帝」. [禮記 月令]「**土神**稱曰 神農者 以其主於稼穡」.

하고, 말을 마치자 땅에 혼절하며 쓰러졌다가 한참만에야 깨어났다. 후주는 크게 기뻐하여 중히 상을 주었다.

이 일이 있은 후부터 무당의 말을 믿고 마침내 강유의 말을 듣지 않으면서, 매일 궁중에서 주연을 베풀며 연락을 즐겼다. 강유는 여러 차례 급히 표문을 올렸으나, 다 황호가 감추고 올리지 않아 결국 큰 일을 그르치게 되었다.

한편, 종회는 대군을 이끌고 길게 열을 지어 한중을 바라고 진발하였다. 전군의 선봉은 허의였는데, 큰 공을 세우려고 먼저 병사들을 이끌고 남정관(南鄭關)에 이르렀다.

허의는 부장들에게 말하기를,

"이 관만 지나면 곧 한중에 이르게 되오이다. 관에는 인마가 많지 않을 것이니 우리들은 곧 힘을 다해서 관을 빼앗아야 하오."

하자, 여러 장수들이 명령을 받고 일제히 힘을 합쳐 앞으로 갔다.

원래 관을 지키던 장수는 노손(盧遜)이었는데 벌써 위병이 이를 것을 알고, 먼저 관 앞 목교의 양쪽에 군사들이 매복시키고 무후가 썼던 십시연노를11) 걸어 놓고 있었다. 허의의 군사들이 와서 성을 공격할 때였다. 방짜 소리가12) 들리는 곳에서 화살과 돌멩이가 비 오듯 쏟아졌다. 허의가 급히 군사들을 물리려 했지만, 돌과 화살에 맞아 수십 기가 쓰러졌다. 위병들은 크게 패하고 허의는 돌아가 종회에게 보고하였다.

---

11) 십시연노(十矢連弩) : 한 번에 열 발씩 계속 쏠 수 있는 쇠뇌. 「연노」(連弩). [漢書 李陵傳]「發連弩 射單于 (注) 服虔曰 **三十弩共一弦也**」. [三國志 蜀志 諸葛亮傳]「亮性長於巧思 損益連弩 皆出其意」.

12) 방짜 소리 : 목탁 소리. '방자'는 중국의 극(劇)의 한가지임. 그 극에서 박자(拍子)를 맞추기 위하여 쓰이던 박자목(拍子木)의 일컬음. [南皮梆子尤著]「河南梆子 山東**梆子**之不同」. [水滸傳 第二回]「**梆子**一響 時誰敢不來」.

종회는 직접 황하의 용맹한 군사 백여 기를 데리고 가 보니, 과연 활과 돌멩이들이 일제히 날아왔다. 종회가 말머리를 곧 돌리니, 관상에서 노손이 5백여 군사들을 이끌고 쫓아 내려 왔다. 종회가 말에 박차를 가하여 다리를 지나려는데, 다리 위의 흙이 무너지며 말굽이 빠져서 자칫 말에서 떨어질 뻔하였다. 말이 끝내 일어나지 못하자 종회는 말을 버리고 걸어서 다리를 건너려 했다.

이때, 노손이 급히 쫓아와서 창으로 그를 찌른다. 위병들 중 순개(筍愷)가 몸을 돌려 활을 들어 노손을 쏘아 말에서 떨어뜨렸다. 이에 종회는 여러 군사들을 휘몰아 승세를 타고 관으로 짓쳐 들어갔다.

관 위에 있던 군사들은 촉병들이 관 앞에 있어서 감히 쏘지 못하고, 종회에게 쫓기게 되어 산관(山關)을 빼앗겼다. 종회는 곧 순개를 호군(護軍)으로 삼고, 모든 군사들에게 말안장과 갑옷 한 벌씩을 상으로 주었다.

종회는 허의를 불러 그가 장하에 이르자, 저를 꾸짖으며

"너는 선봉이 되어서 산을 만나면 길을 뚫고 물을 만나면 다리를 놓으며 온전히 교량과 도로를 수리해서 곧 행군해야 하거늘, 내가 다리에 이르렀을 때에 말발굽이 빠져 거의 말에서 떨어질 뻔하였다. 만약에 순개가 아니었다면 나는 이미 죽었을 것이다! 네가 군령을 어겼으니 마땅히 군법으로 다스려야겠다!"

하고, 좌우에게 끌어내어 참하라 하였다.

그때 제장들이 나서서 말하기를,

"저의 아버지 허저는 조정에 공이 있으니 도독께서 저를 용서해 주소서."

하거늘, 종회가 노하면서

"군법이 밝지 않으면 어찌 내 군사들을 다스리겠느냐?"

하고, 마침내 참수하여 여러 군사들에게 보이라고 했다. 여러 장수들은 해괴[駭然]해 하지 않는 사람이 없었다.

그때, 촉장 왕함이 낙성을 지키고 장빈은 한성을 지키고 있었는데, 위병들의 대세를 보고는 감히 나와 싸우지 못하고 문을 닫고 지키고만 있었다.

종회가 명을 내려

"병법에서는 신속함을 중요하게 여기고 머뭇거려서는 안 된다."[13] 하였다.

이에 전군 이보(李輔)에게 영을 내려 낙성을 포위하라 하고, 호군 순개에게는 한성을 포위하라 하였다. 그리고 자신은 대군을 이끌고 양안관을 치러 갔다. 관을 지키던 촉장 부첨이 부장 장서와 함께 방어책을 의논하였다.

장서가 이르기를,

"위병들이 아주 많아서 그 세를 당할 수 없으니 성을 굳게 지키는 것이 상책일 듯합니다."

하거늘, 부첨이 말하기를

"그렇지 않소. 위병들은 먼 길을 와서 필시 곤핍해 있을 것이니, 비록 그 수가 많다곤 해도 족히 두려워할 게 없소이다. 우리들이 만약에 성에서 내려가 싸우지 않는다면 한성과 낙성은 끝장일 것이외다."

하니, 장서가 아무 대답도 하지 못하고 있는데, 홀연 위병 대부대가 벌써 관 앞에 이르렀다 하여, 장서와 부첨 두 사람이 관에 올라가 보았다.

---

13) 병법에서는 신속함을 중요하게 여기고 머뭇거려서는 안 된다[兵貴神速 不可少停] : 병법에서도 군사들의 움직임을 신속히 해야 하며, 조금도 머뭇거려서는 아니 됨. [三國志 魏志 郭嘉傳]「太祖將襲袁尙 嘉言 兵貴神速」.

종회가 채찍으로 가리키며 큰 소리로,

"내 이제 10만의 대병을 이끌고 여기에 와 있다. 속히 항복할 것 같으면 각자의 품계에 따라 승차해서 쓸 것이고, 고집을 부려14) 항복하지 않을 것 같으면 관액을 쳐부수고 옥석 구분없이 다 태워 버리겠다!"15)

하거늘, 부첨이 크게 노하여 장서에게 관을 맡기고 직접 3천여 군사들을 이끌고 짓치며 관을 내려갔다. 종회는 곧 달아나고 위병들은 모두 물러났다.

부첨이 승세를 타고 위병들을 추격하니 위병들이 다시 합세하여 달려들었다. 부첨은 퇴각하여 관에 들어가려 할 때에, 관 위에서는 벌써 위나라의 기가 꽂혀 있었다.

보니 장서가 부르짖기를,

"내 이미 위에 항복하였다!"

하거늘, 부첨이 크게 노하며 목소리를 가다듬고

"은혜를 잊고 의리를 배반한16) 도적아, 네 무슨 낯으로 천하를 보려느냐!"

고 외치며, 말을 돌려 다시 위병과 접전하였다.

위병들이 사방에서 짓쳐 오거늘 부첨이 결국 포위되고 말았다. 부

---

14) **고집을 부려[執迷]** : 고집이 세어 갈팡질팡함. [舊唐書 王世忠傳]「秦王謂曰 四海之內 皆奉正朔 惟公**執迷** 獨阻聲敎 若轉禍來降 則富貴可保」.

15) **옥석 구분없이 다 태워 버리겠다[玉石俱焚]** : 옥과 돌의 구별 없이 모두 불에 타게 됨. '옳은 사람이나 그른 사람 구별 없이 모두 재앙을 받음.'의 비유. [書經 夏書篇 胤征]「火炎崑岡 **玉石俱焚** 天吏逸德 烈于猛火」. [警世通言 第十二卷]「**玉石俱焚** 已付之於命了」.

16) **은혜를 잊고 의리를 배반한[忘恩背義]** : 은혜를 잊고 의리를 배반함. 「배은망덕」(背恩忘德)은 '남의 은덕을 잊고 저버림'을 뜻함. [警世通言 第三十卷]「褚公道 小女蒙活命之恩 豈敢**背恩忘義** 所論敢不如命」.

첨이 좌충우돌하고 이리저리 오가며 죽기로서 싸웠으나 끝내 벗어날
수가 없게 되고, 거느리고 있던 촉병들은 열에 여덟 아홉은 부상을
입었다.

부첨은 하늘을 우러러 탄식하며 말하기를,

"내 촉나라 신하로 살려 하였으니 죽어서도 또한 촉나라 귀신이 될
것이다!"

하며, 이에 다시 말을 박차고 짓쳐 나갔다. 몸에 여러군데 창에 찔려
서 피가 갑옷과 전포에 가득했다. 타고 있던 말마저 쓰러지자 부첨은
스스로 목을 찔러 죽었다.[17]

후세 사람이 이를 한탄한 시가 전한다.

어느 날 충직한 분노를 나타내자
천추가 그 의로운 이름 추앙하네.
一日抒忠憤　·
千秋仰義名.

차라리 부첨으로 죽을지언정
장서같이 살지는 않으리.
寧爲傅僉死
不作蔣舒生.

---

17) 스스로 목을 찔러 죽었다[自刎而死] : 스스로 목을 찔러 죽음. 「자경이사」(自
刎而死). [戰國策 魏策]「樊於期 偏袒阨腕而進曰 此臣日夜 切齒拊心也 乃今得聞
敎 遂自刎」. [戰國策 燕策]「欲自殺以激 荊軻曰 願足下急過太子 言光已死 明不言
也 自刎而死」.

종회는 양안관을 취하였는데 관 안에는 양초와 무기가 많았다. 크
게 기뻐하며 마침내 삼군을 호궤하였다.

이날 밤 위병들이 양안성에서 자고 있었는데, 홀연 서남쪽에서 함
성이 땅을 뒤흔들었다. 종회가 당황하여 장막에서 나와 보니 전혀 움
직임이 없었다. 위병들은 밤새 잠을 자지 못하였다.

다음 날 밤 3경쯤에 서남방에서 또 함성이 일었다. 종회는 놀라고
의아해서 날이 밝을 무렵에[18] 사람을 시켜 알아보게 하였더니, 돌아
와서 말하기를

"멀리 10여 리까지 초탐하였으나 사람 하나 없나이다."
하였다. 종회가 놀랍고 의아해서 진정을 못하고 있다가, 이내 직접 백
여 기를 이끌고 모두 갑옷을 입혀 서남쪽을 바라보며 순시하게 하였
다. 앞에 한 산에 이르렀는데, 살기가 사방에서 일어나며 수운이 끼고
안개가 산머리를 둘러쌌다.

종회가 말을 세우고 향도관에게,

"이 산은 무슨 산이냐?"
하고 물으니,

"이 산은 정군산이온대 옛날 하후연 장군이 예서 죽었답니다."
하였다.

종회가 듣고 창연히[19] 기뻐하지 않으며 말에 올라 돌아왔다. 산을
돌아 지나가는데, 홀연 바람이 크게 일고 배후에서 수삼기가 뛰쳐나
오며 바람을 따라 짓쳐 왔다. 종회는 크게 놀라 무리들을 이끌고 말을
몰아 달아났다. 여러 장수들 중에서 말에서 떨어진 자는 그 수를 알

---

18) 날이 밝을 무렵에[向曉] : 새벽. 밝을 무렵.
19) 창연(悵然) : 서운하고 섭섭하여 한탄함. [傅亮 感物賦]「**悵然**有懷 感物興思」.
　　[李白 詩]「停梭**悵然**憶遠人」.

수조차 없었다. 달려서 양안관에 왔을 때에는 한 사람 말 한 필도[20] 상한 사람이 전혀 없고, 다만 얼굴에 상처가 났거나 투구가 없어졌을 뿐이었다.

저들이 다 말하기를,

"음운(陰雲) 속에서 인마가 짓쳐 가까이 오더니, 사람을 상하게는 하지 않고 단지 바람만 휘몰아치더이다."[21]

하거늘, 종회가 항복한 장수 장서에게 묻기를

"정군산에 모시는 신이 있느냐?"

하니, 장서가 말하기를

"신묘는 없고 오직 제갈무후의 묘가 있습니다."

한다.

종회가 놀라서 말하기를,

"이는 필시 무후께서 현성하신 것이로다. 내 당장에 직접 가서 제를 지내야겠다."

하고, 다음 날 종회는 제물을 준비하고 소와 양을 잡아[22] 직접 무후의 묘소 앞에 가 재배하고 제사를 지냈다. 제사가 끝나자 바람이 잔잔해지고 사방의 수운이 걷혔다. 홀연 맑은 바람이 솔솔 불더니 가랑비가 내리다가, 한 차례 지난 후부터는 하늘이 활짝 개었다. 위병들은

---

20) 한 사람 말 한 필도[一人一騎] : 군사 한 명에 말 한 필. 「일기」는 '필마'(匹馬)의 뜻임. [史記 李將軍傳]「夜從一騎出」.

21) 단지 바람만 휘몰아치더이다[一陣旋風] : 한바탕 부는 회오리바람. '갑자기 일으키는 소란스러운 사건'을 비유하여 일컫는 말. [後漢書 王屯傳]「被隨旋風 與馬俱亡」. [白居易 凶宅詩]「蒼苔黃葉地 日暮多旋風」.

22) 소와 양을 잡아[太牢] : 대뢰(大牢). 「태뢰제」(太牢祭). 나라의 제사에 소를 통째로 바치는 큰 제사. 처음에는 소·양·돼지를 아울러 바치는 것을 말하였으나 뒤에는 소만 제물로 바쳤다. [禮記 王制]「天子社稷皆太牢 諸侯社稷皆小牢」. [管子 事語]「諸侯太牢 大夫小牢」.

크게 기뻐하며 다 배사하고 영채로 돌아왔다.

이날 밤, 종회가 장중에 있으면서 책상에 엎드려 자고 있는데, 홀연한 줄기 맑은 바람이 지나가는 곳에 한 사람이 나타나거늘 머리에는 윤건을 쓰고 깃털 부채를 들고 몸에는 학창의를 입고 흰 신에 검은 띠를 띠고 있었다. 얼굴은 관옥과 같고 입술은 연지로 찍은 듯 붉고 미목이 청수하고 키가 8척이나 되며 표표함이 신선의 기개가 있는 사람이 걸어 들어오는데, 종회가 몸을 일으켜 저를 맞이하며

"공은 뉘십니까?"

하니, 그 사람이 말하기를

"오늘 아침에는 잘 돌봐 주어서 고맙소. 내가 한 마디 할 말이 있어서 왔소이다. 비록 한나라가 운이 이미 쇠해 천명을 거스를 수 없게 되었소. 그러나 양천의 백성들이 전쟁에 시달리고 있는 걸 보면 진실로 불쌍하구려. 그대가 입경한 뒤부터는 전혀 백성들을 죽이지 마시오."

하고, 말을 마치자 소매를 떨치고 가버렸다.

종회가 저를 만류하려 하다가 홀연 놀라 깨니 꿈이었다. 종회는 이것이 무후의 혼령인 줄 알고 놀라 마지 않았다.

이에 전군에게 영을 내려 흰 기 하나를 세우고 그 위에 '보국안민'23) 넉 자를 썼다. 이르는 곳마다 한 사람이라도 죽이는 자는 참형에 처하기로 하였다. 이에 한중의 백성들이 다 성에서 나와 절하며 맞이하였다. 종회는 일일이 저들을 위무하고 추호도 범함이 없게 하였다.

후세 사람이 이를 예찬한 시가 전한다.

---

23) **보국안민(保國安民)** : 나라를 보호하여 지키고 백성들을 안돈시킴. 「보국안신」. 신념에 안주하여 신명(身命)의 안위를 조금도 걱정하지 않음. [傳燈錄 卷十]「**安身立命**」. [水滸傳 第一回]「那里長用人去處 足可**安身立命**」.

수많은 음병들이24) 정군산을 둘러싸니

위장 종회가 영을 내려 영신께 참배하네.

　　數萬陰兵遶定軍

　　致令鍾會拜靈神.

살아서는 계책을 내어 유씨를 돕더니만

죽어서는 오히려 촉민들을 보호하라 말하네.

　　生能決策扶劉氏

　　死尙遺言保蜀民.

한편, 강유는 답중에 있으면서 위병이 크게 쳐온단 말을 듣고, 요화와 장익·동궐 등에게 영을 전해 군사들을 이끌고 접응하게 하였다.

또 한편으로는, 직접 군사들을 나누고 장수들을 내세워서 위병들을 기다렸다. 홀연, 위병들이 왔다는 보고가 들어오자 강유가 군사들을 이끌고 나가 맞았다. 위진의 수장은 천수태수 왕기였다.

왕기가 말을 타고 나와 큰 소리로 외치기를,

"내 지금 대병 백만에 상장 1천여 명이 20로에 나누어 진병하여 이미 성도에 이르렀다. 네가 일찍 항복하지 않고 오히려 대항하려 하고 있으니, 어찌하여 천명을25) 알지 못하느냐!"

하거늘, 강유가 크게 노하여 창을 꼬나들고 말을 몰아 곧장 왕기를 취했다. 싸움이 3합이 못되어서 왕기가 대패하여 달아났다.

---

24) 음병(陰兵) : 전장에서 죽은 병사들. [李商隱 送千牛李將軍赴闕詩]「靈誼沾愧汗 儀馬困陰兵」. [琵琶紀 感格墳威]「差撥陰兵 助地築墳」.

25) 천명(天命) : 천수(天數). 타고난 운명. [書經 周書篇 君奭]「不知天命不易 天難諶 乃其墜命」. [中庸 首章]「天命之謂性 奉性之爲道」. [論語 爲政篇]「子曰 吾十有五 而志于學……五十而知天命」.

강유는 군사들을 몰아 추살해 20여 리에 이르자, 금고 소리가 일제히 울리더니 일지병이 길을 막고 나선다. 기 위에는 크게 '농서태수 견홍'이라 쓰여 있었다.

강유가 웃으며 말하기를,

"이 쥐새끼 같은 놈, 너는 나의 적수가 아니다!"

하며, 마침내 군사들을 독려하여 저를 추격하였다. 또 10여 리나 쫓아가니, 갑자기 등애가 군사들을 거느리고 짓쳐 와서 양군이 혼전을 하였다. 강유가 정신을 가다듬고[26] 등애와 싸우기 10여 합에 승부가 갈리지 않았다.

그때, 뒤에서 북소리가 또 들렸다.

강유가 급히 퇴각하려 할 때에, 촉군이 보고하기를

"감송의 여러 영채들이 다 금성태수 양흔에게 모두 소실되었다고 합니다."

하거늘, 강유가 크게 놀라 급히 부장에게 거짓 기치를 세우게 하고 등애를 막으라 한 다음, 자신은 후군을 철수시키고 밤을 도와 감송을 구하러 왔다가 양흔과 맞부딪혔다. 양흔은 감히 싸우지 못하고 산길을 따라 달아났다.

강유가 급히 그 뒤를 쫓는데, 바위산 밑에 이르자 산 위에서 목석이 비 오듯 쏟아져 내려갈 수가 없었다. 돌아서서 반쯤 갔을 때에 촉병들은 이미 등애에게 패하였고, 위병의 대부대가 오며 강유를 포위하려 하였다. 강유는 기병들을 이끌고 포위를 뚫고 짓쳐 나와, 대채로 들어

---

26) 정신을 가다듬고[抖擻精神] : 정신을 뒤슬러서 일어남. [名義集]「新云杜多此云抖擻 亦云修治 亦云洮汰 垂裕記云 抖擻煩惱故也 善住意天子經云 頭陀者抖擻 貪欲瞋恚愚癡三界內外六人 若不取不捨不修不著 我說彼人 名爲杜多 今訛稱頭陀」.

가 굳게 지키면서 새 구원병을 기다렸다.

　홀연 유성마가 이르러 보고하기를,

"종회가 양안관을 공격해서 성을 지키던 장서가 항복하고 부첨은 싸우다가 죽었으며, 한중이 이미 위나라의 수중에 들어갔습니다. 낙성 지키던 장수 왕함과 한성을 지키던 장빈이 이미 한중을 잃은 것을 알고 또한 문을 열어 항복하였고, 호제는 적을 막아내지 못하고 도망해 성도로 구원을 청하러 갔답니다."

하거늘, 강유가 크게 놀라니 곧 영채를 뽑으라고 영을 전하고, 이날 밤 병사들을 이끌고 강천구(疆川口)에 이르렀다. 앞에서 한 무리가 막아서는데 보니, 위의 수장은 금성태수 양흔이었다.

　강유가 크게 노하여 말을 몰아가 부딪친 지 1합이 못 되어서 양흔이 패하여 달아났다. 강유가 활에 살을 먹여 연달아 세 개의 화살을 쏘았으나 다 맞지 않았다. 강유가 화가 나서 자신의 활을 꺾어 버리고 창을 꼬나들고 급히 쫓아갔다. 강유가 탄 말이 앞발을 헛디뎌 땅 위에 떨어졌다.

　양흔은 말을 돌려 와서 강유를 죽이려 하였다. 강유가 몸을 일으키며 창을 내질러 정통으로 양흔의 말머리를 찔렀다. 이때, 배후에서 위병이 몰아쳐 이르러서 양흔을 구해 갔다. 강유가 말에 올라 쫓으려 할 때에 홀연 뒤에서 등애가 군사들을 이끌고 이르렀다.

　강유는 수미가 연결이 되지 않아 서로를 볼 수가 없게 되자, 마침내 병사들을 거두어 한중을 탈환하려 하였다.

　이때, 초마가 와서 보고하기를

"옹주자사 제갈서가 벌써 퇴로를 끊었습니다."

하거늘, 강유는 이에 산속 험준한 곳에 하채하였다. 위병들은 음평 다리 쪽에 주둔하고 있었다.

강유는 퇴로가 없자 크게 탄식하며,

"하늘이 나를 망하게 하시는구나!"

하니, 부장 영수(甯隨)가 말하기를

"위병들이 비록 음평 다리 쪽을 끊고 있지만, 필시 옹주는 군사들이 적을 겁니다. 장군께서 만약에 공함곡(孔函谷)을 따라가신다면, 옹주를 빼앗을 수 있을 것입니다. 그렇게만 되면 제갈서는 음평에서 철수해서 옹주를 구하러 올 것입니다. 그때, 장군께서 군사들을 이끌고 검각으로 달려가 그곳을 지키시면, 한중을 회복할 수 있을 것입니다."

하였다. 강유가 그 말에 따라 곧 병사들을 이끌고 공함곡으로 들어가 거짓 옹주를 취하려는 체하니, 세작들이 이를 제갈서에게 보고하였다.

제갈서가 크게 놀라서 말하기를,

"옹주는 내가 지켜야 할 곳이다. 만약에 그곳을 잃는다면 조정에서는 반드시 문책이 있을 것이다."

그리고는 급히 대병들을 철수시켜 남로로 옹주를 구하러 가고, 단지 일지군만을 남겨서 다리목을 지키게 하였다. 강유가 북쪽 길로 해서 약 30여 리쯤 행군하였다. 위병들이 진군했으리라 생각하고 이에 말머리를 돌려서 마침내 후대를 전대로 해서 큰 다리목에 이르렀다. 과연 위병의 대부대는 이미 떠나고 없고, 단지 소규모의 병력만 남아서 지키고 있었다.

강유의 일진이 짓쳐 나가서 저들의 영채를 불태워 버렸다. 제갈서는 다리목에서 불길이 치솟는다는 것을 듣고 다시 군사들을 돌렸으나, 강유의 병사들이 지나간 지 반나절이나 되어 감히 급히 추격하지 못하였다.

한편, 강유가 병사들을 이끌고 다리목을 지나는 그때에 전면에서 일군이 도착하는데, 보니 좌장군 장익과 우장군 요화였다.

강유가 저들에게 물으니, 장익이 대답하기를

"황호가 무당의27) 말만 믿고 발병하려 하지 않았습니다. 제가 한중이 이미 위태로운 상태에 있음을 듣고서 직접 병사들을 일으켜 오고 있는데, 양안관은 벌써 종회에게 빼앗겼고 장군께서도 곤경에 처해 있음을 듣고 접응하러 왔습니다."

하거늘, 드디어 합병하고 전부대가 백수관(白水關)으로 갔다.

요화가 말하기를,

"지금 사방이 적들이고 양도가 끊겼습니다. 검각으로 들어가 지키느니만 못할 것입니다. 그랬다가 다시 좋은 계책을 세우시지요."

하매, 강유가 걱정하며 머뭇거렸다.

홀연, 종회와 등애가 10여 개의 길로 나누어서 짓쳐 온다는 보고가 있거늘, 강유는 장익·요화와 군사들을 나누어 저들을 맞아 싸우려 하였다. 요화가 권한다.

"백수는 지형이 좁고 길이 여러 갈래여서 싸울 만한 곳이 아닙니다. 우선 퇴각하여 검각을28) 구하는 것이 좋겠습니다. 만약에 검각을 잃는다면 이는 완전히 퇴로를 잃는 것입니다."

하니, 강유가 저의 말을 따라 마침내 군사들을 이끌고 검각으로 왔다. 검각 가까이 이르렀을 때였다. 갑자기 고각이 울리고 함성이 크게 일

---

27) 무당[師巫] : 무녀. 「師巫邪術」은 무당들이 혹세무민함을 이름. [六部成語 刑部 **師巫邪術**](注解)「**巫覡以妖邪之術惑人**也」. 「무격(巫覡)」, '무'는 무당(여자)이고 '격'은 박수(사내무당)임. [國語 楚語 下]「觀射父曰 在**男曰覡** 在**女曰巫** 是使制神之處位次主 而爲之牲器時服」.

28) 검각(劍閣) : 검각관(劍閣關). 지금의 사천성 검각현 북쪽 대검산·소검산의 사이에 있는 곳. 여기서 잔도가 시작되는데 공중에 비각(飛閣)을 가설하여 사람이 다닐 수 있게 되었다 하며, 검문각(劍門閣)이라고도 함. [晋書 地里志]「梓潼郡 蜀直統縣 梓潼涪城 武連黃安 漢德晋壽 **劍閣**」. [水經湶水注]「**小劍**戌北西去 **大劍**三十里 連山絕險 飛閣通衢 故謂之**劍閣**」.

더니 무수한 깃발들이 일어서면서, 일지군이 관의 애구를 지키고 있었다.

이에,

　　한중의 험준한 지형 이미 있을 곳이 없으니
　　검각에선 난데없는 풍파가 홀연 또 이는도다.
　　　漢中險峻已無有
　　　劍閣風波又忽生.

이들은 도대체 어느 곳의 군사들인가. 하회를 보라.

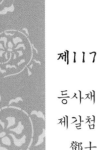

제117회

등사재는 몰래 음평을 넘고
제갈첨은 싸우다가 면죽에서 죽다.
　鄧士載偸度陰平
　諸葛瞻戰死綿竹.

한편, 보국대장 동궐(董厥)은 위병이 여러 길로 해서 쳐들어온다는
소식을 듣고, 이에 2만의 병사들을 이끌고 검각을 지키고 있었다. 그
날 흙먼지가 크게 이는 것을 보고, 위병인가 의심하여 급히 군사들을
이끌고 관의 입구를 지키고 있었다.

동궐은 직접 군사들을 이끌고 앞에 나가 보니, 강유와 요화·장익
등이었다. 동궐은 크게 기뻐하며 맞아들여 인사가 끝나자, 울면서 후
주와 황호의 일을 말하였다.

강유가 말하기를,

"공은 염려 마시오. 이 강유가 있는 한 결단코 위가 촉을 병탄하지
는 못할 것이외다. 또 우리가 검각을 지키면서 서서히 군사를 물릴
계략을 도모하십시다."

하니, 동궐이 말하기를

"이 성을 지킬 수는 있지만 성도에는 싸울 군사들이 없습니다. 오히
려 적들이 엄습한다면 대세는 와해될 것입니다."

하거늘, 강유가 말하기를

"성도는 산이 험하고 지형이 험준해서 쉽게 넘어가지 않을 것이외다. 너무 걱정 마시오."

하며, 말하고 있는데 홀연 보고가 들어왔다.

"제갈서가 병사들을 거느리고 관 아래까지 짓쳐 왔사옵니다."

강유가 크게 노하며 급히 5천 군을 이끌고 관 아래로 짓쳐 내려갔다. 곧장 위군의 진중에 들이 닥쳐서 좌충우돌하며[1] 짓쳐 들어가니, 제갈서가 대패하여 달아났다. 저들은 성에서 수십 리 떨어진 곳에 하채하였다. 위군 중에는 죽은 자가 무수하였으나 촉병들은 수많은 마필과 군기를 챙겼다. 강유는 병사들을 거두어 관으로 돌아왔다.

한편, 종회는 검각에서 25리 떨어진 곳에 영채를 세우고 있는데, 제갈서가 스스로 와서 죄를 청하였다.

종회는 노하며 말하되,

"내 자네에게 음평 다리목을 잘 지켜 강유의 퇴로를 끊으라 했거늘, 어찌 잃었느냐! 지금 또 내 영을 듣지 않고 마음대로 나갔다가 이렇게 패하다니!"

하니, 제갈서가 말하기를

"강유는 위계가 많습니다[2] 거짓 옹주를 취하는 체하여 저는 옹주를 잃을까 걱정되어서 병사들을 이끌고 구하러 간 것이었는데, 그가 틈을 타서 도망하였습니다. 제가 급히 쫓아가 관 아래까지 갔습니다만, 또다시 패하게 될 줄을 생각도 못하였습니다."

---

1) **좌충우돌(左衝右突)** : 동충서돌(東衝西突). 이리저리 닥치는 대로 마구 찌르고 치고받고 함. [桃花扇 修札]「隨機應辯的口頭 **左衝右擋的**膂力」.

2) **위계가 많습니다[詭計多端]** : 궤모(詭謀). 남을 간사하게 속이는 꾀가 많음. [晉書]「意以**詭計** 令吳罷守」. [三國志 魏志 秦泰傳]「兵書云……三月乃成 拒堙三月而後已 誠非輕軍遠入 維之**詭謀**」.

하거늘, 종회가 크게 노하여 무사들에게 참하라 하였다.

그때 감군 위관이 말하기를,

"제갈서가 비록 죄가 있기는 하지만, 등정서(鄧征西)의 감독 하에 있는 사람이니, 장군께서 저를 죽이시면 불화를 초래할까 걱정됩니다."
하였다.

종회가 대답하기를,

"내 천자의 명조(明詔)와 진공의 균명(鈞命)을 받들어 초을 치러 왔소이다. 등애도 죄가 있으면 또한 당연히 참할 수 있소."
하였다. 여러 사람들이 애써 권했다.

종회는 이에 장군 제갈서를 수레에 태워 낙양으로 보내 진공의 처분에 맡기고, 바야흐로 제갈서가 거느리던 병사들은 모두 부하로 거두어 조정하였다. 군사들 중에서 이를 등애에게 보고하였다.

등애가 크게 노하며 말하기를,

"내가 저와 관품이 같지마는 오래 변경을 지켜 나라에 공로가 많은데, 저가 어찌 감히 잘난 체3)한단 말인가!"
하거늘, 아들 등충이 권유하기를

"'작은 것을 참지 못하면 큰 일을 그르칠 수 있나이다'.4) 아버님께서 만약에 다른 사람들과 불화하시면 반드시, 국가의 큰 일을 그르치게 될 것이오니 용서하고 참고 보시옵소서."
하였다. 등애가 그 말에 따랐으나 끝내 마음의 분이 풀리지 않아, 10

---

3) 잘난 체[妄自尊大] : 망령되이 자기만 잘났다고 뽐내어 자신을 높이고 남을 업신여김. [後漢書 馬援傳]「歸謂囂日 子陽(公孫述字)井底蛙耳 而妄自尊大 不如 專意東方」.

4) 작은 것을 참지 못하면 큰 일을 그르칠 수 있나이다 : 원문에는 '小不忍則 亂 大謀'로 되어 있음. [論語 衛靈公篇]「子日 巧言亂德 小不忍則亂大謀 (集注) 小 不忍 如婦人之仁 匹夫之勇 皆是」.

여 기만을 이끌고 종회를 보러 갔다.

　종회는 등애가 왔다는 이야기를 듣고, 곧 좌우에게 말하기를

"등애가 군사들을 얼마나 데리고 왔느냐?"

하고 물으니, 좌우가 대답하기를

"단지 수십여 기만 이끌고 왔습니다."

하였다. 종회가 이에 장막 위아래 병사 수백 명을 벌여 세우라 하였다. 등애가 말에서 내려 들어가서 종회를 보았다.

　종회가 장막에 맞아들여 인사가 끝나자, 등애의 군사들이 엄숙한 것을 보고 마음속으로 불안해하며, 이에 말을 건네기를

"장군께서 한중을 취하셨다 해서, 조정에서는 아주 다행하게 생각하고 있소이다. 검각을 취할 계책을 빨리 정하시지요."

하거늘, 종회가 묻는다.

"장군께서 보시기에는 어떻소이까?"

하였다.

　등애가 재삼 모르겠노라 대답하였으나 종회가 굳이 묻는다.

　등애가 대답하기를,

"제 어리석은 생각으로 헤아려 보건대, 일군을 이끌고 음평을 따라 소로로 해서 한중의 덕양정(德陽亭)으로 가 기병(奇兵)을 써서 성도를 취하면, 강유는 반드시 군사들을 철수해서 구하러 올 것이외다. 그때, 장군께서는 빈틈을 타서 검각을 취한다면 전승할 수 있을 것입니다."

하니, 종회가 크게 기뻐하며

"장군께서 말씀하신 계책은 참으로 묘합니다! 곧 군사들을 이끌고 가시지요. 나는 여기에 있으면서 첩서를 기다리겠습니다!"

하고, 두 사람이 술을 마시고 헤어졌다.

　종회는 곧 장막으로 돌아와서 여러 장수들과 같이 의논하기를,

"사람들이 다 이르기를 등애가 유능하다 하던데, 오늘 저를 보니 평범한 인물이외다."5)

하니, 여러 사람들이 그 까닭을 물었다.

종회가 대답하기를,

"음평의 소로는 다 산이 높고 고개가 험합니다. 만약에 촉군 백여 명으로도 능히 그 험한 곳을 지킬 수 있고, 귀로가 끊긴다면 등애의 군사들은 다 굶어 죽습니다. 나는 다만 정도로 가겠소이다. 어찌 촉나라를 깨뜨리지 못하겠소이까!"

하였다.

마침내 운제와6) 포가를7) 세우고 검문관(劍門關)을 들이쳤다.

한편, 등애는 원문 밖에 나와 말을 타고, 종자를 돌아보며

"종회가 나를 대하는 게 어떻더냐?"

하고 물으니, 종자가 대답하기를

"그 얼굴빛을 보니 매우 장군의 말을 그렇다고 생각하지 않는 듯하오이다. 단지 입으로만 응대하고 있더이다."

하거늘, 등애가 웃으면서 말하기를

"제가 생각하기에는 내가 성도를 취하지 못할 것이라고 여기지만,

---

5) 평범한 인물이외다[庸材] : 못난 재주. 용재(庸才). [漢書 薛宣傳]「仁重職大 非**庸材**所能堪」. [十六國春秋]「蓋非**庸才**耶」.

6) 운제(雲梯) : 구름사다리. 높은 사닥다리. 높은 산 위의 돌계단이나 잔도(棧 道)를 이르기도 함. [事物紀原 墨子 公輸篇]「公輸般爲**雲梯**之械 左傳曰 楚子使 解楊登樓車 文王之雅曰(詩經 大雅篇 皇矣) 臨衝閑閑 注云 臨車卽左氏所謂樓車 也 蓋**雲梯**矣」. [六韜 虎韜 兵略篇]「視城中 則有**雲梯**飛樓」.

7) 포가(礮架) : 포의 몸통을 괴는 받침 틀. [避戎夜話]「金人**砲架**四旁 竝用濕楡 小琢密簇定」.

내 기어코 성도를 취하리라!"

하며 본채로 돌아왔다.

　사찬과 등충 등 일반 장수들이 묻기를,

　"오늘 종진서(鍾鎭西)와 무슨 이야기를 하였습니까?"

하거늘, 등애가 대답하기를

　"내 속마음을 저에게 말하였소. 그러나 저는 나를 용재(庸材)로 보더
군. 그는 지금 한중을 얻은 것을 가지고 세상에 없는 큰 공을 세운
것으로 알고 있소. 만일 내가 강유를 답중(畓中)에 잡아두지 않았다면
지가 이렇게 공을 세웠겠소! 내가 이제라도 성도를 취한다면, 한중을
함락시킨 것보다 나을 것이오!"

하고는, 그날 밤에 영을 내려 영채를 모두 뽑아 음평의 소로로 진병하
여, 검각에서 7백여 리 떨어진 곳에다 하채하였다.

　누가 종회에게 말하기를,

　"등애가 성도를 취하러 갔습니다."

하니, 종회가 등애의 지혜롭지 못함을 비웃었다.

　한편, 등애는 일면 밀서를 닦아 사자에게 주어 사마소에게 알리고,
또 한편으로는 여러 장수들을 장막에 모아 놓고,

　"내 지금 허술한 틈을 타서 성도를 취하러 간다. 자네들과 같이 역
사에 길이 빛날 불후의 공을 세우려 하는데,8) 기꺼이 따르겠느냐?"

하니, 제장들이 말하기를

　"장군의 명을 받들고 죽는다 한들 사양하지 않겠습니다!"9)

---

8) 역사에 길이 빛날 불후의 공을 세우려 하는데[功名於不朽] : 공을 세워 이름이
　나면 없어지지 않음. 「공명」은 공을 세운 명예. [史記 張蒼傳]「功名有著於當世
　者」. [後漢書 鄧禹傳]「垂功名於竹帛」. [後漢書 五行志]「天下賴之 則功名不朽」.
9) 장군의 명을 받들고 죽는다 한들 사양하지 않겠습니다[萬死不辭] : 만 번 죽

하였다.

등애는 먼저 아들 등충에게 5천 정병을 이끌고 가되, 갑옷은 입지 말고 각각 도끼와 정(鑿) 따위 무기들만 가지고 가게 하였다. 무릇 위험한 곳을 만나면 산을 뚫어 길을 열고, 다리를 놓아서 행군하기에 편하도록 하라 하였다.

또 등애는 3만의 병사들을 거느리되 각기 마른 양식과 노끈과 새끼 등을 가지고 진발하게 하였다. 약 1백여 리쯤 갔을 때에 그 중에서 3천 병사들을 뽑아서 저들에게 영채를 세우게 하고, 또 1백여 리쯤 가서 또 3천 명을 뽑아 영채를 세우게 하였다.

이해 10월 음평에서 진군하여 심산 협곡 속에 이르기까지 무릇 20여 일이나 걸렸고, 무려 7백여 리를 행군하였으나 모두 무인지경(無人之境)이었다. 위병들은 가는 길마다 수십 채의 영채를 세웠기에 남은 군사들은 2천여 명 뿐이었다. 앞으로 한 고개에 이르니 그 이름이 마천령(摩天嶺)이었다. 말을 타고는 갈 수가 없어서 등애는 걸어서 고개마루로 올라갔다. 그때, 등충이 보니 길을 열던 군사들이 모두가 다 울고 있었다.

등애가 그 까닭을 물으니, 등충이 말하기를

"이 고개의 서쪽 뒤는 정말 암벽이 가파르고 절벽이어서 도저히 뚫을 길이 없습니다. 그래서 앞서 애쓴 수고가 허탕이 되어서 울고 있습니다." 하거늘, 등애가 묻기를

"우리의 군사들이 여기까지 왔는데 그 거리가 7백여 리이다. 여기만 지나면 곧 강유(江油)인데 어찌 예서 다시 물러가겠느냐?" 하고는, 여러 장수들을 불러 '호랑이의 굴에 들어가지 않고서 어찌 그

는 한이 있어도 사양하지 않음. [柳宗元 別舍弟宗一詩]「一身去國六千里 萬死投荒十二年」.「만사불고일생」(萬死不顧一生)은 '죽을 고비를 넘겨 살게 된 목숨'의 뜻. [史記 張耳陳餘傳]「將軍瞋目張膽 出萬死不顧一生之計」.

새끼를 얻겠느냐?'10)

하며,

"내 너희들과 같이 여기까지 왔으니 성공만 한다면 부귀를 함께 누리겠다."

하였다.

여러 군사들이 모두 말하기를,

"원컨대 장군의 명을 따르겠나이다."

하거늘, 등애는 먼저 장수들에게 무기들을 절벽 아래로 떨어뜨리게 하였다. 그리고 담요로 몸을 감싸고 먼저 아래로 몸을 굴렸다. 부장들 중 전포가 있는 자는 몸을 전포로 싼 후 굴러 내려가게 하고 전포가 없는 사람들은 새끼로 허리에 묶게 하고, 나무에 매달려 절벽을 타고 내려가게 하였다.11) 등애·등충 등 2천여 군사들이 다 마찬령을 넘었다. 겨우 갑옷과 무기를 정돈하고 행군하는데 홀연 길 밑에서 한 큰 비석이 하나 있었다.

그 비석 위에는 '승상 제갈무후 쓰다' 하였는데, 그 글의 내용은 다음과 같다.

　　두 불길이 처음 일 때에는12) 이곳을 넘을 수 있겠지만

---

10) 호랑이의 굴에 들어가지 않고서 어찌 그 새끼를 얻겠느냐[不入虎穴 焉得虎子] : 호랑이 굴에 들어가지 않고 어찌 호랑이 새끼를 얻겠는가. '위험을 무릅쓰지 않으면 큰 이익을 얻을 수 없다'는 말. [後漢書 班超傳]「官屬皆曰 今在亡危之地 死後從司馬 超曰 不入虎穴 焉得虎子 當今之計 獨有因夜以火攻虜使 彼不知我多少 必大震怖」. [三國志 吳志 呂蒙傳]「蒙曰 不探虎穴 安得虎子」.

11) 절벽을 타고 내려가게 하였다[魚貫] : '어관의대'(魚貫蟻隊)의 준말. 물고기 꿰미와 줄지어가는 개미떼란 뜻이나, '사람이 줄줄이 늘어서 가는 모양'의 비유임. [三國志 魏志 鄧艾傳]「將士皆攀木懸崖 魚貫而進」. [白居易 和春探詩]「入班遙認得 魚貫一行斜」.

두 사람이 서로 다툴 때에는[13] 머지않아 죽으리라.

二火初興 有人越此

二士爭衡 不久自死.

등애가 이것을 보고 나서 크게 놀랐다.

황망히 비석 앞에서 재배하며,

"무후께서는 정말 신인이었습니다! 이 등애가 스승으로 섬기지 못함을 애석해 하나이다!"

하였다.

후세 사람의 시가 남아 전한다.

음평의 준령들이 하늘과 가지런하네

학들도 배회하다 오히려 놀라서 나는구나.

陰平峻嶺與天齊

玄鶴徘徊尙怯飛.

등애가 전포에 싸여 이곳을 내려 왔으나

제갈량이 먼저 알았음을 그 누가 알겠는가.

鄧艾裹氈從此下

誰知諸葛有先機.

---

12) 두 불길이 처음 일 때에는 : '두 불'(二火)은 '염'(炎)자를 가리키는 것으로 '炎興之年'을 말하는 것이며 '炎興'은 촉한 후주 때의 연호임. [中文辭典]「三國蜀漢 **後主年號**」.

13) 두 사람이 서로 다툴 때에는 : '이사'(二士)는 사재(士載 : 鄧艾)와 사계(士季 : 鐘會) 두 사람을 말함.「쟁형」(爭衡)은 '승패를 다투다'의 뜻임. [三國志 吳志 孫堅傳]「擧江東之衆 決機於兩陳之間 與天下**爭衡** 卿不如我」. [庾信 竹杖賦]「楚漢**爭衡** 袁曹競逐」.

한편, 등애는 몰래 군사들을 이끌고 음평을 넘어갈 때에, 보니 한 개의 큰 빈 영채가 있었다.

좌우가 말하기를,

"듣기에 무후가 살아 계셨을 때, 일찍이 1천여 군사들을 이끌고 이 험한 애구를 지켰다 합니다. 지금은 촉주 유선이 버려둔 모양입니다." 하였다.

등애가 통탄해 마지않으며14) 여러 사람에게,

"우리들을 오는 길은 있어도 돌아갈 길은 없다!15) 앞에 강유성이 있고 양식 또한 넉넉히 준비되어 있다. 너희들은 전진하면 살 것이고 후퇴하면 곧 죽음이다. 모름지기 힘을 다해 적을 공격해야 한다." 하니, 여러 군사들이 다 같이 대답한다.

"죽기로 싸우겠습니다." 하였다.

이에, 등애는 보행으로 2천여 군사들을 이끌고, 밤을 도와 길을 재촉해서 강유성을 뺏으러 갔다. 이때, 강유성은 장수 마막(馬邈)이 지키고 있었는데 동천(東川)을 빼앗겼다는 소식을 듣고, 비록 준비를 하였으나 큰 길만 방비하고 있었다.

또한 강유가 전사(全師)를 데리고 검문관을 지키고 있다는 말만 믿고, 마침내 군정(軍情)에 대해서는 중요하게 생각하지 않았다. 그날 인마를 훈련시키고는 집으로 돌아와서, 아내 이씨와 화로를 끌어안고

---

14) 통탄해 마지않으며[嗟呀不已] : 통탄해 마지 않음. 「차호」(嗟乎). [杜牧 阿房宮賦]「嗟乎一人之心 千萬人之心也」. [漢書 司馬相如傳]「嗟乎 此大奢侈」. 「차도」(嗟悼). [潘岳 詩]「聖王嗟悼」. 「불이」. [詩經 頌篇 維天之命]「維天之命 於穆不已」.

15) 오는 길은 있어도 돌아갈 길은 없다[有來路而無歸路矣] : '물러설 곳이 없음'의 비유임. 「귀로」(歸路). [三國志 魏志 毌丘儉傳]「絕其歸路」. [梁武帝 孝思賦]「投刺解職 以遽歸路」.

술을 마시고 있었다.

그 아내가 묻기를,

"여러 차례 변방이 위급하다는 말을 들었는데, 장군께서는 전혀 걱정하는 기색이 없으시니 어찌된 일입니까?"

하거늘, 마막이 말하기를

"대사는 강백약의 손에 있으니 내가 걱정할 일이 뭐 있겠소?"

하였다.

그 아내가 또 묻기를,

"비록 그와 같다지만 장군께서는 이 성지를 지키고 있으니, 임무가 중요하지 않다고는 할 수 없는 게 아닙니까?"

하였다.

마막이 대답하기를,

"천자께서는 황호의 말만 믿고 들으시며 주색에 빠져 있으시니, 내 생각에 화가 멀지 않을 것 같소. 위병이 몰려오면 저들에게 항복하는 게 상책이니, 뭐 꼭 염려할 게 있겠소?"

하거늘, 그 처가 크게 노하여 마막의 얼굴에 침을 뱉으며

"당신이 남자가 되어 먼저 불충하고 불의한 마음을 품고 있으며, 외람되게도 나라의 작록을 받고 있으니 내 무슨 낯으로16) 당신과 얼굴을 마주하겠소!"

하였다. 마막이 부끄러워 말을 못하였다.

---

16) **무슨 낯으로[面目]** : 얼굴. 무면목(無面目). 면목이 없음. 염치가 없다는 것으로 '이치를 제대로 헤아리지 못함'의 뜻. [國語 吳語]「吾何無面目以見員」. [史記 晋世家]「晉侯報國人 毋面目見社稷」. [史記 項羽紀]「我何面目見之」. 「면목가증 어언무미」(面目可憎 語言無味)는 얼굴의 생김새는 흉하고 말은 재미가 없다는 뜻으로 '궁(窮)하고 불쾌함'을 형용한 말. [韓愈 送窮文]「凡所以使吾面目可憎 語不無味者 皆子之志也」.

홀연 가인이 당황해 들어와 말하기를,

"위장 등애가 어디로 온 것인지는 알 수가 없으나, 2천여 군사들을 이끌고 호위를 받으며 입성하였답니다."

하거늘, 마막이 크게 놀라고 당황해 하며 나가서 항복하고, 공당(公堂) 아래 꿇어앉아 울면서 말한다.

"저는 오래전부터 항복할 생각을 갖고 있었습니다. 이제 성중의 백성들과 본부 인마들이 다 장군께 항복을 드리나이다."

하거늘, 등애가 그 항복을 받아주고 드디어 강유성의 군마를 거두어 부하에게 나누어 보냈다. 그리고 마막을 향도관을 삼았다. 그러자 마막의 아내는 스스로 목을 매어 죽었다.

등애가 그 까닭을 물으니 마막이 사실대로 고하자, 등애는 그 어짐에 감동하여 그녀를 후히 장사지내 주게 하고 직접 가서 치제하였다. 위나라 병사들이 듣고 감탄하지 않는 자가 없었다.

후세 사람이 이를 예찬한 시가 전한다.

후주가 혼미해서 한조가 기울어지니
하늘이 등애에게 서천을 취하게 했네.
　後主昏迷漢祚顚
　天差鄧艾取西川.

가련하다! 촉나라에는 명장이 많더니
강유의 이씨 부인, 그 어짐만 못하구려.
　可憐巴蜀多名將
　不及江油李氏賢.

등애는 강유를 취하고 나서, 드디어 음평 소로의 군사를 다 강유에 불러 모아서 곧 부성을 치러 가려 하였다.

그러나 부장 전속이 말하기를,

"우리 군사들은 험한 지형을 넘어 왔기 때문에 아주 피로해 있사오니, 마땅히 며칠간 쉬게 해야 합니다. 그 후에 진병하시지요."

하니, 등애가 크게 노하여 대답하기를

"병법에서는 신속함을 중요하게 여기거늘,17) 자네가 어찌해서 우리 군사들의 마음을 어지럽게 하는가!"

하고, 좌우에게 끌어내어 참하라 하였다. 여러 사람들이 강권하여 겨우 죽음을 면하였다.

등애는 직접 군사들을 이끌고 부성에 이르렀다. 성내의 관리들과 군민들이 하늘에서 온 것이 아닌가 의아해 하며, 다 나와 항복하였다. 촉나라 사람들이 이 소식을 듣고 나는 듯이 성도에 보고하였다. 촉주는 이 소식을 듣고 당황하여 황호에게 물었다.

황호가 대답하기를,

"이는 잘못 전해진 것입니다. 신인이 반드시 폐하를 잘못 되게는 하지 않을 것입니다."

하였다. 촉주는 또 무당이 어디에 있는지 물었으나, 어디로 갔는지조차 알 수가 없었다.

이때, 원근에서 급히 표문을 올렸는데 마치 눈발이 날리는 것 같아 오가는 사자들이 끊이지 않았다.18) 촉주는 조회를 열고 계책을 의논

---

17) 병법에서는 신속함을 중요하게 여기거늘……[兵貴神速] : 병사들의 움직임은 신속해야 함. [三國志 魏志 郭嘉傳]「太祖將襲袁尚 嘉言兵貴神速」.

18) 오가는 사자들이 끊이지 않았다[聯絡不絕] : 「낙역불절」(絡繹不絕). 끝없이 오고 감. [後漢書 南匈奴傳]「逃入塞者 絡繹不絕」. [紅樓夢 第五十三回]「一夜人

하였으나, 많은 관료들이 서로 얼굴만 쳐다보며 말이 없었다.

극정이 반열에서 나와 말하기를,

"일이 이미 급하게 되었나이다! 폐하께서는 무후의 아들과 퇴명지책을 의논함이 마땅할까 합니다."

하였다.

원래 무후의 아들 제갈첨(諸葛瞻)은 자를 사원(思遠)이라 하였는데, 그 어머니는 황씨(黃氏)니 황승언(黃承彦) 딸이었다. 그 어머니가 비록 그 용모는 심히 추했으나 기재(奇才)가 있었다. 위로는 천문에 밝고 아래로는 지리를 살피며, 무릇 도략과19) 둔갑술의20) 여러 책들에 밝지 못한 것이 없었다.

무후가 남양에 있을 때에 그 어짊을 듣고 구하여 아내로 삼았으니, 무후의 학문은 부인에게서 도움을 받은 바가 많았다. 무후가 죽은 후에 부인도 서거하니 임종할 때에 유서를 남겼는데, 그 아들 첨에게 오직 충효로써 힘쓰라는 것이었다. 제갈첨은 어려서부터 총명하고 명민하여 후주의 딸과 결혼하여 부마도위가21) 되었다. 뒤에 아버지 무

聲雜沓 語笑喧闐 爆竹烟火 **絡繹不絕**」.

19) **도략(韜略)** : 「육도삼략」(六韜三略). 중국의 병법서의 고전. '육도'는 태공망이 지었다는 문도·무도·용도·호도·표도·견도 등 60편이고, '삼략'은 상·중·하 3권으로 되어 있다 함. [耶律楚材 送王君王西征詩]「五車書史豈勞力 **六韜三略** 無不通」. [丁鶴年 客懷詩]「文章非豹隱 **韜略**豈鷹揚」.

20) **둔갑술[遁甲]** : 「기문둔갑」(奇門遁甲). '둔갑'은 술법을 써서 마름대로 제 몸을 감추거나 다른 것으로 변하게 함을 뜻함. 여기서는 '군사동향의 승패와 길흉을 미리 알아서 조치를 취함'의 뜻임. [後漢書 方術前注]「**奇門**推六甲之陰而隱遁也 今書七志有**奇門經**」. [奇門遁甲 煙波釣叟歌句解上]「因命風后演成文 **遁甲奇門**從此始」.

21) **부마도위(駙馬都尉)** : 국서(國婿). 공주 또는 옹주를 아내로 맞은 사람, 곧 임금의 사위. [行營雜錄]「皇女爲公主 其夫必拜**駙馬都尉** 故謂**駙馬**」. [陳書 袁樞傳]「**駙馬都尉** 置由漢武 或以假諸功臣……凡尙公主 主必拜**駙馬都尉**」.

향후의 벼슬을 이어받아, 경요 4년 행군호위장군이 되어 있었다. 그 때는 황호가 이를 맡고 있었기 때문에 병을 청탁하고 나오지 않았다.

그날 후주는 극정의 말을 따라 즉시 세 번 씩이나 조서를 보내어 제갈첨이 전각에 이르자, 후주가 울면서 말하기를

"등애가 벌써 부성에 주둔하고 있다 하니 성도가 위태할 것이다. 경이 아버지의 얼굴을 보아서라도 짐의 목숨을 구해다오!"

하거늘, 제갈첨도 또한 같이 울며 말하기를

"신은 부자가 선제의 후은을 입고 폐하의 특별하신 은혜를 만났으니, 비록 간뇌가 땅에 떨어진다 해도[22] 입은 은혜를 갚지 못할 것입니다. 원컨대 폐하께서는 성도의 군사들을 다 진발해 주시면, 신이 이끌고 가서 죽기로써 싸우겠나이다."[23]

하였다. 후주는 곧 성도의 장병 7만여 명을 장발하여 제갈첨에게 주었다.

제갈첨이 후주를 하직하고 군마를 정돈하고는, 제장들을 모아놓고 묻기를

"누가 선봉이 되겠소이까?"

하니, 말이 채 끝나기도 전에 한 소년 장군이 나서며

"아버님께서 이미 대권을 장악하셨으니, 원컨대 제가 선봉이 되겠습니다."

하거늘, 여러 사람들이 저를 보니 제갈첨의 큰 아들 제갈상(諸葛尙)이었다. 제갈상은 그때 나이 19세였는데, 병서를 널리 읽고 무예에 대

---

22) 간뇌가 땅에 떨어진다 해도[肝腦塗地] : 참혹한 죽임을 당함. [史記 劉敬傳]「使天下之民肝腦塗地 父子暴骨中野」. [漢書 蘇武傳]「常願肝腦塗地」. [戰國策 燕策]「擊代王殺之 肝腦塗地」.

23) 죽기로써 싸우겠나이다[決死一戰] : 죽기를 각오하고 싸움. [史記 項羽本紀]「項王至東城……今日固決死 願爲諸君決戰 必三勝之」. [淮南子 兵略訓]「其臨敵決戰不顧 必死無有二心」.

해 많은 훈련을 쌓고 있었다. 제갈첨이 크게 기뻐하며 마침내 제갈상을 선봉을 삼았다. 그날 대군을 이끌고 성도를 떠나 위병을 맞아 싸우려 떠났다.

한편, 등애는 마막이 바친 지리도를 보았더니, 거기에는 부성에서 성도에 이르기까지의 3백 60리 산천과 도로·산천의 넓음과 좁음·그리고 험준함이 하나하나 자세히 그려져 있음을 알았다.

등애가 보고 나서 크게 놀라서 말하기를,

"만약에 부성만 지키고 있다가 촉병이 앞산을 점거한다면 어찌 이길 수 있겠소? 이렇게 시간만 끌다가는 강유의 군사들이 오면, 우리 군사들은 위험에 빠질 것이오."

하고, 급히 사찬과 등충을 불러 말하기를

"자네들은 일군을 이끌고 밤을 도와 면죽에 가서 촉병을 막으시게. 나는 뒤에 곧 따라갈 것이오. 결단코 태만해서는 안 된다. 만약에 저들이 먼저 험한 요충지를 점거하면 자네들을 참할 것이네!"

하였다.

사찬과 등충 두 사람이 군사들을 거느리고 면죽에 이르자, 곧 촉병들을 만나서 둥글게 진을 쳤다. 사찬과 등충 두 사람은 말고삐를 잡고 문기 아래 서서 보니, 촉병들이 팔진을[24] 벌여 놓고 있었다.

세 번 북이 울리며[25] 나자 문기가 둘로 나뉘고, 수십 명의 장수들

---

24) 팔진(八陣):「팔진도」(八陣圖). 촉한(蜀漢) 때 제갈량이 창안했다는 진법의 그림. 가운데 중군을 두고 전후 좌우, 사우(四隅)에 여덟 진을 배치하였음. [三國志 蜀志 諸葛亮傳]「亮長于巧思 損益連弩木牛流馬 皆出其意 推演兵法 作八陣圖 咸得其要云」. [水經注]「諸葛亮所造八陣圖 東跨故壘 皆累細石爲之 自壘西去 聚石八行 行相去二丈 因曰八陣」.
25) 세 번 북이 울리고[三鼕]: 북을 세 번 침. 북을 999번 치는 동안을 말하는데

이 한 대의 사륜거를 둘러싸고 나온다. 수레 위에는 한 사람이 단정하게 앉아 있으니, 윤건에 우선을 손에 들고 몸에는 학창의를 두르고 수레 곁에는 한쪽에 청기를 꽂고 있는데, 그 위에 쓰여 있기를 '한나라 승상 제갈무후'라 하였다.

사찬과 등충 두 사람은 놀라 온 몸이 땀에 젖어서,[26] 군사들을 둘러보고 말하기를,

"원래 공명이 아직도 살아 있어서 우리들은 죽었구나!"

하고, 급히 군사들을 돌려 돌아가려 할 때에 촉병들이 엄살해 와서 위병들은 대패하여 달아났다. 촉병들이 20여 리까지 엄살해 오고 있을 때, 등애의 구원병들이 접응하는 것과 만났다. 양군이 각각 병사들을 거두어 돌아갔다.

등애가 장막에 앉아서 사찬과 등충을 불러 꾸짖으면서 말하기를,

"자네 두 사람들은 싸우지도 않고 물러났으니 그 까닭이 무엇인가?"

하니, 등충이 물으니

"촉나라의 진중에서 제갈공명이 군사들을 거느리고 오는 것을 보고, 그만 도망쳐 온 것입니다."

한다.

등애가 노하면서 말하기를,

"설사 공명이 다시 살아났다 해도 뭬 두려우냐![27] 너희들이 경솔하

333번 치는 것이 일통(一通)임. [後漢書 光武帝紀]「傳吏疑其僞乃權鼓數**十通**」. [李靖 衛公兵法]「日出日沒時 撾鼓一千搥 三百三十三搥爲**一通**」.

26) 온 몸이 땀에 젖어서[汗流遍身]: 식은땀이 흘러 온 몸을 적심. 「한출첨배」(汗 出沾背)는 '부끄럽거나 무서워서 흐르는 땀이 등을 적심'을 뜻함. [史記 陳丞相 世家]「周勃不能對 **汗出沾背**」. [後漢書 伏皇后紀]「曹操後以事 入見殿中……操出 顧左右 **汗流浹背**」.

27) 공명이 다시 살아났다 해도 뭬 두려우냐[孔明更生 我何懼哉]: 공명이 살아

게 물러났기 때문에 이처럼 패배하지 않았느냐. 마땅히 군법에 따라 참하리라!"

하였으나, 여러 군사들이 다 간곡하게 권하자, 등애는 그제서야 겨우 노기를 풀었다.

곧 영을 내려 초탐하게 하니, 돌아와서 보고하기를

"공명의 아들 제갈첨이 대장이 되었고, 제갈첨의 아들 제갈상이 선봉이 되었습니다. 수레 위에 앉아 있던 것은 공명의 유상은[28] 깎은 목상이었습니다."

하였다.

등애가 그 보고를 듣고, 사찬과 등충에게

"'성패의 기회는 단 한 번에 있다.'[29] 자네 두 사람은 다시 승리하지 못한다면 반드시 참수하리라."

고 하니, 사찬과 등충 두 사람이 또 1만의 군사들을 이끌고 싸우러 나갔다.

제갈상은 혼자서 창을 꼬나들고[30] 정신을 가다듬고[31] 싸워 두 사람

온다 해서 무엇이 두려우랴? 「갱생」(更生). [史記 主父偃傳]「元元興民 得免於 戰國逢明天子 人人自以爲更生」. [漢書 魏相傳]「元鼎二年 平原 勃海……賴明詔 振振 廼得蒙更生」.

28) 유상(遺像): 죽은 사람의 초상(肖像)화. 생전의 모습. [三國志 魏志 鄭渾傳]「視 其遺像」. [文選 潘岳 寡婦賦]「上瞻兮遺像」.

29) 성패의 기회는 단 한 번에 있다[成敗之機 在此一舉]: 성패의 기회는 이 한 판에 달렸음. '싸움의 성패가 여기에 달렸다'는 뜻. 「성패」. [史記 范雎傳]「成 敗之事」.

30) 혼자서 창을 꼬나들고[匹馬單槍]: 필마단기로 창을 들고 싸움터에 나감. [五燈會元]「慧覺謂皓泰日 埋兵掉鬪未是作家 匹馬單鎗便請相見」.

31) 정신을 가다듬고[抖擻精神]: 정신을 차림. [名義集]「新云杜多 此云抖擻 亦云 修治 亦云洮汰 垂裕記云 抖擻煩惱故也 善住意天子經云 頭陀者 抖擻 貪欲瞋恚 愚癡三界內外六人 若不取不捨不修不著 我說彼人 名爲杜多 今訛稱頭陀」.

을 물리쳤다. 제갈첨은 양 옆에 있는 군사들을 지휘하며 위군의 진중에서 좌충우돌해 나가며 짓쳐들어오기 수십 번을 하매, 위병군이 대패하였고 죽은 자는 그 수를 헤아릴 수가 없었다. 사찬과 등충도 중상을 입고 도망했다. 제갈첨은 군사들을 몰아가서 뒤따르며 20여 리까지 엄살하여 가 영채를 세웠다. 사찬과 등충은 돌아가 등애를 뵈었다.

등애는 두 사람이 다 부상을 입은 것을 보고 책망할 수가 없어서, 여러 장수들과 의논하기를

"촉에는 제갈첨이 아비의 뜻을 잘 받들어 두 번씩이나 우리 군 1만여 명을 죽였으니, 지금 만약에 급히 저들을 깨뜨리지 않는다면 뒤에 필시 화가 될 것이외다."

하니, 감군 구본(丘本)이 묻기를

"왜 편지를 써서 저들을 유인하지 않습니까?"

하였다. 등애가 그 말에 따라 한 통의 편지를 써서 사신을 촉나라의 영채로 보냈다. 수문장이 저를 데리고 장하에 이르러 그 편지를 올렸다.

제갈첨이 뜯어보니 대략 다음과 같다.

　　정서장군 등애는 편지를 써서 행군호위장군 제갈사원 휘하에 올리나이다.

　　간절히 보건대 근래 현명한 재질을 가지고 있는 분은 공의 아버님과 같으신 분이 없으십니다. 옛날 스스로 모려에서[32] 나오셔서 한 마디로 삼국을 나누시고, 형주·익주 등을 평정하셔서 마침내

---

32) **모려(茅廬)**: 초려(草廬)·모자(茅茨). 띠로 지붕을 이은 집. [史記 秦始皇紀] 「吾聞之韓子曰 堯舜采椽不刮 **茅茨不翦** 飯土塯」. 「모자부전채연불착」(茅茨不翦采椽不斲)은 아주 '질박(質樸)하고 절검(節儉)한 생활을 말함. [漢書 司馬遷傳]「墨者亦上堯舜 言其德行曰 堂高三尺 土階三等 **茅茨不翦 採椽不斲**」.

패업을33) 이루셨소이다. 고금 아래로 그에 미칠 자가 드물 것입니다. 후에 여섯 번씩이나 기산에 출군하였으니 지력이 부족해서가 아니라 이에 하늘의 운수일 뿐이외다.

이제 후주가 암약하고 왕기가 이미 끝났으매 등애가 천자의 명을 받들어 써 많은 병사들을 데리고 촉을 정벌하여, 이미 다 그 땅을 취하였소이다. 성도 또한 그 위태함이 코 앞에 닥쳤는데,34) 공은 어찌 하늘에 순응하고 사람의 뜻에 순종하여 의리에 따라 돌아오지 않으십니까?

이 등애가 마땅히 표문을 올려 공을 낭야왕(瑯琊王)으로 삼아서 조종(祖宗)을 빛내시게 하리다. 이는 결단코 허언이 아닙니다.

다행히 밝혀 살피소서.

제갈첨이 보고 나서 발연대로하여 그 편지를 찢어버렸다. 그리고 무사들을 시켜 편지를 가지고 온 사자를 참하여, 사자의 수급을 가지고 위나라 진영에 돌아가 등애에게 보이게 하였다. 등애가 크게 노하여 곧 출전하고자 하였다.

구본이 간하기를,

"장군께서는 가벼이 움직이시면 안됩니다. 마땅히 기병을 써야 저를 이길 수 있습니다."

하거늘, 등애가 그 말에 따라 마침내 천수태수 왕기와 농서태수 견홍

---

33) 패업(霸業) : 왕업(王業). 패도로 천하를 다스리는 일. [史記]「晋文公初立 欲修霸業」.

34) 그 위태함이 코 앞에 닥쳤는데[危在朝夕] : 매우 위험하여 하루를 넘기기 어려운 형편. 「위약조로」(危若朝露)는 아침이슬이 해가 뜨면 곧 사라지듯이 위기가 임박함을 이름. [史記 商君傳]「君危若朝露 尙將欲延年益壽乎」.

에게 명하여, 군사들을 뒤에 매복시키게 하였다. 그리고 자신은 직접 군사들을 거느리고 이르렀다. 제갈첨이 싸움을 돋우려 하고 있는데, 홀연 등애가 직접 군사들을 이끌고 왔다는 보고가 들어왔다.

제갈첨은 크게 노하여 곧 병사들을 이끌고 나가서 위군의 진중을 짓쳐 나갔다. 등애가 패주하자 제갈첨은 그의 뒤를 엄습하며 가는데, 갑자기 양쪽에 깔아 두었던 복병들이 짓쳐 나왔다. 촉병들은 대패하여 면죽으로 후퇴하니 등애는 면죽을 에워싸게 하였다.

이에, 위병들이 일제히 함성을 지르며 면죽을 에워싼 것이 마치 철통과 같았다. 제갈첨은 성중에 있으면서 사세가 급박함을 보고, 이에 팽화(彭和)에게 글월을 가지고 동오에 가서 구원을 청하라 하였다. 팽화가 동오에 이르러 동오의 손휴에게 편지를 올리며 위급함을 고하였다.

손휴가 보고 나서 여러 신료들과 의논하며,

"이미 촉나라가 위급해졌거늘 내 어찌 앉아서 보기만 하고 구하지 않겠는가?"

하고, 즉시 노장 정봉(丁奉)을 주장으로 삼고 정봉(丁封)과 손이(孫異)를 부장을 삼아 병사 5만을 이끌고 가서 촉나라를 구하게 하였다. 정봉은 칙지를 받들고 출사하면서, 부장 정봉과 손이에게 각기 1만씩 병사들을 나누어 주고 면중(沔中)으로 진병하게 하였다. 그리고 자신은 3만의 군사들을 이끌고 수춘을 향해 진병하였다. 그리하여 군사들을 3로로 나누어 촉병을 구원하러 갔다.

한편, 제갈첨은 구원병이 이르지 않는 것을 보고 여러 장수들에게

"오래 지키는 것만이 능사가 아니다."

하며, 마침내 아들 제갈상과 상서 장준(張遵)에게 성을 지키라 하고, 갑옷을 입고 말에 올라 삼 군을 이끌고 성문을 열고 짓쳐 나갔다. 등애는 촉병들이 나오는 것을 보고 곧 군사들을 물려 퇴병하였다.

제갈첨이 힘을 다해 싸우는데 홀연 일성 포향이 들리더니 사방에서 병사들이 몰려들었다. 제갈첨은 포위되었으나 병사들을 이끌고 좌충우돌하며 싸워 수백 명을 죽였다. 등애가 군사들에게 활을 쏘게 하매, 촉의 군사들을 사방으로 흩어졌다. 제갈첨은 화살에 맞아 말에서 떨어졌다.

이에 부르짖기를,

"내 힘이 다했도다! 마땅히 죽음으로써 나라에 보답하리라!"35)

하고, 마침내 칼을 빼어 스스로 목을 찔러 죽었다.36) 그의 아들 제갈상이 성 위에 있다가 아비지가 군사들 속에서 죽는 것을 보고, 발연대로하여37) 마침내 갑옷을 입고 말에 올랐다.

장준이 간하기를,

"장군께서는 경거망동하지 마십시오."

하니, 제갈상이 탄식하며 말하기를,

"우리 부자조손(父子祖孫)이 나라에 후은을 받아 왔소. 이제 아버지께서 적에게 돌아가셨는데, 내 살아서 무엇에 쓰겠소이까?"

하고, 마침내 말에 채찍을 쳐 짓쳐 나가서 진중에서 죽었다.

후세 사람이 제갈첨과 제갈상 부자를 예찬한 시가 전한다.

---

35) 죽음으로써 나라에 보답하리라[一死報國]:「갈충보국」(竭忠報國). 충성을 다해 나라의 은혜를 갚음.「갈력진능」(竭力盡能)·「진충보국」(盡忠報國). [禮記 燕義]「臣下**竭力能盡** 以立功於國」. [劉氏鴻書 岳飛 下]「飛裂裳以背示鑄 有**盡忠報國四大字**」.

36) 칼을 빼어 스스로 목을 찔러 죽었다[自刎而死]:「자경이사」(自剄而死). 스스로 목을 찔러 죽음. [戰國策 魏策]「「樊於期 偏袒阨腕而進曰 此臣日夜 切齒拊心也 乃今得聞敎 遂**自刎**」. [戰國策 燕策]「欲自殺以激 荊軻曰 願足下急過太子 言光已死 明不言也 **自剄而死**」.

37) 발연대로(勃然大怒): 몹시 성을 냄.「발연」은 몹시 흥분하는 모양을 나타내는 말임. [文子 上禮]「賢聖**勃然而起**」. [安氏家訓 勉學]「**勃然奮勵**」.

충신이 지모가 없어 이 지경에 이르렀으랴
하늘이 한나라를 버리니 어찌하겠느냐.

　不是忠臣獨少謀

　蒼天有意絶炎劉.

당년 제갈문중은 자손을 잘도 두어서
그 절의 진실로 무후의 뒤를 잇는도다.

　當年諸葛留嘉胤

　節義眞堪繼武侯.

등애는 그 충성심을 가련히 여겨 부자를 합장해 주었다.

그리고 틈을 타서 면죽을 공격하였다. 장준·황숭(黃崇)·이구(李球)
등 세 사람이 각기 일군을 이끌고 짓쳐 나갔다.

촉병들은 군사가 적고 위병들은 군사가 많아서 세 사람 또한 다 전
사하였다. 등애는 면죽을 얻고 군사들의 노고를 치하하고 나서, 마침
내 성도를 취하러 갔다.

이에,

후주가 국난을 당한 날의 거동을 보면
유장이 핍박을 받던 그때와 다름이 없도다.

　試觀後主臨危日

　無異劉璋受逼時.

성도를 어떻게 방어하는지는 알 수가 없다. 하회를 보라.

제118회

소열묘에 통곡을 하고 한왕은 효를 위해 죽고
서천에 들어간 두 장수는 공을 다투다.
哭祖廟一王死孝
入西川二士爭功.

한편, 후주는 성도에 있으면서 등애가 면죽을 깨뜨렸다는 소식과 제갈첨 부자가 이미 죽었다는 소식을 들었다. 후주는 크게 놀라 급히 문무 백관들을 모아 상의하였다.

근신이 아뢰기를,

"성 밖의 백성들이 노인들을 부축하고 애들을 데리고 곡성이 진동하는 속에, 각자가 목숨을 위해 도망가고 있다 하옵나이다."

하거늘, 후주가 놀라고 당황하며 어찌할 바를 모르고1) 있었다. 홀연 초마가 와서 위병들이 성 아래까지 왔다고 말한다.

여러 관료들이 말하기를,

"병사들이 적고 장수들이 없으니 적을 막기는 어려울 것이외다. 일찍이 성도를 버리고 남중 7군으로 달아나는 게 나을 것이외다. 그곳은 지형이 험준하여 지키기가 낫습니다. 또 만병의 힘을 빌릴 수만

---

1) 놀라고 당황하며 어찌할 바를 모르고[驚惶無措] : 경황망조(驚惶罔措). 놀랍고 두려워 허둥지둥하면서 어찌할 줄을 모름. [晉書 劉琨傳]「拜命驚惶 五情戰悸」. [易林 漸之无妄]「使我驚惶 恩吾故處」.

있다면 다시 와서 회복하는 것도 늦지 않습니다."

하거늘, 광록대부 초주가 대답하기를

"안 됩니다. 남만은 오래전부터 사람을 배반하였으며 평소에 배운 바가 없으니, 이제 만약에 저들에게 투항하면 필시 곧 화를 만나게 될 것이외다."

하였다.

문무 백관들이 또 말하기를,

"촉과 오나라는 이미 동맹을 맺은 상태이고 일이 급하게 되었으니, 오나라에 투항하는 게 좋을 것입니다."

하니, 또 초주가 권하기를

"예로부터 지금까지 다른 나라에 의탁한 천자는 없습니다. 신의 생각으로는 위나라가 오나라를 병탄할 수는 있겠지만, 오나라는 위나라를 병탄할 수 없나이다. 만약에 오나라에 칭신(稱臣)하는 것은 한 번의 치욕일 뿐입니다. 만약에 오나라가 위에 병탄된다면 폐하께서는 다시 위에게 칭신해야 할 것이니, 이는 두 번 욕을 보시게 되는 것입니다. 오히려 오나라에 투항하는 것보다는 위나라에 항복하는 게 나을 것입니다. 위나라는 필시 땅을 쪼개서 폐하를 봉해드릴 것이니, 이렇게 되면 위로는 종묘를 지킬 수 있고 아래로는 써 백성들을 보존할 수 있을 것이오니, 폐하께서는 심사숙고하옵소서."

하거늘, 후주는 결단을 미루고 물러나 궁중으로 들어갔다.

다음 날, 여러 사람들의 의견이 분분했다.[2] 초주는 일이 급박해지자, 다시 상소를 올려 그 일에 관해 간하였다. 후주가 초주의 말을 좇

---

2) 여러 사람들의 의견이 분분했다[衆議紛然] : 여러 사람들의 의견이 분분함. 「중론불일」(衆論不一)과 같은 뜻임. [漢書 武帝紀]「何紛然其擾也」. [文選 東方朔 非有先論]「果紛然傷於身」.

아 막 나가서 항복하려 하는데, 홀연 병풍 뒤에서 한 사람이 나오면서 목소리를 가다듬어 초주를 꾸짖으며,

"목숨만 살려는 이 썩을 선비놈아, 어찌 그리 망령된 말로 나라의 큰 일을3) 망령되게 말하느냐! 자고로 어찌 천자께서 항복하는 일이 있다더냐!"

하거늘, 후주가 저를 보니, 이에 다섯째 아들 북지왕 유심(劉諶)이었다. 후주는 아들 7형제를 두었는데, 장자는 유선(劉璿)·둘째는 유요(劉瑤)·셋째는 유종(劉琮)·넷째는 유찬(劉瓚)이요·다섯째가 곧 복지왕 유심(劉諶)·여섯째가 유순(劉恂)·막내가 유거(劉璩)였다. 일곱 아들 중에서 오직 심만이 어려서부터 총명하여 영민함이 뛰어났고,4) 나머지 아들들은 다 부드럽고 착하였다.

후주가 유심에게 말하기를,

"이제 대신들이 다 항복하고자 하는데, 너만 혼자서 혈기에 따라 온 성이 피를 흘리게 하려 하느냐?"

하거늘, 유심이 아뢰기를

"지난 날 선제께서 재위하였을 때 초주는 일찍이 국정에 간여하지 않았습니다. 이제 망령되게도 나라의 대사를 논의하며 어지러운 말을 하니 아주 도리에 어긋나는 일입니다. 신이 간절히 생각하건대 성도의 병사들은 아직도 수만이나 되고 또, 강유가 전군을 이끌고 다 검각에 있습니다.

---

3) 나라의 큰 일을[社稷大事] : 나라의 큰 일. [禮記 祭儀篇]「建國之神位 右社稷 而左宗廟」. [後漢書 禮儀志]「考經援神契日 社者土地之主也 稷者五穀之長也 大 司農鄭玄說 古者官有大功 則配食其神 故句農配食於社 棄配食於稷」.
4) 영민함이 뛰어났고[英敏過人] : 영특하고 민첩함이 남보다 뛰어남. [後漢書 董卓傳]「卓膂力過人 雙帶兩鞬 左右馳射」.

만약에 위병이 궁궐을 침범한 것을 안다면 반드시 구응하러 와서, 내외에서 위군을 공격한다면 전승할 수가 있습니다. 어찌 썩은 유생의 말만 들으시고, 경솔히 선제의 기업을 폐하려 하시나이까?"

하였다.

후주가 저를 꾸짖으며,

"네 어린놈이 어찌 천시를5) 안단 말이냐!"

하시거늘, 유심이 머리를 조아리며6) 울면서

"만약에 전세가 불리해지고 힘이 다해 화가 패장들에게 미치면, 그때 가서 곧 부자군신들이 다 같이 성을 등지고 싸우다가 나라를 위해 죽어 선제를 뵈올 수 있을 것입니다. 어찌 항복한다 하십니까!"

하였다.

후주가 못 들은 체하니, 유심이 방성대곡하며7)

"선제께서 쉽게 나라를 세우신 게 아닙니다. 오늘 한 번 버리게 되면 저는 차라리 죽어서 욕되히 살지 않겠나이다!"

하였다. 후주는 근신들에게 명하여 유심을 궁문 밖으로 끌어내라 하

---

5) 천시(天時) : 하늘의 때. 하늘의 도움이 있는 시기와 지리적인 이로움. 「천시불여지리」(天時不如地理)는 전쟁을 함에 있어 설사 때가 와 유리하다 할지라도, 적이 이편보다 유리한 지형을 차지하고 있으면 승리할 수 없다는 말. [孟子 公孫丑篇 下]「天時不如地利 地利不如人和」. [淮南子 兵略訓]「地利勝天時 巧舉勝地利 勢勝人」.

6) 머리를 조아리며[叩頭] : 머리를 조아리고 경의를 나타냄. [正字通]「叩 稽顙日 叩首」. [周祈 名義考 人部]「叩首 以手至首也……叩頭 以首至地也」. [漢書 朱雲傳]「左將軍辛慶忌 免冠解印綬 叩頭殿下」. [三國志 吳志 吳範傳]「叩頭流血 言與涕泣」.

7) 방성대곡(放聲大哭) : 큰 소리를 내어 슬피 욺. 「통곡유체장태식」(痛哭流涕長太息)은 나라를 근심하는 나머지 눈물을 흘리고 통곡하고 장탄식을 함. [漢書 賈誼傳]「誼上疏曰 方今事勢可爲痛哭者一 可爲流涕者二 可爲長太息者六」. [胡詮 上高宗封事]「此膝一屈 不可復伸 國勢陵夷 不可復振 可爲痛哭流涕長太息也」.

였다.

그리고 마침내 초주에게 항복하는 글을 쓰게 하여, 사서시중 장소와 부마도위 등량(鄧良)과 초주에게 옥새와 같이 주고, 낙성(雒城)으로 보내서 항복을 청하였다.

그때, 등애는 매일 수백 철기병에게 초탐을 시키고 있었는데, 그날 항복하는 깃발이 세워진 것을 보고 크게 기뻐하였다.

얼마 아니 되어 장소 등이 이르매 등애가 사람을 시켜서 맞아들이자 세 사람은 계하에서 배복하고, 항복 문서와 옥새를 바쳤다. 등애가 항복 문서를 뜯어보고 크게 기뻐하며 옥새를 받고, 장소·초주·등량 등을 후대하였다. 등애가 답서를 써서 세 사람에게 주어 성도로 돌아가서 백성들을 안심시키라 하였다. 세 사람이 등애에게 배사하고 곧 성도로 돌아가 후주를 뵙고 답서를 바치며, 등애가 아주 잘 대해 주더라는 말을 자세히 아뢰었다.

후주는 편지를 뜯어서 보시고는 크게 기뻐하며, 즉시 태복 장현(蔣顯)에게 칙령을 주어 강유에게 항복하라 하고, 상서랑 이호를 보내 문부(文簿)를 등애에게 보냈다. 그때 호(戶)가 28만이고 남녀가 94만·갑옷 입은 장사가 10만 2천 관리가 4만·태창의 양미가 4십여 만·금은이 2천 근·금(錦)·기(綺)·사(絲)·견(絹) 등이 각각 20만 필이었다. 나머지 물건들은 창고에 있었는데 구체적인 숫자는 알 수가 없었다.

12월 초하룻날을 택해 임금과 신하들이 성에서 나가 항복하기로 하였다. 복지왕 유심은 이 소식을 듣고 노기가 충천하여[8] 칼을 가지고 입궁하였다.

---

8) **노기가 충천하여[怒氣衝天]** : 노기등천(怒氣登天). 화가 머리끝까지 치받침. 「노기」. [吳越春秋 句踐伐吳外傳]「見敵而有**怒氣** 故爲之軾 於是軍士聞之 莫不懷心樂死」.

그의 처 최부인이 묻기를,

"대왕께서 오늘은 얼굴빛이 좋지 않사오니 무슨 일이 있습니까?"

하거늘, 유심이 말하기를

"위병이 가까이까지 왔고 부황께서 벌써 항복 문서를 드렸답니다. 내일이면 군신들이 다 나가서 항복한답니다. 그리되면 나라는 망하게 되는 것이외다. 나는 먼저 죽어서 선제를 지하에서 뵙자 하오이다. 남에게 무릎을 꿇지 않겠소이다!"

하였다.

최부인이 말하기를,

"어질도다, 어질도다! 죽을 곳을 얻으셨도다! 청컨대 첩이 먼저 죽겠사오니 왕께서는 그 후에 죽으셔도 늦지 않을 것이옵니다."

하거늘, 유심이 묻기를

"당신은 왜 죽소이까?"

하니, 최부인이 대답하기를

"왕께서도 아버지 때문에 죽고 첩은 남편이 죽으니까 죽는 것이니, 그 의리가 같은 것입니다. 남편이 죽는데 그 아내가 죽는 것을 굳이 물으셔야 합니까?"

하고, 말을 마치자 기둥에 머리를 부딪혀 죽었다.

유심이 이에 세 아들을 죽이고 동시에 아내의 머리를 베어 소열묘 중에 바치고, 땅에 엎드려 크게 울며

"신은 기업을 타인에게 버리는 것이 부끄러워, 먼저 처자를 죽여 마음에 걸리는 것은 없애고 후에 한 목숨을 조선께 보답하려 하나이다. 조선께서 영험이 있으시면 후손의 마음을 아실 것입니다!"

하며, 한바탕 크게 우니 눈에서 피눈물이 흘렀다.9) 그리고는 스스로 목을 찔러 죽었다.10) 촉나라 사람들이 이 말을 듣고 통곡하지 않는

이가 없었다.

후세 사람이 이를 예찬한 시가 전한다.

임금과 신하가 달게 무릎을 꿇을 때
그 중 한 아들 혼자서 슬퍼하는구나!
　　君臣甘屈膝
　　一子獨悲傷.

아아, 서천이 망하던 그날에
장하여라 북지왕 유심이여!
　　去矣西川事
　　雄哉北地王.

한 몸을 바쳐서 열조에 보답하니
머리를 쥐어뜯고 하늘 향해 우는구나!
　　捐身酬烈祖
　　搔首泣穹蒼.

늠름할사! 그 사람 지금 눈 앞에 보듯하니
그 누가 한나라가 다 망했다 하는가?

---

9) 눈에서 피눈물이 흘렀다[眼中流血] : 눈에 피가 흐름. 피 눈물이 남. [漢書
　天文志]「伏尸 流血之兵大變」. [史記 齊太公世家]「射傷卻克 流血至履」.

10) 스스로 목을 찔러 죽었다[自刎而死] : 「자경이사」(自剄而死). 스스로 목을 찔
　러 죽음. [戰國策 魏策]「樊於期 偏袒阨腕而進曰 此臣日夜 切齒拊心也 乃今得聞
　教 遂自刎」. [戰國策 燕策]「欲自殺以激 荊軻曰 願足下急過太子 言光已死 明不言
　也 自剄而死」.

凜凜人如在

誰云漢已亡.

후주가 북지왕이 스스로 목을 찔러 죽었다는 소식을 듣고, 이에 저를 장사 지내주게 하였다.

다음 날, 위병이 몰려오자 후주가 태자와 제왕 및 군신 60인과 함께 두 손을 뒤로 묶고, 빈 관을 수레에 싣고는[11] 북문 10리 밖에 나가 항복하였다. 등애가 후주를 부축해 세우고 직접 그 결박한 것을 풀어주며, 관을 싣고 온 수레를 불태우고 같이 성중으로 들어갔다.

후세 사람이 이 일을 한탄한 시가 전한다.

위병 수만 명이 서천에 들어오매

후주는 목숨을 위해 스스로를 잃는구나.

魏兵數萬入川來

後主偸生失自裁.

황호는 끝내 나라를 속일 뜻을 가졌거늘

강유여! 세상 건질 그 재주 헛되이 되었구나.

黃皓終存欺國意

姜維空負濟時才.

---

11) 두 손을 뒤로 묶고, 빈 관을 수레에 싣고는[面縛輿櫬] : 자신의 두 손을 등 뒤로 돌려 묶고 수레에 관을 싣고 밀고 가서 항복한다는 뜻인데, 이는 싸움에서 진 패왕 군주가 투항할 때의 의식임. 「면박」. [左傳 僖公六年] 「許男面縛銜璧 大夫衰絰 士輿櫬」. [左氏 昭 四] 「面縛銜璧 士袒 輿櫬從之」.

충의의 장수들이여, 그 충렬을 어찌하며
수절한 왕손의 뜻 어찌 애닯지 않으랴.
　全忠義士心何烈
　守節王孫志可哀.

소열제의 국가경영 쉬운 일 아니건만
하루아침 그 공업이 잿더미 되었구나.
　昭烈經營良不易
　一朝功業頓成灰.

이에 성도의 백성들은 다 향화를 들고 영접하였다. 등애가 후주를
표기장군으로 삼고, 그 나머지 문무 백관들에게는 각각 관직의 고하
에 따랐다.

그리고 후주께 환궁하도록 청하고, 방을 내어 백성들을 안돈시키고
창고를 물려받았다. 또 태상 장준(張峻)과 익주별가 장소(張紹)에게 각
군의 군민들을 초안하게12) 하였다.

또 사람들을 시켜 강유에게 항복하도록 설득하고, 한편으로는 사람
을 낙양에 보내 첩보를 알렸다. 등애는 황호가 간악하고 음험함을 알
고 저를 참하고자 하였다. 그러나 황호는 금은보화를 그 좌우에게 뇌
물로 주어 이로 인해 죽음을 면하였다. 이로써 한나라는 완전히 망하
게 되었다.

후세 사람이 지은 한나라의 멸망과 제갈무후를 생각하는, 시가★ 전

---

12) 초안하게[招安] : 백성들을 초청하여 위로함. [鷄肋篇]「宋建炎後 民開語云
　欲得官 殺人放火 受招安」. [歐陽脩 詩]「曉昨計不出 還出招安辭」.
　★ 이상은(李商隱)의 「籌筆驛」.

한다.

　　원숭이와 새들도 군령을13) 두려워하거늘
　　풍운은 길이 진과 영채를14) 호위하누나.

　　　猿鳥猶疑畏簡書
　　　風雲長爲護儲胥.

　　헛되이 상장으로 신필을 휘두르게 하였으나
　　마침내 항왕의 전거가15) 달리게 되었구나.

　　　徒今上將揮神筆
　　　終見降王走傳車.

　　관악의16) 그 재주를 욕되게 하지는 않았으나
　　지금에 관우와 장비 없으니 어찌하랴!

---

13) **군령(簡書)** : 문서. 주로 군사에 관한 명령서. [詩經 小雅篇 出車]「豈不懷歸
　　畏此**簡書**」. [左傳 閔公元年]「詩云 豈不懷歸 畏此**簡書** **簡書**同惡 相恤之謂也 請
　　救邢以從**簡書**」.
14) **진과 영채[儲胥]** : 군중(軍中)에 둘러 쳐 놓은 울타리. [揚雄 長楊賦]「木擁槍
　　纍 以爲**儲胥**」. [三體詩 注]「**儲胥** 軍中蕃籬」.
15) **전거(傳車)** : 역참(驛站)에 비치한 수레. [史記 游俠 朱家傳]「條侯爲大尉 乘
　　傳車 將至河南」. [淮南子 道應訓]「具**傳車** 署邀吏」.
16) **관악(管樂)** : 관중(管仲)과 악의(樂毅). 관중은 제(齊)나라의 정치가, 악의는
　　연(燕)나라의 장군. 「관중」. [中國人名]「齊 穎上人 少與鮑叔牙爲友 嘗曰……生
　　我者父母 知我者鮑子也 尊周室 九合諸侯 一匡天下」. 「악의」. [中國人名]「燕 羊
　　後 賢而好兵 自魏使燕……下齊七十餘城 以功封昌國 號昌國君……田單乃縱反間
　　於王……燕趙二國 以爲客卿」.

管樂有才眞不忝

關張無命欲何如!

뒷날 금리의17) 승상 사당을 지나는 이

양보음18) 소리도 한이 되어 남으리라.

他年錦里經祠廟

梁父吟成恨有餘.

이때, 태복 장현이 검각에 이르러 들어가 강유를 만나서, 후주의 칙명을 전하고 항복하게 된 일을 말하였다. 강유는 크게 놀라 말을 못하였다. 장하의 군사들이 다 들어 알게 되자, 일제히 한탄하고 이를 악물고 노한 눈을 부릅뜨며19) 수염과 머리카락을 모두 곤두세웠다.

---

17) 금리(錦里) : 금성(錦城). 제갈무후의 사당이 있는 금관성(錦冠城). 촉(蜀)나라 성도(成都)의 별명. [杜甫集(注)]「成都府城 亦呼爲錦官城 以江山明麗錯雜 如錦也 趙云 或以其有錦官如銅官鹽官之類 其說亦是 不然 止取錦 而何以更有官字乎」. [杜甫 蜀相詩]「丞相祠堂何處尋 錦官城外柏森森」.

18) 양보음[梁父吟] : 초나라 때의 노래. 양보음(梁甫音). 일설에는 거문고의 곡명(琴曲名)이라고도 하는데 제갈량의 작이라 전함. [三國志 蜀志 諸葛亮傳]「亮躬耕隴畝 好爲梁父吟」. [集解]「漢樂府相和歌辭之楚曲調名 梁父」.

19) 이를 악물고 노한 눈을 부릅뜨며[咬牙怒目] : 이를 갈며 성난 눈으로 봄. 「교아절치」(咬牙切齒). 분개하여 이를 갊. '아주 분(忿憤)해 함을 일컫는 말'임. [吳越春秋 闔閭內傳]「伍員咬牙切齒 將一切眞情 具實奏於吳王」. [水滸傳 第六十九回]「衆多兄弟 被他打傷 咬牙切齒 盡要來殺張淸」. 「절치부심(切齒腐心)」. [史記 刺客 荊軻傳]「樊於期偏袒 搤椀而進曰 此臣之日夜切齒腐心 (注) 切齒 齒相磨切也」. [戰國策 燕策]「荊軻私見樊於期曰 願得將軍之首 以獻秦王 秦王必喜而召見臣 臣左手把其袖 右手揕其胸 則將軍之仇報 而燕國見陵之恥除矣 樊於期曰 此臣之日夜切齒扼腕 乃今得聞教 遂自刎」. 「노목시지」(怒目視之)는 '성이 나서 눈을 부릅뜨고 바라봄'의 뜻임. [顧況 從軍行]「怒目時一乎 萬騎皆辟易」. [文選 劉伶 酒德頌]「舊袂攘衿 怒目切齒」.

칼을 빼어 돌맹이를 치면서,

"우리는 죽기로써 싸우는데 무엇 때문에 먼저 항복을 한단 말인가!"

하고, 우는 소리가 수십 리까지 들렸다.

강유가 군사들의 마음이 한나라를 생각하고 있음을 보고, 이에 좋은 말로써 저들을 위로하며

"여러 군사들은 염려마시오. 나에게 한 가지 계책이 있으니 이대로만 하면 한실을 회복할 수 있을 것이외다."

하거늘, 여러 군사들이 다 묻는다. 강유는 여러 장수들에게 낮은 귓속말로 계책을 설명하였다.

그리고는 곧 검문관에 두루 항기를 꽂고 먼저 사람을 시켜서 종회의 영채에 들어가 고하게 하되, 강유는 장익·요화·동궐 등의 무리들을 데리고 가서 항복을 청하였다. 종회가 크게 기뻐하며 사람을 시켜 강유를 맞아 장막에 들이게 하였다.

종회가 묻기를,

"백약께서 어찌 이리 늦게 오셨소이까?"

하거늘, 강유가 정색을 하고 눈물을 흘리며

"국가의 전군이 내게 있는데 오늘 여기에 온 것은 오히려 빠른 게 아닙니까?"

하였다. 종회가 그 말을 심히 기이하게 여기며, 자리에서 내려와 인사를 하고 상빈으로 대접하였다.

강유가 종회를 설득하며 말하기를,

"들으니 장군께선 회남에서부터 계책이 하나도 맞지 않는 것이 없어, 사마씨가 성한 것이 모두 다 장군의 공이라 하더이다. 강유는 그런 때문에 달게 머리를 숙이는 것입니다.[20] 등사재였다면 마땅히 죽기로 싸워서 결단을 내었을 것인데 어찌 순순히 항복하겠나이까?"

하였다.

종회가 드디어 화살을 꺾어 맹세를 하매[21] 강유와 형제의 의를 맺고, 그 정애(情愛)가 매우 친밀하여 전과 같이 군사들을 거느리게 해 주었다. 강유는 속으로 기뻐하며 마침내 장현에게 명하여 성도로 돌아가게 하였다.

한편, 등애는 사찬을 봉해 익주자사를 삼고 견홍과 왕기 등을 각각 주군을 거느리게 하였다. 또 면죽에 전공을 기리는 축대를 쌓게 하고는, 곧 집회를 열어 촉나라의 문무 제관에게 술자리를 베풀게 하였다.

등애는 술이 거나해지자, 이에 여러 관료들을 가리키며

"자네들은 나를 만난 것을 다행으로 아시오. 그러기 때문에 오늘이 있는 것이외다. 만약에 다른 장수를 만났으면 필시 다 죽었을 것이오." 하자, 여러 관리들이 일어나 배사하였다.

홀연 장현이 이르러 강유가 스스로 종진서 장군에게 항복했다고 말하자, 등애는 이로 인해 종회에게 한을 품었다. 마침내, 한 통의 편지를 닦아 사람을 시켜 낙양의 진공 사마소에게 보냈다.

사마소가 편지를 보니 그 내용은 대강 다음과 같다.

신 등애는 간절히 말씀드립니다.
병서에 이르기를 '소문을 먼저 내고 실전은 그 뒤에 한다[22] 하였

---

20) 달게 머리를 숙이는 것입니다[甘心俯首] : 책망을 달게 여겨 머리를 숙임. [左傳 莊公九年]「鮑叔帥師來言曰 子糾親也 請君討之 管召讎也 請受而甘心焉」. [詩經 衛風篇 伯兮]「願言思伯 其心首疾」. 「감심명목」(甘心瞑目)은 '달게 받겠다는 듯이 눈을 감음'의 뜻임. [安氏家訓 省事]「以此得幸 甘心瞑目」.
21) 화살을 꺾어 맹세를 하매[折箭爲誓] : 자신의 굳은 의지를 보임. [程史]「虜 旣得俊邁 折箭爲誓」.
22) 소문을 먼저 내고 실전은 그 뒤에 한다 : 원문에는 '兵有先聲而後實者'로 되

습니다. 이제 촉국을 점령한 세로 동오로 나가려 하오니, 지금이 곧 석권할[23) 때입니다. 그러나 큰 병사들을 일으킨 뒤라서, 병사들이 피곤해 있는 터라 곧 쓸 수가 없사옵니다. 마땅히 농우의 병사 2만과 촉병 2만을 남겨서, 소금을 굽고 풀무를 일으키는 한편, 배를 만들어 미리 순류지계를[24) 해야 합니다.

그런 뒤에 사신을 보내어 이해를 말하면, 오나라는 정벌하지 않고도 정해질 것입니다.[25) 이제 마땅히 유선을 후대하여서 손휴를 마음 놓게 해야 합니다. 만약에 곧 유선을 경사(京師)로 보낸다면 오는 틀림없이 의심을 할 것입니다. 그렇게 되면 우리를 향한 마음을 권하는 바 아닐 것입니다.

또 권도로써 촉에 머물게 했다가 모름지기 내년 겨울에 경사로 보내야 할 것입니다. 이제 곧 유선을 봉하여 부풍왕(扶風王)을 삼고 재물로써 그의 좌우들에게 주게 하시고 그 아들들에게 공경의 작위를 내리셔서, 써 귀순한 자에 대한 은총을[26) 내리시옵소서. 그렇게 하시면 오나라 사람들은 권위를 두려워하고 덕을 품게 되어, 소문만 듣고도 자연히 따를 것입니다.[27)

어 있음. [史記 淮陰候列傳]「**兵固有先聲而後實者** 此之謂也」.

23) 지금이 곧 석권할[雲徹席捲]: 구름이 걷히듯 휩씀. 「석권지세」(席捲之勢). [戰國策 楚策]「雖無出兵甲 **席卷**常山之險」. [賈誼 過秦論]「有**席卷**天下 包擧宇內 囊括四海之意 并吞八荒之心」.

24) 순류지계(順流之計): 순리에 따르는 계책. [新語 道基]「百川**順流** 各歸其所」. [文選 束晳 補亡詩]「獸在於草 魚躍**順流**」.

25) 정벌하지 않고도 정해질 것입니다[可不征而定]: 정벌하지 않고도 손에 들어 오게 될 것임.

26) 귀순한 자에 대한 은총[歸命之寵]: 귀순한 병사들에게 은총을 베풂. [三國志 吳志 孫亮傳]「旣蒙不死之詔 後加**歸命之寵**」. [法華嘉祥疏 四]「**歸命**者 以命歸投十方諸佛也」.

사마소가 읽고 나서, 등애가 자전지심이28) 있지 않나 하고 매우 걱정하며, 이에 먼저 친필로 편지를 써서 위관(衛瓘)에게 주어 보냈다.

그리고 뒤이어 항복을 받아낸 등애에게 벼슬을 봉하는 조서를 내리니, 그 내용은 다음과 같다.

정서장군 등애는 위세를 빛내고 무력을 떨쳐 적의 경계에까지 깊숙이 들어가, 제호를 참칭하는 임금으로 하여금 목을 끌어 항복하게 하였다. 병사들 또한 때를 넘지 않았고 싸움 또한 오래 걸리지 않아 구름이 걷히듯 자리를 말 듯 파촉을 소탕하였도다.

비록 백기가 강한 초나라를 깨뜨리고 한신이 조를 이겼다 하나, 족히 이 공에 비기지 못할 것이다.29) 그러므로 등애로써 태위를 삼고 읍(邑) 2만 호를 더하며, 두 아들을 정후(亭侯)로 봉하여 각기 식

---

27) 소문만 듣고도 자연히 따를 것입니다[望風而從] : 소문만 듣고도 따라올 것임. 「망풍이미」(望風而靡)는 '들리는 소문에 놀라서 맞서려고도 않고 뿔뿔이 흩어져 달아남'의 뜻임. [三國志 魏志 王粲傳]「海內回心望風」. [文選 任昉 王文憲集序]「見公弱齡 便望風推服」.

28) 자전지심(自專之心) : 스스로 모든 일을 도맡아 주재하고자 하는 마음. [禮記 中庸]「賤而好自傳」. [後漢書 王堂傳]「遷汝南太守 搜才禮士 不苟自專」.

29) 백기가 강한 초나라를 깨뜨리고 한신이 조를 이겼다 하나, 족히 이 공에 비기지 못할 것이다[白起破楚·韓信克趙] : 백기는 초나라를 파하고 한신은 조나라를 이김. 「백기」는 전국시대 진(秦)나라의 명장으로 소양왕(昭襄王) 때 초를 쳐 멸망시켰으며 조나라 70여 성을 빼앗았으나, 후에 범저(范雎)와의 사이가 벌어져 사사되었음. [中國人名]「秦 郿人 善用兵 事昭王 封武安君 戰勝功取 凡七十餘城南定鄢 郢漢中北破趙括 坑趙降卒四十萬 後與應候范雎有隙……遷陰密賜死」. 「韓信」. '한신'은 한 고조 유방의 장수. 소하(蕭何)·장량(張良)과 함께 한나라 창업의 삼걸 중의 한 사람임. [漢書 韓信傳]「王曰 吾爲公以爲將 何日雖爲將 信不留 王曰以爲大將 何日幸甚 於是王欲召信拜之 何日 王素慢無禮 今拜大將 如召小兒 此乃信所以去也 王必欲拜之 擇日齋戒 設壇場具禮乃可 王許之 諸將皆喜 人人各自 以爲得大將 至拜乃韓信也 一軍皆驚」.

읍 1천 호를 준다.

등애는 조서를 받고 나자, 감군 위관이 사마소가 친필로 쓴 편지를 등애에게 주었다. 편지 속에는 등애의 말한 내용을 모름지기 먼저 천자께 아뢸 것이며, 마음대로 해서는 아니 될 것이라고 말하고 있었다.

등애가 말하기를,

"장수가 싸움터에 나가 있을 때에는 임금의 명을 받지 않을 수도 있다.'30) 하였소이다. 내 이미 조서를 받고 정벌의 전권을 조서로 받들고 있거늘 어떻게 막을 수가 있소이까!"

하고는, 드디어 또 편지를 써서 사자에게 주어 낙양으로 보냈다.

그때, 조정에서는 다들 등애가 반드시 반란의 뜻이 있다고들 말하고 있는 터여서, 사마소는 더욱 의심하고 경계하고 있었다. 홀연 사자가 복명하며 등애의 편지를 바쳤다. 사마소가 뜯어보니, 대략 다음과 같다.

　　등애는 명을 받들어, 원악을31) 이미 항복받고 마땅히 권도로써32) 일을 처결하고 있으니, 처음 항복한 사람의 마음을 편히 해 주어야

---

30) 장수가 싸움터에 나가 있을 때에는 임금의 명을 받지 않을 수도 있다[將在外 君命有所不受] : 장수가 싸움터에 나와 있을 때에는 임금의 명이 있어도 받지 않을 수도 있음. [孫子 九變篇 第八]「地有所不爭　君命有所不受」. [史記 司馬穰苴傳]「將在外　君命有所不受」. [同書 信陵君傳]「將在外　主令有所不受」.

31) 원악(元惡) : 일을 꾸미는 우두머리 되는 사람. 「원악대대」(元惡大憝)는 반역죄를 범한 사람 또는, 극히 악하여 온 세상이 미워하는 사람의 뜻임. [書康誥]「元惡大憝　矧惟不孝不友」. [蜀志 諸葛亮傳]「元惡未梟」.

32) 권도(權道) : 일을 처리하는 방도. 임기응변으로 취하는 방편. 「임기응변」(臨機應變). 그때 그때의 형편에 따라 알맞게 대처함. [晉書 孫楚傳]「廟勝之算　臨機應變」. [三國志 魏志 荀彧傳]「應變無方」.

한다고 생각합니다. 만약에 조정의 명을 기다리고 있으면 오가는 길에 시간이 많이 걸립니다. 춘추에 '대부가 지경 밖에 나가매 가히 사직을 안돈하여 나라를 이롭게 하는 일이면 전결이 가능하다.'33) 하였습니다.

이제 동오가 아직 항복해 오지 않고 그 병세가 촉나라와 이어 있으니, 이런 비상시국을 상례(常例)로써 처리하여 일의 기회를 놓쳐서는 안 됩니다.34) 병법에는 '나아가되 명분을 구하지 않으며 물러설 때에는 죄를 피하지 않는다.'35) 했습니다. 등애가 비록 고인들과 같은 절개는 없사오나, 결단코 스스로 혐의해서 나라에 손실을 끼치지는 않을 것입니다.

먼저 신주(申奏)하오니, 곧 시행하도록 해 주옵소서.

사마소가 읽고 나서 크게 놀라고 당황해서,

가충과 의논하기를,

"등애가 공만 믿고 오만방자해져서 마음대로 일을 처리하려 하며 반역의 속내를 드러내고 있으니,36) 이를 어찌하면 좋겠소이까?"

---

33) 대부가 지경 밖에 나가매 가히 사직을 …… : 원문에는 '**大夫出彊 有可以安社 稷 利國家 專之可也**'로 되어 있음. 「출강」(出彊)은 「출국」(出國)의 뜻임. [禮 曲禮 下]「大夫私行**出彊** 必請 反 必有獻 士私行**出彊** 必有請 反 必告」. [孟子 滕 文公 下]「**出彊** 必載質」.

34) 비상시국을 상례(常例)로써 처리하여 일의 기회를 놓쳐서는 안 됩니다[不可 拘常以失事機] : 상례(常例)에 따라 행동하지 않으면 일의 기회를 잃게 될 것 임. 「사기」(事機). [中文辭典]「事之機密」.

35) 나아가되 명분을 구하지 않으며 물러설 때에는 죄를 피하지 않는다[進不求名 退不避罪] : 나가되 명분을 구하지 않으며 물러나되 죄를 피하지 않음. [孫子 兵法 地形篇 第十]「故 **進不求名 退不避罪** 唯民是保 而利合於主 國之寶也」.

36) 반역의 속내를 드러내고 있으니[反形露矣] : 역심(逆心)을 드러냄. 「역심」은

하니, 가충이 묻기를

"주공께서 어찌해서 종회의 벼슬을 더해서, 등애를 제어하지 않으십니까?"

하였다.

사마소가 그의 말에 따라 사신을 보내서 종회를 봉하여 사도를 삼는다는 조서를 가지고 가게 하고, 위관에게 등애와 종회의 양로 군마들을 감독하게 하였다. 그리고 친서를 위관에게 보내서 종회와 함께 등애를 사찰해서, 그들이 일으킬 변을 미연에 방지하라 하였다.

종회가 조서를 읽어보니, 내용은 다음과 같다.

진서장군 종회는 가는 곳마다 대항하는 적과 앞을 가로막는 강한 적이 없어서 모든 성지를 절제(節制)하며, 그물을 쳐서 도망하는 촉병들을 얼굴을 묶어 항복시켰도다. 계책을 쓰매 잘못되는 것이 없고 거병을 하매 공을 이루지 못한 것이 없도다. 그러므로 종회를 사도로37) 삼고 벼슬을 봉하여 현후(縣侯)을 삼으며 식읍 만 호를 더하고, 두 아들을 정후에 봉하고 각각 식읍 천 호를 내린다.

종회는 봉작을 받고 곧 강유를 청해서 의논하기를,

"등애의 공이 나보다 더 크고 게다가 벼슬이 태위의 직에 봉해졌소이다. 이제 사마공이 등애가 반란의 뜻이 있음을 의심하여 위관에게 군사들을 감독하게 하고, 또 나에게 조서를 내려 저를 제어하려 하고

모반하려는 마음. [漢書 五行志]「時夫人有淫行 挾**逆心**」.

37) **사도(司徒)** : 문교(文敎)를 맡은 관리를 이름. [書經 舜典篇]「帝曰 契 百姓不親 五品不遜 汝作**司徒** 敬敷五敎 在寬」. [周禮 地官 序官]「乃立地官**司徒** 使帥其屬而掌邦敎 以佐王安擾邦國」.

있소이다. 백약의 고견은 어떻소이까?"

하거늘, 강유가 말하기를

"제가 듣기에 등애는 출신이 미천하여, 어려서부터 농가에서 소 먹이는 일을 했답니다. 지금 요행히도 음평의 비탈길을 이용하고, 나무를 붙잡고 벼랑에 매달려 이번에 큰 공을 이루었습니다. 이는 출중한 계략에서 나온 게 아니라, 실로 나라의 홍복에 힘입은 바입니다.

만약에 장과 강유가 검각에서38) 서로 대치하지 않았다면, 등애가 어찌 이런 공을 이루었겠습니까? 이제 촉주를 봉하여 부풍왕을 삼고자 함은 바로 촉나라 백성들을 대동단결시키려는 것입니다. 그의 속마음은 말하지 않았지만 알 수 있습니다. 진공께서는 이 점을 의심하는 것은 옳은 생각입니다."

하니, 종회가 그의 말을 듣고 심히 기뻐하였다.

강유는 또 말하기를,

"청컨대 좌우를 물려주시지요. 제가 한 가지 비밀을 말씀드리겠습니다."

하거늘, 종회가 좌우에게 다 물러가 있으라 하였다.

강유가 소매 속에서 지도 한 장을 꺼내서 종회에게 주며,

"지난 날 무후께서 초려에서 나오실 때에 이 지도를 선제께 바치면서, '익주(益州)는 기름지고 땅이 넓으며39) 백성들이 많고 부유해서 나라를 세울 만한 곳입니다.' 하여, 선제께서는 이로 인해 여기에 마침

---

38) **검각(劍閣)**: 검각관(劍閣關). 촉에서 한중으로 들어가는 통로임. [晉書 地里志]「梓潼郡 蜀直統縣 梓潼涪城 武連黃安 漢德晉壽 **劍閣**」. [水經㵪水注]「**小劍**戍北西去**大劍**三十里 連山絕險 飛閣通衢 故謂之**劍閣**」.

39) 기름지고 땅이 넓으며[沃野千里]: 기름진 들이 썩 넓음을 뜻함. [戰國策]「**沃野千里**」. [史記 留侯世家]「夫關中左殽函右隴蜀 **沃野千里**」.

내 성도를 세우신 것입니다. 이제 등애가 그곳으로 갔으니 어찌 미치지 않을 수 있겠습니까?"

하니, 종회가 기뻐하며 산천의 형세를 가리키며 물었다. 강유는 하나하나 대답해 주었다.

종회가 묻기를,

"그러면 당장 어떤 방법으로 등애를 제거하지요?"

하거늘, 강유가 말하기를

"진공이 의심하는 때를 타서 당장 상소를 아뢰어 등애의 반상(反狀)의 조짐을 말하면, 진공은 반드시 장군에게 등애를 토벌하라 할 것이니, 일거에 저를 사로잡을 수 있을 것입니다."

하였다.

종회는 그 말대로 곧 사람에게 표문을 주어 낙양으로 보내되, 등애가 전권을 자행하고 있으며 촉나라 백성들을 결속시켜서, 조만간에 반드시 반란을 일으킬 것입니다 하였다. 이에 조정의 문무가 다 놀랐다.

종회는 또 사람을 시켜서 중도에서 등애의 표문을 빼앗게 하고, 등애의 필체를 본떠서 오만한 언사로 다시 써서 자기의 말과 맞춰 놓았다. 사마소는 등애가 보낸 표문을 보고 크게 노하여, 곧 사람을 종회의 군진에 보내어 등애의 군권을 회수하라 하였다. 또 가충에게 3만 군사들을 이끌고 야곡에 들어가게 하고 자신은 위주 조환과 함께 어가를 이끌고 친정을 하기로 하였다.

서조연인 소제가 묻기를,

"종회의 군사들은 등애의 여섯 배나 많아서 당장 종회에게 영을 내려도 등애를 잡을 수 있는데, 어찌해서 명공께서 직접 가시려는 것입니까?"

하거늘, 사마소가 웃으며 말하기를

"자네는 전에 했던 말을 잊었는가? 자네가 일찍이 말하기를 종회가 필시 모반을 할 것이라 하지 않았는가. 내 지금 이번 길은 등애를 잡기 위한 것이 아니라 실제로는 종회를 잡기 위함일세."

하니, 소제가 웃으면서 말하기를

"저는 명공께서 그것을 잊으셨을까 저어해서 물은 것입니다. 이제 이미 이런 생각을 하셨으니, 비밀에 부치시고 일절 누설이 되게 마옵소서."

하였다. 사마소는 그러리라 싶어 마침내 대병을 이끌고 길을 떠났다. 그때, 가충 또한 종회가 변을 일으킬까 의심하여 몰래 사마소에게 말하였다.

사마소가 또 말하기를,

"내 자네를 보내면서 또 자네를 의심해야 하느냐? 또 장안으로 가 보면 자연히 명백해질 것일세."

하였다. 세작들의 보고에 의해 사마소가 벌써 장안에 도착했음을 종회에게 알았다. 종회는 황급히 강유를 청해 등애를 제거할 계책을 의논하였다.

이에,

방금 서촉에서 항복한 장수들을 거두더니
또다시 장안에서 대병이 움직이고 있구나.
纔看西蜀收降將
又見長安動大兵.

강유가 어떻게 등애를 깨뜨리는지는 알 수가 없다. 하회를 보라.

제119회

거짓 투항하매 교묘한 계교는 헛일이 되고
두 번 수선하매 본보기대로 호로를 그리다.
  假投降巧計成虛話
  再受禪依樣畵葫蘆.

한편, 종회는 강유를 청해다가 등애를 잡을 계책을 의논하였다.

강유가 말하기를,

"먼저 장군 위관에게 등애를 잡으라 하십시오. 등애가 위관을 죽이려 하면 곧 반란을 일으킬 생각이 사실인 것입니다. 그때, 장군께서 빨리 기병해서 저를 토벌하면 됩니다."

하니 종회가 기뻐하며, 마침내 위관에게 영을 내려 수십 인을 데리고 성도에 들어가 등애 부자를 잡아오라 하였다.

위관의 부졸이 만류하며,

"이는 종사도가 등정서로 하여금 장군을 죽이게 하고서 반란을 바로 잡으려는 것이오니 일절 행하지 마시옵소서."

하거늘 위관이 말하기를

"나에게 계획이 있다."

하며, 마침내 먼저 격문을 2, 30도에 보냈다. 그 격문의 내용은 다음과 같은 것이다.

"조서를 받들어 등애를 잡을 것이고 그 나머지들은 죄를 묻지 않는다. 만약에 빨리 와서 귀순하는 자는 먼저의 벼슬과 상을 줄 것이고, 감히 나오지 않는 자는 삼족까지 멸하리라."[1)]

그리고 위관은 함거[2)] 두 대를 준비해서 밤을 도와 성도를 향해 갔다.

닭이 울 무렵, 등애의 장수들이 격문을 보고 다 와서 위관의 말 앞에 와서 절한다.

그때, 등애는 부중에서 아직 일어나지도 않고 있었는데 위관이 이끄는 수십 명이 들이닥치며 외치기를,

"조서를 받들어 등애 부자를 잡으러 왔다!"

하였다. 등애는 크게 놀라 침상에서 굴러 떨어지듯 내려왔다. 위관은 무사들에게 등애를 묶어 수레에 싣게 했다. 그 아들 등충도 또한 잡혀 와서 수레에 올랐다. 부중의 장리(將吏)들이 다 크게 놀라 손에 창을 빼들려고 하는데 멀리서 흙먼지가 일어나는 것이 보였다. 초마들이 와서 종사도가 대병을 이끌고 온다고 보고하였다.

여러 무리들이 사방으로 흩어져 달아났다. 종회와 강유가 말에서 내려 부중으로 들어가니 등애 무리는 포박을 받고 있었다.

종회가 채찍으로써 등애의 머리를 치며 꾸짖기를,

"소 치던 놈이 어찌 감히 이럴 수 있느냐!"

하고, 강유 또한 꾸짖으면서 말하기를

"이 필부놈아 험로를 택해서 요행으로 공을 세우더니 역시 오늘이

---

1) 삼족까지 멸하리라[滅三族] : 부모·형제·처자 등 삼족까지 죽임. [中文辭典]「殺人竝及父母妻子等親屬曰 滅族」. [周禮 小宗伯]「掌滅其三族之別 以辨親疏」.

2) 함거(檻車) : 함차(轞車). 죄인을 실어나르던 수레. [釋名 釋車]「檻車 車上施闌干 以格猛獸 亦囚禁罪人之車也」. [後漢書 北海靖王興傳]「檻車指迂尉」.

있었구나?"

하니, 등애 또한 큰 소리로 꾸짖는다. 종회가 등애 부자를 낙양으로 보내고, 종회는 성도로 들어가 등애의 군마를 다 차지하니 그 위엄이 크게 떨쳤다.

　종회가 강유에게 말하기를,

"내 오늘에서야 겨우 평생의 소원을 풀었소."

하거늘, 강유가 말하기를

"옛날 한신은 괴통의 말을 듣지 않다가 미앙궁의 해를 당했고,3) 대부 종은 범여를 따라 오후에 가지 않았다가 마침내 스스로 목을 찔러 죽어야 했으니,4) 이 두 사람은 그 공명이 어찌 빛나지 않았으리까?

---

3) 한신은 괴통의 말을 듣지 않다가 미앙궁의 해를 당했고[韓信不聽蒯通之說]: 한(漢)의 개국공신 한신이 병권을 장악하고 있을 때, 괴통(蒯通)이 군사를 일으켜 자립하라고 권했으나, 한신은 그의 말을 듣지 않았다. 뒤에 유방은 열후억제책(列侯抑制策)을 써서 그의 병권을 삭탈하였다. 한신은 후에 반란을 꾀했으나 여후(呂后)의 간계에 빠져 미앙궁(未央宮)에 갔다가 죽임을 당한 일.
　「한신」. '한신'은 한 고조 유방의 장수. 소하(蕭何)·장량(張良)과 함께 한나라 창업의 삼걸 중의 한 사람임. [漢書 韓信傳]「王曰 吾爲公以爲將 何日雖爲將信不留 王曰以爲大將 何日幸甚 於是王欲召信拜之 何曰 王素慢無禮 今拜大將 如召小兒 此乃信所以去也 王必欲拜之 擇日齋戒 設壇場具禮乃可 王許之 諸將皆喜 人人各自 以爲得大將 至拜乃韓信也 一軍皆驚」. 「괴통」. [中國人名]「漢 范陽人 本名 徹 史家避武帝諱 迫書曰通 楚漢時說士 有權變……韓信用其計 遂定齊地……號曰雋水」. [漢書 高帝紀]「七年蕭何治未央宮 上見壯麗其怒」. [西京雜記一]「未央宮 因龍首山製前殿建北闕　未央宮周廻二十二里九十五步五尺」.

4) 대부 종은 범려를 따라 오호에 가지 않았다가……[大夫種不從范蠡於五湖]: 대부 문종이 범여를 따라 오호에서 놀지 않음. 문종(文種)과 범려는 전국시대 구천(句踐)의 모신으로 그를 도와 오왕 부차(夫差)를 멸하였으나, 범여는 이 일이 끝나자 구천과 함께할 수 없다며 타국으로 떠났다. 그리고 문종에게 사냥감이 없어지면 사냥개를 잡아먹는다며 떠날 것을 권했으나, 문종은 그 권유를 듣지 않다가 핍박에 못 이기어 결국 자살하게 된 일.
　「범려」.「문종」. [中國人名] [本楚之鄒人 字會 爲越大夫……越王句踐使種行

다만 이해에 밝지 못하고 기회를 일찍이 잡지 못하였을 뿐입니다. 이제 공은 큰 공을 이미 세웠으니 그 위세가 주공보다 더합니다. 어찌해서 배를 띄워 종적을 끊고, 아미산에 올라 적송자를 따라 놀지 않으십니까?"5)

하니, 종회가 웃으며 대답하기를

"공의 말이 옳지 않소이다. 내 나이 아직 40도 못되어 바야흐로 진취할 일만 생각할 때인데, 어찌 곧 이들의 한가한 일을 본받아 물러나리까?"

하거늘, 강유가 말하기를

"만약에 지금 물러나 한가롭게 지내지 않으시려면 빨리 좋은 방책을 세워야 합니다. 명공은 지력이 있으신 분이니 노부의 말로 번거롭게 할 필요도 없습니다."

한다.

종회가 손뼉을 치면서 크게 웃으며,6)

"백약은 내 마음을 아는구려."

成於吳 句踐旣歸國……後以范蠡遺書 稱疾不朝 或譖種作亂 王賜以屬鏤之劍 遂自殺. 「교토사주구팽」(狡兔死走狗烹). [史記 越世家]「范蠡遂去 自齊遺大夫種書曰 蜚鳥盡 良弓藏 **狡兔死 走狗烹** 越王爲人長頸鳥啄 可與共患難 不可與共樂 子何不去」.

5) 적송자를 따라 놀지 않으십니까?[而從赤松子游乎] : 적송자를 따라 놂. 한나라가 건립된 후 공신 한신과 팽월(彭越) 등이 죽음을 당하자, 장량(張良)은 화를 피해 부귀와 공명을 버리고 적송자를 따라가 도를 배우려 하였던 일. 적송자는 고대 신화와 전설 속의 신선으로 신농씨 때 우사(雨師)였는데 도교에서 신봉하는 신선이 되었다 함. [中國人名]「神農時雨師 服水玉以敎神農 能入火不燒 往往至崑崙山上 常止西王母石室中……亦得仙 至高辛時復爲雨師」. [史記 留後世家]「願棄人間事 從赤松子游耳」.

6) 손뼉을 치면서 크게 웃으며[撫掌大笑] : 손바닥 치며 크게 웃음. 「박장대소」(拍掌大笑). [葛長庚 凝翠詩]「凭欄拍掌呼 天外鶴來一」.

하며, 두 사람이 이 일 이후로 매일 만나서 대사를 의논하였다. 강유가 은밀하게 후주에게 편지를 보냈다.

"바라건대 폐하께서는 며칠 동안의 욕됨을 참아 주시옵소서.

이 강유가 장차 나라를 위기에서 안정을 회복하고, 어두워졌던 일월을 다시 밝게 하겠나이다. 그래서 반드시 황실을 끝내 지켜 내겠습니다."

한편, 종회는 마침 강유와 같이 모반할 일을 의논하고 있는데, 홀연 사마소의 편지가 도착했다고 보고한다. 종회가 편지를 받아 보니, 내용은 다음과 같았다.

내 사도가 등애를 거두지 못할까 걱정이 되어 직접 장안에 주둔하였소이다. 가까이 있으면서 서로 볼 날이 머지않았기에, 이 편지를 먼저 보내는 것이오.

종회가 크게 놀라 말하기를,

"내 병사들이 등애의 병사보다 그 수가 배나 되었으니 만약에 나를 시켜 등애를 잡게 하려 하였다면, 진공이 내 혼자서도 할 수 있음을 알았을 것이오. 그런데 지금 직접 군사들을 이끌고 왔다 하니 이는 나를 의심하는 게 아니오!"

하며, 강유에게 의논한다.

강유가 말하기를,

"임금이 신하를 의심하면 신하는 반드시 죽는다 했으니,[7] 어찌 등애를 보지 못하오이까?"

하니, 종회가 대답하기를

"내 뜻을 결정했소이다. 일이 성사되면 천하를 얻게 될 것이고, 성사되지 못한다면 서촉에 물러앉아서 유비가 되는 데 문제는 없을 것이오."
하였다.

강유가 말하기를,

"근자에 들으니 곽태후께서 돌아가셨다 하온데, 태후의 유조(遺詔)가 있는 것을 사칭해서 사마소를 토벌하고, 임금을 시해한 죄를 바로잡는다 하시오. 명공의 재주로 볼 것 같으면 중원을 석권하여8) 평정할 수 있을 것이외다."
하니, 종회가 권유한다.

"백약께서 선봉이 되어 주시오. 일이 성공한 뒤에는 같이 부귀를 누리십시다."
하거늘, 강유가 말하기를

"원컨대 작은 힘이나마9) 보태겠습니다. 다만 제장들이 불복할까 걱정입니다."
하니, 종회가 권유하기를

---

7) 임금이 신하를 의심하면 신하는 반드시 죽는다 했으니[君疑臣則臣必死] : 임금이 신하를 의심하면 신하는 반드시 죽음. 「신의기군 무불위국」(臣疑其君 無不危國)은 신하의 세력이 커져 임금이 그를 의심할 정도가 되면, 그 나라는 반드시 망하게 된다는 뜻. [史記 李斯傳]「臣聞之 **臣疑其君 無不危國** 妾疑其夫 無不危家」.
8) 석권(席捲) : 특정세력이 너르고 빠르게 휩씀. 자리를 말 듯이 힘을 들이지 않고 차례차례로 모조리 차지함. [戰國策 楚策]「雖無出兵甲 **席卷**常山之險」.「賈誼 過秦論]「有**席卷**天下 包擧宇內 囊括四海之意 幷吞八荒之心」.
9) 작은 힘이나마[犬馬微勞] : 「견마지로」(犬馬之勞). 남에게 '자기가 바치는 노력'을 아주 겸손하게 일컫는 말. '견마'는 개나 말과 같이 천하고 보잘 것 없다는 뜻으로 '자기'를 아주 낮추어 일컫는 말임. 「犬馬心」.[史記 三王世家]「臣竊不勝**犬馬心**」. [漢書 汲黯傳]「常有**犬馬之心**」.

"내일이 원소가절이오.10) 궁중에 크게 등을 달고 제후들을 청해 술을 마시고 잔치를 하게 될 것이니, 따르지 않는 자는 다 죽여 버리겠소이다."

하매, 강유는 내심 기뻐하였다.

다음 날 종회와 강유 두 사람이 제장들을 청해 주연을 베풀었다. 술이 여러 순배 돌자 종회가 술잔을 잡고 크게 울었다.

제장들이 모두 놀라서 그 까닭을 물으니, 종회가 대답하기를

"곽태후께서 붕어하실 때에 남기신 유조가 여기 있소이다. 사마소가 남궐(南闕)에서 임금을 대역무도하게11) 시해하였고, 장차 위의 왕위를 찬탈하리라 하시고 저를 토벌하라 하셨소이다. 그대들은 각자가 이름을 써 넣어 한 가지로 이 일을 이루어야 할 것이오."

하니, 여러 사람들이 다 놀라 서로 얼굴만 돌아다보았다.12)

종회가 칼을 칼집에서 뽑아들고 말하기를,

"영을 어기는 자는 참하리라!"

하니, 여러 사람들이 다 두려워하여 어쩔 수 없이 따랐다. 각자가 서명하고 나자 종회는 제장들을 궁중에 가두고, 병사들에게 엄명을 내려 출입을 금하고 지키게 하였다.

강유는 종회에게 말하기를,

---

10) 원소가절(元宵佳節) : 보름밤 좋은 때. [中文辭典]「**陰曆 正月十五日**」. [東京夢華錄]「正月十五日**元宵** 大內前絞縛山棚……樂聲口曹雜十餘里」.

11) 대역무도하게[大逆無道] : 「대역부도」(大逆不道). 인도(人道)에서 크게 벗어남. [漢書 楊惲傳]「不竭忠愛盡臣子議……**大逆不道** 請逮捕治」[漢書 游俠 郭解傳]「御史大夫 公孫弘議日 解布衣 爲任俠行權 以睚眦殺人 當**大逆無道** 遂族解」.

12) 서로 얼굴만 돌아다보았다[面面相覰] : 서로 얼굴만 쳐다봄. 「면면상고」(面面相顧). [警世通言 第八卷]「崔寧聽得說渾家是鬼 到家中問丈人丈母 兩個**面面厮覰** 走出門」.

"내 보기에는 제장들이 불복할 것 같으니, 청컨대 저들을 갱도에 묻어 버리시지요."

하니, 종회가 대답하기를

"내 벌써 궁중에 큰 구덩이를 파라 했소이다. 그리고 큰 몽둥이 수천 개를 마련해 놓았으니, 쳐 죽여 구렁텅이에 묻어버릴 생각이오."

하였다.

한편, 심복 장수 구건(丘建)이 곁에 있었는데, 그는 호군 호열의 부하 친구였다. 그때, 호열 또한 궁중에 갇혀 있어서, 구건이 몰래 종회의 말을 일러 주었다.

호열이 알고 크게 놀라며 울면서,

"내 아들 호연(胡淵)이 군사들을 거느리고 밖에 있는데, 어찌 종회가 이런 생각을 가지고 있는지를 알릴까? 자네가 전날의 정을 생각해서 소식을 전해준다면 비록 죽는다 해도 한이 없겠네."

한다.

구건이 말하기를,

"주공은 걱정 마십시오. 제가 방법을 생각해 보겠습니다."

하고는, 마침내 나가서 종회에게

"주공께서는 제장들을 안에 연금하셔서 물 먹기에 불편하오니, 한 사람에게 가서 물을 가져다주게 했으면 합니다."

하자, 종회는 평소부터 구건의 말을 들었던 터라, 드디어 구건에게 감옥에 가서 감찰하라 하였다.

그러면서 종회가 이르기를,

"내 중대한 일을 너에게 부탁하니 일절 누설해서는 아니 되네."

하거늘, 구건이 말하기를

"주공께서는 마음 놓으십시오. 저에게 엄밀하게 단속할 방법이 있습니다."

하고, 구건은 은밀하게 호열이 신임하는 사람을 안으로 들여보내서, 호열로 하여금 밀서를 그 사람에게 부탁하게 하였다. 그 사람이 편지를 가지고 급히 호연의 영채에 이르러, 그동안의 일에 대해 상세히 설명하면서 편지를 바쳤다. 호연이 크게 놀라서 마침내 여러 영채에 돌려 이를 알렸다.

여러 장수들이 다 노하여, 급히 호연의 영채에 와서 의논하기를

"우리들이 비록 죽는다 해도 어찌 반역지신을 따를 수 있소이까?"

하니, 호연이 권유하기를

"정월 열 여드렛날에 군사들을 모아서 들어가 이리이리 행동합시다."

하였다.

감군 위관이 호연의 꾀를 매우 칭찬하면서 큰 인마를 정돈하고, 구건과 호열에게 이 내용을 전하게 하였다. 호열이 이 내용을 제장들에게 알렸다.

한편, 종회는 강유를 청해 묻기를

"내가 밤에 꿈을 꾸니 긴 뱀 수십 마리가 나를 물었는데 길흉이 어떠하오?"

하니, 강유가 말한다.

"꿈에 용이나 뱀을 보면 다 길한 징조입니다."

하거늘, 종회가 기뻐하며 그 말만 믿고 이내 강유에게,

"무기는 이미 준비되었으니 제장들을 놓아주는 게 어떻겠소?"

하였다.

강유가 말하기를,

"이들 무리들은 다 불복의 마음들을 품고 있으니, 오래지 않아 해가 될 것입니다. 보다 일찍 저들을 죽이는 게 좋겠습니다."

하니, 종회가 그 말에 따라 곧 강유에게 무사들을 데리고 가서 여러 위장들을 죽이라 하였다. 강유가 명을 받고 막 행동하려 하는데, 홀연 심동이[13] 나서 어지러워 땅에 쓰러졌다. 좌우가 부축해서 일으켰으나 반나절 만에야 겨우 깨어났다.

이때, 문득 성 밖에 사람들이 물끓듯하였다. 종회가 사람을 시켜 알아보게 하였을 때는 함성이 진동하며 사면팔방에서 수없는 군사들이 이르렀다.

강유가 권유하기를,

"이는 필시 제장들이 난을 일으킨 듯하니 먼저 저들을 죽여야 합니다."

하는데, 병사들이 벌써 궐내로 들어왔다고 보고한다.

종회는 궁정의 문을 닫게 하고 군사들을 시켜, 정전의 지붕 위에 가서 기왓장을 벗겨 공격하게 하니 서로 죽는 자가 많았다. 궁궐 밖 사방에서 불길이 치솟고 외병들이 궁정의 문을 깨뜨리고 짓쳐 왔다. 종회는 직접 칼을 빼서 여러 사람을 죽였으나 난전에 맞아 쓰러졌다. 여러 장수들이 그 목을 베어 효시하였다. 강유는 칼을 빼어 전상에 올라가 이리저리 충돌하였으나 불행히도 가슴의 통증이 또 도졌다.

강유는 하늘을 우러러 부르짖기를,

"내 계책이 이루어지지 못하는구나. 이에 이는 천명이로다!"[14]

하며, 마침내 스스로 목을 찔러 죽었다.[15]

---

13) 심동(心疼) : 마음이 아픔. 가슴의 통증. [白虎通 三綱六紀]「一人有惡 其**心痛**之」. [淮南子 人間訓]「子反辭以**心痛**」.

14) 천명(天命) : 천수(天數). 타고난 목숨. [書經 周書篇 君奭]「不知**天命**不易 天難諶 乃其墜命」. [中庸 首章]「**天命**之謂性 奉性之爲道」. [論語 爲政篇]「子曰 吾十有五 而志于學……五十而知**天命**」.

15) 스스로 목을 찔러 죽었다[自刎而死] : 「자경이사」(自剄而死). 스스로 목을 찔러 죽음. [戰國策 魏策]「樊於期 偏袒阨腕而進曰 此臣日夜 切齒拊心也 乃今得聞

그때, 그의 나이 59세였다. 궁중에서 죽은 자가 수백이었다.

위관이 말하기를,

"여러 장수들은 영채로 돌아가서 왕명을 기다리시오."

하였으나, 위병들은 다투어 원수를 갚고자 하고 여럿이 함께 강유의 배를 가르니 쓸개가 계란과 같이 컸다.16) 중장들이 또 강유의 가솔들을 찾아 죽였다. 등애의 부하 사람이었던 사람이 종회와 강유가 죽은 것을 보고, 드디어 밤을 도와 등애를 찾아오려고 쫓아갔다. 이 사실이 벌써 위관에게 보고되었다.

위관이 말하기를,

"이는 내가 등애를 잡았으니 지금 만일에 저를 놓아준다면 나는 죽어도 땅에 묻히지 못할 것이다."

하는데, 호군 전속이 대답하기를

"옛날 등애가 강유성을 취할 때에 나를 죽이려 했는데, 여러 사람들이 말려 겨우 살아났습니다. 오늘 마땅히 이 원한을 갚겠습니다."

하였다. 위관이 기뻐하며 전속에게 5백의 군사들을 주어 쫓아가 면죽에 이르렀다.

마침 등애 부자가 함거에서 풀려나 성도로 돌아오려 하고 있는 것과 마주쳤다. 등애는 단지 본부병이 이르는 줄 알고 전혀 준비가 없었다. 기다리며 물으려 하고 있다가 전속의 칼에 저의 목을 잃었다. 등충 또한 난군들 속에서 죽고 말았다.

敎 遂**自刎**」. [戰國策 燕策]「欲自殺以激 荊軻曰 願足下急過太子 言光已死 明不言 也 **自剄而死**」.

16) 쓸개가 계란과 같이 컸다[膽大如雞卵] : 담여두(膽如斗). '담력이 있음'의 비유임. [三國志 蜀志 姜維傳注]「世語曰 鷄死時見剖 **膽如斗大**」. [黃庭堅 答廖明 略詩]「廖後言如不出口 銓量古今**膽如斗**」.

후세 사람이 등애를 한탄한 시가 전한다.

어려서부터 꾀를 잘도 썼고
많은 지모로 용병에 능하였네.
　　自幼能籌畫
　　多謀善用兵.

눈을 돌려 보매 지리도 훤히 알고
우러러 보며 천문을 알도다.
　　凝眸知地理
　　仰面識天文.

말은 산부리 끊어진 곳에 이르고
병사들은 돌비탈 나뉜 데 이르렀네.
　　馬到山根斷
　　兵來石徑分.

공도 이루었으나 자신은 죽임을 당했고
그의 넋은 한강 위에 떠도누나.
　　功成身被害
　　魂遶漢江雲.

또 종회를 한탄한 시가 전한다.

아이 때엔 신동17) 소릴 들었고

젊어선 비서랑이 되었도다.

　髫年稱早慧

　曾作祕書郎.

묘한 계책은 사마소를 놀라게 했고
그 당시엔 자방이라18) 불리었네.

　妙計傾司馬

　當時號子房.

수춘에서 세운 그 많은 공 예찬받고
검각에선 매처럼 날래었도다.

　壽春多贊畫

　劍閣顯鷹揚.

도주공의19) 은거를 본받을 줄 모르다가
그의 넋 떠돌며 고향을 그리누나!

　不學陶朱隱

　遊魂悲故鄕.

---

17) **신동[早慧]** : 어려서부터 슬기가 있음. [北史 王紘傳]「對候學論掩衣法曰……
何足是非 景奇其**早慧**」. [唐書 張鷟傳]「**早慧絕倫**」.

18) **자방(子房)** : 「장자방」(張子房). 한 고조 유방의 모사(謀士)가 되어 항우를
무찌르고 천하를 평정하는데 큰 공을 세움. 소하(蕭何)·한신(韓信) 등과 함께
창업 삼걸(三傑)의 한 사람임. [史記 高祖紀]「高祖曰 夫**運籌策惟幄之中** 決勝於
千里之外 吾不如子房 鎭國家撫百姓 給饋饟不絕糧道 吾不如蕭何 連百萬之軍 戰
必勝攻必取 吾不如韓信」. [三國志 魏志 武帝紀]「**運籌演謀**」.

19) **도주공[陶朱隱]** : 범여(范蠡)를 말하는데 그의 별호가 '도주공'임. [史記 貨
殖傳]「范蠡變名易性之**陶** 爲**朱公**……故言富者 皆稱**陶朱公**」.

또 강유를 한탄한 시가 전한다.

천수군이 자랑하던 영재이고
양주 땅이 낳은 기이한 인물이여.

　天水誇英俊
　凉州産異才.

계보로 치자면 상부의[20] 후손인데
그의 병술은 제갈무후에게서 받았네.

　系從尚父出
　術奉武侯來.

그는 본래 담이 크고 두려운 게 없는 사람
웅대한 그 마음은 필승을 맹세하였네.

　大膽應無懼
　雄心誓不回.

---

20) **상부(尚父)**: 태공망 여상(呂尚)을 높여 부르는 말. 주(周)나라의 개국공신
인 강자아(姜子牙) 태공망(太公望). 동해노수(東海老叟)라고도 부름. 주왕(紂
王)의 폭정을 피해 위수(渭水)에서 낚시질을 하다가 서백(西伯：周文王)을 만
나게 되고, 뒤에 은나라를 멸망시키고 천하를 평정하여 제 나라(齊相)에 봉함
을 받음.
　[說苑]「**呂望**年七十釣于渭渚 三日三夜魚無食者 望卽忿脫其衣冠 上有異人者謂
望日 子姑復釣 必細其綸芳其餌 徐徐而投 無令魚驚 望如其言 初下得鮒 次得鯉
刳魚腹得素書 又日 **呂望**封於齊」. [史記 齊太公世家]「西伯獵 果遇太公於渭水之
陽 與語 大說日 自吾先君太公日 當有聖人適周 周以興 子眞是邪 吾**太公望**子久
矣 故號之日太公望 載與俱歸 立爲師」.

성도에서 자신이 죽던 그날에도
한나라 장수로서 한이 남았으리.

　成都身死日
　漢將有餘哀.

　한편, 강유·종회·등애는 이미 죽고 장익 등 또한 난군 중에 죽었
다. 태자 유선과 한수정후 관이(關彝) 등도 다 위병에게 피살되었다.
군민들은 큰 혼란에 빠져 서로 밟고 밟히는 속에서, 죽은 자는 그 수
를 헤아릴 수조차 없었다. 열흘이 지나서야 가충이 먼저 이르러 방을
붙여서 백성들을 안돈시켜 겨우 평정을 찾게 되었다.

　가충은 위관을 남겨 군을 지키게 하고 후주를 낙양으로 보내었다.
상서령 번건·시중 장소·광록대부 초주·비서랑 극정 등 몇 사람만이
후주의 뒤를 따랐을 뿐이었다. 요화와 동궐 등은 다 병을 칭탁하고
따라가지 않았는데, 뒤에 다 우울증으로 죽었다.

　때는 위나라 경원 5년이었는데 함희(咸熙) 원년으로 연호를 고쳤다.

　그해 봄 3월, 오장 정봉은 촉나라가 망한 것을 보고 마침내 병사들
을 거두어 오나라로 돌아갔다.

　중서승 화핵(華覈)이 오주 손휴에게,

　"동오와 서촉은 이와 입술의 관계이어서 입술이 없으면 이가 시린
법입니다.21) 신의 생각으로는 사마소가 곧 오나라를 치려 할 것이오

---

21) 이와 입술의 관계이어서, 입술이 없으면 이가 시린 법입니다[脣亡則齒寒]: '가
　까운 사이에 있는 하나가 망하면 다른 한 편도 그 영향을 받음'을 비유한 말.
　[左傳 僖公五年]「晉侯復假道於虞以伐虢 宮之奇諫曰 虢 虞之表也 虢亡 虞必從之
　諺所謂輔車相依 **脣亡齒寒**者 其虞虢之謂也」, [戰國策]「趙之於齊楚也 隱蔽也 猶
　齒之有脣也 **脣亡則齒寒** 今日亡趙 則明日及齊楚」.

니, 폐하께서는 방어에 각별히 힘쓰셔야 할 것입니다."

하였다.

손휴가 그 말에 따라 마침내 육손의 아들 육항(陸抗)을 진동대장군
으로 봉하고, 형주목을 삼아 강구를 지키게 하였다. 좌장군 손이에게
는 남서(南徐)의 여러 현과 요충지를 지키게 하였다. 또 장강 일대에
수백 개의 영채를 운영하게 하고, 노장 정봉에게 이들을 총독하게 하
여 위병을 막게 하였다.

건녕(建寧)태수 곽과(霍戈)는 성도가 적에게 떨어졌다는 소식을 듣고,
소복 등을 입고 서쪽을 바라며 3일간을 크게 울었다.

제장들이 다 말하기를,

"이미 한주가 왕위를 잃었는데 어찌해서 빨리 항복하지 않으시오?"

하거늘, 곽과가 울면서 대답한다.

"길이 이미 막혔으니 우리 임금의 안위를 어찌 알겠소이까. 만약에
위주가 예로써 대한다면 성을 들어 항복한대도 늦지 않을 것이지만,
만에 하나 우리 임금이 욕을 받으신다면 신하는 죽는다 했는데, 어찌
항복을 하겠소이까?"22)

하였다. 여러 사람들이 그러리라 하며, 사람을 보내 낙양에 가서 후주
의 소식을 탐청하게 하였다.

한편, 후주가 낙양에 이르렀을 때에는 사마소는 벌써 조정에 돌아
와 있었다.

사마소가 후주를 꾸짖으며,

"공이 황음무도하여 현인을 내치고 정사를 게을리하였으니, 마땅히

---

22) 임금이 욕을 받으신다면 신하는 죽는다 했는데, 어찌 항복을 하겠소이까?[主辱
臣死 何可降乎] : 아랫사람이 윗사람을 도와 생사고락을 함께함. [國語 越語]「范
蠡曰 爲人臣者 君憂臣勞 君辱臣死」. [韓非子]「主辱臣苦 上下相與同憂久矣」.

죽어야 할 것입니다."

하거늘, 후주가 얼굴빛이 흙빛이 되어[23] 어떻게 할 줄 몰라 했다.

문무가 다 나서서 말하기를,

"촉주는 이미 나라의 기강을 잃었으나 다행히도 일찍 항복하였습니다. 마땅히 저의 죄를 사면하시지요."

하니, 사마소가 이내 유선에게 안락공(安樂公)을 봉하여 주택을 주고 매달 쓸 것과 비단 만 필에 비복 1백 명을 주었다. 아들 유요와 여러 신하 번건·초주·극정 등은 다 후작에 봉하였다. 후주는 사은하고 궁중에서 물러나왔다.

사마소는 황호를 나라를 좀먹고 백성들을 해쳤다 하여,[24] 무사들에게 저자에 끌어내다가 능지처참하게[25] 하였다. 이때, 곽과가 후주께서 봉작을 받았다는 소식을 듣고, 마침내 부하 군사들을 이끌고 와서 항복하였다.

다음 날, 후주는 친히 사마소의 부중에 나가서 사례하였다. 사마소는 잔치를 베풀어 환대하고 먼저 위악(魏樂)으로써 앞에서 춤추게 하니, 촉나라 관료들이 다 감상에 젖었으나 유독 후주만이 기뻐하였다. 사마소는 촉인들을 시켜 촉나라 풍류를 연출하게 하니, 촉나라 관료들이 다 눈물을 흘렸으나 후주만이 희희낙락하였다.

술이 거나해지자 사마소가 가충에게,

---

23) 얼굴빛이 흙빛이 되어[面如土色] : 얼굴빛이 흙빛이 됨. [警世通言 第九卷]「李白重讀一遍 讀得聲韻鏗鏘 番使不敢則聲 **面如土色** 不免山呼拜舞辭朝」.

24) 나라를 좀먹고 백성들을 해쳤다 하여[蠹國害民] : 「두국병민」(蠹國病民). 나라가 국민에게 해독을 끼침. [福惠全書 蒞任部 忍性氣]「奸惡之**蠹國噆民**」.

25) 능지처참하게[陵遲處死] : 「능지처참」(陵遲處斬). 팔·다리·몸둥이를 토막치는 극형. 「능지처사」(陵遲處死). [遼史 逆臣傳]「**陵遲而死**」. [王鍵刑書 釋名]「隋唐宋周二等 一日絞 二日斬 金加**陵遲** 共三等」.

"사람의 무정함이 이내 여기에 이르렀단 말이오! 비록 제갈공명이 있다 해도, 이런 사람을 보좌해 가지고는 나라를 보전하지는 못했을 터인데 하물며 강유이겠소이까?"

하거늘, 이에 후주에게 말하기를

"자못 촉나라 생각이 나지 않으시오?"

하니, 후주가 대답한다.

"이런 즐거운 때에는 촉나라 생각을 하지 않습니다."26)

하였다.

얼마 있다가 후주가 일어나 측간으로 갔는데27) 극정이 뒤따르며, 회랑에 이르러서 말하기를

"폐하께서는 어찌해서 촉나라를 생각하지 않는다 하셨습니까? 또 저가 다시 묻거든 우시면서 '선인들의 분묘가 먼 촉나라에 있으니, 이에 마음이 비감해서 매일같이 생각지 않은 일이 없소이다.' 하십시오. 그러시면 진공이 반드시 폐하를 놓아 촉나라로 보내드릴 것입니다."

하니, 후주가 단단히 기억해 두고 자리로 돌아왔다.

술이 약간 취하자 사마소가 말하기를,

"지금도 촉나라를 생각하십니까?"

하거늘, 후주는 극정의 말대로 대답하며 울고자 하나 눈물이 나지 않아서 마침내 눈을 감았다.

사마소가 말하기를,

"어찌 극정의 말과 같소이까?"

---

26) 이 즐거운 때에는 촉나라 생각을 하지 않습니다 : 원문에는 '**此間樂 不思蜀也**' 로 되어 있음. '후주가 망국의 슬픔을 잊고 있음'을 비웃는 말임.

27) **측간으로 갔는데[更衣]** : 개의(改衣). 옷을 갈아 입음의 뜻이나 '측간'(厠間)에 감의 뜻. [宋 成無已 傷寒論注]「古人登厠時必**更衣**」. [論衡]「**更衣**之室可謂臭衣」.

하니, 후주가 눈을 뜨고 놀라 쳐다보며

"진실로 말씀하신 대로입니다."

하거늘, 사마소와 좌우들이 다 비웃었다. 사마소는 이로 인해서 후주의 우직함에 심히 기뻐하며 전혀 의심하지 않았다.

후세 사람이 이를 한탄하는 시가 전한다.

환락을 쫓으며 웃고 즐기는 후주여
망국의 슬픔 한 점도 없음이 슬프도다.
追歡作樂笑顔開
不念危亡半點哀.

이국에서 쾌락을 즐기며 고국을 잊으니
이때서야 후주가 용열한 사람임을 알겠네.
快樂異鄕忘故國
方知後主是庸才.

한편, 조정 대신들은 사마소가 서천에서 병사들을 거둔 공이 있다 하여, 마침내 그를 높여 왕을 삼기로 하고 위주 조환에게 표주를 올렸다. 이때, 조환의 이름을 천자로 부르기는 하면서도 실제로는 자기의 주장을 할 수 없게 하였다. 그리고 정사는 다 사마씨가 맡았는데 감히 쫓지 않을 수 없었다. 드디어 진공 사마소를 봉해 진왕으로 삼고, 아버지 사마의에게 시호를 내려 선왕(宣王)으로 삼고, 형 사마사를 경왕(景王)으로 하였다.

사마소의 처는 왕숙(王肅)의 딸로 두 아들을 낳았는데, 장자는 사마염(司馬炎)으로 사람됨이 걸물스러워서 서면 머리카락이 땅에 끌리고 양손이 무릎 아래까지 내려가는데, 총명하고 영특하며 담략이 남보다 뛰어났다. 둘째는 사마유(司馬攸)인데 성정이 온화하며 공손하고 또한 검소하여 효제가 뛰어나, 사마소가 매우 애지중지하였다. 사마사는 후사가 없었기에, 사마유를 형 앞으로 양자로 보내 그 대를 잇게 하였다.

사마소는 늘상 말하기를,

"천하는 우리 형님의 것이다."

라고 말하곤 하였다. 사마소가 진왕에 봉해진 후로 유를 세자로 삼으려 하였다.

산도(山濤)가 권유한다.

"장자를 폐하고 둘째를 세우면 예에 어긋나서 상서롭지 못합니다."

하거늘, 가충·하증(何曾)·배수(裴秀) 등도 나서서

"장자가 총명하고 무예에 뛰어나서 세상의 재주를 뛰어넘고 있고, 이미 인망이 높으며 하늘이 내린 의표가 있어 남의 신하가 될 분이 아닙니다."

하였으나, 오히려 사마소는 머뭇거리며 결정하지 못하였다.

태위 왕상과 사공 순의가 말하기를,

"전대에선 둘째를 세워서 많은 국난을 만났습니다. 원컨대 전하께서는 깊이 생각하옵소서."

하매, 사마소가 드디어 장자 사마염을 세워 세자로 삼았다.

대신들이 다 말하기를,

"올해 양무현(襄武縣)에서 하늘로부터 한 사람이 내려 왔는데, 키는 2자가 넘고 발자국의 길이가 3자 2푼이었다. 흰 머리칼에 푸른 수염이었는데 몸에는 누런 홑옷을 입고 머리를 황건으로 싸매고 여두장을28) 짚었으며, 스스로 말하기를 '나는 민왕(民王)이다.

이제 너희들에게 알려 줄 것이 있어서 왔다. 천하가 임금이 바뀌면

태평을 누리리라.' 하며, 이렇게 3일 동안을 저잣거리를 다니다가 홀연 보이지 않았답니다. 이는 전하에게 상서로운 일이니 전하께서는 십이류관면(十二旒冠冕)을 쓰시고 천자의 정기를 세우시며, 출입할 때에 경필하시고[29] 여섯 마리의 말이 끄는 금근거를[30] 타시며, 왕비를 황후를 삼으시고 세자를 세워 태자로 삼으소서."

하였다. 사마소는 내심 기뻐하며 궁중으로 돌아와서 막 음식을 먹으려 하는데, 홀연 중풍으로 말을 할 수가 없었다.

다음 날 병이 위독해서 태위 왕상과 사도 하증, 사마순의 등 여러 대신들이 입궁해서 병문안을 드렸으나, 사마소는 말을 하지 못하고 손으로써 태자 사마염을 가리키고는 이내 죽었다. 때는 8월 신묘였다.

하증이 권유하기를,

"천하 대사가 다 진왕께 있습니다. 태자를 옹립하여 진왕으로 삼고, 그런 연후에 장례를 치러야 합니다."

하였다.

이날 사마염은 곧 진왕의 자리에 오르고 하증을 봉해 진승상을 삼았다. 사마망을 사도·석포(石苞)를 표기장군·진건을 거기장군을 삼고, 아버지께 시호를 올려 문왕(文王)이라 하였다.

안장이 끝나자 사마염은 가충과 배수를 불러 입궁시키고,

---

28) **여두장(藜頭杖)** : 청려장(青藜杖). 명아주대 지팡이. 본래는 '여두'(藜豆)로 콩의 한가지임. 「여장」(藜杖). [晉書 山濤傳]「魏帝嘗賜景帝春服 帝以賜濤以母老 幷贈**藜杖**一枚」. [漢書 劉向傳]「有老人 黃衣植**青藜杖** 叩閤而進」.

29) **출입할 때에 경필하시고[出入警蹕]** : 경필(警蹕). 임금님이 거동할 때에 경계하여 통행을 금함. [史記 淮南眞王長傳]「出入稱**警蹕**」. [漢書 揚雄傳]「入神奔而**警蹕**兮 振殷轔而軍裝」.

30) **금근거(金根車)** : 금으로 장식한 수레. 태황태후·황태후·황후가 모두 이를 탈 수 있음. [後漢書 輿服志]「太皇太后 皇太后 法駕皆御**金根** 非法駕 則乘紫闕駢車」. [三國志 魏志 武帝紀]「乘**金根車** 駕六馬」.

"조조가 일찍이 이르시기를 '만약에 천명이 내게 있다면 내가 주문왕이 되리다!' 하셨다는데, 과연 그런 일이 있었소이까?"

하고 물으니, 가충이 대답하기를

"조조는 대대로 한나라의 녹을 받았던 터이라, 사람들에게 찬역했다는 이름을 듣기 저어해서 이런 말씀을 한 것입니다. 이는 조비에게 천자가 될 것을 분명히 밝히신 것입니다."

하매, 사마염이 묻기를

"아버님을 조조에 비유하여 어떠실까요?"

한다.

가충이 대답하기를,

"조조는 비록 그 이루신 공이 화하 지역을 덮을 만하지만,31) 백성들이 그 위엄을 두려워하고 그 덕을 사모하지 않았습니다. 아들 조비에게 왕업을 잇게 하였으나 노역이 너무 무겁고 여기저기로 달리면서 전쟁하느라고 평안할 때가 없었습니다.

후에 선왕(사마의)과 경왕(사마사)께서는 여러 번 큰 공을 세우시고 은혜를 펴고 덕을 베푸셔서, 천하의 인심이 돌아온 지 오래되었습니다. 문왕(사마소)께서는 촉국을 병탄하셔서 그 공이 천하를32) 덮었으니, 어찌 조조에게 비유하겠나이까?"

하거늘, 사마염이 말하기를

"조비는 오히려 한의 대통을 이었거늘 내가 어찌 위의 대통을 잇는

---

31) 공이 화하 지역을 덮을 만하지만[功蓋華夏] : 공이 화하지역을 덮을 만함. 화(華)는 화려하고 분명함, 하(夏)는 큰 것을 말하는 것으로 '중국의 중심지역'을 말함. [康熙字典]「中國日 華夏」. [三國志 魏志 荀彧傳]「今華夏已平 南土知困」.

32) 천하[寰宇] : 환내(寰內). 천자가 다스리는 땅 전부. [穀梁定 三]「寰內諸候 (注) 天子穀內大夫 有采地者 謂之寰內諸候」. [南史 梁簡六帝紀論]「聲振寰宇 澤流遐裔」.

것이 불가하겠는가."

하였다.

가충과 배수 두 사람이 재배하고,

"전하께서는 조비가 법통을 이은 고사를 본받으시어, 수선대를 쌓으시고 천하에 포고하셔서 대위에 오르소서."

하였다.

사마염이 크게 기뻐하며 다음 날 칼을 찬 채로 궐내에 들어갔다. 이때, 위왕은 조환이었는데 연일 조회를 열지 못하고 심신이 황홀하고 행동거지가 어색하였다. 사마염이 곧장 후궁으로 들어왔기 때문에, 조환은 당황해 어탑에서[33] 내려와 저를 맞아들였다.

사마염이 앉자마자 묻기를,

"위의 천하는 누구의 힘에 의한 것이오니까?"

하거늘, 조환이 말하기를

"다 진왕 부조(父祖)께서 주신 것이지요."

하였다.

사마염이 말하기를,

"내 보기에 폐하께서는 문에서는 능히 도를 논하지 못하고 무에서는 나라를 다스릴 경륜이 없으신데, 어찌해서 재덕이 있는 사람에게 위를 양위해서 주장하게 하지 않으시나이까?"

하니, 조환이 크게 놀라 입을 다물고 말을 못하고 있었다.

곁에 있던 황문시랑 장절(張節)이 큰 소리로,

"진왕의 말씀이 지나치시오! 지난 날 위 무조 황제께서 동쪽을 정벌

---

33) **어탑(御榻)** : 용탑(龍榻). 임금이 앉거나 눕는 상탑. 「어전」(御前). [韻會]「御凡天子所止曰**御前** 曰**御前**書 曰**御前**服 曰御服 皆取統御四海之意」. [後漢書 獻帝紀]「矢及**御前**」.

하고 서쪽을 치시며 남정북벌하였으니, 쉽게 천하를 얻은 게 아니외다. 지금 천자께서는 덕이 있으시고 죄가 없으신데, 무슨 연고로 다른 사람에게 양위하란 말이오이까?”

하거늘, 사마염이 크게 노하여

“이 나라는 한나라이며, 조조가 천자를 끼고 제후들을 호령하여[34] 스스로 위왕에 올라서 한실을 찬탈한 것이외다. 우리 조부 3대가 위나라를 도와 천하를 얻었으니, 이는 조씨가 능력이 있어서가 아니라 실제로는 사마씨의 힘인 것은 사해가 다 알고 있소이다. 내 오늘 어찌 위의 천하를 계승하지 못하겠소이까?”

하였다.

장절이 또 말하기를,

“이 일을 한다면 이는 나라를 찬탈하는 도적이외다!”

하거늘, 사마염이 크게 노하여

“내가 한실을 위해서 원수를 갚으려 하는데 어찌 불가능하겠느냐!”

하고는, 무사들을 시켜 장절을 전각 아래로 끌어내려 과로 어지러이 쳐 죽였다.[35] 조환이 울며 무릎을 꿇고 비니 사마염이 전각에서 내려갔다.

조환은 가충과 배수에게,

“일이 급해졌으니 어찌하면 좋겠소?”

하고 물으니, 가충이 말하기를

---

34) 천자를 끼고 제후들을 호령하여[挾天子以令諸侯] : 조조가 천자를 빙자하여 제후들에게 명령함. [三國志 蜀志 諸葛亮傳]「挾天子 以令諸侯」.
35) 과로 어지러이 쳐 죽였다[亂瓜打死] : 과(瓜)로 마구 때려 죽임. ‘과’는 의장용 병장기로 자루가 길고 끝이 ‘오이’의 모양으로 되어 있음. [中文辭典]「瓜形之器具」.

"천수가 다 하였으니 폐하께서는 하늘의 뜻을 거스르지 마옵소서. 마땅히 한 헌제(漢獻帝) 고사에 비추어 수선대를 다시 쌓으시고 대례를 갖추어 진왕에게 선위하시옵소서. 그리하는 것이 위로는 하늘의 뜻에 합당하고 아래로는 백성들의 성정에 순응하는 것입니다. 폐하께서는 염려 놓으소서."

하거늘, 조환이 그의 말을 따랐다.

즉시 가충에게 수선대를 쌓게 하고, 드디어 12월 갑자 일에 조환이 친히 전국새를 받들고 대위에 섰다. 문무 백관들이 다 모여 있었다.

후세 사람이 이를 한탄한 시가 전한다.

위가 한실을 병탄하고, 진이 위를 삼키니
천운의 순환을36) 벗어날 길 없구나!
魏吞漢室晉吞曹
天運循環不可逃.

슬프다! 장절이여 나라 위해 충성을 다했으나
한 손으로 어찌 태산의 높음을 가려 보겠느냐?
張節可憐忠國死
一拳怎障泰山高?

조환은 진왕 사마염에게 단에 오르기를 청하여 대례를 받게 하였다. 조환은 단에서 내려와 공복으로37) 갈아입고 반열 앞에 섰다. 사마염

---

36) 천운의 순환(天運循環) : 천운(하늘이 정한 운수)은 쉬지 않고 자꾸 되풀이 하여 돎. 「천운」. [後漢書 公孫瓚傳論] 「舍諸天運 (注) 天運猶天命也」. [六韜 武韜 順啓] 「天運不能移」. 「순환」. [史記 高祖紀贊] 「三王之道 若循環 終而復始」. [史記 蘇秦傳] 「此必令言如循環」.

이 대위에 단정하게 앉아 있고, 가충과 배수는 좌우에 벌여 서서 칼을 짚고 조환에게 재배케 한 후 땅에 엎드려 명을 듣게 하였다.

　가충이 말하기를,

　"한 건안 25년으로부터, 위가 한제의 선위를 받은 지 벌써 45년이 지났다. 이제 천록이 영영 끝나고[38] 천명이 진에 있도다. 사마씨는 공덕이 높고 또 높아 하늘과 땅에 가득해서,[39] 곧 황제의 정위(正位)에 올라 써 위의 대통을 계승할지라. 이에 너를 봉하여 진류왕(陳留王)을 삼노니 나가 금용성(金墉城)에 가되 지금 당장에 떠나라. 이후 천자의 부르심이 없으면 입경을 불허한다."

하거늘, 조환이 울며 사례하고 떠났다.

　태부 사마부가 울며 조환의 앞에 나아가,

　"신은 기왕에 위나라 신하가 되었사오니 끝내 위나라를 저버리지 않을 것입니다."

하거늘, 사마염이 사마부의 이런 행동을 보고 그를 봉해 안평왕(安平王)을 삼았으나 사마부는 이를 받지 않고 물러갔다. 이날 문무 백관들이 다 수선대 아래에서 절하고 산이 떠나가도록 산호만세를[40] 불렀다.

---

37) 공복(公服) : 관리들의 관복(官服). 주(朱)·자(紫)·비(緋)·녹(綠)·청(靑) 다섯 가지였음. [皇朝類苑]「文武階朝官遇郊 廟展禮諸大朝會 竝朝服 常朝起居 竝**公服**」.

38) 천록이 영영 끝나고[天祿永終] : 하늘이 주는 복록이 영영 끝남. [國語 吳語]「**天祿**函至 是吳命之短也」. [書經 禹書篇 大禹謨]「四海困窮 **天祿永終**」.

39) 공덕이 높고 또 높아 하늘과 땅에 가득해서[極天際地] : 하늘과 땅에 가득함. 하늘의 가장 높은 곳에서부터 땅의 끝. [孔叢子 答問]「人有高者 必以**極天**爲稱 言下者 以深淵爲名」. 「제애」(際涯)는 끝·한계. [范仲淹]「浩浩湯湯 橫無**際涯**」.

40) 산호만세(山呼萬歲) : 신하들이 천자의 말을 송축하는 뜻으로 목소리를 높여 세 번 부르는 만세. [漢書 武帝紀]「登嵩高御史乘屬在廟停 吏卒咸聞**呼萬歲**者 三」. [書信故事 朝制類]「臣民呼**萬歲**曰 **山呼**」.

사마염은 위의 법통을 이어 국호를 '대진'(大晉)이라 하고, 연호를 고쳐 태시(泰始) 원년이라 하였다. 천하에 대사면을 내리니 이로써 위는 망하였다.

후세 사람이 이 일을 한탄한 시가 전한다.

진나라가 그 규모는 위나라와 같고
진류의 그 자취 산양공과 흡사하다.
　晉國規模如魏王
　陳留蹤跡似山陽.

다시금 수선대 앞의 거듭되는41) 그 놀음
머리를 돌려 그때를 생각하니 마음이 아프네.
　重行受禪臺前事
　回首當年止自傷.

진나라 황제 사마염은 사마의의 시호를 올려서 선제(宣帝)로 하고 백부 사마사를 경제(景帝)로 하였다. 아버지 사마소를 문제(文帝)로 추증하고 칠묘를42) 세워 조종을 빛냈다.

칠묘는 어찌되나? 한나라 정서장군 사마균·균의 아들 예장태수 사마량·양의 아들 영천태수 사마준·준의 아들 경조윤 사마방(司馬防)·방의 아들 선제 사마의·의의 아들 경제 사마사와 문제 사마소 이들이

---

41) 거듭되는[重行] : 되풀이해서 행함. [法言 脩身]「何謂四重 日重言 **重行** 重貌 重好 言重卽有法 行重卽有德 貌重卽有威 好重卽有觀」.

42) 칠묘(七廟) : 제사를 지내는 사당. 천자는 칠묘(七廟)·제후는 오묘(五廟)·대부는 삼묘(三廟)·사(士)는 일묘(一廟)를 두게 되어 있음. [禮 王制]「天子**七廟** 三昭三穆 與太祖之廟而**七**」. [百虎通論]「周以后稷 文武特**七廟**」.

칠묘이다. 국가의 대사가 정해지자 매일 조회를 열어, 오나라를 토벌할 계책을 의논하였다.

이에,

한나라의 성곽들은 이미 옛 것이 아니거늘
오나라의 강산이 또한 다시 고쳐지리라.
漢家城郭已非舊
吳國江山將復更.

어떻게 오나라를 치려는지 아직은 알 수가 없다. 하회를 보라.

제120회

두예를 천거하매 노장은 새로운 계책을 드리고
손호가 항복하자 삼분천하가 통일되다.

薦杜預老將獻新謀

降孫皓三分歸一統.

한편, 오주 손휴는 사마염이 위나라를 찬탈했다는 소식을 듣고, 그가 반드시 오를 침범할 것을 알고는 근심 걱정이 병이 되어 자리에서 일어나지 못하였다. 이에 승상 복양흥(濮陽興)을 궁중으로 불러서 태자 손만(孫霊)을 인사를 하게 한 뒤에, 오주는 흥(興)의 팔을 잡고 손으로 태자를 가리키며 죽었다. 복양흥은 나와서 중신들과 상의하고, 태자 손만을 임금으로 세우고자 하였다.

좌전군 만욱(萬彧)이 말하기를,

"손만은 어려서 전정(專政)할 수 없습니다. 오정후 손호(孫皓)를 세우는 것만 같지 못할 것이외다."

하니, 좌장군 장포(張布) 또한 말하기를

"손호는 재주와 식견이 있고 밝은 판단력이 있어서 족히 제왕이 될 수 있을 것입니다."

하거늘, 승상 복양흥은 결단을 내리지 못하고 입궁하여 주태후(朱太后)에게 이 일을 아뢰었다.

태후께서 이르기를,

"나는 한낱 과부인데 어찌 나라의 일을 알겠습니까? 경등이 짐작해서 옹립하시면 좋겠소이다."

하거늘, 북양흥은 마침내 손호를 맞아들여 임금을 삼았다.

손호는 자를 원종(元宗)이라 했는데, 대제 손권의 태자 손화(孫和)의 아들이었다. 그해 7월 곧 황제의 위에 오르고 연호를 고쳐서 원흥(元興) 원년이라 하였다. 태자 손정으로 하여금 예장왕(豫章王)에 봉하고, 아버지 화에게 시호를 추증하여 문황제(文皇帝)를 삼고 어머니 하씨를 태후로 삼았다. 정봉에게는 벼슬을 더해 좌우사마를 삼았다.

다음 해 다시 연호를 고쳐 감로(甘露) 원년이라 하였다. 손호는 날로 흉포해지고 주색에 더욱 탐닉해져 중상시 잠혼(岑昏)을 총애하였다. 복양흥과 장포가 그것을 간하자 손호는 노해서, 두 사람을 참하고 저들의 삼족까지 멸하였다.[1] 이로부터 조정의 신하들이 입을 다물고 감히 다시는 간하지 못하였다.

또 연호를 고쳐서 보정(寶鼎)이라 하고 육개(陸凱)와 만욱을 좌우승상을 삼았다. 이때 손호는 무창에 있었는데, 양주의 백성들이 장강을 거슬러 올라가서 공급하느라고 고생이 아주 심했다. 또 사치가 극에 달해 나라와 백성들이 모두 궁핍해졌다. 좌승상 육개가 상소를 올렸는데, 그 내용은 다음과 같다.

지금 재앙이 없는데도 백성들이 다 죽고 또 아무 것도 하지 않는데다가, 국고가 비어 있으니 신은 이를 아파하나이다.

옛날 한실이 이미 쇠하고 삼국이 정립했다가 조씨(曹氏)·유씨(劉

---

1) 삼족까지 멸하였다[滅其三族] : 부모·형제·처자 등 삼족까지 죽임. [中文辭典]「殺人並及父母妻子等親屬日 滅族」. [周禮 小宗伯]「掌滅其三族之別 以辨親疏」.

氏)가 도를 잃어 다 진나라가 되었습니다. 이는 바로 눈앞에 보이는 바로 징험입니다. 신은 어리석게도 단지 폐하와 나라를 위해 애석해 할 뿐입니다. 무창은 토지가 척박해서 제왕이 도읍할 곳이 아니옵나이다. 아이들의 동요에 이르기를,

차라리 건업의 물을 마실망정 무창의 고기는 아니 먹을래
차라리 건업에 돌아가 죽을지언정 무창에선 살지 않을래.

　寧還建業死　不止武昌居
　寧飮建業水　不食武昌魚.

하고 있습니다. 이로써 족히 민심과 하늘의 뜻을 밝힐 수 있나이다. 이제 나라는 한 해를 지탱할 축적이 없고, 곳간은 바닥을 드러내게 되었습니다. 관리들은 가렴주구에2) 눈이 어두워 백성들을 긍휼히 여기지 않고 있습니다.

대제 때에는 후궁의 궁녀가 백에 차지 못하는데, 경제 이래로 후궁이 천 명이 넘고 있어 이들이 나라의 재물을 소모함이 아주 심합니다. 또 좌우가 다 적당한 사람들이 아니어서 작당을 해서 서로를 해치고 있으며 또 충신들을 해치고 있기 때문에 어진 이들이 다 숨고 나오지 않으니, 이는 다 정사를 좀먹고 백성들을 해치는 것입니다.3)

원컨대 폐하께서는 백성들의 노역을 살피시고 관리들의 가렴주구를 없게 해주소서. 궁녀들의 수를 줄이시고 문무 백관들을 청렴

---

2) **가렴주구[苛擾]** : 가렴주구(苛斂誅求)를 함. 원래는 '몹시 어려움'을 뜻임. [宋史 齊恢傳]「明白開約 不**苛擾** 所至人愛之」. [墨子 所染]「擧天下之貪暴**苛擾**者」.

3) **두정해민(蠹政害民)** : 정사를 좀먹고 백성들을 병들게 함. [福惠全書 蒞任部 忍性氣]「奸惡之**蠹國嚼民**」.

하게 선발하신다면, 하늘이 기뻐하시며 백성들은 공경하고 나라가 평안해질 것이옵나이다.

이렇게 간하니 손호는 기뻐하지 않았다. 또 크게 토목을 일으켜 소명궁(昭明宮)을 짓게 하였는데, 문무 관료들에게 산에 들어가 목재를 가져오라 하였다. 또 술사4) 상광(尙廣)을 불러들여 세상의 일에 관해 점을 치게 하였다.

상광이 점을 쳐보더니 말하기를,

"폐하 점에서 길조가 나왔습니다. 경자년에 푸른 일산을5) 받으시고 낙양에 들어가시게 될 것입니다."

하니, 손호가 기뻐하며 중서승 화핵에게

"선제께서 경의 말을 받아들여 장수들을 나누어 장강 연안을 지키게 하려고 수백 개의 영채를 세우고 병사들을 둔치게 했으며, 노장 정봉에게 이 병사들을 총독하게 하라 했다고 들었소. 짐은 한조의 땅을 아울러 차지하고6) 또 촉주의 원수를 갚아주려 하는데, 당장에 먼저 어디를 취하는 게 좋겠소?"

하거늘, 화핵이 권유하기를

"지금 성도(成都)를 지키시지 못하여 나라가 기울어 망했으니,7) 사

---

4) **술사(術士)**: 술가(術家). 음양·복서·점술 등에 정통한 사람. [漢書 夏候勝傳] 「其與列候二千石 博問**術士** 有以應變補朕之闕 毋有所諱」. [史記 儒林傳敍]「楚詩 書坑**術士** 六藝從此缺焉」.

5) **푸른 일산[靑蓋]**: 푸른 일산 곧, 천자가 받는 일산. [孔武仲 炭步港觀螢詩]「爛如神仙珠玉闕 **靑羅**掩映千明紅」.

6) **땅을 아울러 차지하고[兼并漢土]**: 둘 이상의 것을 한데 모아 소유함. [漢書 武帝紀]「又禁**兼并**之塗」. [荀子 王制]「衛弱禁暴 而無**兼并之心**」.

7) **나라가 기울어 망했으니[社稷傾崩]**: 나라가 기울어짐. [禮記 祭儀篇]「建國之 神位 右**社稷**而左宗廟」. [後漢書 禮儀志]「考經援神契曰 **社**者土地之主也 **稷**者五

마염은 반드시 오를 병탄할 마음이 있을 것입니다. 폐하께서는 마땅히 덕을 닦고 오나라 백성들을 안돈하시는 것이 상책입니다. 만약에 강제로 군사들을 움직이시면, 오히려 베옷을 입고 불을 끄려는 격이어서8) 필시 다 타버리게 될 것입니다. 원컨대 폐하께서는 심사숙고하시옵소서."

하니, 손호가 말하기를

"짐이 때를 타서 구업을 회복하려 하는데, 그대는 이 같은 불리한 말을 하느냐! 만약에 구신 체면을 보지 않는다면 참수하라 명령했을 것이오!"

하고, 무사들에게 전문(殿門) 밖으로 끌어내게 하였다.

화핵이 조정에서 나오며 한탄하기를,

"애석하도다 금수강산이여! 머지않아 다른 사람에게 넘어가겠구나!"9)

하고, 마침내 은거하고 다시는 나가지 않았다. 이미 손호는 진동장군 육항에게 명하여, 본부병들은 강구에 주둔하게 하고서 양양을 도모하게 하였다.

어느새 이 소식이 낙양에 전해졌다. 근신들이 진주 사마염에게 아뢰었다. 진주는 육항이 양양을 침노한다는 소식을 듣고 여러 관료들과 의논하였다.

穀之長也 大司農鄭玄說 古者官有大功 則配食其神 故句農配食於**社** 棄配食於**稷**.

8) **베옷을 입고 불을 끄려는 격이어서[披麻救火]** : 삼으로 만든 옷을 입고 불을 끄려 한다는 뜻으로, '그릇된 짓을 하여 화를 키움'의 비유임. 「부신구화」(負薪救火). [漢書 朱買臣傳]「其後買臣獨行歌道中 **負薪**墓閒」. [禮記 月令篇]「收秩**薪柴** (注) 大者可析謂之**薪** 小者合束謂之**柴**.

9) **금수강산이여! 머지않아 다른 사람에게 넘어가겠구나![錦繡江山 不久屬於他人矣]** : 아름다운 강산이 머지 않아 다른 사람에게 넘어갈 것임. 「금수」(錦繡)는 '금실로 수를 놓은 물건'으로 「금수강산」은 '아름다운 자연'을 뜻함. [尹廷高 館娃宮詩]「**錦繡**鴛鴦綠錦袍 水精廉底淨無塵」.

가충이 반열에서 나서며 말하기를,

"신이 듣건대 오주 손호는 덕정(德政)을 닦지 못하고 무도한 일을 전행하고 있다 하오니,10) 폐하께서 도독 양호(羊祜)에게 조서를 내려 저를 막게 하시옵소서. 그 나라에서 변이 있기를 기다려 세를 틈타서 공격해 취하시면 동오를 쉽게 취할 수 있나이다."

하자, 사마염이 크게 기뻐하며 곧 조서를 내려 사신을 양양으로 가게 하여 양호에게 조서를 전하게 하였다. 양호는 조서를 받들고 군마를 정돈하고 적을 맞을 것을 미리 준비하였다. 이로부터 양호는 양양을 굳게 지켜서 백성들의 마음을 얻게 되었다.

오나라 사람으로 항복했다가 돌아가기 싫어하는 사람이 있자, 양호는 저들의 청을 다 들어 주었다. 양호는 국경을 지키는 군사들을 줄이고 밭을 8백 경이나 개간하였다. 처음 도착했을 때는 군사들이 먹을 석 달 치의 군량도 없었으나, 연말에 이르러서는 군중에 십 년 치의 양곡이 쌓이게 되었다. 일찍이 가벼운 옷을 입고 넓은 띠를 매고 갑옷을 입지 않았다. 저를 호위하는 자는 10여 명에 지나지 않았다.

하루는 부장이 장막에 들어와서 아뢰기를,

"초마의 보고가 왔는데 오병들은 다 게으르니, 저들의 준비가 없는 틈을 타고 습격한다면 반드시 크게 이길 것입니다."

하거늘, 양호가 웃으면서 말하기를

"자네들이 육항을 얕보는 것이 아닌가? 이 사람은 지혜가 뛰어나고 계책이 많은 인물일세. 일전에 오주의 명을 받고 서릉을 칠 때에 보천(步闡)과 그 부하 수십 인을 목 베었는데, 내가 보천을 구하려 하였으나 미치지 못했던 일이 있었네. 이 사람이 장수가 되어 온다면 우리들

---

10) **무도한 일을 전행하고 있다 하오니[專橫無道]** : 무도한 일을 제 마음대로 함. [論語 八佾篇]「天下之**無道**也久矣」. [禮記 檀弓 下]「國**無道** 君子恥盈禮焉」.

은 단지 잘 지켜야만 하네. 저들의 내부에서 무슨 변이 생기기를 기다렸다가 바야흐로 취할 길을 도모해야 하오. 만약에 시세를 살피지 않고 가벼이 나갔다가는 대패하기 십상이네."

하니 여러 장수들이 그 이론에 감복하고, 다만 자국의 지경을 굳게 지켰다.

하루는 양호가 제장들을 이끌고 사냥을 나갔는데, 마침 육항 또한 사냥을 나왔었다.

양호가 말하기를,

"우리 군사들은 경계를 넘어선 안 되오."

하니, 여러 장수들이 명령을 듣고 진나라 지경 안에서만 사냥을 하며 오의 경계를 침범하지 않았다.

육항이 바라보며 탄식하기를,

"양호의 군사들은 기율이 있으니 범하기 어렵겠구나."

하고 날이 저물어서 각각 물러났다.

양호는 군중에 돌아와서 잡은 짐승을 살피고 물어서, 동오 사람들이 먼저 쏘아 잡은 것은 다 돌려보냈다. 동오 사람들이 크게 기뻐하며 와서 육항에게 보고하였다.

육항은 온 사람을 불러들여 묻기를,

"너희들 장수는 술을 잘 하느냐?"

하니, 온 사람이 대답하기를

"아주 잘 빚어진 것만 마십니다."

하였다.

육항이 웃으면서 말하기를,

"내게 술이 좀 있는데 저장해 둔지 오래되었다. 이제 너에게 줄 터이니 가지고 가서 너의 도독께 드려라. 이 술은 육항이 직접 빚어서 마시던 것인데 특별히 한 항아리를 바쳐, 어제 사냥 나간 정을 표시하고자 한다.”

하니, 왔던 군사가 대답한 다음 술을 가지고 갔다.

　좌우가 육항에게 말하기를,

“장군께서 술을 저에게 주심은 무슨 뜻입니까?”

하거늘, 육항이 묻기를

“저가 이미 나에게 베풀었으니 내 어찌 보답을 아니 하겠소이까?”

하매, 여러 사람들이 다 놀랐다.

　한편, 왔던 사람이 돌아가 양호를 보고 육항이 묻던 말과, 술을 보낸 일을 하나하나 자세히 고했다.

　양호가 웃으며 묻기를,

“저가 또한 내가 술을 마시는 줄 알던가?”

하고는, 마침내 술병을 열어 마시려 하였다.

　그때, 부장 진원(陳元)이 권유하기를

“그가 간사한 속임이 있을까 두려우니, 도독께서는 마땅히 마시지 마셔야 합니다.”

하거늘, 양호가 말하기를

“육항은 독을 넣을 사람이 아닐세. 저를 의심하지 말게나.”

하고, 술병을 기울여 끝까지 마셨다.

　이로부터 사람을 보내 안부를 물으며 늘상 서로 왕래하였다. 하루는 육항이 사람을 보내 양호의 안부를 물었다.

　양호도 묻기를,

“육항 장군은 안녕하시냐?”

하니, 온 사람이 대답한다.

“저희 대장께서는 병으로 누워 며칠째 나오시지 못하십니다.”

하거늘, 양호가 말하기를

"내 생각에 그의 병도 나와 같은 것일 걸세. 내 이미 지어놓은 약이 있으니 가져다 복약하게 하시게."

하였다. 왔던 사람이 약을 가지고 돌아가 육항에게 보였다.

여러 장수들이 말하기를,

"양호는 적장입니다. 이 약은 좋은 약이 아닐 것이외다."

하거늘, 육항이 대답하기를

"어찌 양숙자가 사람을 짐살하겠느냐?11) 자네들 너무 의심하지 말게나."

하고는 그 약을 먹었다. 다음 날 병이 나아서 여러 장수들이 모두 하례하였다.

육항이 말하기를,

"저가 덕으로써 우리를 대하는데 우리가 강포함으로써 대할 수 있는가? 이는 저가 싸우지 않고서 우리를 항복하게 하려는 것일세. 이제 마땅히 각자가 강역을 보전할 뿐 자질구레한 이득을 취하려 해서는 안 되네."

하자, 여러 장수들이 명을 따랐다.

홀연, 오주가 보낸 사신이 이르렀다 하여, 육항이 저를 영접해 들여 물으니

"천자께서 장군에게 유지(諭旨)를 보내 빨리 나아가, 진병(晉兵)들로

---

11) 어찌 양숙자가 사람을 짐살하겠느냐……[酖人羊叔子] : 양숙자가 사람을 죽이겠느냐? '叔子'는 양호(羊祜)임. [中國人名]「晉 泰山 南城人 續孫 字叔子 歷官秘書監 武帝受禪 累官尙書右僕射 …… 後入朝面陳伐吳之計 …… 吳守邊壯士亦爲之泣下 …… 杜豫因名爲墮淚碑」.「짐살」(鴆殺). [三國遺事 卷一 太宗春秋公]「又新羅古傳云 定方旣討麗濟二國 又謀伐新羅而留連 於是庾信知其謀 饗唐兵鴆之 皆死坑之」.

하여금 먼저 들어오지 못하게 하라 하셨습니다."

하거늘, 육항이 권유하기를

"자네는 먼저 돌아가게. 내 뒤 따라서 상주하는 글월을 올리겠네."
하니, 사자가 인사를 하고 떠났다. 육항이 곧 상주문을 써서 사신에게
주어 건업으로 보냈다. 근신이 이를 받아올렸다.

손호가 뜯어보니 그 속에서는 진나라를 아직 쳐서는 아니 됨을 자
세히 말하고, 또 오주에게 덕을 닦고 징벌을 신중하게 할 것을 권하였
다. 또 나라 안을 편안하게 생각하도록 하며 군사들을 자주 싸우게
해서는 안 된다 하였다.

오주가 편지를 보고 나서 크게 노하며,

"짐이 듣건대, 육항이 변경에서 적과 상통하고 있다 하더니 이제 보
니 과연 그렇구나!"
하고, 마침내 사신을 보내 그의 병권을 거두어 사마(司馬)로 강등시키
고 곧, 명을 내려 좌장군 손기(孫冀)에게 대신 군사를 거느리게 하였
다. 여러 신하들이 다 감히 간하지 못하였다.

오주 손호는 스스로 연호를 건형(建衡)이라 고치고 봉황(鳳凰) 원년까
지, 멋대로 망령된 행동을 하고 수비병을 늘리거나 주둔시키니 상하
가 원망하지 않는 자가 없었다. 승상 만욱·장군 유평·대사농 누현(樓
玄) 등 세 사람이 손호의 무도함을 보고, 굳이 간하다가 다 피살되었
다. 전후 10년간 충신 40여 명을 죽였다.

손호가 출입할 때에는 철기 5만을 거느리고 있어서 군신들 모두가
두려워했으나, 감히 어찌할 수가 없었다.

한편, 양호는 육항이 병권을 빼앗기고 손호가 덕을 잃었다는 말을
듣고, 오나라를 칠 기회가 이르렀다고 생각하였다. 이에 표문을 써서

낙양에 올려 오를 치게 해달라고 하였다.

그는 표문에서 다음과 같이 말하였다.

대저 시운(時運)은 비록 하늘이 내리는 것이지만, 공업(功業)은 반드시 사람에 의해 이루어지는 것입니다. 이제 장강과 회수가 험난하기가 촉의 검각과 같지는 않습니다. 지금 손호의 폭정이 유선에 더합니다. 그리하여 오나라 사람들이 곤란에 빠져 있음은 파촉(巴蜀)보다 더합니다. 그리고 이에 대진(大晉)의 병력들은 그 강성하기가 지난 날보다 더합니다.

이때에 사해를 평정하지 아니하고 다시 병사들에게 지키게만 한다면, 천하로 하여금 수자리에 지치고 그 형세가 차츰 쇠퇴하게 하여 오래 지탱할 수 없을 것입니다.

사마염은 표문을 보고 크게 기뻐하며 곧 군사를 일으키라 하였다. 가충·순욱·풍담(馮紞) 등 세 사람이 애써 불가하다고 주장하였다. 사마염은 이로 인해 강행하지 못하였다.

양호는 위에서 그의 청을 들어 주지 않으매, 한탄하기를

"세상 일이란 뜻대로 되지 않는 것이 열에 아홉이구나, 이제 하늘이 주시는데도 받지 않으니 어찌 아까운 일이 아닌가!"[12]

하였다.

함녕(咸寧) 4년이 되자, 양호는 입조하여 벼슬을 내어 놓고 고향에 돌아가서 요양하고자 하였다.

---

12) 세상 일이란 뜻대로 되지 않는 것이 열에 아홉이구나……[十常八九] : 「십중팔구」(十中八九). 열에 아홉. 대부분이. [通俗篇]「漢書 朱博傳 平處輕重十中八九 三國志 周宣傳 宣之敍夢 十中八九 世以比建平之相矣」.

사마염이 묻기를,

"경은 나라를 지킬 방책이 무엇인지 나에게 알려 주시구려."

하거늘, 양호가 대답하기를

"손호의 폭정이 이미 극에 달했으니 지금이 바로 싸우지 않고도 이길 수 있을 때입니다. 만약에 손호가 불행히도 죽게 되고 다시 현군을 맞으면 오나라는 폐하께서 얻을 수 없습니다."

하니, 사마염이 크게 깨닫고

"경은 지금 곧 병사들을 일으켜서 정벌에 나서는 게 어떻겠소?"

하였다.

양호가 다시 대답하기를,

"신은 늙고 병이 들어 이런 일을 감당할 수 없습니다. 폐하께서는 지혜와 용기가 있는 선비를 뽑아서 쓰시면 될 것입니다."

하고, 끝내 사마염에게 인사를 하고 고향으로 돌아갔다.

그해 11월 양호가 병이 위독해지자, 사마염이 친히 어가를 타고 그의 집에 가서 문병을 하였다.

사마염이 병상 앞에 가니 양호가 눈물을 흘리며,

"신은 만 번 죽더라도 폐하께 보은할 수 없나이다!"

하거늘, 사마염 또한 울면서 묻기를

"짐은 경을 써서 오나라를 치게 하지 못한 것을 심히 한탄하고 있소이다. 오늘날 누가 경의 뜻을 잇겠소이까?"

하거늘, 양호가 눈물을 머금고 말하기를

"신이 죽음에 임해 감히 어리석은 정성을 다하지 않을 수 없사옵나이다. 우장군 두예가 이 임무를 할 수 있을 것입니다. 만약에 오나라를 정벌하려 하신다면 모름지기 저를 기용하심이 마땅할 것입니다."

하거늘, 사마염이 묻기를

"착한 사람을 들고 어진 이를 천거함은 이에 아름다운 일이오. 경은 어찌해서 조정에 인물을 천거하고는 즉시 주고를13) 불태워 남들이 모르게 하였소?"

하니, 양호는 대답하기를

"벼슬은 조정에서 받고 인사는 사문(私門)에 가서 하는 것은 신은 취하는 바가 아닙니다."

하고, 말을 마치고 죽었다. 사마염은 크게 울면서 왕궁에 돌아와서 칙지를 내려 태부거평후의 벼슬을 증직하였다.

남주 백성들이 양호가 죽었다는 소식을 듣고 철시까지14) 하고, 강남을 지키던 병사들 또한 다 소리내어 울었다. 양양 사람들은 양호가 살아 있을 때에 현산(峴山)에 가서 놀던 일을 생각하면서, 마침내 현산에 사당을 짓고 비를 세워 사시사철 저를 제사지냈다. 오가는 사람들이 그 비석을 보고 눈물을 흘리지 않는 이가 없었다.

그래서 그 비명을 '타루비'(墮淚碑)라 하였다.

후세 사람이 이를 한탄한 시가 전한다.

이른 새벽 산에 올라 양숙자를 생각하네
옛 비석 벼락에 쓰러지고 현산은 봄이로다.
　曉日登臨感晉臣
　古碑雷落峴山春.

---

13) **주고(奏稿)** : 조정에 사람을 천거하는 주본(奏本·奏章). [明會典]「國初定制 臣民具疏 上於朝廷者 爲**奏本**」
14) **철시[罷市]** : 철시(撤市). 시장이나 가게 따위의 문을 닫고 영업을 하지 않음. [晋書 羊祜傳]「南州人征市日 聞祜喪 莫不號慟**罷市**」.

솔 사이로 남은 이슬 방울 방울 떨어지니

그 해에 흘리던 사람들의 눈물이런가!

松間殘露頻頻滴

疑是當年墮淚人.

진주가 양호의 말을 들어, 두예를 봉해서 진남대장군 도독 형주사를 삼았다.

두예는 그 사람됨이 나이가 들수록 노련해지고 배우는 것을 게을리 하지 않았다. 늘 좌구명(左丘明)의 춘추전을[15] 애독하며 앉으나 누우나 항상 들고 다녔다. 맹양 출입할 때마다 반드시 사람을 시켜 좌전을 가지고 말 앞에 가게 했으므로, 사람들이 그를 가리켜 '좌전벽'이라[16] 했었다. 진주의 명을 받고 양양에 있을 때에는 백성들을 위무하고, 양병에 힘을 써서 오나라의 정벌에 대비하였다.

이때, 오나라의 정봉과 육항 등이 모두 죽었다. 오주 손호는 신하들과 연회를 즐기며 늘 흠씬 취하여 있었다. 황문시랑 열 사람에게 관리들을 감시하게[糾彈官] 하였다가 연석이 파한 뒤에는 각자 잘못을 아뢰게 하였다. 죄가 있는 자는 때로는 그 얼굴 가죽을 벗기거나 그 눈을 뽑기까지 하였다. 이로 말미암아 백성들이 다 두려워하였다.

진의 익주자사 왕준(王濬)이 오나라를 치자는 상소를 올렸으니, 그

---

15) 춘추전(春秋傳) : [춘추]를 해석한 책들. 좌구명의 '좌씨춘추(左氏春秋·左氏傳)'를 이름. 공자가 지은 은공(隱公)에서 애공(哀公)까지 역사를 기술한 책. [史記 管晏傳贊]「**晏子春秋**」. [同書 虞卿傳]「**虞氏春秋**」. [同書 呂不韋傳]「**呂氏春秋**」.

16) 좌전벽(左傳癖) : [춘추좌씨전]을 좋아하는 성벽(性癖). 「벽(癖)」은 '고치기 어렵게 굳어버린 버릇'의 뜻. [正字通]「**癖者好之病**」. [晉書 杜預傳]「**臣有左傳癖**」. [**書言故事 惡性類**]「**性有偏好曰 癖性**」.

소의 내용은 다음과 같았다.

손호의 황음과 흉덕이 심하오니 마땅히 정벌해야 합니다. 만약에 일단 손호가 죽으면 다시 현주를 세울 것이니, 그리되면 오는 다시 강적이 될 것입니다. 신이 7년 전에 배를 만들었기 때문에 하루하루 부식해 가고 있습니다. 신은 나이 70이오니 죽을 날이 멀지 않았습니다. 이 세 가지 중 하나라도 어긋나게 되면, 도모하기 어려울 것입니다.

원컨대 폐하께서도 일의 기회를 잃지 마시옵소서.

진주가 보고 나서, 마침내 군신들과 의논하기를
"왕공의 말이 양호와 같소이다. 짐은 뜻을 결정했소."
하거늘, 시중 왕혼(王渾)이 말하기를
"신이 듣기에는 손호가 북상하고자 한다 하고 군사들은 벌써 대오를 정비하였는데, 그 세력이 아주 강해서 싸우기 어려울 것이라 합니다. 다시 1년을 더 기다려서 저들이 피곤해지면, 그때 가서야 성공할 수 있을 것이외다."
하고 아뢰거늘, 진주는 그의 말대로 이에 조서를 내려 병사들을 움직이지 말라 하였다. 후궁으로 들어가 비서승 장화와 바둑을 두며 소일하였다. 그런데 근신이 아뢰기를 변경에서 표주가 이르렀다 한다. 진주가 펴보니 이에 두예가 보낸 것이었다.

전에 양호는 조신들과 널리 의논하지 않고 은밀히 폐하와 계책을 세웠습니다. 그래서 조신들 중에 이의가 많은 듯합니다. 무릇 모든 일들이 응당 이해가 서로 엇갈리게 되는 바[17] 이를 헤아려 본다면 이(利)는 열에 여덟 아홉이지만, 그 폐해는 거의 없는 것입니다.

가을부터 적을 토벌할 형태가 드러난 상태입니다. 지금 만약에 이를 중지한다면 손호는 겁이 나서 무창으로 도읍을 옮기고, 강남의 여러 성들의 수축을 마치고 백성들을 옮겨 살게 하면 성을 공격할 수가 없게 되므로 전혀 얻을 게 없을 것입니다. 그런즉 내년에 적을 토벌하겠다는 계획 또한 미치지 못할 것입니다.

진왕은 표주를 다 읽고 나자, 장화가 갑자기 일어나서 바둑판을 밀어내고 손을 모으며(斂手) 아뢰기를,

"폐하께서 성무(聖武)하셔서 나라를 부하게 하고 백성들을 강하게 하셨습니다. 오주는 음학(淫虐)해서 백성들이 근심하고 국고를 피폐하게 하고 있습니다. 지금 만약에 저들을 토벌한다면 크게 힘들이지 않고도 평정이 될 것입니다. 원컨대 의심하지 마시옵소서."

하거늘, 진주가 이르기를,

"경의 말이 이해관계를 따져도 지당하니, 짐이 더 무엇을 의심하겠는가?"

하고, 즉시 전에 나가서 진남대장군 두예를 대도독으로 삼아 군사 10만을 이끌고 강릉으로 나가게 하고, 진동대장군 낭야왕 사마주(司馬伷)를 도중(涂中)으로 진군하게 하였다. 또 안동대장군 왕혼은 횡강으로 나가고, 건위장군 왕융은 무창으로 진군하게 하였다. 평남장군 호분(胡奮)은 하구로 진군하게 하여 각각 병사 5만씩을 이끌고 가되 다 두예의 조정을 받게 하였다.

---

17) 이해가 서로 엇갈리게 되는 바[利害相校]:「이해상반」(利害相反). 이해가 서로 엇갈림. [國語 周語 上]「明利害之鄕 以文修之」. [淮南子 人間訓]「利害之反 禍福之門戶」.

또 용양장군 왕준과 광무장군 당빈(唐彬)으로 하여금 장강으로 내려가게 하니, 수륙 병사들이 모두 20여 만이고 전선이 수만 척이었다. 또 관군장군 양제(楊濟)에게 명하여 나가 양양에 주둔하고, 제로의 인마들을 통제하게 하였다. 이 소식이 벌써 동오에 들어갔다.

오주 손호가 크게 놀라서 급히 승상 장제·사도 하식(何植)·사공 등수(滕修) 등을 불러 퇴병책을 의논하였다.

장제가 대답하기를,

"거기장군 오연(伍延)에게 영을 내려 도독을 삼고 강릉으로 진병하여 두예를 맞아 싸우게 하시고, 표기장군 손흠(孫歆)에게 군사들을 이끌고 강구 등지의 군마들을 막게 하소서. 신은 감히 군사(軍師)가 되어서 좌장군 심영(沈瑩)·우장군 제갈정과 함께 병사 10만을 이끌고 우저(牛渚)로 나가서 제로의 군마들과 접응하겠나이다."

하니, 손호가 그의 말에 따라 드디어 장제에게 군사들을 이끌고 가게 하였다. 손호는 물러나 후궁에 들어갔으나 불안하고 조바심이 났다. 행신18) 중상시 잠혼이 그 까닭을 물었다.

손호가 말하기를,

"진병들이 크게 쳐들어 와서 제로의 군사들을 벌써 저들과 싸우게 하였으나, 왕준이 이끄는 군사 수만과 전선들이 일제히 순류를 타고 내려오고 있다니, 그 예봉이 심히 날카로워 짐은 이로 인해 걱정을 하고 있소."

하니, 잠혼이 대답하기를

"신에게 한 가지 계책이 있사옵나이다. 왕준이 이끄는 배들을 다 부서뜨릴 수 있습니다."19)

---

18) 행신(幸臣) : 총신(寵臣). 임금님의 총애를 받는 신하. [韓詩外傳 三]「朝無幸臣」. [戰國策 燕策]「不察先王之所以畜幸臣畜之理」.

하거늘, 손호가 크게 기뻐하며 그 계책을 물었다.

잠혼이 말하기를,

"강남에는 쇠가 많사오니 연환삭[20] 백여 줄을 만들게 하시되, 길이를 백여 장·각각의 무게를 2, 30근씩 해서 강 연안의 긴요한 곳을 가로막아 놓게 하시고, 다시 쇠로 철추 수만여 개를 만들어 물속에 꽂아두게 하십시오. 만약에 진군의 배가 바람을 타고 온다면 그 쇠철추에 부딪혀 깨어질 터인데 어찌 저들이 강을 건너올 수 있겠나이까?"

하니, 손호가 크게 기뻐하며 장공(匠工)들에게 영을 내려, 강변에서 밤을 도와서라도 철삭과 철추를 만들어 다 설치하라 하였다.

한편, 진의 도독 두예는 병사들을 이끌고 강릉으로 나와서, 아장[21] 주지(周旨)에게 수군 8백여 명을 이끌고 작은 배를 타고 몰래 장강을 건너서 낙향(樂鄉)을 야습하라 하였다. 그리하여 숲속에 많은 깃발을 꽂고 낮에는 호포를 놓고 북을 치고 밤에는 여러 곳에 불을 들라 하였다. 주지는 명령을 받고 군사들을 데리고 강을 건너가서 파산(巴山)에 매복하였다. 다음 날 두예의 대군이 수륙으로 함께 나아갔다.

그때, 나갔던 초병들이 돌아와 보고하기를,

"오주가 오연을 육로로 보내고 육경(陸景)을 수로로 보내었는데, 손흠이 선봉이 되어 3로로 나오고 있습니다."

하였다.

---

19) 다 부서뜨릴 수 있습니다[齏紛]: 가루로 만듦. 부서뜨림. 「제」는 푸성귀를 잘게 썰어 간을 한 반찬임. [莊子]「使宋王而寤 子爲齏紛矣」.

20) 연환삭(連環索): 여러 개의 쇠고리를 잇대서 만든 철삭(鐵索). [宋史 張永德傳]「以鐵索千餘尺 橫截長准」. [韓愈 石鼓詩]「金繩鐵索鎖紐壯 古鼎躍水龍騰梭」.

21) 아장(牙將): 부장(部將). [五代史 康懷英傳]「事朱瑄爲牙將」.

두예가 병사를 이끌고 전진하니 손흠의 배가 벌써 이르러 있었다. 두 나라 병사들이 서로 어우러졌으나 두예는 곧 퇴각하였다. 손흠은 병사들을 이끌고 강 언덕으로 올라가서 쫓아와 추격할 때에, 20여 리를 못 가서 일성 포향에 사방에서 진병이 몰려와서 오병들이 급히 돌아왔다.

두예가 승세를 타고 엄살하자 오병들은 죽은 자가 그 수를 헤아릴 수조차 없었다. 손흠이 달아나 성 주변에 이르렀으나, 주지의 8백여 군사들이 그 속에 뒤섞여 성중에 들어가 불을 들었다.

손흠이 크게 놀라며 말하기를,

"북쪽에서 온 여러 군사들이 날아서 장강(長江)을 건넜단 말인가?"

하고, 급히 퇴각하고자 할 때였다. 주지가 큰 소리를 지르며 나와서 손흠을 베어 말 아래 꺼꾸러뜨렸다. 육경은 배 위에 있다가 강 남쪽 기슭에서 불길이 솟는 것을 바라보고 있었다. 파산 위에서 바람에 깃발이 펄럭이는데, 그 깃발 위에는 '진남대장군 두예'라 쓰여 있었다. 육경은 크게 놀라 강 언덕으로 올라가 도망하려 하였으나, 진의 장수 장상의 말이 와서 한 칼에 저의 목을 베었다.

오연은 각 군이 다 패한 것을 보고 이에 성을 버리고 달아나다가, 복병들에게 붙잡혀 묶여서 두예 앞으로 불려 왔다.

두예가 말하기를,

"살려 두어야 쓸 데가 없다!"

하고는, 군사들에게 참하라 하였다. 마침내 강릉을 빼앗았다.

이에 원(沅)·상(湘) 일대로부터 광주(廣州)의 여러 고을에 이르는 수령들이 소문만22) 듣고, 인수를 가지고 와서 항복하였다. 두예는 사

---

22) 소문만[望風] : 소문·풍문. [三國志 魏志 王粲傳]「海內回心望風」. [文選 任昉 王文憲集序]「見公弱齡 便望風推服」.

람을 보내 절을 가지고 가서 백성들을 안무하라 하고, 추호도 범하는 일이23) 없게 하였다.

그리고는 마침내 진병해서 무창을 공격하니 무창 또한 항복했다. 두예의 군사들의 위세가 크게 떨치자, 마침내 제장들이 모여서 함께 건업을 취할 계책을 의논하였다.

호분이 말하기를,

"백 년 동안 꾸려온 도적들을 다 항복받을 수는 없을 것이외다. 바야흐로 지금은 봄물이 불어서 오래 머물기 어렵소이다. 내년 봄까지 기다렸다가 다시 크게 진격하는 게 좋을 듯합니다."

하니, 두예가 말하기를

"옛날 악의는 제서와의 일전에서24) 강성했던 제나라를 평정했소이다. 지금 우리의 병세가 크게 떨치고 있어서 파죽지세와 같으니,25) 얼마 안 기다려도 칼만 들면 다 와해되어서 다시 손을 쓸 곳이 없을 것이외다."

하고, 마침내 격문을 돌려 제장들을 모아 일제히 진병하게 해, 건업을 공략하기로 약속하였다. 이때, 용양장군 왕준이 수병을 거느리고 순

---

23) 추호도 범하는 일이[秋毫無犯] : 아주 청렴하여 남의 것을 조금도 건드리지 아니함. '추호'는 가늘어진 짐승의 털이란 뜻으로, '아주 작거나 적음'을 비유하는 말임. [孟子 梁惠王篇 上]「明足以察 秋毫之末 而不見輿薪」. [史記 淮陰侯傳]「韓信謂漢王曰 大王之入武關 秋毫無所害」.

24) 악의는 제서와의 일전[樂毅濟西一戰] : 악의가 제수[황하의 한 지류로 왕옥산(王玉山)에서 발원]의 서쪽에서 제나라 군사들과 싸운 일. [中國人名]「燕 羊後 賢而好兵 自魏使燕……下齊七十餘城 以功封昌國 號昌國君……田單乃縱反間於王……燕趙二國 以爲客卿」.

25) 파죽지세와 같으니[破竹之勢] : 물리치고 쳐들어가는 당당한 기세. [晉書 杜預傳]「預曰 今兵威已振 譬如破竹 數節之後 皆迎刃而解」. [北史 周高祖紀]「嚴軍以待 擊之必克 然後乘破竹勢 鼓行而東 足以窮其窟穴」.

류를 타고 내려왔다.

그때, 나갔던 초병들이 대답하기를

"오나라 군사들이 쇠줄을 만들어 강가에 쳐 놓고, 또 쇠송곳을 수중에 꽂아 놓고 준비하고 있습니다."

하였다.

왕준은 크게 웃고 드디어, 큰 뗏목 수십만에다가 사람 모양의 풀을 묶어 갑옷을 입혀 주위에 둘러 세우고 물결 따라 내려 보냈다. 오병들이 그것을 보고 산 사람인 줄 알고 소문만 듣고 먼저 달아났다. 그리고 몰래 박아 놓았던 쇠송곳은 뗏목에 꽂혀 쓸려 내려갔다.

또 뗏목 위에 큰 횃불을 꽂았는데 그 길이가 10여 장이요 크기가 10여 아름이나 되는 것에, 삼기름[麻油]을 부어 놓고 연환삭을 만나기만 하면 불을 붙여 녹여버리니 잠깐 동안에 끊어졌다. 이와 같이 하며 양로에서 강을 따라오니, 이르는 곳마다 이기지 못하는 곳이 없었다.

한편, 동오의 승상 장제는 좌장군 심영과 우장군 제갈정에게 영을 내려 진군을 맞아 싸우게 하였다.

심영이 제갈정에게 말하기를,

"상류에 있는 군사들이 다 막지 못했으니 내 생각에는 진군이 반드시 이곳에 이를 것이오. 마땅히 힘을 다해 적을 막아야 할 것이외다. 다행히도 이긴다면 강남은 안정될 것이오. 이제 강을 건너 싸우다가 불행히 패한다면, 대사는 물 건너가는 것이외다."

하니, 제갈정이 말하기를

"공의 말이 옳소이다."

라며, 말을 마치기도 전에 군사들이 와서 진병들이 순류를 타고 내려오는데, 그 세를 당해낼 수 없습니다 하였다. 두 사람이 크게 놀라고 당황하여 장제에게 와서 의논하였다.

제갈정이 장제에게 말하기를,

"동오가 위태합니다. 어찌해서 달아나지 않으십니까?"

하니, 장제가 눈물을 흘리면서

"오나라는 장차 망할 것이오. 그것은 현우(賢愚)가 다 알고 있소이다. 지금 만약에 군신이 다 항복한다면, 누구 한 사람 나라를 위해 죽을 사람이 없소이다. 그 또한 욕된 일이 아니오이까?"

하였다. 제갈정 또한 눈물을 흘리며 돌아갔다.

장제와 심영은 군사들을 지휘하며 적과 싸웠는데 진병이 일제히 저들을 에워쌌다. 주지가 앞장 서서 오의 진영으로 짓쳐 왔다. 장제가 힘을 다해 적과 싸우다가 죽었다. 심영 또한 주지의 손에 피살되자 오나라 군사들은 사방 흩어져 달아났다.

후세 사람이 장제를 한탄한 시가 전한다.

두예가 파산에 큰 깃발을 꽂은 걸 보고
강동의 장제는 충성을 다해 죽었네.
　杜預巴山見大旗
　江東張悌死忠時.

이미 왕기는 남중이 다한 것을 알았으면서도
차마 버릴 수 없어 구차히 살지 않았구려.
　已拚王氣南中盡
　不忍偸生負所知.

한편, 진병은 우저에서 이겨 오나라 지경에 깊숙이 들어갔다. 왕준은 사람을 보내어 첩보를 알렸다. 진주 사마염이 듣고 크게 기뻐하였다.

가충이 권유하기를,

"우리의 군사들은 오래 동안 군사들이 밖에 있어서 고생했을 뿐 아니라, 수토불복으로26) 필시 병이 생겼을 것입니다. 마땅히 군사들을 돌아오게 해서, 다시금 훗날 도모함이 좋을 듯합니다."

하는데, 장화가 말하기를

"지금 병력이 이미 저들의 소굴에 들어갔으니, 오나라 사람들이 간담이 다 떨어졌을 것입니다. 한 달이 못되어 손호를 필시 생금할 수 있을 것입니다. 만약에 경솔히 군사들을 돌아오게 하면, 앞서 세운 공들이 다 헛될 것이니 진실로 애석한 일입니다."

하였다.

진주가 대답을 못하자 가충이 장화를 꾸짖으며,

"자네는 천시와 지리를27) 살피지 못하면서 망령되게도 공명만 생각하여 사졸의 피폐함은 생각지 않으니, 비록 참수를 당한대도 천하에 사죄할 데가 없을 것일세!"

하거늘, 사마염이 묻기를

"이는 곧 짐의 생각이오. 장화는 짐의 생각과 같은데 구태여 언쟁할 필요가 있소이까?"

하는데, 홀연 두예가 보낸 표주가 이르렀다. 진주가 표주를 보고 진병

---

26) 수토불복[不服水土] : 물이나 풍토가 몸에 맞지 아니해서 생긴 병. [三國志 吳志 周瑜傳]「不習水土 必生疾病」. [史記 鄒衍傳]「先列中國名山大川通谷禽獸 水土所殖 物類所珍 因而推之」.

27) 천시와 지리(天時地利) : 하늘의 도움이 있는 시기와 지리적인 이로움.「천시불여지리」(天時不如地理)는 전쟁을 함에 있어 설사 때가 와 유리하다 할지라도, 적이 이편보다 유리한 지형을 차지하고 있으면 승리할 수 없다는 말. [孟子 公孫丑篇 下]「天時不如地利 地利不如人和」. [淮南子 兵略訓]「地利勝天時 巧擧勝地利 勢勝人」.

하는 것이 옳다고 생각하였다. 진주는 마침내 다시는 의심하지 않고 결국 진병하라고 영을 내렸다. 왕준 등이 진주의 명을 받들고 수륙으로 진군하니, 그 형세가 마치 바람과도 같고 우레와도 같아서 오나라 사람들이 깃발만 보여도 항복해 왔다. 오주 손호가 듣고는 크게 놀라서 낯빛이 변한다.

제신들이 묻는다.

"북쪽의 군사들이 날로 가까워 오는데도, 강남의 군민들은 싸우지도 않고 항복하니 어찌하오리까?"

하자, 손호가 묻기를

"어찌하여 싸우지 않는 게요?"

하거늘, 여러 신하들이 말하기를

"오늘의 화는 다 잠혼의 죄입니다. 청컨대 폐하께서는 저를 죽이시옵소서. 신들은 성에 나가서 죽기로 싸우겠나이다."

하거늘, 손호가 말하기를

"일개 환관이[28] 어떻게 나라를 그르치겠소이까?"

하니, 여러 관리들이 큰 소리로,

"폐하께서는 어찌 촉나라의 황호를 보지 못하나이까!"

하고, 마침내 오주의 명을 기다리지 않고 일제히 궁중으로 몰려들어가 잠혼을 찢어 죽이고, 그의 고기덩이를 생으로 씹었다.

도준(陶濬)이 말하기를,

"신이 이끄는 전선은 다 작은 배들입니다. 원컨대 2만의 병사들을 큰 배에 태우고 싸우게 하면 저들을 깨뜨릴 수 있사옵나이다."

하거늘, 손호가 그의 말대로 마침내 어림의 제군을 도준에게 주고 상

---

28) **환관[中貴]**: 중연(中涓)·중관(中官). [後漢書]「中興之初 **宦官**悉用**閹人**」. [漢書 曹參傳]「高祖爲沛公也 參以**中涓**從 (注) 如淳曰 **中涓**」.

류로 가서 적과 싸우게 하였다.

　전장군 장상(張象)은 수병을 이끌고 하류로 내려 가려다가 적을 맞았다. 두 사람이 병사들을 이끌고 가려 하는데, 뜻밖에 서북풍에 크게 일어나 오병들은 기치를 세울 수 없었고 모두 배 안에 쓰러졌다. 병사들이 배에서 내려 모두 다 사방으로 달아나 버렸다. 단지 장상만이 수십 명의 군사를 데리고 적군을 기다릴 뿐이었다.

　이때, 진장 왕준은 돛을 달고 내려가려는데 세 산[三山]을 지났다.

　사공이 말하기를,

　"풍파가 너무 심해 배가 갈 수가 없습니다. 그래서 바람이 좀 잠잠할 때까지 기다렸다가 진격하소서."

하거늘, 왕준은 크게 노하여 칼을 빼어들고

　"내 곧 석두성(石頭城)을 취하려 하거늘 어찌 기다리자 하느냐?"

하고, 마침내 북을 치며 크게 나아갔다. 오장 장상이 군사들을 이끌고 항복을 청해왔다.

　왕준이 말하기를,

　"만약에 진심에서 항복하는 것이라면 곧 전부가 되어 공을 세워라."

하니, 장상이 배를 돌려 곧장 석두성 아래에 이르러, 성문을 열라고 외쳤다. 그리고 성문을 활짝 열고 진병들을 맞아들였다. 손호는 진병들이 벌써 성에 들어온 것을 알고, 목을 찔러 죽으려 하였다.

　중서령 호충(胡沖)과 광록훈 설영(薛瑩)이 아뢰기를,

　"폐하께서는 어찌해서 안락공 유선을 본받으려 하지 않으시나이까?"

하거늘, 손호가 그 말에 따라, 또한 수레에 자신을 묶고[29] 여러 문무

---

29) 수레에 자신을 묶고[焚其櫬]: 싸움에 진 군주가 투항할 때의 의식임. 「면박여친」(面縛輿櫬). [左傳 僖公六年]「許男 **面縛**銜璧 大夫衰絰 士**輿櫬**」. [左氏 昭四]「**面縛**銜璧 士袒 **輿櫬**從之」.

백관들을 거느리고 왕준의 군전으로 나가 항복하였다. 왕준이 그 결박을 풀어주고 왕의 예로써 저를 대하였다.

당나라 사람의 시에 이를 한탄한 시가 전한다.

서진의 누선들이 익주에서 내려오니
금릉의 왕기가 암연히 걷히는도다.
　西晉樓船下益州
　金陵王氣黯然收.

천길 철쇄는 강 밑에 잠겨지고
한 조각 항기가 석두성에 올랐구나.
　千尋鐵鎖沉江底
　一片降旛出石頭.

세인들은 몇 번이고 돌아보며 지난 날 상심하나
산의 모습은 예와 같이 찬물에 잠겨 있구려.
　人世幾回傷往事
　山形依舊枕寒流.

오늘날은 사해가 한 집안이 되었건만
옛 보루에 부는 스산한 갈대바람 소리여!
　今逢四海爲家日
　故壘蕭蕭蘆荻秋.

이에 동오 4주 83군 3백 13현이 다 진에 넘어갔다. 호구가 52만·군사와 관리들이 3만 2천·병사들이 23만·남녀노유 백성들이 230만·쌀 280만 곡·배 5천여 척·후궁 5천 여인이 다 진에게 돌아갔다. 대사가 이미 정해지자 방을 내여 백성들을 안돈시키고, 부고와 창고들을 모두 봉하였다.

다음 날 도준의 병사들은 싸우지도 않은 채 스스로 궤멸하였다. 낭야왕 사마주와 왕융이 같이 대병을 이끌고 이르렀다. 왕준이 큰 공을 세운 것을 보고는 심중으로 기뻐하였다. 뒤에 두예가 이르러 삼군을 호궤하고[30] 창고를 열어서 오나라 백성들을 구제하였다. 이에 오나라 백성들은 안돈되었다. 오직 건평태수 오언(吾彦)만이 성에서 저항하며 내려오지 않았다.

그러나 동오가 망하자 이에 항복하였다. 왕준은 표주를 올려 첩보를 알렸다. 조정에서는 이미 오나라가 평정되었음을 듣고 군신들이 다 승전을 하축하였다.

진주는 술잔을 잡고, 눈물을 흘리며

"이는 양태부의 공이나 애석하게도 직접 보지 못하는구려!"

하였다.

표기장군 손수(孫秀)는 퇴조해서 남향하고 울며,[31]

"옛날 역도를 토벌한 장군(將軍)이여, 한낱 교위로서 기업을 얻었더니 지금은 손호가 강남을 들어 버렸구나! '유유한 창천이여, 이는 어찌 된 사람인가!'"[32]

---

30) 삼군을 호궤하고[大犒三軍] : 삼 군을 배불리 먹임. 「호궤」(犒饋). [柳宗元 嶺南節度饗軍堂記]「軍有犒饋宴饗 勞旋勤歸」.

31) 남향하고 울며[向南而哭] : 남면(임금이 계신 곳)하여 곡함. [論語 雍也篇]「子曰 雍也可便南面」. [漢書]「以漢治之廣 陛下之德 處南面之尊」.

32) 유유한 창천이여, 이는 어찌 된 사람인가![悠悠蒼天 此何人也] : 끝없이 멀고 먼 하늘이여! 실로 끝이 없구나. [爾雅]「春爲悠悠蒼天 夏爲旻天 秋寫旻天 冬爲

하였다.

한편, 왕준은 군사를 돌려 개선하였다. 오주 손호를 낙양에 데려가 천자를 뵙게 하였다. 손호는 전에 올라가서 엎드려 진나라 황제를 배알하니, 진제 사마염이 자리에 앉으라며

"짐은 이 자리를 만들어 경을 기다린 지 오래되었소."

하니, 손호가 대답하기를

"신도 남방에서 또한 이 자리를 만들어 놓고 폐하를 기다렸사옵나이다."

하거늘, 진나라 황제가 크게 웃었다.

가충이 손호에게 묻기를,

"공이 남방에 있을 때에 매양 사람의 눈을 뽑고 얼굴 가죽을 벗기고 했다던데, 그것이 무슨 형벌이오?"

하니, 손호가 말하기를

"신하로서 임금을 죽이거나 간사하고 불충한 자에게 이런 형벌을 가했을 뿐이오이다."

하거늘, 가충이 말없이 매우 부끄러워 하였다.

진나라 황제는 손호를 귀명후(歸命侯)로 삼고 그 자손들을 중랑에 봉하였으며, 항복한 재상들을 다 열후에 봉하였다. 승상 장제는 진중에서 죽어 그의 자손을 봉하였다. 왕준을 봉하여 보국대장군을 삼고 그 나머지 사람들도 각각 벼슬을 주고 상을 내렸다. 이로부터 삼국은 진제 사마염에게로 돌아가 통일의 기업이 이루어졌다.

이것은 이른바 '천하의 일이란 합한 지 오래되면 반드시 나뉘게 되고, 나뉜 지 오래면 또 다시 합한다.'는[33] 것이다.

上天. [詩經 王風篇 黍離]「悠悠蒼天 此何人哉」.

33) 천하의 일이란 합한 지 오래되면 반드시 나뉘게 되고, 나뉜 지 오래면 또 다시

그 후 후한(後漢)의 황제 유선(劉禪)은 진 태시(泰始) 7년에 죽었고, 위나라 조환(曹奐)은 태안(太安) 원년에 죽었다. 오주 손호는 태강(太康) 4년에 죽었으니 모두 선종34)하였다.

합한다[天下大勢 合久必分 分久必合] : 천하의 일이란 합한 지 오래면 반드시 나뉘게 되고, 나뉜 지 오래면 또 다시 합하게 되는 것임. 「천하대세」(天下大勢)는 '세상이 되어가는 형편'의 뜻이나, '역사란 순환하고 흥망성쇠의 반복'이란 의미임. [禮記 大學]「治國而後 天下平」. [書經 虞書篇 大禹謨]「奄有四海 爲天下君」.

34) 선종(善終) : 명대로 살다 죽음. 큰 허물없이 죽는 것. [史記 樂書]「可不謂戰戰恐懼 善守善終哉」. [晋書 魏叙傳]「晋興以來 三公能辭榮善終者 未之有也」.

결 사 [結 詞]

후세 사람의 고풍 한 편이 전하는데, 써 그 사적들을 서술하였다.
이에 이르기를,

고조께서는 칼을 들고 함양에 들어가니
이글이글 붉은 해 부상에서1) 솟았네.
　　高祖提劍入咸陽
　　炎炎紅日升扶桑.

광무께서 용처럼 일어나 대통을 이루시니
금오가2) 중천 가운데 날아올랐어라.
　　光武龍興成大統
　　金烏飛上天中央.

---

1) **부상(扶桑)** : 동해에 있다는 큰 신목(神木). 해가 돋는 동쪽 바다. [十洲三島
記]「**扶桑**在碧海之中 地多林木 葉皆如桑 又有椹子 樹長者數千丈 經三千圍 樹兩
同根偶 生更相依倚 是名**扶桑**」. [夜航詩話]「古所謂**扶桑樹**者……**扶桑**已在渺茫中
家在**扶桑**東便東 言日本去**扶桑**更遠也」. [山海經 海外東經]「湯谷之上有**扶桑** 故
曰**扶桑** 亦作榑桑」.
2) **금오(金烏)** : '금오'는 '해', '옥토'는 '달'의 다른 이름. '금오옥토'(金烏玉
兔). [楊萬里 詩]「鎭卻心猿意馬 縛住**金烏玉兔**」. [禪林類聚]「**金烏**東上人皆貴 玉
兔西沈佛祖迷」.

애닮다! 한 헌제께서 천하를 계승한 후
붉은 해가 서쪽 함지로3) 떨어졌네!

　哀哉獻帝紹海宇

　紅輪西墜咸池傍!

하진이 무모하여 환관들의 난을 만나
서량의 동탁이 묘당에 들었구나.

　何進無謀中貴亂

　凉州董卓居朝堂.

왕윤의 연환계로 역당들을 베었으나
이각과 곽사가 창과 칼을 들었네.

　王允定計誅逆黨

　李催郭氾興刀鎗.

사방의 도적들 개미떼처럼 일어나고
천하의 간웅들이 매처럼 날아올랐네.

　四方盜賊如蟻聚

　六合奸雄皆鷹揚.

손견과 손책은 강동에서 일어나고
원소와 원술은 하량서 일어났네.

　孫堅孫策起江左

---

3) 함지(咸池) : 천연으로 된 못. 해가 목욕하는 곳 곧, '서해'를 말함. [楚辭 離騷]
「飮余馬於咸池兮 總余轡乎扶桑」. [淮南子 天文訓]「日出于暘谷 浴于咸池」.

袁紹袁術興河梁.

유언 부자는 파촉에 웅거하고
유표는 형양에다 군사를 주둔하였네.

劉焉父子據巴蜀

劉表軍旅屯荊襄.

장연과 장노는 남정을 차지하고
마등과 한수 등은 서량을 지켰도다.

張燕張魯霸南鄭

馬騰韓遂守西涼.

도겸·장수와 공손찬 등의 무리들도
각기 무위를 뽐내며 한 지방씩 차지했네.

陶謙張繡公孫瓚

各逞雄才占一方.

조조는 전권을 잡고 상부에 살면서
뛰어난 영준들을 신하로 이용했네.

曹操專權居相府

牢籠英俊用文武.

그 위세 천자를 떨게 하고 제후를 호령하며
웅병을[4] 거느리고 중원을[5] 진압하였네.

威震天子令諸侯

總領貔貅鎭中土.

누상촌 현덕은 본래 황손이더니
관우장비 의를 맺고 한실 부흥 원하였네.
　樓桑玄德本皇孫
　義結關張願扶主.

동서로 분주하였으나 집 없음을 한탄하고
몇 안되는 군사들과 정처없이 떠도네.6)
　東西奔走恨無家
　將寡兵微作羈旅.

남양의 삼고초려7) 그 정리도 깊으셔라
와룡은 한 번 뵙고 천하를 삼분하였네.
　南陽三顧情可深

---

4) **웅병[貔貅]**: 용감한 병사. 호랑이·곰과 비슷하다고도 하는 맹수의 뜻이나, '용맹스런 병사'를 이름. [史記 五帝紀]「軒轅敎熊羆**貔貅貙**虎 以與炎帝戰於阪泉之野」.

5) **중원[中土]**: 중원(中原). [後漢書 西城傳論]「其國則殷乎**中土**」. [宋書 禮樂志]「昔周文武郊於酆鎬 必非**中土**」.

6) **정처없이 떠도네[羈旅]**: 여행함. 나그네. [左傳 莊公二十二年]「齊侯使敬仲爲卿 辭曰**羈旅之臣**」. [史記 陳杞世家]「**羈旅之臣** 幸得免負檐」.

7) **삼고초려(三顧草廬)**: 유비가 제갈량의 초려를 세 번씩이나 찾은 일. '인재를 얻기 위한 끈질긴 노력'을 일컫는 말. [三國志 蜀志 諸葛亮傳]「亮字孔明 瑯瑘陽都人也 躬耕隴畝 每自比於管仲樂毅 先主屯新野 …… 由是先主遂詣亮 凡三往乃見 建興五年 上疏(卽前出師表)曰 臣本布衣 躬耕於南陽 先帝不以臣卑鄙 猥自枉屈 **三顧**臣於**草廬**之中」. [故事成語考 文臣]「孔明有王佐之才 嘗隱草廬之中 先王慕其芳名 乃**三顧其廬**」.

臥龍一見分寰宇.

먼저 형주 그 뒤엔 서천을 또 취하니

패업과 왕도가 천부에 있구나.8)

　先取荊州後取川

　霸業王圖在天府.

슬프다! 3년 세월 세상을 떠나시니

백제성서 자식 부탁9) 얼마나 애탔을까!

　嗚呼三載逝升遐

　白帝託孤堪痛楚!

공명은 여섯 번이나 기산으로 나가면서

두 손으로 기우는 나라 떠받치기를 원했어라.

　孔明六出祁山前

　願以隻手將天補.

어이 하리 기약된 역수10) 여기서 끝이 나니

---

8) **천부에 있구나[天府]** : 천부지토(天府之土)의 준말. 땅이 기름져서 물산이 많이 나오는 땅. [戰國策 秦策]「沃野千里 蓄積饒多 地勢形便 此所謂**天府** 天下之雄國也」. [後漢書 耿弇傳]「據**天府之地** 以義征伐」

9) **자식 부탁[託孤]** : '죽으면서 자식을 부탁함'의 뜻으로 유비가 제갈량에게 아들(劉禪)을 부탁한 일을 이름. [三國志 蜀志 先主紀]「先主病篤 **託孤**於丞相亮」. [文選 袁宏 三國名臣序贊]「把臂**託孤** 惟賢與親」

10) **기약된 역수[曆數]** : 햇수. 정해진 운명. [漢書 禮樂志]「我定**歷數** 人告其心」. [後漢書 公孫述傳]「明漢至平帝 十二代**歷數**盡也」

한밤중에 장성이 산 언덕에 떨어졌네.

何期歷數到此終

長星半夜落山塢.

강유가 혼자서 높은 괴력을 과시하며
아홉 번이나 중원을 치느라 헛수고만 하였네.

姜維獨憑氣力高

九伐中原空劬勞.

종회와 등애가 분병해 나가더니
한나라 산하가 다 조씨에게 돌아갔네.

鍾會鄧艾分兵進

漢室江山盡屬曹.

조비·조예와 조방·조모 등이 겨우 조환에 이르러서
사마씨가 와서 또 천하를 넘겨받았구나.

丕叡芳髦纔及奐

司馬又將天下交.

수선대 앞에는 운무가 피어나고
석두성 앞엔 파도가 아니 이네.

受禪臺前雲霧起

石頭城下無波濤.

진류왕·귀명 후에 또 안락공이 된 것은

왕후 공작들이 다 이 뿌리서 싹을 틔웠네.

　陳留歸命與安樂

　王侯公爵從根苗.

분분한 세상사는 무궁해서 끝이 없는데
천수는 아득해서 도망갈 곳 바이 없구나.

　紛紛世事無窮盡

　天數茫茫不可逃.

삼국이 서로 버티던 일11) 이미 한바탕 꿈이어니
조의를 빙자한 후인들의 공허한 넋두리여.12)

　鼎足三分已成夢

　後人憑弔空牢騷.

《끝》

---

11) 삼국이 서로 버티던 일[鼎足三分] : 세 나라로 나뉘어 서로 버팀. [史記 淮陰侯傳]「莫若兩利 而俱存之三分天下 **鼎足**而居」.

12) 공허한 넋두리여[空牢騷] : 쓸데없는 넋두리. 「뇌소」(牢騷)는 '모든 일이 뜻대로 되지 않아 불평이 가득함'의 뜻임. [漢書 揚雄傳]「畔**牢愁**」. [王先謙補注]「宋祁曰……今多引伸謂舒發不平日 發**牢騷**」.

찾아보기

삼국의 비교

만리장성

魏

가정
오장원
관도
낙양
한중
건업
성도
백제성
적벽
회계
蜀
동중국해
吳

남중국해

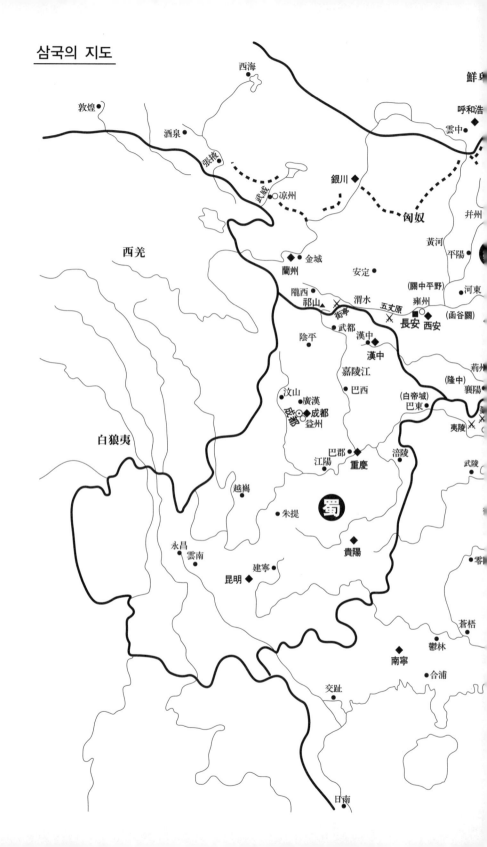

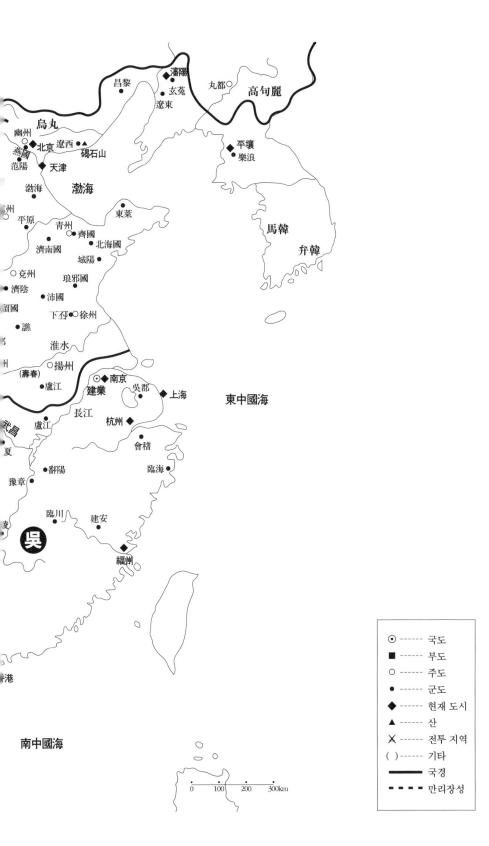

昌黎　　瀋陽　　丸都　　高句麗
　　　　玄菟
　　　　遼東

烏丸

幽州　　　　　　　平壌
燕國　遼西　　　　樂浪
北京　碣石山
范陽
天津

渤海　　渤海

冀州　　　　東萊　　　馬韓
平原
　　青州　　　　　　弁韓
濟南國　北海國
　　　城陽　齊國

兗州
濟陰　琅邪國
　沛國
下邳　徐州

留國
　譙

淮水

揚州
(壽春)
盧江　南京
　　　建業　吳郡　上海

武昌　　　　　長江　杭州

夏　盧江

　　　　會稽

豫章　鄱陽　　臨海

臨川　建安

吳

福州

東中國海

南中國海

港

기호	의미
⊙	국도
■	부도
○	주도
●	군도
◆	현재 도시
▲	산
✕	전투 지역
( )	기타
──	국경
▪▪▪	만리장성

0　100　200　300km

魏 (220~265)

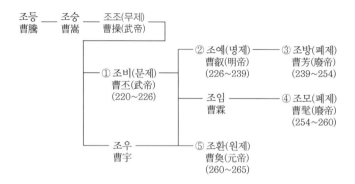

조등 ── 조숭 ── 조조(무제)
曹騰   曹嵩   曹操(武帝)

① 조비(문제)
曹丕(武帝)
(220~226)

② 조예(명제) ── ③ 조방(폐제)
曹叡(明帝)   曹芳(廢帝)
(226~239)   (239~254)

조임 ──────── ④ 조모(폐제)
曹霖   曹髦(廢帝)
            (254~260)

조우 ──── ⑤ 조환(원제)
曹宇   曹奐(元帝)
        (260~265)

蜀 (221~263)

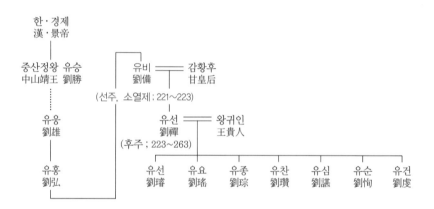

한·경제
漢·景帝

중산정왕 유승
中山靖王 劉勝

유비 ════ 감황후
劉備   甘皇后
(선주, 소열제 ; 221~223)

유웅
劉雄

유선 ════ 왕귀인
劉禪   王貴人
(후주 ; 223~263)

유홍
劉弘

유선   유요   유종   유찬   유심   유순   유건
劉璿   劉瑤   劉琮   劉瓚   劉諶   劉恂   劉虔

吳 (222~280)

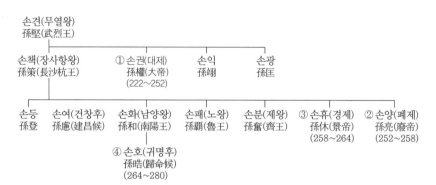

손견(무열왕)
孫堅(武烈王)

손책(장사항왕)   ① 손권(대제)   손익   손광
孫策(長沙杭王)   孫權(大帝)   孫翊   孫匡
                (222~252)

손등   손여(건창후)   손화(남양왕)   손패(노왕)   손분(제왕)   ③ 손휴(경제)   ② 손양(폐제)
孫登   孫慮(建昌候)   孫和(南陽王)   孫霸(魯王)   孫奮(齊王)   孫休(景帝)   孫亮(廢帝)
                                                            (258~264)   (252~258)

④ 손호(귀명후)
孫晧(歸命候)
(264~280)

박을수(朴乙洙)

▶主要著書 · 論文

『한국시조문학전사』(성문각, 1978)

『한국시조대사전(상 · 하)』(아세아문화사, 1992)

『한국고전문학전집 11, 시조Ⅱ』(고려대 민족문화연구소, 1995)

『국어국문학연구의 오늘』(회갑기념논총, 아세아문화사, 1998)

『시조의 서발유취』(아세아문화사, 2001)

『한국개화기저항시가론(수정판)』(아세아문화사, 2001)

『시화, 사랑 그 그리움의 샘』(아세아문화사, 2002)

『회와 운양래연구』(아세아문화사, 2003)

『시조문학론』(글익는들, 2005)

『만전당 홍가신연구』(글익는들, 2006)

『한국시가문학사』(아세아문화사, 2006)

『신한국문학사(개정판)』(글익는들, 2007)

『한국시조대사전(별책보유)』(아세아문화사, 2007)

『머리위엔 별빛 가득한 하늘이』(글익는들, 2007)

『삼국연의』(전9권)(보고사, 2015)

「고시조연구」(석사논문, 1965)

「개화기의 저항시가연구」(학위논문, 1984)

역주 삼국연의 8

2016년 1월 15일 초판 1쇄 펴냄

저 자 나관중
역 자 박을수
발행인 김흥국
발행처 보고사

책임편집 이경민
표지디자인 오동준

등록 1990년 12월 13일 제6-0429호
주소 경기도 파주시 회동길 337-15 보고사 2층
전화 031-955-9797(대표)
    02-922-5120~1(편집), 02-922-2246(영업)
팩스 02-922-6990
메일 kanapub3@naver.com / bogosabooks@naver.com
http://www.bogosabooks.co.kr

ISBN 979-11-5516-188-3
    979-11-5516-180-7 04820(세트)
ⓒ 박을수, 2016

정가 15,000원

이 도서의 국립중앙도서관 출판예정도서목록(CIP)은 서지정보유통지원시스템 홈페이지
(http://seoji.nl.go.kr)와 국가자료공동목록시스템(http://www.nl.go.kr/kolisnet)에서
이용하실 수 있습니다.(CIP제어번호: CIP2015033973)